I0744371

9 781957 756547

کھول دو

کلیاتِ منٹو ۔ 7/9

افسانے

سعادت حسن منٹو

Copyrights

TITLE: Khol Do
FORMAT: Paperback
SERIES: Kulliyat e Manto
PART: Part 7 of 9
AUTHOR: Saadat Hasan Manto
PUBLISHED BY: GhazalSara Dot Org, LLC
PUBLISHED: May 2023
ISBN: 978-1-957756-54-7

CONTACT: ghazalsara.org@outlook.com

Scan this QR Code with your phone now!

<u>Printed and bound in the U.S.A.</u>

کلیاتِ منٹو

منٹو کے تمام افسانوں کو نو کتابوں کی صورت میں شائع کیا جا رہا ہے۔ یہ کتب امریکہ میں غزل سرا کے آن لائن سٹور اور باقی تمام دنیا میں ایمازون اور ایسے ہی دوسرے سٹورز پر بآسانی دستیاب ہیں۔ اس کے علاوہ یہ کتب ای بک فارمیٹ میں ایپل بک سٹور، گوگل پلے بکس اور دوسرے ای بک پلیٹ فارمز پر دستیاب ہیں۔

#	ٹائٹل	آئی ایس بی این	فارمیٹ
1	ایک زاہدہ، ایک فاحشہ	978-1-957756-71-4	ہارڈ کور
		978-1-957756-48-6	پیپر بیک
		978-1-957756-57-8	ای بک
2	بلاؤز	978-1-957756-72-1	ہارڈ کور
		978-1-957756-49-3	پیپر بیک
		978-1-957756-58-5	ای بک
3	ٹھنڈا گوشت	978-1-957756-73-8	ہارڈ کور
		978-1-957756-50-9	پیپر بیک
		978-1-957756-59-2	ای بک
4	دھواں	978-1-957756-79-0	ہارڈ کور
		978-1-957756-51-6	پیپر بیک
		978-1-957756-60-8	ای بک
5	سودا بیچنے والی	978-1-957756-74-5	ہارڈ کور
		978-1-957756-52-3	پیپر بیک
		978-1-957756-61-5	ای بک
6	شہید ساز	978-1-957756-66-0	ہارڈ کور
		978-1-957756-53-0	پیپر بیک
		978-1-957756-62-2	ای بک
7	کھول دو	978-1-957756-46-2	ہارڈ کور
		978-1-957756-54-7	پیپر بیک
		978-1-957756-63-9	ای بک
8	موذیل	978-1-957756-77-6	ہارڈ کور
		978-1-957756-55-4	پیپر بیک
		978-1-957756-64-6	ای بک
9	ہتک	978-1-957756-78-3	ہارڈ کور
		978-1-957756-56-1	پیپر بیک
		978-1-957756-65-3	ای بک

فو بھائی

حیدرآباد سے شہاب آیا تو اس نے بمبئے سنٹرل اسٹیشن کے پلیٹ فارم پر پہلا قدم رکھتے ہی حنیف سے کہا، ''دیکھو بھائی۔ آج شام کو وہ معاملہ ضرور ہو گا ورنہ یاد رکھو میں واپس چلا جاؤں گا۔''

حنیف کو معلوم تھا کہ ''وہ معاملہ'' کیا ہے۔ چنانچہ شام کو اس نے ٹیکسی لی۔ شہاب کو ساتھ لیا۔ گرانٹ روڈ کے ناکے پر ایک دلال کو بلایا اور اس سے کہا، ''میرے دوست حیدرآباد سے آئے ہیں۔ ان کے لیے اچھی چھوکری چاہئے۔''

دلال نے اپنے کان سے اڑسی ہوئی بیڑی نکالی اور اس کو ہونٹوں میں دبا کر کہا، ''دکنی چلے گی؟''

حنیف نے شہاب کی طرف سوالیہ نظروں سے دیکھا۔ شہاب نے کہا نہیں بھائی۔۔۔ مجھے کوئی مسلمان چاہیے''

''مسلمان؟'' دلال نے بیڑی کو چوسا، ''چلیے''، اور یہ کہہ کر وہ ٹیکسی کی اگلی نشست پر بیٹھ گیا۔ ڈرائیور سے اس نے کچھ کہا۔ ٹیکسی اسٹارٹ ہوئی اور مختلف بازاروں سے ہوتی ہوئی فورجٹ اسٹریٹ کی ساتھ والی گلی میں داخل ہوئی یہ گلی ایک پہاڑی پر تھی۔ بہت اونچان تھی۔ ڈرائیور نے گاڑی کو فرسٹ گیئر میں ڈالا۔ حنیف کو ایسا محسوس ہوا کہ راستے میں ٹیکسی رک کر واپس چلنا شروع کر دے گی۔ مگر ایسا نہ ہوا دلال نے ڈرائیور کو اونچان کے عین آخری سرے پر جہاں چوک سا بنا تھا رکنے کے لیے کہا۔

حنیف کبھی اس طرف نہیں آیا تھا۔ اونچی پہاڑی تھی جس کے دائیں طرف ایک دم ڈھلان تھی جس بلڈنگ میں دلال داخل ہوا اس کی طرف دو منزلیں تھیں حالانکہ دوسری طرف کی بلڈنگ کی سب چار منزلہ تھیں۔ حنیف کو بعد میں معلوم ہوا کہ ڈھلان کے باعث اس بلڈنگ کی تین منزلیں نیچے تھیں جہاں لفٹ جاتی تھی۔

شہاب اور حنیف دونوں خاموش بیٹھے رہے۔ انہوں نے کوئی بات نہ کی۔ راستے میں دلال نے اس لڑکی کی بہت تعریف کی تھی جس کو لانے وہ اس بلڈنگ میں گیا تھا۔ اس نے کہا تھا، ''بڑے اچھے خاندان کی لڑکی ہے۔ اسپیشل طور پر آپ کے لیے نکال رہا ہوں۔''

دونوں سوچ رہے تھے یہ لڑکی کیسی ہوگی جو اسپیشل طور پر نکالی جا رہی ہے۔

تھوڑی دیر کے بعد دلال نمودار ہوا وہ اکیلا تھا۔ ڈرائیور سے اس نے کہا، ''گاڑی واپس کرو''، یہ کہہ کر وہ اگلی سیٹ پر بیٹھ گیا۔ گاڑی ایک چکر لے کر مڑی۔ تین چار بلڈنگ چھوڑ کر دلال نے ڈرائیور سے کہا، ''روک لو''، پھر حنیف سے مخاطب ہوا، ''آ رہی ہے۔ ۔ ۔ پوچھ رہی تھی کیسے آدمی ہیں، میں نے کہا نمبرون''

دس پندرہ منٹ کے بعد ایک دم ٹیکسی کا دروازہ کھلا۔ اور ایک عورت حنیف کے ساتھ بیٹھ گئی۔ رات کا وقت تھا۔ گلی میں روشنی کم تھی۔ اس لیے شہاب اور حنیف دونوں اس کو اچھی طرح نہ دیکھ سکے۔ سیٹ پر بیٹھتے ہی اس نے کہا، ''چلو''

ٹیکسی تیزی سے نیچے اترنے لگی۔

حنیف کے پاس کوئی ایسی جگہ نہ تھی جہاں کوئی معاملہ ہو سکے چنانچہ جیسا طے پایا تھا۔ وہ ڈاکٹر خاں صاحب کے ہاں چلے گئے وہ ملٹری ہاسپٹل میں متعین تھا اور اس کو وہیں دو کمرے ملے ہوئے تھے۔ شہاب نے بمبئی آتے ہی اس کو فون کر دیا تھا کہ وہ حنیف کے ساتھ رات کو اس کے پاس آئے گا اور معاملہ ساتھ ہوگا۔ چنانچہ ٹیکسی ملٹری ہسپتال میں پہنچی۔ دلال سو روپیہ لے کر گرانٹ روڈ پر اتر گیا۔

راستے میں بھی شہاب اور حنیف اس عورت کو اچھی طرح نہ دیکھ سکے۔ کوئی خاص باتیں بھی نہ ہوئیں۔ شہاب نے جب اس سے اپنے ٹھیٹ حیدر آبادی لہجے میں پوچھا، ''آپ کا اسمِ گرامی''، تو اس عورت نے کہا، ''فوبھا بائی''

''فوبھا بائی؟'' حنیف سوچتا رہ گیا کہ یہ کیسا نام ہے۔

ڈاکٹر خاں ان کا انتظار کر رہا تھا سب سے پہلے شہاب کمرے میں داخل ہوا۔ دونوں گلے ملے اور خوب ایک دوسرے کو گالیاں دیں۔

ڈاکٹر خاں نے جب ایک جوان عورت کو دروازے میں دیکھا تو ایک دم خاموش ہو گیا۔ ''آئیے آئیے''، اس نے اپنے سینے پر ہاتھ رکھا۔ ''ڈاکٹر خاں ۔ ۔ آپ؟'' اُس نے شہاب کی طرف دیکھا۔ شہاب نے اس عورت کی طرف دیکھا۔ عورت نے کہا، ''فوبھا بائی''

ڈاکٹر خان نے بڑھ کر اس سے ہاتھ ملایا، ''آپ سے مل کر بہت خوشی ہوئی۔''

فوبھا بائی مسکرائی ''مجھے بھی خُفی ہوئی۔''

شہاب اور حنیف نے ایک دوسرے کی طرف دیکھا۔ ڈاکٹر خان نے دروازہ بند کر دیا اور اپنے دوستوں سے کہا، ''آپ دوسرے کمرے میں چلے جائیے۔۔۔ مجھے کچھ کام کرنا ہے۔''

شہاب نے جب فوبھا بائی سے کہا، ''چلیے تو اس نے ڈاکٹر خان کا ہاتھ پکڑ لیا، نہیں آپ بھی تشریف لائیے''

''آپ تشریف لے چلیے میں آتا ہوں'' یہ کہہ کر ڈاکٹر خان نے اپنا ہاتھ چھڑا لیا۔

شہاب اور حنیف فوبھا بائی کو اندر لے گئے۔ تھوڑی دیر گفتگو ہوئی تو اس کو معلوم ہوا کہ اس کی زبان موٹی تھی۔ وہ ش اور س ین ادا نہیں کر سکتی تھی۔ اس کے بدلے اس کے منہ سے ف نکلتی تھی۔ اس کا نام اس لحاظ سے شوبھا بائی تھا۔ لیکن کچھ دیر اور باتیں کرنے کے بعد ان کو پتہ چلا کہ شوبھا اس کا اصلی نام نہیں تھا۔ وہ مسلمان تھی۔ جے پور اس کا وطن تھا جہاں سے وہ چار سال ہوئے بھاگ کر بمبئی چلی آئی تھی۔ اس سے زیادہ اس نے اپنے حالات نہ بتائے۔

معمولی شکل و صورت تھی۔ آنکھیں بڑی نہیں تھیں۔ ناک بھی خوش وضع تھی۔ بالائی ہونٹ کے عین درمیان ایک چھوٹے سے زخم کا نشان تھا۔ جب وہ بات کرتی تو یہ نشان تھوڑا سا پھیل جاتا۔ پر گلے میں اس نے جڑاؤ نکلس پہنا ہوا تھا۔ دونوں ہاتھوں میں سونے کی چوڑیاں تھیں۔

بہت ہی باتونی عورت تھی۔ بیٹھتے ہی اس نے اِدھر اُدھر کی باتیں شروع کر دیں۔ حنیف اور شہاب صرف ہوں ہاں کرتے رہے۔ پھر اس نے ان کے بارے میں پوچھنا شروع کیا کہ وہ کیا کرتے ہیں، کہاں رہتے ہیں، کیا عمر ہے، فادی فدہ ہیں یا غیر فادی فدہ۔ حنیف اتنا دبلا کیوں ہے۔ فہاب نے دو مصنوعی دانت کیوں لگوائے ہیں۔ گوفت خورہ تھا تو اس کا علاج ڈاکٹر خاں سے کیوں نہ کرایا۔ فرماتا کیوں ہے۔ فعر کیوں نہیں گاتا۔

شہاب نے اسے کچھ شعر سنائے شوبھا نے بڑے زوروں کی داد دی۔ شہاب نے یہ شعر سنایا،

کھیتوں کو دے دے پانی اب بہہ رہی ہے گنگا

کچھ کر لو نو جوانو اُٹھتی جوانیاں ہیں

تو شوبھا اچھل پڑی۔ ''واہ جناب صاحب واہ۔۔۔ بہت اچھا فعر ہے۔۔۔ اُٹھتی جوانیاں ہیں۔ واہ وا!''

اس کے بعد شوبھا نے بے شمار شعر سنائے، بالکل بے جوڑے بے تکے۔ جن کا سر تھا نہ پیر۔ شعر سنا کر اس نے

شہاب سے کہا، ''فہاب صاحب۔۔۔ مزا آیا آپ کو''،

شہاب نے جواب دیا، ''بہت''،

شوبھا نے سر ما کر کہا، ''یہ فعر میرے تھے۔۔۔ مجھے فاعری کا بہت فوق ہے''،

شہاب اور حنیف دونوں نے ایک دوسرے کی طرف دیکھا اور مسکرا دیئے۔۔۔

اس کے بعد صرف ایک صیح شعر شوبھا نے سنایا،

کبھی تو مرے درد دل کی خبر لے

مرے درد سے آفنا ہونے والے

یہ شعر حنیف کئی بار سن چکا تھا اور شاید پڑھ بھی چکا تھا۔ مگر شوبھا نے کہا، ''حنیف صاحب یہ فعر بھی میرا ہے۔''

حنیف نے خوب داد دی، ''مافاالله آپ تو کمال کرتی ہیں''،

شوبھا چونکی۔ ''معاف کیجیے گا، میری زبان میں تو کچھ خرابی ہے لیکن آپ نے کیوں مافاالله کے بدلے مافا الله کہا''،

حنیف اور شہاب دونوں بے اختیار ہنس پڑے شوبھا بھی ہنسنے لگی۔ اتنے میں ڈاکٹر خان آ گیا۔ اس نے اندر داخل ہوتے ہی شوبھا سے کہا، ''کیوں جناب اتنی ہنسی کس بات پر آ رہی ہے''،

زیادہ ہنسنے کے باعث شوبھا کی آنکھوں میں آنسو آ گئے تھے۔ اس نے رومال سے ان کو پونچھا اور ڈاکٹر خان سے کہا، ''ایک بات ایسی ہوئی کہ ہم سب ہنف پڑے''،

ڈاکٹر خان نے بھی ہنسنا شروع کر دیا۔

شوبھا نے اس سے کہا، ''آیئے بیٹھیے'' چارپائی کے ایک طرف سرک کر اس نے ڈاکٹر خان کا ہاتھ پکڑا اور اسے اپنے پاس بٹھا لیا۔

پھر شعر و شاعری ہو گئی شوبھا نے لمبی لمبی چار بے تکی غزلیں سنائیں۔ سب نے داد دی، شہاب اُکتا گیا۔ وہ معاملہ چاہتا تھا۔ حنیف اس کے بدلے ہوئے تیور دیکھ کر بھانپ گیا۔ چنانچہ اس نے شہاب سے کہا، ''اچھا بھئی میں رخصت چاہتا ہوں انشاء الله کل صبح ملاقات ہو گی۔''

وہ یہ کہہ کر کرسی پر سے اٹھا مگر شوبھا نے اس کا ہاتھ پکڑ لیا، ''نہیں، آپ نہیں جا سکتے۔''

حنیف نے جواب دیا، ''میں معذرت چاہتا ہوں۔ بیوی میری انتظار کر رہی ہو گی''،

''اوہ۔۔۔! لیکن نہیں۔ آپ تھوڑی دیر اور ضرور بیٹھیں۔ ابھی تو صرف گیارہ بجے ہیں،'' شوبھا نے اصرار کیا۔

شہاب نے ایک جمائی لی ''بہت وقت ہو گیا ہے،''

شوبھا نے مسکرا کر شہاب کی طرف دیکھا، ''میں فاری رات آپ کے پاف ہوں،''

شہاب کا تکدر دور ہو گیا۔

حنیف تھوڑی دیر بیٹھا، پھر رخصت لی اور چلا گیا۔۔۔ دوسرے روز صبح نو بجے کے قریب شہاب آیا اور رات کی بات سنانے لگا، عجیب و غریب تھی یہ فوبھا بائی۔۔۔ پیٹ پر بالشت پھر آپریشن کا نشان تھا۔۔۔ کہتی تھی کہ وہ ایک لکڑی والے سیٹھ کی داشتہ تھی اس نے ایک فلم کمپنی کھول دی تھی اس کے چیکوں پر دستخط شوبھا ہی کے ہوتے تھے۔ موٹر تھی جواب تک موجود ہے۔ نو کر چاکر ہے۔ لکڑی والا سیٹھ اس سے بے حد محبت کرتا تھا۔ اس کے پیٹ کا آپریشن ہوا تو اس نے ایک ہزار روپیہ یتیم خانے کو دیا۔''

حنیف نے پوچھا، ''یہ لکڑی والا سیٹھ اب کہاں ہے۔''

شہاب نے جواب دیا، ''دوسری دنیا میں ٹال کھولے بیٹھا ہے۔۔۔ عورت خوب تھی یہ فوبھا بائی۔۔۔ میں دوسرے کمرے میں سو گیا۔ تو وہ ڈاکٹر خان کے ساتھ لیٹ گئی۔ صبح پانچ بجے خان نے اس سے کہا کہ اب جاؤ۔ شوبھا نے کہا، ''اچھا میں جاتی ہوں، لیکن یہ میرے زیور تم اپنے پاس رکھ لو۔ میں اکیلی ان کے ساتھ باہر نہیں نکلتی۔''

حنیف نے پوچھا، ''ڈاکٹر نے زیور رکھ لیے؟''

شہاب نے سر ہلایا، ''ہاں۔۔۔ پہلے تو اس کا خیال تھا کہ نقلی ہیں۔ مگر دن کی روشنی میں جب اس نے دیکھا تو اصلی تھے۔''

''اور وہ چلی گئی۔''

''ہاں چلی گئی۔۔۔ یہ کہہ کر وہ کسی روز آ کر اپنے زیور واپس لے جائے گی۔''

''یہ تم نے بڑے اچنبھے کی بات سنائی۔''

''خدا کی قسم حقیقت ہے،'' شہاب نے سگریٹ سلگایا، ''اسی لیے تو میں نے کہا یہ فوبھا بائی عجیب و غریب عورت ہے۔''

حنیف نے پوچھا، ''ویسے کیسی عورت تھی؟''

شہاب جھینپ سا گیا۔ ''بھئی مجھے ایسے معاملوں کا کچھ پتہ نہیں۔۔۔ یہ تم خان سے پوچھنا۔ وہ ایکسپرٹ ہے۔''

شام کو دونوں خان سے ملے۔ زیور اس کے پاس محفوظ تھے شوبھا لینے نہیں آئی تھی۔ خان نے بتایا، ''میرا خیال ہے شوبھا، کسی دماغی صدمے کا شکار ہے۔''

شہاب نے پوچھا، ''تمہارا مطلب ہے پاگل ہے؟''

خان نے کہا، ''نہیں۔۔۔ پاگل نہیں ہے لیکن اس کا دماغ یقیناً نارمل نہیں ہے۔ بے حد مخلص عورت ہے۔ ایک لڑکا ہے اس کا جے پور میں اس کو برابر دو سو روپے ماہوار بھیجتی ہے۔ ہر تیسرے مہینے اس سے ملنے جاتی ہے۔ جے پور پہنچتے ہی برقعہ اوڑھ لیتی ہے وہاں اسے پردہ کرنا پڑتا ہے۔''

حنیف نے کہا، ''یہ تم نے کیسے سمجھا کہ اس کا دماغ نارمل نہیں۔''

خان نے جواب دیا، ''بھئی میرا خیال ہے۔۔۔ نارمل عورت ہوتی تو اپنے ڈیڑھ دو ہزار کے زیور ایک اجنبی کے پاس کیوں چھوڑ جاتی۔۔۔ اس کے علاوہ اس کو مورفیا کے انجکشن لینے کی عادت ہے۔''

شہاب نے پوچھا، ''نشہ ہوتا ہے ایک قسم کا؟''

خان نے جواب، ''بہت ہی خطرناک قسم کا۔۔۔ شراب سے بھی بدتر!''

''اس کی عادت کیسے پڑی اسے''، شہاب نے میز پر سے پیپر ویٹ اٹھا کر دوات پر رکھ دیا۔

''آپریشن ہوا تو بگڑ گیا۔ درد شدت کا تھا۔ اس کا احساس کم کرنے کے لیے ڈاکٹر مورفیا کے انجکشن دیتے رہے۔ تقریباً دو مہینے تک۔۔۔ بس عادت ہو گئی۔''

ڈاکٹر خان نے مورفیا اور اس کے خطرناک اثرات پر ایک لیکچر شروع کر دیا۔

ایک ہفتہ ہو گیا شوبھا نہ آئی۔ شہاب واپس حیدر آباد چلا گیا۔ ڈاکٹر خان زیور لے کر حنیف کے پاس آیا کہ چلو دے آئیں۔ دونوں نے گرانٹ روڈ کے ناکے پر اُس دلال کو بہت تلاش کیا جو شہاب اور حنیف کو شوبھا کے مکان کے پاس لے گیا تھا مگر وہ نہ ملا۔ حنیف کو اتنا معلوم تھا کہ گلی کون سی ہے اور بلڈنگ کون سی ہے۔۔۔ ڈاکٹر خان نے کہا، ''ٹھیک ہے۔ ہم پتا لگا لیں گے۔۔۔ یہ زیور میں اپنے پاس نہیں رکھنا چاہتا۔ چوری ہو گئے تو کیا کروں گا۔ وہ تو عجیب بے پروا عورت ہے۔''

دونوں ٹیکسی میں وہاں پہنچ گئے۔ ڈاکٹر خان کو حنیف نے بلڈنگ بتا دی اور کہا، ''میں نہیں جاؤں گا بھائی، تم تلاش کروا سے۔''

ڈاکٹر خان اکیلا اس بلڈنگ میں داخل ہوا تو ایک دو آدمیوں سے پوچھا مگر شوبھا کا کچھ پتہ نہ چلا نیچے سے لفٹ اوپر کو آئی تو ہوٹل کا چھوکرا پیالیاں اٹھائے باہر نکلا خان نے اس سے پوچھا تو اس نے بتایا کہ '' سب سے نچلی منزل کے آخری فلیٹ پر چلے جاؤ۔ '' لفٹ کے ذریعہ سے خان نیچے پہنچا آخری فلیٹ کی گھنٹی بجائی۔ تھوڑی دیر کے بعد ایک بڑھیا عورت نے دروازہ کھولا۔ خان نے اس سے پوچھا، '' شوبھا بائی ہیں؟ ''

بڑھیا نے جواب دیا، '' ہاں ہیں۔ ''

خان نے کہا، '' جاؤ اس سے کہو ڈاکٹر خان آئے ہیں۔ ''

اندر سے شوبھا کی آواز آئی، '' آیئے ڈاکٹر صاحب آیئے '

ڈاکٹر خان اندر داخل ہوا۔ چھوٹا سا ڈرائنگ روم تھا۔ چمکیلے فرنیچر سے بھرا ہوا۔ فرش پر قالین بچھے ہوئے تھے۔ بڑھیا دوسرے کمرے میں چلی گئی۔ فوراً ہی شوبھا کی آواز آئی '' ڈاکٹر صاحب اندر آ جایئے ۔۔۔ میں باہر نہیں آ سکتی۔ ''

ڈاکٹر خان دوسرے کمرے میں داخل ہوا شوبھا چادر اوڑھے لیٹی تھی۔ ان نے اس سے پوچھا، '' کیا بات ہے، '' شوبھا مسکرائی '' کچھ نہیں ڈاکٹر صاحب، تیل مالش کرا رہی تھی، ''

ڈاکٹر پلنگ کے پاس کرسی پر بیٹھ گیا۔ جیب سے رومال نکالا جس میں زیور بندھے تھے کھول کر اسے پلنگ پر رکھ دیا، '' کب تک میں تمہارے ان زیوروں کی حفاظت کرتا رہوں گا تم ایسی گئیں کہ پھر اُدھر کا رخ تک نہ کیا، ''

شوبھا ہنسی، '' مجھے بہت کام تھا۔۔۔ لیکن آپ نے کیوں تکلیف کی میں خود آ کے لے جاتی، '' پھر اس نے بڑھیا سے کہا، '' چائے منگاؤ، ڈاکٹر کے لیے، ''

ڈاکٹر نے کہا، '' نہیں مجھے اب جانا ہے۔ ''

'' کہاں؟ ''

'' ہسپتال، ''

'' ٹیکسی میں آئے ہیں آپ؟ ''

'' ہاں '

'' باہر کھڑی ہے، ''

ڈاکٹر نے سر کے اشارے سے ہاں کی۔ '' تو آپ چلیے میں آتی ہوں ' یہ کہہ کر اس نے زیور تکیے کے نیچے

رکھ دیے اور رومال ڈاکٹر خان کو دے دیا۔ ڈاکٹر خان حنیف کے پاس پہنچا تو اس نے پوچھا، ''مل گئی؟''
ڈاکٹر مسکرایا، ''مل گئی۔۔۔ آ رہی ہے!''

پندرہ بیس منٹ کے بعد شوبھا نے تیزی سے ٹیکسی کا دروازہ کھولا اور اندر بیٹھ گئی۔

ڈاکٹر خان کے کمرے میں دیر تک فضول قسم کی شعر بازی ہوتی رہی۔ ہجر و وصال اور عشق و محبت کے بے شمار عامیانہ اشعار شوبھا نے سنائے اور انہیں اپنے نام سے منسوب کیا۔ ڈاکٹر خان اور حنیف نے خوب داد دی۔ شوبھا بہت خوش ہوئی اور کہنے لگی ''یعقوب فیتھ گھنٹوں مجھ سے فعر فنا کرتے تھے۔''

یعقوب فیتھ وہ لکڑی والا سیٹھ تھا جس نے شوبھا کے لیے ایک فلم کمپنی کھولی تھی۔ ڈاکٹر خان اور حنیف ہنس پڑے۔ شوبھا بھی ہنسنے لگی۔

ڈاکٹر خان اور شوبھا کی دوستی ہو گئی۔ شروع شروع میں تو وہ ہفتے میں دو بار آتی تھی۔ اب قریب قریب ہر روز آنے لگی۔ رات آتی۔ صبح سویرے چلی جاتی۔ شام کو بلا ناغہ مورفیا کا انجکشن لیتی۔ ڈاکٹر انجکشن لگانے سے پہلے اس کے بازو پر بے حس کرنے والی دوا لگا دیتا تھا یہ ٹھنڈی ٹھنڈی چیز اسے بہت پسند تھی۔

تین مہینے گزرے تو شوبھا جے پور جانے کے لیے تیار ہوئی موٹر اپنی ڈاکٹر خان کے حوالے کر دی کہ وہ اس کا دھیان رکھے۔ ڈاکٹر اسے اسٹیشن پر چھوڑنے گیا۔ دیر تک گاڑی میں ایک دوسرے سے باتیں کرتے رہے۔ جب گاڑی چلنے لگی تو شوبھا نے ایک دم ڈاکٹر کا ہاتھ پکڑ کر کہا، ''مجھے کیوں ایک دم ایفا لگا ہے کہ کچھ ہونے والا ہے۔''

ڈاکٹر خان نے کہا، ''کیا ہونے والا ہے۔''

شوبھا کے چہرے سے وحشت برسنے لگی ''معلوم نہیں میرا دل بیٹھا جا رہا ہے۔''

ڈاکٹر خان نے اُسے دم دلاسا دیا گاڑی چل دی۔ دور تک شوبھا کا ہاتھ ہلتا رہا۔

جے پور سے شوبھا کے دو خط آئے جن سے صرف اتنا پتہ چلتا تھا کہ وہ خیریت سے پہنچ گئی ہے۔ جب واپس آئے گی تو اس کے لیے بہت سے تحفے لائے گی۔ اس کے بعد ایک کارڈ آیا جس میں یہ لکھا تھا، ''میری اندھیری زندگی میں صرف ایک دیا تھا وہ بھی کل خدا نے بجھا دیا۔۔۔ بھلا ہو اس کا؟''

حنیف نے یہ الفاظ پڑھے تو اس کی آنکھوں میں آنسو آ گئے۔ بھلا ہو اس کا، ''میں بے پناہ غم تھا۔''

بہت عرصہ گزر گیا شوبھا کا کوئی خط نہ آیا۔ پورا ایک برس بیت گیا۔ ڈاکٹر خان کو اس کا کوئی پتہ نہ چلا شوبھا اپنی موٹر اس کے حوالے کر گئی تھی۔ اس بلڈنگ میں گیا جس کی سب سے نچلی منزل میں وہ رہا کرتی تھی۔

فلیٹ پر کوئی اور ہی قابض تھا ایک دلال قسم کا آدمی۔ ڈاکٹر خان آخر تھک ہار کر خاموش ہو گیا۔ موٹر اس نے ایک گراج میں رکھوا دی۔

ایک دن حنیف گھبرایا ہوا ہسپتال آیا اس کا چہرہ زرد تھا۔ ڈاکٹر خان کو ڈیوٹی سے ہٹا کر وہ ایک طرف لے گیا اور اس سے کہا، ''میں نے آج شوبھا کو دیکھا۔''

ڈاکٹر خان نے حنیف کا بازو پکڑ کر ایک دم پوچھا، ''کہاں؟''

''چوپاٹی پر۔۔۔ میں اسے بالکل نہ پہچانتا کیونکہ وہ محض ہڈیوں کا ڈھانچہ تھی۔''

ڈاکٹر خان کھوکھلی آواز میں بولا، ''ہڈیوں کا ڈھانچہ''

حنیف نے سرد آہ بھری ''شوبھا نہیں تھی اس کا سایہ تھا۔ آنکھیں اندر کو دھنسی ہوئیں۔ بال پریشان اور گرد آلود۔ یوں چلتی تھی کہ اپنے آپ کو گھسیٹ رہی ہے۔ میرے پاس آئی اور کہا، ''مجھے پانچ روپے دو۔۔۔ میں نے اس کو نہ پہچانا۔ پوچھا کیا کرو گی پانچ روپے لے کر۔ بولی مورفیا کا ٹیکہ لوں گی۔۔۔ ایک دم میں نے غور سے اس کی طرف دیکھا۔۔۔ اس کے بالائی ہونٹ پر زخم کا نشان موجود تھا۔۔۔ میں چلایا، ''شوبھا۔۔۔ اس نے تھکی ہوئی ویران آنکھوں سے مجھے دیکھا اور پوچھا، کون ہو تم۔۔۔ میں نے کہا حنیف۔۔۔ اس نے جواب دیا۔ میں کسی حنیف کو نہیں جانتی۔ میں نے تمہارا ذکر کیا کہ تم نے اسے بہت تلاش کیا، بہت ڈھونڈا۔ یہ سن کر اس کے ہونٹوں پر خفیف سی مسکراہٹ پیدا ہوئی اور کہنے لگی، اس سے کہنا مت ڈھونڈے مجھے۔ میری طرف دیکھو۔ میں اتنی مدت سے اپنا کھویا ہوا لال ڈھونڈتی پھر رہی ہوں۔۔۔ یہ ڈھونڈنا بالکل بے کار ہے۔۔۔ کچھ نہیں ملتا۔۔۔ لاؤ پانچ روپے دو مجھے۔۔۔ میں نے اسے پانچ روپے دیے اور کہا، اپنی موٹر تو لے جاؤ ڈاکٹر خان سے ''وہ قہقہے لگاتی ہوئی چلی گئی۔''

خان نے پوچھا، ''کہاں؟''

حنیف نے جواب دیا، ''معلوم نہیں۔۔۔ کسی ڈاکٹر کے پاس گئی ہوگی۔''

ڈاکٹر خان نے بہت تلاش کیا مگر شوبھا کا کچھ پتہ نہ چلا۔

12 جون 1950ء

قادر اقصائی

عیدن بائی آگرے والی، چھوٹی عید کو پیدا ہوئی تھی، یہی وجہ ہے کہ اس کی ماں زہرہ جان نے اس کا نام اسی مناسبت سے عیدن رکھا۔ زہرہ جان اپنے وقت کی بہت مشہور گانے والی تھی، بڑی دور دور سے رئیس اس کا مجرا سننے کے لیے آتے تھے۔

کہا جاتا ہے کہ میرٹھ کے ایک تاجر عبداللہ سے، جو لاکھوں میں کھیلتا تھا، اسے محبت ہو گئی، اس نے چنانچہ اسی جذبے کے ماتحت اپنا پیشہ چھوڑ دیا۔ عبداللہ بہت متاثر ہوا اور اس کی ماہوار تنخواہ مقرر کر دی کوئی تین سو کے قریب۔ ہفتے میں تین مرتبہ اس کے پاس آتا، رات ٹھہرتا، صبح سویرے وہاں سے روانہ ہو جاتا۔

جو شخص زہرہ جان کو جانتے ہیں اور آگرے کے رہنے والے ہیں، ان کا یہ بیان ہے کہ اس کا چاہنے والا ایک بڑھئی تھا مگر وہ اسے منہ نہیں لگاتی تھی۔ وہ بیچارہ ضرورت سے زیادہ محنت و مشقت کرتا اور تین چار مہینے کے بعد روپے جمع کر کے زہرہ جان کے پاس جاتا مگر وہ اسے دھتکار دیتی۔

آخر ایک روز اس بڑھئی کو زہرہ جان سے مفصل گفتگو کرنے کا موقع مل ہی گیا، پہلے تو وہ کوئی بات نہ کر سکا، اس لیے کہ اس پر اپنی محبوبہ کے حسن کا رعب طاری تھا لیکن اس نے تھوڑی دیر کے بعد جرأت سے کام لیا اور اس سے کہا:

"زہرہ جان۔۔۔ میں غریب آدمی ہوں، مجھے معلوم ہے کہ بڑے بڑے دھن والے تمہارے پاس آتے ہیں اور تمہاری ہر ادا پر سینکڑوں روپے نچھاور کرتے ہیں۔۔۔ لیکن تمہیں شاید یہ بات معلوم نہیں کہ غریب کی محبت دھن دولت والوں کے لاکھوں روپوں سے بڑی ہوتی ہے۔۔۔ میں تم سے محبت کرتا ہوں۔۔۔ معلوم نہیں کیوں۔۔۔"

زہرہ جان ہنسی، اس ہنسی سے بڑھئی کا دل مجروح ہوگیا، ''تم ہنستی ہو۔۔۔میری محبت کا مذاق اڑاتی ہو اس لیے کہ یہ کنگلے کی محبت ہے جو لکڑیاں چیر کر اپنی روزی کماتا ہے۔۔۔یاد رکھو یہ تمہارے لاکھوں میں کھیلنے والے تمہیں وہ محبت اور پیار نہیں دے سکتے جو میرے دل میں تمہارے لیے موجود ہے۔''

زہرہ جان اکتا گئی، اس نے اپنے ایک میراثی کو بلایا اور اس سے کہا کہ بڑھئی کو باہر نکال دو، لیکن وہ اس سے پہلے ہی چلا گیا۔ ایک برس کے بعد عیدن پیدا ہوئی۔۔۔اس کا باپ عبداللہ تھا یا کوئی اور، اس کے متعلق کوئی بھی وثوق سے کچھ نہیں کہہ سکتا۔ بعض کا خیال ہے کہ وہ غازی آباد کے ایک ہندو سیٹھ کے نطفے سے ہے۔۔۔کسی کے نطفے سے بھی ہو مگر بلا کی خوبصورت تھی۔

ادھر زہرہ جان کی عمر ڈھلتی گئی، ادھر عیدن جوان ہوتی گئی، اس کی ماں نے اس کو موسیقی کی بڑی اچھی تعلیم دی، لڑکی ذہین تھی، کئی استادوں سے اس نے سبق لیے اور ان سے داد وصول کی۔

زہرہ جان کی عمر اب چالیس برس کے قریب ہوگئی، وہ اب اس منزل سے گزر چکی تھی جب کسی طوائف میں کشش باقی رہتی ہے، وہ اپنی اکلوتی لڑکی عیدن کے سہارے جی رہی تھی، ابھی تک اس نے اس سے مجرا نہیں کرایا تھا۔ وہ چاہتی تھی کہ بہت بڑی تقریب ہو جس کا افتتاح کوئی راجہ نواب کرے۔

عیدن بائی کے حسن کے چرچے عام تھے۔ دور دور تک عیاش رئیسوں میں اس کے تذکرے ہوتے تھے، وہ اپنے ایجنٹوں کو زہرہ جان کے پاس بھیجتے اور عیدن کی ننھی اتارنے کے لیے اپنی اپنی پیش کش بھیجتے، مگر اس کو اتنی جلدی نہیں تھی، وہ چاہتی تھی کہ مسّی کی رسم بڑی دھوم دھام سے ہو اور وہ زیادہ سے زیادہ قیمت وصول کرے۔ اس کی لڑکی لاکھوں میں ایک تھی، سارے شہر میں اس جیسی حسین لڑکی اور کوئی نہیں تھی۔

اس کے حسن کی نمائش کرنے کے لیے وہ ہر جمعرات کی شام کو اس کے ساتھ پیدل باہر سیر کو جاتی، عشق پیشہ مرد اس کو دیکھتے تو دل تھام تھام لیتے۔

پھنسی پھنسی چولی میں گدرایا ہوا جوبن، سڈول بانہیں، مخروطی انگلیاں جن کے ناخنوں پر حیا جیتا لہو ایسا رنگ، ٹھمکا ساقد، گھنگریالے بال، قدم قدم پر قیامت ڈھاتی تھی۔

آخر ایک روز زہرہ جان کی امید بر آئی۔ ایک نواب عیدن پر ایسا لٹّو ہوا کہ وہ منہ مانگے دام دینے پر رضامند ہوگیا۔ زہرہ جان نے اپنی بیٹی کی مسّی کی رسم کے لیے بڑا اہتمام کیا، کئی دیگیں پلاؤ اور تنجن کی چڑھائی گئیں۔ شام کو نواب صاحب اپنی بگھی میں آئے، زہرہ جان نے ان کی بڑی آؤ بھگت کی۔۔۔نواب صاحب بہت خوش ہوئے، عیدن دلہن بنی ہوئی تھی، نواب صاحب کے ارشاد کے مطابق اس کا مجرا شروع

ہوا۔۔۔ پھٹ پڑنے والا شباب تھا جو محوِ نغمہ سرائی تھا۔

عیدن اس شام بلا کی خوبصورت دکھائی دے رہی تھی، اس کی ہر جنبش، ہر ادا، اس کے گانے کا ہر سر زہد شکن تھا۔ نواب صاحب گاؤ تکیے کا سہارا لیے بیٹھے لیتے تھے۔ انہوں نے سوچا کہ آج رات وہ جنت کی سیر کریں گے جو کسی اور کو نصیب نہیں ہوئی۔ وہ یہ سوچ ہی رہے تھے کہ اچانک ایک بے ہنگم سا آدمی اندر داخل ہوا اور زہرہ جان کے پاس بیٹھ گیا، وہ بہت گھبرائی، یہ وہی بڑھئی تھا۔۔۔ اس کا عاشقِ زار، بہت میلے اور گندے کپڑے پہنے تھا۔ نواب صاحب کو جو بہت نفاست پسند تھے، ابکائیاں آنے لگیں۔ انہوں نے زہرہ جان سے کہا، ''یہ کون بدتمیز ہے؟''

بڑھئی مسکرایا، ''حضور! میں ان کا عاشق ہوں۔''

نواب صاحب کی طبیعت اور زیادہ مکدّر ہو گئی، ''زہرہ جان، نکالو اس حیوان کو باہر۔''

بڑھئی نے اپنے تھیلے سے آری نکالی اور بڑی مضبوطی سے زہرہ جان کو پکڑ کر اس کی گردن پر تیزی سے چلانا شروع کر دی، نواب صاحب اور میراثی وہاں سے بھاگ گئے، عیدن بے ہوش ہو گئی۔ بڑھئی نے اپنا کام بڑے اطمینان سے ختم کیا اور لہو بھری آری اپنے تھیلے میں ڈال کر سیدھا تھانے میں گیا اور اقبالِ جرم کر لیا۔ کہا جاتا ہے کہ اسے عمر قید ہو گئی تھی۔

عیدن کو اپنی ماں کے قتل ہونے کا اس قدر صدمہ ہوا کہ وہ دو اڑھائی مہینے تک بیمار رہی۔ ڈاکٹروں کا خیال تھا کہ وہ زندہ نہیں رہے گی مگر آہستہ آہستہ اس کی طبیعت سنبھلنے لگی اور وہ اس قابل ہو گئی کہ چل پھر سکے۔ ہسپتال میں اس کی تیمار داری صرف اس کے استاد اور میراثی ہی کرتے تھے۔ وہ نواب اور رئیس جو اس پر اپنی جان چھڑکتے تھے، بھولے سے بھی اس کو پوچھنے کے لیے نہ آئے۔۔۔ وہ بہت دل برداشتہ ہو گئی۔ وہ آگرہ چھوڑ کر دہلی چلی آئی۔۔۔ مگر اس کی طبیعت اتنی اداس تھی کہ اس کا جی قطعاً مجرا کرنے کو نہیں چاہتا تھا۔ اس کے پاس بیس پچیس ہزار روپے کے زیورات تھے جن میں آدھے اس کی مقتول ماں کے تھے وہ انہیں بیچتی رہی اور گزارہ کرتی رہی۔

عورت کو زیور بڑے عزیز ہوتے ہیں، اس کو بڑا دکھ ہوتا تھا جب وہ کوئی چوڑی یا نکلس اونے پونے داموں بیچتی تھی۔ عجب عالم تھا، خون پانی سے بھی ارزاں ہو رہا تھا۔ مسلمان دھڑا دھڑ پاکستان جا رہے تھے کہ ان کی جانیں محفوظ رہیں۔ عیدن نے بھی فیصلہ کر لیا کہ وہ دہلی میں نہیں رہے گی۔ لاہور چلی جائے گی۔ بڑی مشکلوں سے اپنے کئی زیورات بیچ کر وہ لاہور پہنچ گئی لیکن راستے میں اس کی تمام بیش قیمت پشوازیں

اور باقی ماندہ زیور اس کے اپنے بھائی مسلمانوں ہی نے غائب کر دیئے۔ جب وہ لاہور پہنچی تو وہ لٹی پٹی تھی۔۔۔ لیکن اس کا حسن ویسے کا ویسا تھا۔ دلی سے لاہور آتے ہوئے ہزاروں للچائی ہوئی آنکھوں نے اس کی طرف دیکھا مگر اس نے بے اعتنائی برتی۔

وہ جب لاہور پہنچی تو اس نے سوچا کہ زندگی بسر کیسے ہو گی؟ اس کے پاس تو چنے کھانے کے لیے بھی چند پیسے نہیں تھے لیکن اس لڑکی کی ذہین تھی، سیدھی اس جگہ پہنچی جہاں اس کی ہم پیشہ رہتی تھیں، یہاں اس کی بڑی آؤ بھگت کی گئی۔ ان دنوں لاہور میں روپیہ عام تھا، ہندو جو کچھ یہاں چھوڑ گئے تھے، مسلمانوں کی ملکیت بن گیا تھا۔ ہیرا منڈی کے وارے نیارے تھے۔ عیدن کو جب لوگوں نے دیکھا تو وہ اس کے عاشق ہو گئے۔ رات بھر اس کو سینکڑوں گانے سننے والوں کی فرمائشیں پوری کرنا پڑتیں۔ صبح چار بجے کے قریب جب کہ اس کی آواز جواب دے چکی ہوتی وہ اپنے سامعین سے معذرت طلب کرتی اور اوندھے منہ اپنی چارپائی پر لیٹ جاتی۔

یہ سلسلہ قریب ڈیڑھ برس تک جاری رہا۔۔۔ عیدن اس کے بعد ایک علیحدہ کوٹھا کرائے پر لے کر وہاں اٹھ آئی، چونکہ جہاں وہ مقیم تھی، اس نائکہ کو اسے اپنی آدھی آمدن دینا پڑتی تھی۔ جب اس نے علیحدہ اپنے کوٹھے پر مجرا کرنا شروع کیا تو اس کی آمدن میں اضافہ ہو گیا۔ اب اسے ہر قسم کی فراغت حاصل تھی، اس نے کئی زیور بنا لیے، کپڑے بھی اچھے سے اچھے تیار کرا لیے۔

اسی دوران میں اس کی ملاقات ایک ایسے شخص سے ہوئی جو بلیک مارکیٹ کا بادشاہ تھا۔ اس نے کم از کم دو کروڑ روپے کمائے تھے، خوبصورت تھا، اس کے پاس تین کاریں تھیں، پہلی ہی ملاقات پر وہ عیدن کے حسن سے اس قدر متاثر ہوا کہ اس نے اپنی کھڑی سفید پیکارڈ اس کے حوالے کر دی۔

اس کے علاوہ وہ ہر شام آتا اور کم از کم دو ڈھائی سو روپے اس کی نذر ضرور کرتا۔ ایک شام وہ آیا تو چاندنی کسی قدر میلی تھی۔ اس نے عیدن سے پوچھا، '' کیا بات ہے آج تمہاری چاندنی اتنی گندی ہے؟'' عیدن نے ایک ادا کے ساتھ جواب دیا، '' آج کل لٹھا کہاں ملتا ہے؟''

دوسرے دن اس بلیک مارکیٹ کے بادشاہ نے چالیس تھان لٹھے کے بھجوا دیئے، اس کے تیسرے روز بعد اس نے ڈھائی ہزار روپے دیئے کہ عیدن اپنے گھر کی آرائش کا سامان خرید لے۔

عیدن کو اچھا گوشت کھانے کا بہت شوق تھا۔ جب وہ آگرے اور دلی میں تھی تو اسے عمدہ گوشت نہیں ملتا تھا مگر لاہور میں اسے قادرا قصائی بہترین گوشت مہیا کرتا تھا۔۔۔ بغیر ریشے کے، ہر بوٹی ایسی ہوتی تھی

جیسے ریشم کی بنی ہو۔ دکان پر اپنا شاگرد بٹھا کر قادرا صبح سویرے آتا اور ڈیڑھ سیر گوشت جس کی بوٹی بوٹی پھڑک رہی ہوتی، عیدن کے حوالے کر دیتا، اس سے دیر تک باتیں کرتا رہتا جو عام طور پر گوشت ہی کے بارے میں ہوتیں۔

بلیک مارکیٹ کا بادشاہ جس کا نام ظفر شاہ تھا، عیدن کے عشق میں بہت بری طرح گرفتار ہو چکا تھا، اس نے ایک شام عیدن سے کہا کہ وہ اپنی ساری جائداد، منقولہ اور غیر منقولہ اس کے نام منتقل کرنے کے لیے تیار ہے، اگر وہ اس سے شادی کر لے۔۔۔ مگر عیدن نہ مانی ظفر شاہ بہت مایوس ہوا۔ اس نے کئی بار کوشش کی کہ عیدن اس کی ہو جائے مگر ہر بار اسے ناکامی کا سامنا کرنا پڑا۔ وہ مجرے سے فارغ ہو کر رات کے دو تین بجے کے قریب باہر نکل جاتی تھی، معلوم نہیں کہاں۔

ایک رات جب ظفر شاہ اپنا غم غلط کر کے۔۔۔ یعنی شراب پی کر پیدل ہی چلا آ رہا تھا کہ اس نے دیکھا کہ سائیں کے تکیے کے باہر عیدن ایک نہایت بدنما آدمی کے پاؤں پکڑے التجائیں کر رہی ہے کہ خدا کے لیے مجھ پر نظرِ کرم کرو، میں دل و جان سے تم پر فدا ہوں۔۔۔ تم اتنے ظالم کیوں ہو۔۔۔ اور وہ شخص جسے غور سے دیکھنے پر ظفر شاہ نے پہچان لیا کہ قادرا قصائی ہے، اسے دھتکار رہا ہے، ''جا۔۔۔ ہم نے آج تک کسی کنجری کو منہ نہیں لگایا۔۔۔ مجھے تنگ نہ کیا کر۔''

قادرا اسے ٹھوکریں مار تا رہا اور عیدن اسی میں لذت محسوس کرتی رہی۔

قاسم

باورچی خانہ کی میٹ میلی فضا میں بجلی کا اندھا سا بلب کمزور روشنی پھیلا رہا تھا۔ اسٹوو پر پانی سے بھری ہوئی کیتلی دھری تھی۔ پانی کا کھولاؤ اور اسٹوو کے حلق سے نکلتے ہوئے شعلے مل جل کر مسلسل شور برپا کر رہے تھے۔ انگیٹھیوں میں آگ کی آخری چنگاریاں راکھ میں سوگئی تھیں۔ دور کونے میں قاسم، گیارہ برس کا لڑکا برتن مانجھنے میں مصروف تھا۔ یہ ریلوے انسپکٹر صاحب کا بوائے تھا۔

برتن صاف کرتے وقت یہ لڑکا کچھ گنگنا رہا تھا۔ یہ الفاظ ایسے تھے جو اس کی زبان سے بغیر کسی کوشش کے نکل رہے تھے، ''جی آیا صاحب! جی آیا صاحب۔۔۔! بس ابھی صاف ہو جاتے ہیں صاحب۔'' ابھی برتنوں کو راکھ سے صاف کرنے کے بعد انھیں پانی سے دھو کر قرینے سے رکھنا بھی تھا۔ اور یہ کام جلدی سے نہ ہو سکتا تھا۔ لڑکے کی آنکھیں نیند سے بند ہوئی جا رہی تھیں۔ سر سخت بھاری ہو رہا تھا مگر کام کیے بغیر آرام۔۔۔ یہ کیونکر ممکن تھا۔

اسٹوو بدستور ایک شور کے ساتھ نیلے شعلوں کو اپنے حلق سے اگل رہا تھا۔ کیتلی کا پانی اسی انداز میں کھل کھلا کر ہنس رہا تھا۔ دفعتاً لڑکے نے نیند کے ناقابلِ مغلوب حملے کو محسوس کر کے اپنے جسم کو ایک جنبش دی۔ اور ''جی آیا صاحب'' گنگناتا پھر کام میں مشغول ہو گیا۔ دیوار گیروں پر چنے ہوئے برتن سوئے ہوئے تھے۔ پانی کے نل سے پانی کی بوندیں نیچے میلی سِل پر ٹپک رہی تھیں اور اداس آواز پیدا کر رہی تھیں۔ ایسا معلوم ہوتا تھا کہ فضا پر غنودگی سی طاری ہے۔ دفعتاً آواز بلند ہوئی۔

''قاسم۔۔۔! قاسم۔۔۔!''

''جی آیا صاحب!'' لڑکا ان ہی الفاظ کی گردان کر رہا تھا، بھاگا بھاگا اپنے آقا کے پاس گیا۔

انسپکٹر صاحب نے گرج کر کہا، '' بے وقوف کے بچے یہاں آج پھر صراحی اور گلاس رکھنا بھول گیا ہے۔''

'' ابھی لایا صاحب۔۔۔ ابھی لایا صاحب۔''

کمرے میں صراحی اور گلاس رکھنے کے بعد وہ ابھی برتن صاف کرنے کے لیے گیا ہی تھا کہ پھر اسی کمرے سے آواز آئی۔

'' قاسم۔۔۔ قاسم !''

'' جی آیا صاحب !'' قاسم بھاگتا ہوا پھر اپنے آقا کے پاس گیا۔

'' بمبئی کا پانی کس قدر خراب ہے ۔۔۔ جاؤ پارسی کے ہوٹل سے سوڈا لے کر آؤ۔ بس بھاگے جاؤ۔ سخت پیاس لگ رہی ہے۔''

'' بہت اچھا صاحب۔''

قاسم بھاگا بھاگا گیا اور پارسی کے ہوٹل سے، جو گھر سے قریباً نصف میل کے فاصلے پر تھا، سوڈے کی بوتل لے آیا اور اپنے آقا کو گلاس میں ڈال کر دے دی۔

'' اب تم جاؤ۔ مگر اس وقت تک کیا کر رہے ہو؟ برتن صاف نہیں ہوئے کیا؟''

'' ابھی صاف ہو جاتے ہیں صاحب !''

'' برتن صاف کرنے کے بعد میرے دونوں کالے شو پالش کر دینا۔ مگر دیکھنا احتیاط رہے۔ چمڑے پر کوئی خراش نہ آئے۔۔۔ ورنہ۔۔۔'' قاسم کو '' ورنہ '' کے بعد کا جملہ بخوبی معلوم تھا۔ '' بہت اچھا صاحب '' کہہ کر وہ باورچی خانہ میں چلا گیا اور برتن صاف کرنے شروع کر دیئے۔ اب نیند اس کی آنکھوں میں سمٹی چلی آ رہی تھی۔ پلکیں آپس میں ملی جا رہی تھیں، سر میں پگھلا ہوا سیسہ اتر رہا تھا۔۔۔ یہ خیال کرتے ہوئے کہ صاحب کے بوٹ بھی ابھی پالش کرنے ہیں، قاسم نے اپنے سر کو زور سے جنبش دی اور وہی راگ الاپنا شروع کر دیا۔

'' جی آیا صاحب۔ جی آیا صاحب ! بوٹ صاف ہو جاتے ہیں صاحب۔''

مگر نیند کا طوفان ہزار بند باندھنے پر بھی نہ رکا۔ اب اسے محسوس ہوا کہ نیند ضرور غلبہ پا کے رہے گی۔ پر ابھی برتنوں کو دھو کر انہیں اپنی جگہ پر رکھنا باقی تھا۔ جب اس نے یہ سوچا تو ایک عجیب و غریب خیال اس کے دماغ میں آیا، '' بھاڑ میں جائیں برتن اور چولھے میں جائیں شو۔۔۔ کیوں نہ تھوڑی دیر اسی جگہ سو جاؤں اور پھر چند لمحہ آرام کرنے کے بعد۔۔۔'' اس خیال کو باغیانہ تصور کر کے قاسم نے ترک کر دیا۔

اور برتنوں پر جلدی جلدی راکھ ملنا شروع کردی۔

تھوڑی دیر کے بعد جب نیند پھر غالب آئی تو اس کے جی میں آئی کہ ابلتا ہوا پانی اپنے سر پر انڈیل لے اور اس طرح اس غیر مرئی طاقت سے جو اس کام میں حارج ہو رہی تھی نجات پا جائے ۔۔۔ مگر پانی اتنا گرم تھا کہ اس کے بھیجے تک کو پگھلا دیتا۔ چنانچہ منہ پر ٹھنڈے پانی کے چھینٹے مار مار کر اس نے باقی ماندہ برتن صاف کیے۔ یہ کام کرنے کے بعد اس نے اطمینان کا سانس لیا۔ اب وہ آرام سے سو سکتا تھا اور نیند ۔۔۔ وہ نیند، جس کے لیے اس کی آنکھیں اور دماغ اس شدت سے انتظار کر رہے تھے اب بالکل نزدیک تھی۔

باورچی خانے کی روشنی گل کرنے کے بعد قاسم نے باہر برآمدے میں اپنا بستر بچھا لیا اور لیٹ گیا۔ اس سے پہلے کہ نیند اسے اپنے نرم نرم بازوؤں میں تھام لے اس کے کان ''شوشو'' کی آواز سے گونج اٹھے ۔ ''بہت اچھا صاحب۔ ابھی پالش کرتا ہوں۔'' قاسم ہڑبڑا کے اٹھ بیٹھا۔ ابھی قاسم شو کا ایک پیر بھی اچھی طرح پالش کرنے نہ پایا تھا کہ نیند کے غلبہ نے اسے وہیں سلا دیا۔ سورج کی لال لال کرنیں مکان کے شیشوں سے نمودار ہوئیں۔ مگر قاسم سویا رہا۔

جب انسپکٹر صاحب نے اپنے نوکر کو باہر برآمدے میں اپنے کالے جوتوں کے پاس سویا دیکھا تو اسے ٹھوکر مار کے جگاتے ہوئے کہا، ''یہ سور کی طرح یہاں بے ہوش پڑا ہے اور مجھے خیال تھا کہ اس نے شو صاف کر لیے ہوں گے۔ ''نمک حرام! ۔۔۔ابے قاسم!''

''جی آیا صاحب!'' قاسم فوراً اٹھ بیٹھا۔ ہاتھ میں جب اس نے پالش کرنے کا برش دیکھا اور رات کے اندھیرے کی بجائے دن کی روشنی دیکھی تو اس کی جان خطا ہو گئی۔ ''میں سو گیا تھا صاحب! مگر ۔۔۔مگر شو ابھی پالش ہو جاتے ہیں صاحب۔ '' یہ کہہ کر اس نے جلدی جلدی پالش کرنا شروع کر دیا۔ پالش کرنے کے بعد اس نے اپنا بستر بند کیا اور اسے اوپر کے کمرے میں رکھنے چلا گیا۔

''قاسم!''

''جی آیا صاحب!''

قاسم بھاگا ہوا نیچے آیا۔ اور اپنے آقا کے پاس کھڑا ہو گیا۔

''دیکھو، آج ہمارے یہاں مہمان آئیں گے، اس لیے باورچی خانہ کے تمام برتن اچھی طرح صاف کر رکھنا۔ فرش دھلا دھلا ہونا چاہیے۔ اس کے علاوہ تمہیں ڈرائنگ روم کی تصویریں، میزیں اور کرسیاں بھی صاف کرنا ہوں گی۔ ۔۔۔ سمجھے ۔۔۔ خیال رہے میری میز پر ایک تیز دھار والا چاقو پڑا ہے۔ اسے مت

چھیڑنا! میں اب دفتر جا رہا ہوں۔ مگر یہ کام دو گھنٹے سے پہلے پہلے ہو جائے۔ ''

'' بہت بہتر صاحب۔ ''

انسپکٹر صاحب دفتر چلے گئے۔ قاسم باورچی خانہ صاف کرنے میں مشغول ہو گیا۔ ڈیڑھ گھنٹے کی ان تھک محنت کے بعد اس نے باورچی خانہ کا سارا کام ختم کر دیا۔ اور ہاتھ پاؤں صاف کرنے کے بعد جھاڑن لے کر ڈرائنگ روم میں چلا گیا۔ وہ ابھی کرسیوں کو جھاڑن سے صاف کر رہا تھا کہ اس کے تھکے ہوئے دماغ میں ایک تصویر سی کھنچ گئی۔ کیا دیکھتا ہے کہ اس کے گرد ہی برتن پڑے ہیں اور پاس ہی راکھ کا ایک ڈھیر لگ رہا ہے۔ ہوا زوروں پر چل رہی ہے جس سے وہ راکھ اڑا کر فضا کو خاکستری بنا رہی ہے۔ یکایک اس ظلمت میں ایک سرخ آفتاب نمودار ہوا جس کی کرنیں سرخ برچھیوں کی طرح ہر برتن کے سینے میں گھس گئیں۔ زمین خون سے شرابور ہو گئی۔

قاسم دہشت زدہ ہو گیا، اور اس وحشتناک تصور کو دماغ سے جھٹک کر '' جی آیا صاحب، جی آیا صاحب '' کہتا پھر اپنے کام میں مشغول ہو گیا۔ تھوڑی دیر کے بعد اس کے تصور میں ایک اور منظر رقص کرنے لگا۔ چھوٹے چھوٹے لڑکے آپس میں کوئی کھیل کھیل رہے تھے۔ دفعتاً آندھی چلنے لگی جس کے ساتھ ہی ایک بدنما اور بھیانک دیو نمودار ہوا۔ یہ دیوان سب لڑکوں کو نگل گیا۔ قاسم نے خیال کیا کہ وہ دیو اس کے آقا کے ہم شکل تھا۔ گو کہ قد و قامت کے لحاظ سے وہ اس سے کہیں بڑا تھا۔ اب اس دیو نے زور زور سے ڈکارنا شروع کیا۔ قاسم سر سے پیر تک لرز گیا۔

ابھی تمام کمرہ صاف کرنا تھا۔ اور وقت بہت کم رہ گیا تھا۔ چنانچہ قاسم نے جلدی جلدی کرسیوں پر جھاڑن مارنا شروع کیا۔ کرسیوں کا کام ختم کرنے کے بعد وہ میز صاف کرنے کے لیے بڑھا تو اسے خیال آیا، '' آج مہمان آ رہے ہیں۔ خدا معلوم کتنے برتن صاف کرنا پڑیں گے۔ نیند کمبخت پھر ستائے گی۔ مجھ سے تو کچھ بھی نہ ہو سکے گا۔ ۔ ۔ ''

وہ یہ سوچ رہا تھا اور میز پر رکھی ہوئی چیزوں کو پونچھ رہا تھا۔ اچانک اسے قلمدان کے پاس ایک کھلا ہوا چاقو نظر آیا۔ ۔ ۔ وہی چاقو جس کے متعلق اس کے آقا نے کہا تھا بہت تیز ہے، چاقو کا دیکھنا تھا کہ اس کی زبان پر یہ لفظ خود بخود جاری ہو گئے، '' چاقو، تیز دھار چاقو! یہی تمہاری مصیبت ختم کر سکتا ہے۔ '' کچھ اور سوچے بغیر قاسم نے تیز دھار چاقو اٹھا کے اپنی انگلی پر پھیر لیا۔ اب وہ شام کو برتن صاف کرنے کی زحمت سے بہت دور تھا اور نیند ۔ ۔ ۔ پیاری پیاری نیند اسے بآسانی نصیب ہو سکتی تھی۔ انگلی سے خون کی سرخ دھار

بہہ رہی تھی۔سامنے والی دوات کی سرخ روشنائی سے کہیں چمکیلی۔قاسم اس خون کی دھار کو مسرت بھری نظروں سے دیکھ رہا تھا۔اور منہ میں گنگنار ہاتھا، ''نیند، نیند۔۔۔ پیاری نیند۔''

تھوڑی دیر بعد وہ بھاگا ہوا اپنے آقا کی بیوی کے پاس گیا جو زنان خانہ میں بیٹھی سلائی کر رہی تھی اور اپنی انگلی دکھا کر کہنے لگا، ''دیکھیے بی بی جی!''

''ارے قاسم یہ تو نے کیا کیا۔۔۔؟ کم بخت، صاحب کے چاقو کو چھیڑا ہو گا تو نے؟''

قاسم مسکرا دیا، ''بی بی جی۔۔۔ بس میز صاف کر رہا تھا کہ اس نے کاٹ کھایا۔''

''سؤر اب ہنستا ہے، ادھر آ، میں اس پر کپڑا باندھ دوں۔۔۔ پر اب یہ تو بتا کہ آج یہ برتن تیرا باپ صاف کرے گا؟''

قاسم اپنی فتح پر جی ہی جی میں بہت خوش ہوا۔انگلی پر پٹی بندھوا کر قاسم پھر کمرے میں چلا آیا۔میز پر سے خون کے دھبے صاف کرنے کے بعد اس نے خوشی خوشی اپنا کام ختم کر دیا۔سامنے طوطے کا پنجرہ لٹک رہا تھا۔اس کی طرف دیکھ کر قاسم نے مسرت بھرے لہجہ میں کہا، ''اب اس نمک حرام باورچی کو برتن صاف کرنے ہوں گے۔۔۔اور ضرور صاف کرنے ہوں گے ۔ کیوں میاں مٹھو؟'' شام کے وقت مہمان آئے اور چلے گئے۔ باورچی خانہ میں جھوٹے برتنوں کا ایک طومار سا لگ گیا۔انسپکٹر صاحب قاسم کی انگلی دیکھ کر بہت برسے اور جی کھول کر اسے گالیاں دیں۔مگر اسے مجبور نہ کر سکے۔۔۔شاید اس وجہ سے کہ ایک بار ان کی اپنی انگلی میں قلم تراش چبھ جانے سے بہت درد ہوا تھا۔

آقا کی خفگی آنے والی مسرت نے بھلا دی اور قاسم کو دتا چاند تا اپنے بستر پر جا لیٹا۔تین چار روز تک وہ برتن صاف کرنے کی زحمت سے بچا ہا مگر اس کے بعد انگلی کا زخم بھر آیا۔۔۔اب وہی مصیبت پھر نمودار ہو گئی۔

''قاسم۔۔۔صاحب کی جرابیں اور قمیض دھو ڈالو۔''

''بہت اچھا بی بی جی۔''

''قاسم اس کمرے کا فرش کتنا میلا ہو رہا ہے۔ پانی لا کر ابھی صاف کرو۔ دیکھنا کوئی داغ دھبہ باقی نہ رہے!''

''بہت اچھا صاحب۔''

''قاسم، شیشے کے گلاس کتنے چکنے ہو رہے ہیں، انہیں نمک سے ابھی ابھی صاف کرو۔''

''ابھی کرتا ہوں بی بی جی۔''

''قاسم، ابھی بھنگن آرہی ہے۔تم پانی ڈالتے جانا۔وہ سیڑھیاں دھو ڈالے گی۔''

''بہت اچھا صاحب۔''

''قاسم ذرا بھاگ کے ایک آنہ کا دہی تو لے آنا!''

''ابھی چلا بی بی جی۔''

پانچ روز اس قسم کے احکام سننے میں گزر گئے۔قاسم کام کی زیادتی اور آرام کے قحط سے تنگ آگیا۔ہر روز اسے نصف شب تک کام کرنا پڑتا۔پھر بھی علی الصبح چار بجے کے قریب بیدار ہو کر ناشتے کے لیے چائے تیار کرنا پڑتی۔ یہ کام قاسم کی عمر کے لڑکے کے لیے بہت زیادہ تھا۔

ایک روز انسپکٹر صاحب کی میز صاف کرتے وقت اُس کا ہاتھ خود بخود چاقو کی طرف بڑھا۔اور ایک لمحہ کے بعد اس کی انگلی سے خون بہنے لگا۔انسپکٹر صاحب اور ان کی بیوی قاسم کی اس حرکت پر سخت خفا ہوئے۔ چنانچہ سزا کی صورت میں اسے شام کا کھانا نہ دیا گیا۔مگر قاسم خوش تھا۔۔۔ایک وقت روٹی نہ ملی۔انگلی پر معمولی سا زخم آگیا۔مگر برتنوں کا انبار صاف کرنے سے تو نجات ملی گئی۔۔۔یہ سودا کیا برا ہے؟ چند دنوں کے بعد اس کی انگلی کا زخم ٹھیک ہو گیا۔اب پھر کام کی وہی بھرمار تھی۔پندرہ بیس روز گدھوں کی سی مشقت میں گزر گئے۔اس عرصہ میں قاسم نے بار ہا ارادہ کیا کہ چاقو سے پھر انگلی زخمی کرلے۔مگر اب میز پر سے وہ چاقو اٹھا لیا گیا تھا اور باورچی خانہ والی چھری کُند تھی۔

ایک روز باورچی بیمار پڑ گیا۔اب قاسم کو ہر وقت باورچی خانہ میں رہنا پڑا۔کبھی مرچیں پیستا، کبھی آٹا گوندھتا، کبھی کوئلے سلگاتا، غرض صبح سے لے کر شام تک اس کے کانوں میں ''ابے قاسم یہ کر! ابے قاسم وہ کر!'' کی صدا گونجتی رہتی۔باورچی دو روز تک نہ آیا۔۔۔قاسم کی ننھی سی جان اور ہمت جواب دے گئی۔مگر سوائے کام کے اور چارہ ہی کیا تھا۔

ایک روز انسپکٹر صاحب نے اسے الماری صاف کرنے کو کہا جس میں ادویات کی شیشیاں اور مختلف چیزیں پڑی تھیں۔الماری صاف کرتے وقت اسے داڑھی مونڈنے کا ایک بلیڈ نظر آیا۔بلیڈ پکڑتے ہی اس نے اپنی انگلی پر پھیر لیا۔دھار تھی بہت تیز، انگلی میں دور تک چلی گئی جس سے بہت بڑا زخم بن گیا۔۔۔ قاسم نے بہت کوشش کی کہ خون نکلنا بند ہو جائے مگر زخم کا منہ بڑا تھا۔سیروں خون پانی کی طرح بہہ گیا۔ یہ دیکھ کر قاسم کا رنگ کاغذ کی مانند سپید ہو گیا۔بھاگا ہوا انسپکٹر صاحب کی بیوی کے پاس گیا۔۔۔

''بی بی جی، میری انگلی میں صاحب کا استرا لگ گیا ہے۔''

جب انسپکٹر صاحب کی بیوی نے قاسم کی انگلی کو تیسری مرتبہ زخمی دیکھا تو فوراً معاملے کو سمجھ گئی۔ چپ چاپ اٹھی اور کپڑا نکال کر اس کی انگلی پر باندھ دیا اور کہا، ''قاسم! اب تم ہمارے گھر میں نہیں رہ سکتے۔''

''کیوں بی بی جی؟''

''یہ صاحب سے پوچھنا۔''

صاحب کا نام سنتے ہی قاسم کا رنگ اور پیلا پڑ گیا۔ چار بجے کے قریب انسپکٹر صاحب دفتر سے لوٹے اور اپنی بیوی سے قاسم کی نئی حرکت سن کر اسے فوراً اپنے پاس بلایا۔

''کیوں میاں! یہ انگلی ہر روز زخمی کرنے کا کیا معنی؟''

قاسم خاموش کھڑا رہا۔

''تم نوکر لوگ یہ سمجھتے ہو کہ ہم اندھے ہیں اور ہمیں بار بار دھوکا دیا جا سکتا ہے ۔۔۔ اپنا بوریہ بستر دبا کر ناک کی سیدھ میں یہاں سے بھاگ جاؤ۔ ہمیں تم جیسے نوکروں کی ضرورت نہیں ہے ۔۔۔ سمجھے ۔۔۔!''

''مگر ۔۔۔ مگر صاحب۔''

''صاحب کا بچہ ۔۔۔ بھاگ جا یہاں سے، تیری بقایا تنخواہ کا ایک پیسہ بھی نہیں دیا جائے گا۔ ۔۔۔ اب میں اور کچھ نہیں سننا چاہتا۔ ۔۔۔'' قاسم کو افسوس نہ ہوا بلکہ اسے خوشی محسوس ہوئی کہ چلو کام سے کچھ دیر کے لیے چھٹی مل گئی۔ گھر سے نکل وہ اپنی زخمی انگلی سے بے پروا سیدھا چوپاٹی پہنچا اور وہاں ساحل کے پاس ایک بنچ پر لیٹ گیا اور خوب سویا۔

چند دنوں کے بعد اس کی انگلی کا زخم بد احتیاطی کے باعث سپٹک ہو گیا۔ سارا ہاتھ سوج گیا۔ جس دوست کے پاس وہ ٹھہرا تھا اس نے اپنی دانست کے مطابق اس کا بہتر علاج کیا مگر تکلیف بڑھتی گئی۔ آخر قاسم خیراتی ہسپتال میں داخل ہو گیا۔ جہاں اس کا ہاتھ کاٹ دیا گیا۔ اب جب کبھی قاسم اپنا کٹا ہوا ٹنڈ منڈ ہاتھ بڑھا کر فلورا فاؤنٹین کے پاس لوگوں سے بھیک مانگتا ہے تو اسے وہ بلیڈ یاد آ جاتا ہے جس نے اسے بہت بڑی مصیبت سے نجات دلائی۔ اب وہ جس وقت چاہے سر کے نیچے اپنی گدڑی رکھ کر فٹ پاتھ پر سو سکتا ہے۔ اس کے پاس ٹین کا ایک چھوٹا سا بھبھکا ہے جس کو کبھی نہیں مانجھتا، اس لیے کہ اسے انسپکٹر صاحب کے گھر کے وہ برتن یاد آ جاتے ہیں جو کبھی ختم ہونے میں نہیں آتے تھے۔

قبض

نئے لکھے ہوئے مکالمے کا کاغذ میرے ہاتھ میں تھا۔ ایکٹر اور ڈائریکٹر کیمرے کے پاس سامنے کھڑے تھے۔ شوٹنگ میں ابھی کچھ دیر تھی۔ اس لیے کہ اسٹوڈیو کے ساتھ والا صابن کا کارخانہ چل رہا تھا۔ ہر روز اس کارخانے کے شور کی بدولت ہمارے سیٹھ صاحب کا کافی نقصان ہوتا تھا۔ کیونکہ شوٹنگ کے دوران میں جب ایکا ایکی اس کارخانے کی کوئی مشین چلنا شروع ہو جاتی۔ تو کئی کئی ہزار فٹ فلم کا ٹکڑا بے کار ہو جاتا اور ہمیں نئے سرے سے کئی سینوں کی دوبارہ شوٹنگ کرنا پڑتی۔

ڈائریکٹر صاحب ہیرو اور ہیروئن کے درمیان کیمرے کے پاس کھڑے سگرٹ پی رہے تھے اور میں ستانے کی خاطر کرسی پر ٹانگوں سمیت بیٹھا تھا۔ وہ یوں کہ میری دونوں ٹانگیں کرسی کی نشست پر تھیں اور میرا بوجھ نشست کی بجائے ان پر تھا۔ میری اس عادت پر بہت لوگوں کو اعتراض ہے مگر یہ واقعہ ہے کہ مجھے اصلی آرام صرف اسی طریقے پر بیٹھنے سے ملتا ہے۔

نینا جس کی دونوں آنکھیں بھینگی تھیں ڈائریکٹر صاحب کے پاس آیا اور کہنے لگا، ''صاحب، وہ بولتا ہے کہ تھوڑا کام باقی رہ گیا ہے پھر شور بند ہو جائے گا۔''

یہ روز مرہ کی بات تھی جس کا مطلب یہ تھا کہ ابھی آدھ گھنٹے تک کارخانے میں صابن کٹتے اور ان پر ٹھپے لگتے رہیں گے۔ چنانچہ ڈائریکٹر صاحب ہیرو اور ہیروئن سمیت اسٹوڈیو سے باہر چلے گئے۔ میں وہیں کرسی پر بیٹھا رہا۔ سقفی لیمپ کی ناکافی روشنی میں سیٹ پر جو چیزیں پڑیں تھیں ان کا درمیانی فاصلہ اصلی فاصلے پر کچھ زیادہ دکھائی دے رہا تھا۔ اور گیرے رنگ کے تھری پلائی ووڈ کے تختے جو دیواروں کی صورت میں کھڑے تھے پست قد دکھائی دیتے تھے۔ میں اس تبدیلی پر غور کر رہا تھا کہ پاس ہی سے آواز آئی،

''السلام علیکم۔'' میں نے جواب دیا، ''وعلیکم السلام''، اور مڑ کر دیکھا تو مجھے ایک نئی صورت نظر آئی۔ میری آنکھوں میں ''تم کون ہو؟''، کا سوال تیر نے لگا۔ آدمی ہوشیار تھا، فوراً کہنے لگا، ''جناب میں آج ہی آپ کی کمپنی میں داخل ہوا ہوں۔ ۔ ۔ میرا نام عبدالرحمن ہے۔ خاص دہلی شہر کا رہنے والا ہوں۔ ۔ ۔ آپ کا وطن بھی تو شاید دہلی ہی ہے۔''

میں نے کہا، ''جی نہیں۔ ۔ ۔ میں پنجاب کا باشندہ ہوں۔''

عبدالرحمن نے جیب سے عینک نکالی، ''معاف فرمائیے گا، چونکہ ڈائریکٹر صاحب نے عینک اتار دینے کا حکم دیا تھا اس لیے۔ ۔ ۔''

اس دوران میں اس نے عینک بڑی صفائی سے کانوں میں اٹکالی اور میری طرف پسندیدہ نگاہوں سے دیکھنا شروع کر دیا، ''واللہ میں تو یہی سمجھتا تھا کہ آپ دہلی کے ہیں، یعنی آپ کی زبان میں قطعاً پنجابیت نہیں۔ ۔ ۔ ماشاء اللہ کیا مکالمہ لکھا ہے۔ ۔ ۔ قلم توڑ دیا ہے واللہ۔ ۔ ۔ یہ اسٹوری بھی تو آپ ہی نے لکھی ہے؟''

عبدالرحمن نے جب یہ باتیں کیں تو اس کا قد بھی میری نظر میں تھری پلائی وڈ کے تختوں کی طرح پست ہو گیا۔ میں نے روکھے پن کے ساتھ کہا، ''جی نہیں۔''

وہ اور زیادہ لچکیلا ہو گیا، ''عجب زمانہ ہے صاحب، جو اہلیتوں کے مالک ہیں ان کو کوئی پوچھتا ہی نہیں۔ ۔ ۔ یہ بمبئی شہر بھی تو میری سمجھ میں بالکل نہیں آیا۔ عجب اوٹ پٹانگ زبان بولتے ہیں یہاں کے لوگ، پندرہ دن مجھے یہاں آئے ہوئے ہو گئے ہیں مگر کیا عرض کروں سخت پریشان ہو گیا ہوں۔ آج آپ سے ملاقات ہو گئی۔ ۔ ۔'' اس کے بعد اس نے اپنے ہاتھ مل کر اس روغن کی مروڑیاں بنانا شروع کر دیں جو چہرے پر لگاتے وقت اس کے ہاتھوں پر رہ گیا تھا۔

میں نے جواب میں صرف ''جی ہاں'' کر دیا اور خاموش ہو گیا۔

تھوڑی دیر کے بعد میں نے کاغذ کھولا اور روا روی میں لکھے ہوئے مکالموں پر نظرِ ثانی شروع کر دی۔ چند غلطیاں تھیں جن کو درست کرنے کے لیے میں نے اپنا قلم نکالا۔ عبدالرحمن ابھی تک میرے پاس کھڑا تھا۔ مجھے اس کے کھڑے ہونے کے انداز سے ایسا محسوس ہوا جیسے وہ کچھ کہنا چاہتا ہے۔ چنانچہ میں نے پوچھا، ''فرمائیے''

اس نے بڑی لجاجت کے ساتھ کہا، ''میں ایک بات عرض کروں؟''

''بڑے شوق سے۔''

        قبض

’’آپ اس طرح ٹانگیں اوپر کر کے نہ بیٹھا کریں۔‘‘

’’کیوں؟‘‘

اس نے جھک کر کہا، ’’بات یہ ہے کہ اس طرح بیٹھنے سے قبض ہو جایا کرتا ہے۔‘‘

’’قبض؟‘‘ میری حیرت کی کوئی انتہا نہ رہی۔ ’’قبض کیسے ہو سکتا ہے؟‘‘

یہ کہہ کر میرے جی میں آئی کہ اس سے کہوں، ’’میاں ہوش کی دوا لو۔ گھاس تو نہیں کھا گئے۔۔۔۔ مجھے اس طرح بیٹھتے بیس برس ہو گئے۔۔۔ آج کیا تمہارے کہنے سے مجھے قبض ہو جائے گا۔‘‘ مگر یہ سوچ کر چپ ہو گیا کہ بات بڑھ جائے گی اور مجھے بے کار کی مغز دردی کرنا پڑے گی۔

وہ مسکرایا۔ عینک کے شیشوں کے پیچھے اس کی آنکھوں کے آس پاس کا گوشت سکڑ گیا، ’’آپ نے مذاق سمجھا ہے حالانکہ صحیح بات یہی ہے کہ ٹانگیں جوڑ کر پیٹ کے ساتھ لگا کر بیٹھنے سے معدے کی حالت خراب ہو جاتی ہے۔ میں نے تو اپنی ناچیز رائے پیش کی ہے۔ مانیں نہ مانیں یہ آپ کو اختیار ہے۔‘‘

میں عجب مشکل میں پھنس گیا۔ اس کو اب میں کیا جواب دیتا۔ قبض۔۔۔ یعنی قبض ہو جائے گا۔ بیس برس کے دوران میں مجھے قبض نہ ہوا لیکن آج اس مسخرے کے کہنے سے مجھے قبض ہو جائے گا۔ قبض کھانے پینے سے ہوتا ہے نہ کہ کرسی یا کاؤچ پر بیٹھنے سے۔ جس طرح میں کرسی پر بیٹھتا ہوں اس سے تو آدمی کو راحت ہوتی ہے۔ دوسروں کو نہ سہی لیکن مجھے تو اس سے آرام ملتا ہے اور یہ سچی بات ہے کہ مجھے ٹانگیں جوڑ کر سینے کے ساتھ لگا دینے سے ایک خاص قسم کی فرحت حاصل ہوتی ہے۔ اسٹوڈیو میں عام طور پر شوٹنگ کے دوران میں کھڑا رہنا پڑتا ہے جس سے آدمی تھک جاتا ہے۔ دوسرے، نامعلوم کس طریقے سے اپنی تھکن دور کرتے ہیں مگر میں تو اسی طریقے سے دور کرتا ہوں۔ کسی کے کہنے پر میں اپنی یہ عادت کبھی نہیں چھوڑ سکتا۔ خواہ قبض کے بجائے مجھے سرسام ہو جائے۔ یہ ضد نہیں، دراصل بات یہ ہے کہ کرسی پر اس طرح بیٹھنے کا انداز میری عادت نہیں بلکہ میرے جسم کا ایک جائز مطالبہ ہے۔

جیسا کہ میں اس سے پہلے عرض کر چکا ہوں اکثر لوگوں کو میرے اس طرح بیٹھنے کے انداز پر اعتراض رہا ہے۔ اس اعتراض کی وجہ نہ میں نے ان لوگوں سے کبھی پوچھی ہے اور نہ انہوں نے کبھی خود بتائی ہے۔ اعتراض کی وجہ خواہ کچھ بھی ہو میں اس معاملے میں اچھی طرح دلیل سننے کے لیے بھی تیار نہیں ہے۔ کوئی آدمی مجھے قائل نہیں کر سکتا۔

جب عبدالرحمٰن نے مجھ پر نکتہ چینی کی تو میں بھنّا گیا اور اس کا یوں شکریہ ادا کیا جیسے کوئی یہ کہے،

''لعنت ہو تم پر۔''

اس شکریے کی رسید کے طور پر اس نے اپنے موٹے ہونٹوں پر میلی سی مسکراہٹ پیدا کی اور خاموش ہو گیا۔ اتنے میں ڈائریکٹر، ہیرو اور ہیروئن آ گئے اور شوٹنگ شروع ہو گئی۔ میں نے خدا کا شکر ادا کیا کہ چلو اسی بہانے سے عبدالرحمن کے قبض سے نجات حاصل ہوئی۔

اس کی پہلی ملاقات پر ذیل کی باتیں میرے دماغ میں آئیں۔

1۔ یہ ایکسٹرا جو کمپنی میں نیا بھرتی ہوا ہے، بہت بڑا اچھڑ ہے۔

2۔ یہ ایکسٹرا جو کمپنی میں نیا بھرتی ہوا ہے سخت بدتمیز ہے۔

3۔ یہ ایکسٹرا جو کمپنی نے نیا بھرتی کیا ہے پرلے درجہ کا مغز چاٹ ہے۔

4۔ یہ ایکسٹرا جو کمپنی میں نیا داخل ہوا ہے مجھے اس سے بے حد نفرت پیدا ہو گئی ہے۔

اگر مجھے کسی شخص سے نفرت پیدا ہو جائے تو اس کا مطلب یہ ہے کہ اس کی زندگی کچھ عرصے کے لیے زیادہ متحرک ہو جائے گی۔ میں نفرت کرنے کے معاملے میں کافی مہارت رکھتا ہوں۔ آپ پوچھیں گے بھلا نفرت میں مہارت کی کیا ضرورت ہے۔ لیکن میں آپ سے کہوں گا کہ ہر کام کرنے کے لیے ایک خاص سلیقے کی ضرورت ہوتی ہے اور نفرت میں چونکہ شدت زیادہ ہے اس لیے اس کے عامل کا ماہر ہونا اشد ضروری ہے۔ محبت ایک عام چیز ہے۔ حضرت آدم سے لیکر ماسٹر نثار تک سب محبت کرتے آئے ہیں مگر نفرت بہت کم لوگوں نے کی ہے اور جنہوں نے کی ہے ان میں سے اکثر کو اس کا سلیقہ نہیں آیا۔ نفرت محبت کے مقابلے میں بہت زیادہ لطیف اور شفاف ہے۔ محبت میں مٹھاس ہے جو اگر زیادہ دیر تک قائم رہے تو دل کا ذائقہ خراب ہو جاتا ہے۔ مگر نفرت میں ایک ایسی ترشی ہے جو دل کا قوام درست رکھتی ہے۔ میں تو اس بات کا قائل ہوں کہ نفرت اس طریقے سے کرنی چاہیے کہ اس میں محبت کرنے کا مزا ملے۔ شیطان سے نفرت کرنے کا جو سبق ہمیں مذہب نے سکھایا ہے مجھے اس سے سوفی صدی اتفاق ہے۔ یہ ایک ایسی نفرت ہے جو شیطان کی شان کے خلاف نہیں۔ اگر دنیا میں شیطان نام کی کوئی ہستی موجود ہے تو وہ یقیناً اس نفرت سے، جو کہ اس کے چاروں طرف پھیلی ہوئی ہے خوش ہوتی ہو گی اور سچ پوچھیے تو یہ عالم گیر نفرت ہی شیطان کی زندگی کا ثبوت ہے۔ اگر ہمیں اس سے نہایت ہی بھونڈے طریقے پر نفرت کرنا سکھایا جاتا تو دنیا ایک بہت بڑی ہستی کے تصور سے خالی ہوتی۔

میں نے عبدالرحمن سے نفرت کرنا شروع کر دی جس کا نتیجہ یہ ہوا کہ میری اور اس کی دونوں کی زندگی

میں حرکت پیدا ہوگئی۔اسٹوڈیو میں اور اسٹوڈیو کے باہر جہاں کہیں اس سے میری ملاقات ہوتی، میں اس کی خیریت دریافت کرتا اور اس سے دیر تک باتیں کرتا رہتا۔

عبدالرحمٰن کا قد متوسط ہے اور بدن گٹھا ہوا۔ جب وہ نیکر پہن کر آتا ہے تو اس کی بے بال پنڈلیوں کا گوشت فٹ بال کے نئے کور کے چمڑے کی طرح چمکتا ہے۔ ناک موٹی جس کی کوٹھی ابھری ہوئی ہے۔ چہرے کے خطوط منگولی ہیں۔ ماتھا چوڑا جس پر گہرے زخم کا نشان ہے۔ اس کو دیکھ کر ایسا معلوم ہوتا ہے کہ کسی شیطان لڑکے نے اپنے ڈیسک کی لکڑی میں چاقو سے چھوٹا سا گڑھا بنا دیا ہے۔ پیٹ سخت اور ابھرا ہوا۔ حافظ قرآن ہے۔ چنانچہ بات بات میں آیتوں کے حوالے دیتا ہے۔ کمپنی کے دوسرے ایکسٹرا اس کی اس عادت کو پسند نہیں کرتے۔ اس لیے کہ انہیں احترام کے باعث چپ ہو جانا پڑتا ہے۔

ڈائریکٹر صاحب کو جب میری زبانی معلوم ہوا کہ عبدالرحمٰن صاف زبان بولتا ہے اور غلطی نہیں کرتا تو انہوں نے اسے ضرورت سے زیادہ استعمال کرنا شروع کر دیا۔ ایک ہی فلم میں اسے دس مختلف آدمیوں کے بھیس میں لایا گیا۔ سفید پوشاک پہنا کر اسے ہوٹل میں بیرا بنا کر کھڑا کر دیا گیا۔ سر پر لمبے لمبے بال لگا کر اور چمٹا ہاتھ میں دے کر ایک جگہ اس کو سادھو بنایا گیا۔ چپراسی کی ضرورت محسوس ہوئی تو اس کے چہرے پر گوند سے لمبی داڑھی چپکا دی گئی۔ ریلوے پلیٹ فارم پر بڑی موچھیں لگا کر اس کو ٹکٹ چیکر بنا دیا گیا۔

۔ ۔ یہ سب میری بدولت ہوا، اس لیے کہ مجھے اس سے نفرت پیدا ہو گئی تھی۔

عبدالرحمٰن خوش تھا کہ چند ہی دنوں میں وہ اتنا مقبول ہو گیا اور میں خوش تھا کہ دوسرے ایکسٹرا اس سے حسد کرنے لگے ہیں، میں نے موقع دیکھ کر سیٹھ سے سفارش کی، چنانچہ تیسرے مہینے اس کی تنخواہ میں دس روپے کا اضافہ بھی ہو گیا۔ اس کا یہ نتیجہ ہوا کہ کمپنی کے پچیس ایکسٹراؤں کی آنکھوں میں وہ خار بن کے کھٹکنے لگا۔ لطف یہ ہے کہ عبدالرحمٰن کو اس بات کی مطلق خبر نہ تھی کہ میری وجہ سے اس کی تنخواہ میں اضافہ ہوا ہے اور میری سفارشوں کے باعث کمپنی کے دوسرے ڈائریکٹر اس سے کام لینے لگے ہیں۔

فلم کمپنی میں کام کرنے کے علاوہ میں وہاں کے ایک مقامی ہفتہ وار اخبار کو بھی ایڈٹ کرتا ہوں۔ ایک روز میں نے اپنا اخبار عبدالرحمٰن کے ہاتھ میں دیکھا۔ جب وہ میرے قریب آیا تو مسکرا کر اس نے پرچے کی ورق گردانی شروع کر دی، ''منشی صاحب۔ ۔ یہ رسالہ آپ ہی۔ ۔ ۔''

میں نے فوراً ہی جواب دیا، ''جی ہاں۔''

''ماشاءاللہ، کتنا خوبصورت پرچہ نکالتے ہیں آپ۔ ۔ کل رات اتفاق سے یہ میرے ہاتھ آ گیا۔ ۔

بہت دلچسپ ہے، اب میں ہر ہفتے خرید اکروں گا۔ ''

یہ اس نے اس انداز میں کہا جیسے مجھ پر بڑا احسان کر رہا ہے۔ میں نے اس کا شکریہ ادا کر دیا، چنانچہ بات ختم ہو گئی۔ کچھ دنوں کے بعد جب کہ میں اسٹوڈیو کے باہر نیم کے پیڑ تلے ایک ٹوٹی ہوئی کرسی پر بیٹھ اپنے اخبار کے لیے ایک کالم لکھ رہا تھا، عبدالرحمن آیا اور بڑے ادب کے ساتھ ایک طرف کھڑا ہو گیا۔ میں نے اس کی طرف دیکھا اور پوچھا، '' فرمائیے۔ ''

'' آپ فارغ ہو جائیں تو میں۔ ۔ ۔ ''

'' میں فارغ ہوں۔ ۔ ۔ فرمائیے آپ کو کیا کہنا ہے۔ ''

اس کے جواب میں، اس نے ایک رنگین لفافہ کو کھولا اور اپنی تصویر میری طرف بڑھا دی۔ تصویر ہاتھ میں لیتے ہی جب میری نظر اس پر پڑی تو مجھے بے اختیار ہنسی آ گئی۔ یہ ہنسی چونکہ بے اختیار آئی تھی، اس لیے میں اسے روک نہ سکا۔ بعد میں جب مجھے اس بات کا احساس ہوا کہ عبدالرحمن کو یہ ناگوار معلوم ہوئی ہو گی تو میں نے کہا، '' عبدالرحمن صاحب! اتفاق دیکھیے میں صبح سے پریشان تھا کہ ٹائیٹل پیج کے بعد کا صفحہ کیسے پُر ہو گا۔ دو تصویروں کے بلاک مل گئے تھے مگر ایک کی کمی کی تھی۔ ۔ ۔ اس وقت بھی میں یہی سوچ رہا تھا کہ آپ نے اپنا فوٹو میری طرف بڑھا دیا۔ ۔ ۔ بہت اچھا فوٹو ہے۔ بلاک بھی اس کا خوب بنے گا۔ ''

عبدالرحمن نے اپنے موٹے ہونٹ اندر کی طرف سکیڑ لیے، '' آپ کی بڑی عنایت ہے۔ ۔ ۔ تو ۔ ۔ ۔ تو کیا یہ تصویر چھپ جائے گی؟ ''

میں نے تصویر کو ایک نظر اور دیکھا اور مسکرا کر کہا، '' کیوں نہیں۔ اس ہفتے ہی کے لیے تو میں یہ کہہ رہا تھا۔ ''

اس پر عبدالرحمن نے دوبارہ شکریہ ادا کیا، '' پرچے میں تصویر کے ساتھ ایک چھوٹا سا نوٹ نکل جائے تو میں اور بھی ممنون ہوں گا۔ ۔ ۔ جیسا آپ مناسب خیال فرمائیں۔ ۔ ۔ تو ۔ ۔ ۔ تو ۔ ۔ ۔ معاف کیجیے۔ میں آپ کے کام میں مخل ہو رہا ہوں۔ ''

یہ کہہ کر وہ اپنے ہاتھ آہستہ آہستہ ملتا ہوا چلا گیا۔

میں نے اب تصویر کو غور سے دیکھا۔ آڑی مانگ نکلی ہوئی تھی۔ ایک ہاتھ میں بمبئی کی بھاری بھرکم ڈائریکٹری تھی جس پر چھپے ہوئے حروف بتار ہے تھے کہ یہ سولہ کی سن ہے کہ یہ کتاب فوٹو گرافر نے اپنے گاہکوں کو تعلیم یافتہ دکھانے کے لیے ایک یا دو آنے میں خریدی ہو گی۔ دوسرے ہاتھ میں جو اوپر کو اٹھا ہوا تھا ایک بہت بڑا

پائپ تھا۔اس پائپ کی ٹونٹی عبدالرحمن نے اس انداز سے اپنے منہ کی طرف بڑھائی تھی کہ معلوم ہوتا تھا چائے کا پیالہ پکڑے ہے۔لبوں پر چائے کا گھونٹ پیتے وقت جو ایک خفیف سا ارتعاش پیدا ہوا کرتا ہے وہ تصویر میں اس کے ہونٹوں پر جما ہوا دکھائی دیتا تھا۔ آنکھیں کیمرے کی طرف دیکھنے کے باعث کھل گئی تھیں، ناک کے نتھنے تھوڑے پھول گئے تھے۔ سینے میں ابھار پیدا کرنے کی کوشش رائیگاں نہیں گئی تھی۔ کیونکہ وہ اچھا خاصا کارٹون بن گیا تھا۔ یاد رہے کہ عبدالرحمن انگریزی لکھنا پڑھنا بالکل نہیں جانتا اور تمباکو سے پرہیز کرتا ہے۔ میں نے اپنی گرہ سے دام خرچ کر کے اس کے فوٹو کا بلاک بنوایا اور وعدے کے مطابق ایک تعریفی نوٹ کے ساتھ پرچے میں چھوا دیا۔

دوسرے روز دس بجے کے قریب میں کمپنی کے غلیظ ریسٹوران میں بیٹھا کڑوی چائے پی رہا تھا کہ عبدالرحمن تازہ پرچہ جس میں اس کی تصویر چھپی تھی۔ ہاتھ میں لیے داخل ہوا اور آداب عرض کر کے میری کرسی کے پاس کھڑا ہو گیا۔اس کے ہونٹ اندر کی طرف سمٹ رہے تھے، آنکھوں کے آس پاس کا گوشت سکڑ رہا تھا۔ جس کا مطلب یہ تھا کہ وہ ممنون ہو رہا ہے۔بغل میں پرچہ دبا کر اس نے ہاتھ بھی ملنے شروع کر دیئے۔ شکریے کے کئی فقرے اس نے دل ہی دل میں بنائے ہوں گے مگر ناموزوں سمجھ کر انہیں منسوخ کر دیا ہو گا۔ جب میں نے اسے اس ادھیڑ بن میں دیکھا تو ماتم پرسی کے انداز میں اس سے کہا، ''تصویر چھپ گئی آپ کی۔۔۔؟ نوٹ بھی پڑھ لیا آپ نے؟''

''جی ہاں۔۔۔آپ۔۔۔کی بڑی نوازش ہے۔''

ایک دم میرے سینے میں درد کی ٹیس اٹھی، میرا رنگ پیلا پڑ گیا۔ یہ درد بہت پرانا ہے۔جس کے دورے مجھے اکثر پڑتے رہتے ہیں۔ میں اس کے دفعے کے لیے سینکڑوں علاج کر چکا ہوں مگر لا حاصل چائے پیتے پیتے یہ درد ایک دم اٹھا اور سارے سینے میں پھیل گیا۔عبدالرحمن نے میری طرف غور سے دیکھا اور گھبرائے ہوئے لہجہ میں کہا۔ ''آپ کے دشمنوں کی طبیعت ناساز معلوم ہوتی ہے۔''

میں اس وقت ایسے موڈ میں تھا کہ دشمنوں کو بھی اس موذی مرض کا شکار ہوتے نہ دیکھ سکتا، چنانچہ میں نے بڑے روکھے پن کے ساتھ کہا، ''کچھ نہیں، میں بالکل ٹھیک ہوں۔''

''جی نہیں، آپ کی طبیعت ناساز ہے۔۔۔'' وہ سخت گھبرا گیا، ''میں۔۔۔میں۔۔۔میں آپ کی کیا خدمت کر سکتا ہوں؟''

''میں بالکل ٹھیک ہوں، آپ مطلق فکر نہ کریں۔۔۔سینے میں معمولی سا درد ہے، ابھی ٹھیک ہو جائے گا۔''

’’سینے میں درد ہے ۔ ۔ ۔ ‘‘ یہ کہہ کر وہ تھوڑی دیر کے لیے سوچ میں پڑ گیا، ’’سینے میں درد ہے تو ۔
۔ تو اس کا یہ مطلب ہے کہ آپ کو قبض ہے اور قبض ۔ ۔ ۔ ‘‘

قریب تھا کہ میں بھنّا کر اس کو دو تین گالیاں سنا دوں مگر میں نے ضبط سے کام لیا، ’’ آپ ۔ ۔ ۔ حد
کرتے ہیں ۔ آپ ۔ ۔ ۔ سینے کے درد سے قبض کا کیا تعلق؟ ‘‘

’’جی نہیں ۔ ۔ قبض ہو تو ایک سو ایک بیماری پیدا ہو جاتی ہے اور سینے کا درد تو یقیناً قبض ہی کا نتیجہ ہے
۔ ۔ ۔ آپ کی آنکھوں کی زردی صاف ظاہر کرتی ہے کہ آپ کو پرانا قبض ہے اور جناب قبض کا یہ مطلب نہیں
کہ آپ کو ایک دو روز تک اجابت نہ ہو۔ جی نہیں، آپ جس کو بافراغت اجابت سمجھتے ہیں وہ ممکن ہے وہ قبض
ہو ۔ ۔ ۔ سینہ اور پیٹ تو پھر بالکل پاس پاس ہیں۔ قبض سے تو سر میں درد شروع ہو جاتا ہے ۔ ۔ ۔ میرا
خیال ہے کہ آپ ۔ ۔ ۔ دراصل آپ کی کمزوری کا باعث بھی یہی قبض ہے ۔ ‘‘

عبدالرحمن چند لمحات کے لیے بالکل خاموش ہو گیا۔ لیکن فوراً ہی اس نے اپنے لہجہ میں زیادہ چکناہٹ پیدا
کر کے کہا، ’’ آپ نے کئی ڈاکٹروں کا علاج کیا ہو گا ۔ ۔ ایک معمولی سا علاج میرا بھی دیکھیے ۔ ۔ خدا کے
حکم سے یہ مرض بالکل دور ہو جائے گا ۔ ‘‘

میں نے پوچھا، ’’ کون سا مرض؟ ‘‘

عبدالرحمن نے زور زور سے ہاتھ ملے، ’’ یہی ۔ ۔ ۔ یہی، قبض! ‘‘

لاحول ولا، اس بے وقوف سے کس نے کہہ دیا کہ مجھے قبض ہے، صرف میرے سینے میں درد ہے جو کہ
بہت پرانا ہے اور سب ڈاکٹروں کی متفقہ رائے ہے کہ اس کا باعث اعصاب کی کمزوری ہے۔ مگر یہ نیم حکیم
خطرہ جان برابر کہے جا رہا ہے کہ مجھے قبض ہے، قبض ہے، قبض ہے، کہیں ایسا نہ ہو میں اس کے سر پر غصے
میں آ کر چائے کا پیالہ دے ماروں۔ عجب نامعقول آدمی ہے، اپنی طبابت کا پٹارا کھول بیٹھا ہے اور کسی کی
سنتا ہی نہیں ۔ غصے کے باعث میں بالکل خاموش ہو گیا۔ اس خاموشی کا عبدالرحمن نے فائدہ اٹھایا اور قبض
کا علاج بتانا شروع کر دیا۔ خدا معلوم اس نے کیا کچھ کہا۔

’’ بات یہ ہے کہ پیٹ میں آپ کے سُدّے پڑ گئے ہیں۔ آپ کو روز اجابت تو ہو جاتی ہے مگر یہ سُدّے
باہر نہیں نکلتے ۔ معدے کا فعل چونکہ درست نہیں رہا اس لیے انتڑیوں میں خشکی پیدا ہو گئی ہے۔ رطوبت
یعنی وہ لیس دار مادہ جو فضلے کو نیچے پھسلنے میں مدد دیتا ہے، آپ کے اندر بہت کم رہ گیا ہے۔ اس لیے میرا
خیال ہے کہ رفع حاجت کے وقت آپ کو ضرورت سے زیادہ زور لگانا پڑتا ہو گا۔ قبض کھولنے کے لیے

عام طور پر جو انگریزی مسہل دوائیں بازار میں بِکتی ہیں بجائے فائدے کے نقصان پہنچاتی ہیں۔ اس لیے کہ ان سے عادت پڑ جاتی ہے اور جب عادت پڑ جائے تو آپ خیال فرمائیے کہ ہر روز پاخانہ لانے کے لیے آپ کو تین آنے خرچ کرنے پڑیں گے ۔ ۔ ۔ یونانی دوائیں اوّل تو ہم لوگوں کے مزاج کے موافق ہوتی ہیں دوسرے ۔ ۔ ۔ ''

میں نے تنگ آ کر اس سے کہا، '' آپ چائے پئیں گے؟ '' اور اس کا جواب سنے بغیر ہوٹل والے کو آرڈر دیا، '' گلاب، ان کے لیے ایک ڈبل چائے لاؤ۔ ''

چائے فوراً ہی آ گئی، عبدالرحمن کرسی گھسیٹ کر بیٹھا تو میں اٹھ کھڑا ہوا، '' معاف کیجیے گا، مجھے ڈائریکٹر صاحب کے ساتھ ایک سین کے متعلق بات چیت کرنا ہے ۔ ۔ ۔ پھر کبھی گفتگو ہو گی۔ ''

یہ سب کچھ اس قدر جلدی میں ہوا کہ قبض کی باقی داستان عبدالرحمن کی زبان پر منجمد ہو گئی اور میں ریسٹوران سے باہر نکل گیا۔ درد شروع ہونے کے باعث میری طبیعت خراب ہو گئی تھی، اس کی باتوں نے اس تکدر میں اور بھی اضافہ کر دیا۔ میری سمجھ میں نہیں آتا تھا کہ وہ کیوں اس بات پر مُصر ہے کہ مجھے قبض ہے۔ میری صحت دیکھ کر وہ یہ کہہ سکتا تھا کہ میں مدقوق ہوں جیسا کہ عام لوگ میرے متعلق کہتے آئے ہیں۔ وہ یہ کہہ سکتا تھا کہ مجھے سِل ہے۔ میری انتڑیوں میں ورم ہے۔ میرے معدے میں رسولی ہے، میرے دانت خراب ہیں۔ مجھے گٹھیا ہے مگر بار بار اس کا اس بات پر زور دینا کیا معنی رکھتا تھا کہ مجھے قبض ہو رہا ہے، یعنی اگر مجھے واقعی قبض تھا تو اس کا احساس مجھے پہلے ہونا چاہیے تھا نہ کہ حافظ عبدالرحمن کو ۔ ۔ ۔؟ کچھ سمجھ میں نہیں آتا تھا کہ وہ خواہ مخواہ مجھے قبض کا بیمار کیوں بنا رہا تھا۔

ہوٹل سے نکل کر میں ڈائریکٹر صاحب کے کمرے میں چلا گیا۔ وہ کرسی پر بیٹھے ہیرو، ولن اور تین چار ایکسٹراؤں کے ساتھ گپیں ہانک رہے تھے۔ آؤٹ ڈور شوٹنگ چونکہ بادلوں کے باعث ملتوی کر دی گئی تھی، اس لیے سب کو چھٹی تھی۔ مجھے جب ہیرو کے پاس بیٹھے تین چار منٹ گزر گئے تو معلوم ہوا کہ حافظ عبدالرحمن کی باتیں ہو رہی ہیں۔ میں ہمہ تن گوش ہو گیا۔ ایک ایکسٹرا نے اس کے خلاف کافی زہرا اگلا۔ دوسرے نے اس کی مختلف عادات کا مضحکہ اڑایا۔ تیسرے نے اس کا مکالمہ ادا کرنے کی نقل اتاری۔

ہیرو کو حافظ عبدالرحمن کے خلاف یہ شکایت تھی کہ وہ اس کی بول چال میں زبان کی غلطیاں نکالتا رہتا ہے، ولن نے ڈائریکٹر صاحب سے کہا، '' بڑا واہیات آدمی ہے صاحب، کل ایک آدمی سے کہہ رہا تھا کہ میرا ایکٹنگ بالکل فضول ہے۔ آپ اس کو ایک بار ذرا ڈانٹ پلا دیجیے۔ ''

ڈائریکٹر صاحب مسکرا کر کہنے لگے، ''تم سب کو اُس کے خلاف شکایت ہے مگر اُسے میرے خلاف ایک زبردست شکایت ہے۔''

تین چار آدمیوں نے اکٹھے پوچھا، ''وہ کیا؟''

ڈائریکٹر صاحب نے پہلی مسکراہٹ کو طویل بنا کر کہا، ''وہ کہتا ہے کہ مجھے دائمی قبض ہے جس کے علاج کی طرف میں نے کبھی غور نہیں کیا۔ میں اس کو کئی بار یقین دلا چکا ہوں کہ مجھے قبض وبض نہیں ہے لیکن وہ مانتا ہی نہیں، ابھی تک اس بات پر اڑا ہوا ہے کہ مجھے قبض ہے۔ کئی علاج بھی مجھے بتا چکا ہے۔ میں سمجھتا ہوں کہ وہ مجھے اس طرح ممنون کرنا چاہتا ہے۔''

میں نے پوچھا، ''وہ کیسے؟''

''یہ کہنے سے کہ مجھے قبض ہے اور پھر اس کا علاج بتانے سے ۔۔۔ وہ مجھے ممنون ہی تو کرنا چاہتا ہے ورنہ پھر اس کا کیا مطلب ہو سکتا ہے؟ بات دراصل یہ ہے کہ اسے صرف اسی مرض کا علاج معلوم ہے یعنی اس کے پاس چند ایسی دوائیں موجود ہیں جن سے قبض دور ہو سکتا ہے۔ چونکہ وہ مجھے خاص طور پر ممنون کرنا چاہتا ہے اس لیے ہر وقت اس تاک میں رہتا ہے کہ جو نہی مجھے قبض ہو وہ فوراً علاج شروع کر کے مجھے ٹھیک کر دے ۔۔۔ آدمی دلچسپ ہے۔''

ساری بات میری سمجھ میں آ گئی اور میں نے زور زور سے ہنسنا شروع کر دیا، ''ڈائریکٹر صاحب۔۔۔ آپ کے علاوہ حافظ صاحب کی نظر عنایت خاکسار پر بھی ہے ۔۔۔ میں نے کل ان کا فوٹو اپنے پرچے میں چھپوایا ہے۔ اس احسان کا بدلہ اتارنے سے ابھی ابھی ہوٹل میں انہوں نے مجھے یقین دلانے کی کوشش کی کہ مجھے زبردست قبض ہو رہا ہے ۔۔۔ خدا کا شکر ہے کہ میں ان کے اس حملے سے بچ گیا اس لیے کہ مجھے قبض نہیں ہے۔''

اس گفتگو کے چوتھے روز مجھے قبض ہو گیا، یہ قبض ابھی تک جاری ہے یعنی اس کو پورے دو مہینے ہو گئے ہیں۔ میں کئی پیٹنٹ دوائیں استعمال کر چکا ہوں۔ مگر ابھی تک اس سے نجات حاصل نہیں ہوئی۔ اب میں سوچتا ہوں کہ حافظ عبدالرحمن کو اپنی خواہش پوری کرنے کا ایک موقع دے ہی دوں۔ کیا ہرج ہے ۔۔۔؟ مجھے اس سے محبت تو ہے نہیں۔

قدرت کا اصول

قدرت کا یہ اصول ہے کہ جس چیز کی مانگ نہ رہے، وہ خود بخود یا تو رفتہ رفتہ بالکل نابود ہو جاتی ہے، یا بہت کم یاب اگر آپ تھوڑی دیر کے لیے سوچیں تو آپ کو معلوم ہو جائے گا کہ یہاں سے کتنی اجناس غائب ہو گئی ہیں۔ اجناس کو چھوڑیئے، فیشن لے لیجیے کئی آئے اور کئی دفن ہوئے' معلوم نہیں کہاں۔ دنیا کا یہ چکر بہرصورت اسی طرح چلتا رہتا ہے۔ ایک آتا ہے، ایک جاتا ہے۔

ایک زمانہ تھا کہ لڑکیاں انگیا کا استعمال بہت معیوب سمجھتی تھیں، مگر اب یہ بہت ضروری سمجھا جاتا ہے کہ سہارا ہے۔ امریکہ اور انگلستان سے طرح طرح کی انگیاں آ رہی ہیں کچھ ایسی ہیں کہ ان میں کوئی اسٹریپ نہیں ہوتا ایک انگیا جو سب سے قیمتی ہے ''میڈن فوم''، کہلاتی ہے اسے کوئی بڑھیا بھی پہن لے تو جوان دکھائی دیتی ہے۔

اس سے بھی زیادہ شدید انگیا نور جہاں فلم ایکٹریس نے ''چن وے''، میں پہنی تھی جس کی نمائش سے میرے جمالیاتی ذوق کو بہت صدمہ پہنچا تھا مگر ہر شخص کو اپنی پسند کی چیز کھانے اور پہننے کی آزادی ہے۔

تلون انسان کی فطرت ہے وہ کبھی ایک چیز پر قائم نہیں رہتا اسی لیے اس کے گرد و پیش کا ماحول بھی بدلتا رہتا ہے اگر آج اسے مرغیاں مرغوب ہیں تو مارکیٹ میں لاکھوں مرغیاں ایک دم آ جائیں گی لیکن جب اس کا دل ان سے اُکتا جائے گا تو میں وثوق سے کہہ سکتا ہوں کہ مرغیاں یا تو انڈے دینا بند کر دیں گی یا اسے سئیں گی نہیں

یہ بھی ممکن ہے کہ اگر لوگ پانی پینا بند کر دیں تو سارے کنویں خشک ہو جائیں دریا اپنے کو بے کار سمجھ کر

      7/9 - کلیاتِ منٹو

اپنا رخ بدل لیں۔

میں آج سے پندرہ برس پہلے کی بات کر رہا ہوں آرگنڈی (جسے رفل کہا جاتا تھا) کی بنی بنائی قمیضوں کا رواج عورتوں میں عام تھا لیکن دو تین برسوں کے بعد یہ قمیضیں ایسے غائب ہوئیں جیسے گدھے کے سر سے سینگ، اتنے برس گزر چکے تھے مگر اب یہ کپڑا جو حیوانوں کی کھال کے مانند اکڑا ہوتا تھا کسی عورت کے بدن پر نظر نہیں آتا ظاہر ہے کہ اس کا بنانا یا تو یکسر بند کر دیا گیا ہے یا بہت کم مقدار میں تیار کیا جاتا ہے۔

میں اب اصل موضوع کی طرف آتا ہوں زیادہ عرصہ نہیں گزرا ہم جنسیت کا بازار پنجاب میں ہر جگہ گرم تھا مردوں کی اکثریت اس غیر فطری فعل سے شغل فرماتی تھی اور ایسے لڑکے یہ افراط موجود تھے جن کی ادائیں دیکھ کر نو خیز لڑکیاں بھی شرمائیں ان کی چال ڈھال کچھ ایسی قیامت خیز ہوتی تھی کہ تعیش پسند مرد اپنی عورتوں کو بھول جاتے تھے۔

میں اسی زمانے کا ذکر کر رہا ہوں جب لڑکیوں کے بدلے ان کی مخالف جنس کا دور دورہ تھا میں اپنے مکان کی بیٹھک میں اپنے ایک ہندو دوست کے ساتھ تاش کھیل رہا تھا کہ باہر شور و غل کی آوازیں سنائی دیں۔ ایسا معلوم ہوتا تھا کوئی بہت بڑا ہنگامہ بر پا ہو گیا ہے۔

امرتسر میں ہنگامے ہونا ان دنوں معمولی بات تھی میں نے سوچا کہ ہندو مسلم فساد ہو گیا ہے لیکن اپنے اس اندیشے کا ذکر ہندو دوست سے نہ کیا جو میرا اہم جماعت تھا۔

ہم دونوں گلی سے باہر نکلے دیکھا کہ بازار میں سب دکانیں بند ہیں۔ بڑی حیرت ہوئی کہ ماجرا کیا ہے ہم گلی کے باہر کھڑے تھے کہ اتنے میں شہر کا ایک بہت بڑا غنڈا آیا اس کے ہاتھ میں ہاکی تھی خون سے لتھڑی ہوئی تھی اس نے مجھے سلام کیا اس لیے اس وہ مجھے پہچانتا تھا کہ میں ایک ذی اثر آدمی کا بیٹا ہوں سلام کرنے کے بعد اس نے میرے دوست کی طرف دیکھا اور مجھ سے مخاطب ہوا:

'' میاں صاحب بابو جی سے کہیے کہ یہاں کھڑے نہ رہیں آپ انہیں اپنے مکان میں لے جائیں ''

بعد میں معلوم ہوا کہ جو خون خرابہ ہوا، اس کا باعث میرا دوست تھا، اس کے کئی طالب تھے دو پارٹیاں بن گئی تھیں جن میں اس کی وجہ سے لڑائی ہوئی جس میں کئی آدمی زخمی ہوئے شہر کا جو سب سے بڑا غنڈا تھا، چوتھے پانچویں روز اسے دوسری پارٹی نے اس قدر زخمی کر دیا کہ دس دن اسے ہسپتال میں رہنا پڑا جو اس کی غنڈا گردی کا سب سے بڑا ریکارڈ تھا۔

اہلِ لاہور اچھی طرح جانتے ہوں گے کہ یہاں ایک لڑکا ٹینی سنگھ کے نام سے منسوب تھا جو گورنمنٹ کالج

میں پڑھتا تھا۔اس کے ایک پرستار نے اسے ایک بہت بڑی موٹر کار دے رکھی تھی۔وہ اس میں بڑے ٹھاٹ سے آتا اور دوسرے لڑکے جو اسی کے زُمرے میں آتے تھے بہت جلتے مگر لاہور میں اس وقت ٹینی سنگھ کا ہی طوطی بولتا تھا میں نے اس کو دیکھا واقعی خوبصورت تھا۔

اب یہ حال ہے کہ کوئی ٹینی سنگھ نظر نہیں آتا کالجوں میں چلے جایئے وہاں آپ کو ایسا کوئی لڑکا نظر نہیں آئے گا جس میں نسوانیت کے خلاف کوئی چیلنج ہو، اس لیے کہ اب ان کی جگہ لڑکیوں نے لے لی ہے قدرت نے ان کی انتہا کر دی۔

قرض کی پیتے تھے ۔ ۔ ۔

ایک جگہ محفل جمی تھی۔ مرزا غالب وہاں سے اُکتا کر اُٹھے۔ باہر ہوادار موجود تھا۔ اس میں بیٹھے اور اپنے گھر کا رخ کیا۔ ہوادار سے اتر کر جب دیوان خانے میں داخل ہوئے تو کیا دیکھتے ہیں کہ متھرا داس مہاجن بیٹھا ہے۔ غالب نے اندر داخل ہوتے ہی کہا، ''اخاہ متھرا داس! بھئی تم آج بڑے وقت پر آئے۔ ۔ ۔ میں تمہیں بلوانے ہی والا تھا!'' متھرا داس نے ٹھیٹ مہاجنوں کے انداز میں کہا، ''حضور روپوں کو بہت دن ہو گئے۔ فقط دو قسط آپ نے بھجوائے تھے۔ ۔ ۔ اس کے بعد پانچ مہینے ہو گئے، ایک پیسہ بھی آپ نے نہ دیا۔''

اسد اللہ خان غالب مسکرائے، ''بھئی متھرا داس! دینے کو میں سب دے دوں گا۔ گلے گلے پانی دوں گا۔ ۔ ۔ دو ایک جائداد ابھی میری باقی ہے۔''

''اجی سرکار! اس طرح تو بیوپار ہو چکا۔ نہ اصل میں سے نہ سود میں سے، پہلا ہی ڈھائی ہزار وصول نہیں ہوا۔ چھ سو چھپن سود کے ہو گئے ہیں۔''

مرزا غالب نے حقے کی نے پکڑ کر ایک کش لیا، ''لالہ، جس درخت کا پھل کھانا منظور ہوتا ہے، اس کو پہلے پانی دیتے ہیں۔ ۔ ۔ میں تمہارا درخت ہوں پانی دو تو اناج پیدا ہو۔''

متھرا داس نے اپنی دھوتی کی لانگ ٹھیک کی، ''جی، دیوالی کو بارہ دن باقی رہ گئے ہیں۔ کھاتہ بند کیا جائے گا۔ آپ پہلے روپے کا اصل سود ملا کر دستاویز بنا دیں تو آگے کا نام لیں۔'' مرزا غالب نے حقے کی نے ایک طرف کی، ''لو، ابھی دستاویز لکھے دیتا ہوں۔ پر شرط یہ ہے کہ دو ہزار ابھی ابھی مجھے اور دو۔'' متھرا داس نے تھوڑی دیر غور کیا، ''اچھا، میں اشٹام منگواتا ہوں۔ ۔ ۔ بھی ساتھ لایا ہوں۔ آپ منشی غلام رسول

عرضی نویس کو بلا لیں۔ پرسوں وہی سوا روپیہ سینکڑہ ہو گا۔ ''

'' لالہ کچھ تو انصاف کرو۔ بارہ آنے سود لکھوائے دیتا ہوں۔ '' متھرا داس نے اپنی دھوتی کی لانگ دوسری بار درست کی، '' سرکار بارہ آنے پر بارہ برس بھی کوئی مہاجن قرض نہیں دے گا۔ ۔ آج کل تو خود بادشاہ سلامت کو روپے کی ضرورت ہے۔ '' اُن دنوں واقعی بہادر شاہ ظفر کی حالت بہت نازک تھی، اس کو اپنے اخراجات کے لیے روپے پیسے کی ہر وقت ضرورت رہتی تھی۔ بہادر شاہ تو خیر بادشاہ تھا لیکن مرزا غالب محض شاعر تھے۔ گو وہ اپنے شعروں میں اپنا رشتہ سپاہ گری سے جوڑتے تھے۔

یہ مرزا صاحب کی زندگی کے چالیسویں اور پینتالیسویں سال کے درمیانی عرصے کی بات ہے جب متھرا داس مہاجن نے ان پر عدم ادائیگی قرضہ کے باعث عدالت دیوانی میں دعویٰ دائر کیا۔ ۔ مقدمے کی سماعت مرزا صاحب کے مُربّی اور دوست مُفتی صدر الدین آزردہ کو کرنا تھی جو خود بہت اچھے شاعر اور غالبؔ کے مداح تھے۔ مفتی صاحب کے مردھانے عدالت کے کمرے سے باہر نکل کر آواز دی، '' لالہ متھرا داس مہاجن مدعی اور مرزا اسد اللہ خان غالب مدعا علیہ حاضر ہیں؟ ''

متھرا داس نے مرزا غالب کی طرف دیکھا اور مردھے سے کہا، '' جی دونوں حاضر ہیں۔ ''

مردھے نے روکھے پن سے کہا، '' تو دونوں حاضرِ عدالت ہوں۔ ''

مرزا غالب نے عدالت میں حاضر ہو کر مفتی صدر الدین آزردہ کو سلام کیا۔ ۔ مفتی صاحب مسکرائے۔ '' مرزا نوشہ، یہ آپ اس قدر قرض کیوں لیا کرتے ہیں۔ ۔ آخر یہ معاملہ کیا ہے؟ '' غالب نے تھوڑے توقف کے بعد کہا، '' کیا عرض کروں۔ ۔ میری سمجھ میں بھی کچھ نہیں آتا۔ '' مفتی صدر الدین مسکرائے، '' کچھ تو ہے، جس کی پردہ داری ہے۔ '' غالبؔ نے برجستہ کہا، '' ایک شعر موزوں ہو گیا ہے مفتی صاحب۔ ۔ حکم ہو تو جواب میں عرض کروں۔ '' ۔ '' فرمائیے! '' ۔ ۔ غالبؔ نے مفتی صاحب اور متھرا داس مہاجن کو ایک لحظے کے لیے دیکھا اور اپنے مخصوص انداز میں یہ شعر پڑھا

قرض کی پیتے تھے مے، لیکن سمجھتے تھے کہ ہاں

رنگ لاوے گی ہماری فاقہ مستی، ایک دن

مفتی صاحب بے اختیار ہنس پڑے۔ '' خوب، خوب۔ ۔ کیوں صاحب! رسی جل گئی، پر بل نہ گیا۔ ۔ آپ کے اس شعر کی میں ضرور داد دوں گا۔ مگر چونکہ آپ کو اصل اور سود، سب سے اقرار ہے۔ عدالت مدعی کے حق میں فیصلہ دیئے بغیر نہیں رہ سکتی۔ '' مرزا غالبؔ نے بڑی سنجیدگی سے کہا، '' مدعی سچا ہے، تو

کیوں فیصلہ اس کے حق میں نہ ہوا اور میں نے بھی سچی بات نثر میں نہ کہی، نظم میں کہہ دی۔''

مفتی صدرالدین آزردہ نے کاغذاتِ قانون ایک طرف رکھے اور مرزا غالب سے مخاطب ہوئے، ''اچھا، تو زرِ ڈگری میں ادا کر دوں گا کہ ہماری آپ کی دوستی کی لاج رہ جائے۔'' مرزا غالب بڑے خود دار تھے۔ انہوں نے مفتی صاحب سے کہا، ''حضور ایسا نہیں ہو گا۔۔۔ مجھے متھرا اس کا روپیہ دینا ہے۔ میں بہت جلد ادا کر دوں گا۔''

مفتی صاحب مسکرائے، ''حضرت، روپے کی ادائیگی، شاعری نہیں۔۔۔ آپ تکلّف کو برطرف رکھیے۔۔۔ میں آپ کا مداح ہوں۔۔۔ مجھے آج موقع دیجیے کہ آپ کی کوئی خدمت کر سکوں۔'' غالب بہت خفیف ہوئے، ''لاحول ولا۔۔۔ آپ میرے بزرگ ہیں۔۔۔ مجھے کوئی سزا دے دیجیے کہ آپ صدرالصدور ہیں۔''

''دیکھو، تم ایسی باتیں مت کرو۔۔۔''

''تو اور کیسی باتیں کروں؟''

''کوئی شعر سنائیے۔''

''سوچتا ہوں۔۔۔ ہاں ایک شعر رات کو ہو گیا تھا۔۔۔ عرض کیے دیتا ہوں۔۔۔''

''فرمائیے۔''

''ہم اور وہ سبب رنج آشنا دشمن''

مفتی صاحب نے اپنے قانونی قلم سے قانونی کاغذ پر یہ حروف لکھے

''ہم اور وہ بے سبب رنج آشنا دشمن، کہ رکھتا ہے۔''

مفتی صاحب بہت محظوظ ہوئے۔ یہ شعر آسانی سے سمجھ آسکنے والا نہیں لیکن وہ خود بہت بڑے شاعر تھے، اس لیے غالب کی دقیقہ بیانی کو فوراً سمجھ گئے۔

مقدمہ کی باقاعدہ سماعت ہوئی۔ مفتی صدرالدین آزردہ نے مرزا غالب سے کہا، ''آپ آئندہ قرض کی نہ پیا کریں۔'' غالب جو شاید کسی شعر کی فکر کر رہے تھے، کہا، ''ایک شعر ہو گیا، اگر آپ اجازت دیں تو عرض کروں۔'' مفتی صاحب نے کہا، ''فرمائیے۔۔۔ فرمائیے۔۔۔''

مرزا غالب کچھ دیر خاموش رہے۔ غالباً ان کو اس بات سے بہت کوفت ہوئی تھی کہ مفتی صاحب ان پر ایک احسان کر رہے ہیں۔ مفتی صاحب نے ان سے پوچھا، ''حضرت آپ خاموش کیوں ہو گئے؟''

''جی کوئی خاص بات نہیں۔''

ہے کچھ ایسی ہی بات جو چپ ہوں
ورنہ کیا بات کرنی نہیں آتی

''آپ کو باتیں کرنا تو ماشاء اللہ آتی ہیں۔''

غالبؔ نے جواب دیا، ''جی ہاں۔۔۔لیکن بنانا نہیں آتیں۔'' مفتی صدرالدین مسکرائے، ''اب آپ جا سکتے ہیں۔۔۔زرِ ڈگری میں ادا کردوں گا۔'' مرزا غالبؔ نے مفتی صاحب کا شکریہ ادا کیا۔ ''آج آپ نے دوستی کے تمسک پر مہر لگا دی۔ جب تک زندہ ہوں، بندہ ہوں۔''

مفتی صدرالدین آزردہ نے ان سے کہا، ''اب آپ تشریف لے جائیے۔۔۔پر خیال رہے کہ روز روزِ زرِ ڈگری مَیں ادا نہیں کر سکتا، آئندہ احتیاط رہے۔''

مرزا غالب تھوڑی دیر کے لیے سوچ میں غرق ہو گئے۔ مفتی صاحب نے ان سے پوچھا، ''کیا سوچ رہے ہیں آپ؟'' مرزا غالبؔ چونک کر بولے، ''جی! میں کچھ بھی نہیں سوچ رہا تھا۔۔۔شاید کچھ سوچنے کی کوشش کر رہا تھا کہ

موت کا ایک دن معین ہے
نیند کیوں رات بھر نہیں آتی

مفتی صاحب نے ان سے پوچھا، ''کیا آپ کو رات بھر نیند نہیں آتی؟'' مرزا غالبؔ نے مسکرا کر کہا، ''کسی خوش نصیب ہی کو آتی ہو گی۔'' مفتی صاحب نے کہا، ''آپ شاعری چھوڑیے۔۔۔بس آئندہ احتیاط رہے۔'' مرزا غالبؔ اپنے اُنگرَکھے کی شِکنیں درست کرتے ہوئے بولے، ''آپ کی نصیحت پر چل کر ثابت قدم رہنے کی خدا سے دعا کروں گا۔۔۔مفتی صاحب! مفت کی زحمت آپ کو ہوئی۔ نقداً اسوائے شکر ہے۔'' کے اور کیا ادا کر سکتا ہوں۔ خیر خدا آپ کو دس گنا دنیا میں، اور سترّ گنا آخرت میں دے گا۔''

یہ سن کر مفتی صدرالدین آزردہ زیرِ لب مسکرائے، ''آخرت والے میں تو آپ کو شریک کرنا محال ہے۔۔۔ دنیا کے دس گُنے میں بھی آپ کو ایک کوڑی نہیں دوں گا کہ آپ مے خواری کیجیے۔''

مرزا غالبؔ ہنسے، ''مے خواری کیسی مفتی صاحب!''

مے سے غرض نشاط ہے کس رو سیاہ کو
اک گُونہ بے خودی مجھے دن رات چاہیے

اور یہ شعر سنا کر مرزا غالبؔ، عدالت کے کمرے سے باہر چلے گئے۔

قیمے کی بجائے بوٹیاں

ڈاکٹر سعید میرا ہمسایہ تھا۔ اس کا مکان میرے مکان سے زیادہ دو سو گز کے فاصلے پر ہو گا۔ اس کے گراؤنڈ فلور پر اس کا مطب تھا۔ میں کبھی کبھی وہاں چلا جاتا، ایک دو گھنٹے کی تفریح ہو جاتی۔ بڑا بذلہ سنج، ادب شناس اور وضع دار آدمی تھا۔

رہنے والا بنگلور کا تھا مگر گھر میں بڑی شُستہ و رَفتہ اردو میں گفتگو کرتا تھا۔ اس نے اردو کے قریب قریب تمام بڑے شعرا کا مطالعہ کچھ ایسے ہی انہماک سے کیا تھا کہ جس طرح اس نے ایم بی بی ایس کورس کی جملہ کتابوں کا۔ میں کئی دفعہ سوچتا کہ ڈاکٹر سعید کو ڈاکٹر بننے کی بجائے کسی بھی مضمون میں ایم اے ایچ پی کی ڈگری حاصل کرنی چاہیے تھی۔۔۔۔ اس لیے کہ اس کی اُفتادِ طبع کے لیے یہ نہایت موزوں و مناسب ہوتی۔ چنانچہ میں نے ایک روز اس سے کہا، ''ڈاکٹر صاحب! آپ نے یہ پروفیشن کیوں اختیار کیا؟''

''کیوں؟''

میں نے ان سے کہا، ''آپ اردو، فارسی زبان کے بڑے اچھے پروفیسر ہوتے۔۔۔۔ بڑے ہر دلعزیز۔۔۔۔ طالب علم آپ کے گرویدہ ہوتے۔'' وہ مسکرایا، ''ایک ہی بات ہوتی۔۔۔ نہیں۔۔۔۔ زمین و آسمان کا فرق ہوتا۔ میں یہاں اپنے مطب میں بڑے اطمینان سے بیٹھا ہر روز کم از کم سوا سو روپے بنا لیتا ہوں۔۔۔۔ اگر میں نے کوئی دوسرا پیشہ اختیار کیا ہوتا تو مجھے کیا ملتا زیادہ سے زیادہ چھ سات سو روپے ماہوار۔'' میں نے ڈاکٹر سے کہا، ''بڑی معقول آمدنی ہے۔''

''آپ اسے معقول کہتے ہیں۔۔۔ سو روپے کے قریب تو میرا اپنا جیب خرچ ہے۔۔۔ آپ جانتے ہی ہیں۔۔۔۔ کہ میں شراب پینے کا عادی ہوں، اور وہ بھی ہر روز۔۔۔۔ قریب قریب پچھتر روپے تو اس پر

اٹھ جاتے ہیں۔۔۔ پھر سگریٹ ہیں۔۔۔ دوست یاروں کی تواضع ہے۔۔۔ یہ سب خرچ کیا ایک لیکچرر، پروفیسر، ریڈر یا پرنسپل کی تنخواہ پورا کر سکتی ہے؟''

میں قائل ہو گیا۔

'' جی نہیں۔۔۔ آپ ڈاکٹر نہ ہوتے۔۔۔ ادیب ہوتے، مصور ہوتے۔'' میری بات کاٹ کر انہوں نے ایک چھوٹا سا قہقہہ لگا کر کہا، '' اور فاقہ کشی کرتا۔۔۔'' میں بھی ہنس پڑا۔ ڈاکٹر سعید کے اخراجات واقعی بہت زیادہ تھے، اس لیے کہ وہ کنجوس نہیں تھا۔۔۔ اس کے علاوہ اسے اپنے مطب سے فارغ ہو کر فرصت کے اوقات میں دوست یاروں کی محفل جمانے میں ایک خاص قسم کی مسرت حاصل ہوتی تھی۔ شادی شدہ تھا۔۔۔ اس کی بیوی بنگلور ہی کی تھی جس کے بطن سے دو بچے تھے۔ ایک لڑکی اور ایک لڑکا۔۔۔ اس کی بیوی اردو زبان سے قطعاً نا آشنا تھی، اس لیے اسے تنہائی کی زندگی بسر کرنا پڑتی تھی۔ کبھی کبھی چھوٹی لڑکی آتی اور اپنی ماں کا پیغام ڈاکٹر کے کان میں ہولے سے پہنچا دیتی اور پھر دوڑتی ہوئی مطب سے باہر نکل جاتی۔ تھوڑی ہی دیر میں ڈاکٹر سے میرا دوستانہ ہو گیا۔۔۔ بڑا بے تکلف قسم کا۔ اس نے مجھے اپنی گزشتہ زندگی کے تمام حالات و واقعات سنائے۔ مگر وہ اتنے دلچسپ نہیں کہ ان کا تذکرہ کیا جائے۔ اب میں نے باقاعدگی کے ساتھ ان کے ہاں جانا شروع کر دیا۔ میں بھی چوں کہ بوتل کا رسیا تھا۔۔۔ اس لیے ہم دونوں میں گاڑھی چھننے لگی۔ ایک دو ماہ کے بعد میں نے محسوس کیا کہ ڈاکٹر سعید اُلجھا سا رہتا ہے۔ اپنے کام سے اس کی دلچسپی دن بدن کم ہو رہی ہے۔ پہلے تو میں اسے ٹٹولتا رہا، آخر میں نے صاف لفظوں میں اس سے پوچھا، '' یار سعید۔۔۔ تم آج کئی دن سے کھوئے کھوئے سے کیوں رہتے ہو؟''

ڈاکٹر سعید کے ہونٹوں پر پھیکی سی مسکراہٹ نمودار ہوئی، '' نہیں تو۔۔۔''

'' نہیں تو کیا۔۔۔ میں اتنا گدھا تو نہیں کہ پہچان بھی نہ سکوں کہ تم کسی ذہنی الجھن میں گرفتار ہو۔۔۔'' ڈاکٹر سعید نے اپنا وہسکی کا گلاس اٹھایا اور ہونٹوں تک لے جا کر کہا، '' محض تمہارا وہم ہے۔۔۔ یا تم اپنی نفسیات شناسی کا مجھ پر رعب گانٹھنا چاہتے ہو۔'' میں نے ہتھیار ڈال دیئے، حالاں کہ اس کا لب و لہجہ صاف بتا رہا تھا کہ اس کے دل کا چور پکڑا جا چکا ہے۔ مگر اسے اپنی شکست کے اعتراف کا حوصلہ نہیں۔۔۔ بہت دن گزر گئے۔

اب وہ کئی کئی گھنٹے اپنے مطب سے غیر حاضر رہنے لگا۔ یہ جاننے کے لیے کہ وہ کہاں جاتا ہے، کیا کرتا ہے، اس کی ذہنی پریشانی کا باعث کیا ہے، میرے دل و دماغ میں بڑی کھد بد ہو رہی تھی۔ اب اتفاقاً

اگر اس سے ملاقات ہوتی تو میرا بے اختیار جی چاہتا کہ اس سے ایک بار پھر وہ سوالات کروں جن کے ٹل جواب سے میری ذہنی الجھن دور ہو اور ڈاکٹر سعید کے عقب میں جو کچھ بھی تھا، اس کی صحیح تصویر میری آنکھوں کے سامنے آ جائے۔ مگر ایسا کوئی تجلیے کا موقع نہ ملا۔ ایک دن شام کو جب میں اس کے مطب میں داخل ہوا۔۔۔ تو اس کے نوکر نے مجھے روکا۔

’’صاحب! ابھی اندر نہ جایئے۔۔۔ ڈاکٹر صاحب ایک مریض کو دیکھ رہے ہیں۔‘‘

’’تو دیکھا کریں۔‘‘

نوکر نے مؤدبانہ عرض کی، ’’صاحب۔۔۔ وہ۔۔۔ وہ۔۔۔ میرا مطلب ہے۔۔۔ کہ مریض عورت ہے۔۔۔‘‘

’’اوہ۔۔۔ کب تک فارغ ہو جائیں گے۔۔۔ اس کے متعلق تمہیں کچھ معلوم ہے؟‘‘

نوکر نے جواب دیا، ’’جی کچھ نہیں کہہ سکتا۔۔۔ تقریباً ایک گھنٹے سے وہ بیگم صاحبہ کو دیکھ رہے ہیں۔۔۔‘‘ میں تھوڑے توقف کے بعد مسکرایا، ’’تو مرض کوئی خاص معلوم ہوتا ہے۔۔۔‘‘ اور یہ کہہ کر میں نے غیر ارادی طور پر ڈاکٹر سعید کے کمرۂ تشخیص کا دروازہ کھول دیا اور اندر داخل ہو گیا۔

کیا دیکھتا ہوں کہ سعید ایک ادھیڑ عمر کی عورت کے ساتھ بیٹھا ہے، تپائی پر بیئر کی بوتل اور دو گلاس رکھے ہیں اور دونوں محو گفتگو ہیں۔ سعید اور وہ محترمہ مجھے دیکھ کر چونک پڑے۔ میں نے ازراہِ تکلف ان سے معذرت طلب کی اور باہر نکلنے ہی والا تھا کہ سعید پکارا، ’’کہاں چلے۔۔۔ بیٹھو۔‘‘

میں نے سعید سے کہا، ’’میری موجودگی شاید آپ کی گفتگو میں مُخِل ہو۔‘‘ سعید نے اٹھ کر مجھے کاندھوں سے پکڑ کر ایک کرسی پر بٹھا دیا۔

’’ہٹاؤ یار اس تکلف کو۔‘‘

پھر اس نے ایک خالی گلاس میں میرے لیے بیئر انڈیلی اور اسے میرے سامنے رکھ دیا، ’’لو، پیو۔۔۔‘‘ میں نے دو گھونٹ بھرے تو سعید نے اُس ادھیڑ عمر کی عورت سے جو لباس اور زیوروں سے کافی مال دار معلوم ہوتی تھی۔۔۔ تعارف کرایا۔

’’سلمیٰ رحمانی۔۔۔ اور یہ میرے عزیز دوست سعادت حسن منٹو۔‘‘ سلمیٰ رحمانی چند ساعتوں کے لیے مجھے بڑے غور اور تعجب سے دیکھتی رہی۔

’’سعید۔۔۔ کیا واقعی یہ سعادت حسن منٹو ہیں۔۔۔ جن کے افسانوں کے سارے مجموعے میں بڑے غور

سے ایک نہیں، دو دو، تین تین مرتبہ پڑھ چکی ہوں۔۔۔'' ڈاکٹر سعید نے اپنا گلاس اٹھایا۔

''ہاں، وہی ہیں۔۔۔ میں نے کئی مرتبہ خیال کیا کہ اس سے تمہارا غائبانہ تعارف کرا دوں۔۔۔ پر میں نے سوچا تم اس نام سے یقیناً واقف ہو گی۔۔۔ شیطان کو کون نہیں جانتا۔۔۔'' سلمٰی رحمانی یہ سن کر پیٹ بھر کے ہنسی۔۔۔ اور اس کا پیٹ عام پیٹوں کے مقابلے میں کچھ زیادہ ہی بڑا تھا۔

اس کے بعد مس سلمٰی رحمانی سے کئی ملاقاتیں ہوئیں۔۔۔ پڑھی لکھی عورت تھی۔ بڑے اچھے گھرانے سے متعلق تھی۔ تفتیش کیے بغیر مجھے اس کے متعلق چند معلومات حاصل ہو گئیں کہ وہ تین خاوندوں سے طلاق لے چکی ہے۔۔۔ صاحبِ اولاد ہے۔۔۔ جہاں رہتی ہے۔۔۔ اُس گھر میں دو چھوٹے چھوٹے کمرے اور ایک غسل خانہ ہے، وہاں اکیلی رہتی ہے۔ غیر منقولہ جائداد سے اس کی آمدن چار پانچ سو روپے ماہوار کے قریب ہے۔ ہیرے کی انگوٹھیاں پہنتی ہے۔ ان انگوٹھیوں میں سے ایک میں نے دوسرے روز شام کو سعید کی انگلی میں دیکھی۔ تیسرے روز کو ڈاکٹر سعید کے مطب میں سلمٰی رحمانی موجود تھی۔ دونوں بہت خوش تھے اور چہچہا رہے تھے۔۔۔ میں بھی ان کی بیئر نوشی میں شریک ہو گیا۔

پچھلے ایک ہفتے سے میں دیکھ رہا تھا کہ ڈاکٹر سعید کے کمرۂ تشخیص سے کچھ دور جو کمرے خالی پڑے رہتے ہیں، ان کی بڑی توجہ سے مرمت کرائی جا رہی ہے۔۔۔ ان کو سجایا بنایا جا رہا ہے۔ فرنیچر جب لایا گیا تو وہی تھا جو میں نے سلمٰی رحمانی کے گھر دیکھا تھا۔ اتوار کو ڈاکٹر سعید کی چھٹی کا دن ہوتا ہے۔ کواڑ بند رہتے تا کہ اس کو تنگ نہ کیا جائے۔ مجھے تو وہاں ہر وقت آنے جانے کی اجازت تھی۔۔۔ ایک اور چور دروازہ تھا۔ اس کے ذریعے میں اندر پہنچا۔۔۔ اور سیدھا ان دو کمروں کا رخ کیا جن کی مرمت کرائی گئی تھی۔ دروازہ کھلا تھا۔۔۔ میں اندر داخل ہوا تو حسبِ توقع ڈاکٹر سعید کی بغل میں سلمٰی رحمانی بیٹھی تھی۔

سعید نے مجھ سے کہا، ''میری بیوی سلمٰی رحمانی سے ملو۔۔۔''

مجھے اس عورت سے کیا ملنا تھا۔۔۔ سینکڑوں بار مل چکا تھا۔ لیکن اگر کسی عورت کی شادی ہو تو اس کو کن الفاظ میں مبارک باد دینی چاہیے۔۔۔ اس کے بارے میں میری معلومات صفر کے برابر تھیں۔۔۔ سمجھ میں نہ آیا کہ کیا کہوں۔ لیکن کہنا بھی کچھ ضرور تھا۔۔۔ اس لیے جو منہ میں آیا، باہر نکال دیا، ''تو آخر اس ڈرامے کا ڈراپ سین ہو گیا۔۔۔''

میاں بیوی دونوں ہنسے۔ سعید نے مجھے بیٹھنے کو کہا۔ بیئر پیش کی اور ہم شادی کے علاوہ دنیا کے ہر موضوع پر دیر تک گفتگو کرتے رہے۔ میں شام پانچ بجے آیا تھا۔۔۔ گھڑی دیکھی تو نو بجنے والے تھے۔ میں نے

سعید سے کہا، ''لو بھئی۔۔۔ میں چلا۔۔۔ باتوں باتوں میں اتنی دیر ہوگئی ہے، اس کا مجھے علم نہیں تھا۔''

سعید کے بجائے سلمٰی رحمانی۔۔۔ معاف کیجیے گا سلمٰی سعید مجھ سے مخاطب ہوئیں، ''آپ نہیں جاسکتے۔۔۔ کھانا تیار ہے۔۔۔ اگر آپ کہیں تو لگوا دیا جائے۔'' خیر، سعید اور اس کی نئی بیوی کے پیہم اصرار پر مجھے کھانا کھانا پڑا۔۔۔ جو بہت خوش ذائقہ اور لذیذ تھا۔ دو برس تک ان کی زندگی بڑی ہموار گزرتی رہی۔۔۔ ایک دن میں ناسازیِ طبیعت کے باعث بستر ہی میں لیٹا تھا کہ نوکر نے اطلاع دی، ''ڈاکٹر سعید صاحب تشریف لائے ہیں۔''

میں نے کہا، ''اندر۔۔۔ جاؤ، ان کو اندر بھیج دو۔۔۔''

سعید آیا تو میں نے محسوس کیا وہ بہت مضطرب اور پریشان ہے۔ اس نے مجھے کچھ پوچھنے کی زحمت نہ دی اور اپنے آپ بتا دیا کہ سلمٰی سے اس کی ناچاقی شروع ہوگئی ہے، اس لیے کہ وہ خود سر عورت ہے، کسی کو خاطر ہی میں نہیں لاتی۔۔۔ میں نے صرف اس لیے اس سے شادی کر لی تھی کہ وہ اکیلی تھی۔۔۔ اس کے عزیز و اقربا اس سے پوچھتے ہی نہیں تھے جب وہ بیمار ہوئی۔۔۔ اور یہ کوئی معمولی بیماری نہیں تھی۔۔۔ ڈپتھریا تھا جسے خَنّاق کہتے ہیں، تو میں نے اپنا تمام کام چھوڑ کر اس کا علاج کیا اور خدا کے فضل و کرم سے وہ تندرست ہوگئی۔۔۔ پر اب وہ ان تمام باتوں کو پسِ پشت ڈال کر مجھ سے کچھ اس قسم کا سلوک کرتی ہے جو بے حد ناروا ہے۔''

تو آغاز کا انجام شروع ہو گیا تھا۔

چوں کہ ڈاکٹر سعید کا گھر میرے گھر کے بالکل پاس تھا، اس لیے ان کی لڑائیوں کی اطلاعات ہمیں مختلف ذریعوں سے پہنچتی رہتی تھیں سلمٰی کے ساتھ دو نوکرانیاں تھیں، بڑی تیز طرار اور ہٹی کٹی۔ ان دونوں کے شوہر تھے۔۔۔ وہ ایک طرح اس کے ملازم تھے۔۔۔ اس کے اشارے پر جان دے دینے والے۔۔۔ اور ڈاکٹر سعید بڑا نحیف اور مختصر مرد۔ ایک دن معلوم ہوا کہ ڈاکٹر سعید اور سلمٰی نے پی رکھی تھی کہ آپس میں دونوں کی جَج جَج ہو گئی۔۔۔ ڈاکٹر نے معلوم نہیں نشے میں کیا کہا کہ سلمٰی آگ بگولا ہو گئی۔ اس نے اپنی دونوں نوکرانیوں کو آواز دی۔۔۔ وہ دوڑی دوڑی اندر آئیں سلمٰی نے ان کو حکم دیا کہ ڈاکٹر کی اچھی طرح مرمت کر دی جائے، ایسی مرمت کہ ساری عمر یاد رکھے۔

یہ حکم ملنا تھا۔۔۔ کہ ڈاکٹر سعید کی مرمت شروع ہو گئی۔۔۔ ان دونوں نوکرانیوں نے اپنے شوہروں کو بھی اس سلسلے میں شامل کر لیا۔ لاٹھیوں، گھونسوں اور دوسرے تھرڈ ڈگری طریقوں سے اسے خوب مارا پیٹا گیا

کہ اس کا کچومر نکل گیا۔ اُفتاں و خیزاں بھاگا وہاں سے، اور اوپر اپنی پرانی بیوی کے پاس پہنچ گیا جس نے مُستعِد نرس کی طرح اس کی خدمت شروع کر دی۔ اس کے بعد یہ ہوا کہ اس نے ان دو کمروں کا رخ قریب قریب دو ماہ تک نہ کیا۔ اب وہ سلمیٰ سے کسی قسم کا رشتہ قائم نہیں کرنا چاہتا تھا۔ ہو گیا۔ ۔۔سو ہو گیا۔

اب اس کو اپنے گھر سے بہت زیادہ دلچسپی پیدا ہو گئی تھی۔

لیکن کبھی کبھی اسے یہ محسوس ہوتا کہ یہ عورت جس سے میں نے شادی کا ڈھونگ رچایا تھا۔ ۔۔کیوں ابھی تک اس کے سر پر مسلط ہے۔ ۔۔اس کے گھر سے چلی کیوں نہیں جاتی۔ مگر اس سے بات نہیں کرنا چاہتا تھا۔ ایک دو ماہ اور گزر گئے۔

اس دوران ڈاکٹر سعید کو معلوم ہوا کہ اس کا یوپی کے تاجر سے معاشقہ چل رہا ہے۔ یہ شخص صرف نام ہی کا تاجر تھا۔ ۔۔اس کے پاس کوئی دولت نہیں تھی صرف ایک مکان تھا۔ ۔۔جو اس نے ہجرت کرنے کے بعد اپنے نام الاٹ کرا لیا تھا۔ دونوں ہر روز شام کو میرے یہاں آتے۔ ۔۔شعر و شراب کی محفلیں جمتیں۔ ۔۔ اور میرے سینے پر مونگ دلتی رہتیں۔ ۔۔ایک دن اس سے یہ کہے بغیر نہ رہا جا سکا۔

میں نے ذرا سخت لہجے میں اس سے کہا، ''اول تو تم نے یہ غلطی کی۔ ۔۔کہ سلمیٰ سے شادی کی۔ ۔۔دوسری غلطی تم یہ کر رہے ہو کہ اسے اپنے گھر سے باہر نہیں کرتے۔ ۔۔کیا یہ اس کے باپ کا گھر ہے؟'' ڈاکٹر سعید کی گردن شرمساری کے باعث جھک گئی۔

''یار! چھوڑو اس قصّے کو۔''

''قصے کو تو تم اور میں دونوں چھوڑنے کے لیے تیار ہیں۔ ۔۔لیکن یہ قصہ ہی تمہیں نہیں چھوڑتا۔ ۔۔اور نہ چھوڑے گا۔ ۔۔جب کہ تم کوئی بھی مردانہ وار کوشش نہیں کرتے۔ ۔۔''

وہ خاموش رہا۔ میں نے اس پر ایک گولہ اور پھینکا، ''سچ پوچھو تو سعید۔ ۔۔تم نامرد ہو۔ ۔۔میں تمہاری جگہ ہوتا تو محترمہ کا قیمہ بنا ڈالتا۔ ۔۔اصل میں تم ضرورت سے زیادہ ہی شریف ہو۔''

سعید نے نقاہت بھری آواز میں صرف اتنا کہا، ''میں بہت خطرناک مجرم بھی بن سکتا ہوں۔ ۔۔تم نہیں جانتے۔''

میں نے طنزاً کہا، ''سب جانتا ہوں۔ ۔۔اس سے اتنی مار کھائی۔ ۔۔اتنے ذلیل ہوئے۔ ۔۔میں صرف اتنا پوچھتا ہوں کہ محترمہ تمہارے گھر سے جاتی کیوں نہیں۔ ۔۔؟ اس پر اس کا اب کیا حق ہے؟'' سعید نے جواب دیا، ''وہ چلی گئی ہے۔ ۔۔اور اس کا سامان بھی۔ ۔۔بلکہ میرا سامان بھی اپنے ساتھ لے گئی

ہے۔۔۔،،

میں بہت خوش ہوا، ''لعنت بھیجو اپنے سامان پر۔۔۔چلی گئی ہے۔۔۔بس ٹھیک ہے تم خوش تمہارا خدا خوش۔۔۔چلو اسی خوشی میں وہ بیئر کی نخ بستہ بوتلیں پئیں۔۔۔جو میں اپنے ساتھ لایا ہوں۔۔۔اس کے بعد کھانا کسی ہوٹل میں کھائیں گے۔،، سلمیٰ کے جانے کے بعد ڈاکٹر سعید کم از کم ایک ماہ تک کھویا کھویا سا رہا۔۔۔اس کے بعد وہ اپنی نارمل حالت میں آ گیا۔۔۔ہر شام اس سے ملاقات ہوتی۔۔۔گھنٹوں اِدھر اُدھر کی باتیں کرتے اور ہنسی مذاق کرتے رہتے۔

کچھ دنوں سے میری طبیعت موسم کی تبدیلی کے باعث بہت مُضمَحِل تھی۔ بستر میں لیٹا تھا کہ ڈاکٹر سعید کا ملازم آیا۔۔۔اس نے مجھ سے کہا کہ ڈاکٹر صاحب آپ کو یاد کرتے ہیں اور بلا رہے ہیں۔۔۔ایک ضروری کام ہے۔ میرا جی تو نہیں چاہتا تھا کہ بستر سے اٹھوں مگر سعید کو ناامید نہیں کرنا چاہتا تھا، اس لیے شیروانی پہن کر اُس کے یہاں پہنچا۔ مکان کے باہر دیکھا کہ چار دیگیں چڑھی ہیں۔ قصائی دھڑا دھڑ بوٹیاں کاٹ کاٹ کر صف کے ایک ٹکڑے پر پھینکے چلا جا رہا ہے۔ اس پاس کے کئی آدمی جمع تھے۔

میں سمجھا شاید کوئی نذر نیاز دی جا رہی ہے۔۔۔میں نے گوشت کا وہ بڑا سا لوتھڑا دیکھا، جس پر کلھاڑی چلائی جا رہی تھی۔۔۔اس کے ساتھ دو بانہیں تھیں۔۔۔! بالکل انسانوں کی مانند۔۔۔! میں نے پھر غور سے دیکھا۔۔۔قطعی طور پر انسانی بانہیں تھیں۔ سمجھ میں نہ آیا۔۔۔یہ قصہ کیا ہے۔

قصائی کی چھری اور کلھاڑی چل رہی تھی۔۔۔چار دیگوں میں پیاز سرخ کی جا رہی تھی۔۔۔اور میرا دل۔۔۔دماغ ان دونوں کے درمیان پھنستا اور دھنستا چلا جا رہا تھا۔۔۔کہ ڈاکٹر سعید نمودار ہوا۔ مجھے دیکھتے ہی پکارا، ''آیئے۔۔۔آیئے۔۔۔آپ کے کہنے کے مطابق قیمہ تو نہ بن سکا۔ مگر یہ بوٹیاں تیار کرا لی گئی ہیں۔۔۔ابھی اچھی طرح بُھونی نہیں گئیں۔ ورنہ میں آپ کو ایک بوٹی پیش کرتا۔۔۔یہ معلوم کرنے کے لیے کہ مرچ مصالحہ ٹھیک ہے یا نہیں۔،،

یہ سن کر پہلے مجھے متلی آئی۔۔۔اور پھر میں بے ہوش ہو گیا۔

کالی شلوار

دِلّی آنے سے پہلے وہ انبالہ چھاؤنی میں تھی جہاں کئی گورے اُس کے گاہک تھے۔ اُن گوروں سے ملنے جُلنے کے باعث وہ انگریزی کے دس پندرہ جُملے سیکھ گئی تھی، اِن کو وہ عام گفتگو میں استعمال نہیں کرتی تھی لیکن جب وہ دِلّی میں آئی اور اس کا کاروبار نہ چلا تو ایک روز اس نے اپنی پڑوسن طمنچہ جان سے کہا، '' دِس لیف۔۔۔ویری بیڈ۔ '' یعنی یہ زندگی بہت بُری ہے کہ جب کھانے ہی کو نہیں ملتا۔

انبالہ چھاؤنی میں اُس کا دھندا بہت اچھی طرح چلتا تھا۔ چھاؤنی کے گورے شراب پی کر اُس کے پاس آ جاتے تھے اور وہ تین چار گھنٹوں ہی میں آٹھ دس گوروں کو نمٹا کر بیس تیس روپے پیدا کر لیا کرتی تھی۔ یہ گورے، اُس کے ہم وطنوں کے مقابلے میں بہت اچھے تھے۔ اِس میں کوئی شک نہیں کہ وہ ایسی زبان بولتے تھے جس کا مطلب سلطانہ کی سمجھ میں نہیں آتا تھا مگر اُن کی زبان سے یہ لاعلمی اُس کے حق میں بہت اچھی ثابت ہوتی تھی۔ اگر وہ اُس سے کچھ رعایت چاہتے تو وہ سر ہِلا کر کہہ دیا کرتی تھی، ''صاحب، ہماری سمجھ میں تمہاری بات نہیں آتا۔ '' اور اگر وہ اس سے ضرورت سے زیادہ چھیڑ چھاڑ کرتے تو وہ ان کو اپنی زبان میں گالیاں دینا شروع کر دیتی تھی۔ وہ حیرت میں اُس کے مُنہ کی طرف دیکھتے تو وہ اُن سے کہتی، ''صاحب، تم ایک دم اُلّو کا پٹّھا ہے۔ حرام زادہ ہے۔۔۔سمجھا۔ '' یہ کہتے وقت وہ اپنے لہجہ میں سختی پیدا نہ کرتی بلکہ بڑے پیار کے ساتھ اُن سے باتیں کرتی۔ یہ گورے ہنس دیتے اور ہنستے وقت وہ سلطانہ کو بالکل اُلّو کے پٹّھے دِکھائی دیتے۔

مگر یہاں دِلّی میں وہ جب سے آئی تھی ایک گورا بھی اُس کے یہاں نہیں آیا تھا۔ تین مہینے اُس کو ہندوستان کے اِس شہر میں رہتے ہو گئے تھے جہاں اُس نے سُنا تھا کہ بڑے لاٹ صاحب رہتے ہیں، جو گرمیوں

میں شملے چلے جاتے ہیں، مگر صرف چھ آدمی اُس کے پاس آئے تھے۔صرف چھ، یعنی مہینے میں دواور اُن چھ گاہکوں سے اُس نے خدا جھوٹ نہ بُلوائے تو ساڑھے اٹھارہ روپے وصول کیے تھے۔تین روپے سے زیادہ پر کوئی مانتا ہی نہیں تھا۔سلطانہ نے اُن میں سے پانچ آدمیوں کو اپنا ریٹ دس روپے بتایا تھا مگر تعجب کی بات ہے کہ اُن میں سے ہر ایک نے یہی کہا، ''بھئی ہم تین روپے سے ایک کوڑی زیادہ نہ دیں گے۔'' نہ جانے کیا بات تھی کہ اُن میں سے ہر ایک نے اسے صرف تین روپے کے قابل سمجھا۔

چنانچہ جب چھٹا آیا تو اُس نے خود اُس سے کہا، ''دیکھو، میں تین روپے ایک ٹیم کے لُوں گی۔ اِس سے ایک دھیلا تم کم کہو تو میَں نہ لوں گی۔اب تمہاری مرضی ہو تو رہو ورنہ جاؤ۔'' چھٹے آدمی نے یہ بات سن کر تکرار نہ کی اور اُس کے ہاں ٹھہر گیا۔ جب دوسرے کمرے میں دروازے دروازے بند کر کے وہ اپنا کوٹ اتارنے لگا تو سلطانہ نے کہا، ''لائیے ایک روپیہ دودھ کا۔'' اُس نے ایک روپیہ تو نہ دیا لیکن نئے بادشاہ کی چمکتی ہوئی اٹھنّی جیب میں سے نکال کر اُس کو دے دی اور سلطانہ نے بھی چپکے سے لے لی کہ چلو جو آیا ہے غنیمت ہے۔

ساڑھے اٹھارہ روپے تین مہینوں میں۔۔۔بیس روپیہ ماہوار تو اُس کوٹھے کا کرایہ تھا جس کو مالک مکان انگریزی زبان میں فلیٹ کہتا تھا۔ اُس فلیٹ میں ایسا پاخانہ تھا جس میں زنجیر کھینچنے سے ساری گندگی پانی کے زور سے ایک دم نیچے نل میں غائب ہو جاتی تھی اور بڑا شور ہوتا تھا۔شروع شروع میں تو اِس شور نے اُسے بہت ڈرایا تھا۔ پہلے دن جب وہ رفعِ حاجت کے لیے اُس پاخانہ میں گئی تو اُس کی کمر میں شدت کا درد ہو رہا تھا۔ فارغ ہو کر جب اٹھنے لگی تو اُس نے لٹکی ہوئی زنجیر کا سہارا لے لیا۔ اُس زنجیر کو دیکھ کر اُس نے خیال کیا چونکہ یہ مکان خاص ہم لوگوں کی رہائش کے لیے تیار کیے گئے ہیں، یہ زنجیر اس لیے لگائی گئی ہے کہ اُٹھتے وقت تکلیف نہ ہو اور سہارا مل جایا کرے مگر جونہی اُس نے زنجیر پکڑ کر اُٹھنا چاہا، اوپر کھٹ کھٹ سی ہوئی اور پھر ایک دم پانی اِس شور کے ساتھ باہر نکلا کہ ڈر کے مارے اُس کے منہ سے چیخ نکل گئی۔

خدا بخش دوسرے کمرے میں اپنا فوٹو گرافی کا سامان درست کر رہا تھا اور ایک صاف بوتل میں ہائی ڈروکونین ڈال رہا تھا کہ اُس نے سلطانہ کی چیخ سُنی۔ دوڑ کر وہ باہر نکلا اور سلطانہ سے پوچھا، ''کیا ہوا؟۔۔۔یہ چیخ تمہاری تھی؟''

سلطانہ کا دل دھڑک رہا تھا۔ اُس نے کہا، ''یہ مُوا پاخانہ ہے یا کیا ہے۔نیچ میں یہ ریل گاڑیوں کی

طرح زنجیر کیا لٹکا رکھی ہے۔ میری کمر میں درد تھا۔ میں نے کہا چلو اِس کا سہارا لے لوں گی، پر اِس موئی زنجیر کو چھیڑنا تھا کہ وہ دھماکا ہوا کہ میں تم سے کیا کہوں۔''

اِس پر خدا بخش بہت ہنسا تھا اور اُس نے سلطانہ کو اِس پیخانے کی بابت سب کچھ بتا دیا تھا کہ یہ نئے فیشن کا ہے جس میں زنجیر ہِلانے سے سب گندگی نیچے زمین میں دھنس جاتی ہے۔

خدا بخش اور سلطانہ کا آپس میں کیسے سمبندھ ہوا یہ ایک لمبی کہانی ہے۔ خدا بخش راولپنڈی کا تھا۔ انٹرنٹس پاس کرنے کے بعد اُس نے لاری چلانا سیکھا، چنانچہ چار برس تک وہ راولپنڈی اور کشمیر کے درمیان لاری چلانے کا کام کرتا رہا۔ اِس کے بعد کشمیر میں اُس کی دوستی ایک عورت سے ہو گئی۔ اُس کو بھگا کر وہ لاہور لے آیا۔ لاہور میں چونکہ اُس کو کوئی کام نہ ملا۔ اِس لیے اُس نے عورت کو پیشہِ بٹھا دیا۔ دو تین برس تک یہ سلسلہ جاری رہا اور وہ عورت کسی اور کے ساتھ بھاگ گئی۔ خدا بخش کو معلوم ہوا کہ وہ اَنبالہ میں ہے۔ وہ اُس کی تلاش میں اَنبالہ آیا جہاں اُس کو سلطانہ مل گئی۔ سلطانہ نے اُس کو پسند کیا، چنانچہ دونوں کا سمبندھ ہو گیا۔

خدا بخش کے آنے سے ایک دم سلطانہ کا کاروبار چمک اٹھا۔ عورت چونکہ ضعیف الاعتقاد تھی اِس لیے اُس نے سمجھا کہ خدا بخش بڑا بھاگوان ہے جس کے آنے سے اتنی ترقی ہو گئی، چنانچہ اِس خوشِ اعتقادی نے خدا بخش کی وقعت اُس کی نظروں میں اور بھی بڑھا دی۔

خدا بخش آدمی محنتی تھا۔ سارا دن ہاتھ پر ہاتھ دھر کر بیٹھنا پسند نہیں کرتا تھا۔ چنانچہ اُس نے ایک فوٹو گرافر سے دوستی پیدا کی جو ریلوے اسٹیشن کے باہر منٹ کیمرے سے فوٹو کھینچا کرتا تھا۔ اِس لیے اُس نے فوٹو کھینچنا سیکھ لیا۔ پھر سلطانہ سے ساٹھ روپے لے کر کیمرا بھی خرید لیا۔ آہستہ آہستہ ایک پردہ بنوایا، دو کرسیاں خرید لیں اور فوٹو دھونے کا سب سامان لے کر اس نے علیحدہ اپنا کام شروع کر دیا۔

کام چل نکلا، چنانچہ اس نے تھوڑی ہی دیر کے بعد اپنا اڈا اَنبالے چھاؤنی میں قائم کر دیا۔ یہاں وہ گوروں کے فوٹو کھینچتا رہتا۔ ایک مہینے کے اندر اندر اس کی چھاؤنی کے متعدّد گوروں سے واقفیت ہو گئی، چنانچہ وہ سلطانہ کو وہیں لے گیا۔ یہاں چھاؤنی میں خدا بخش کے ذریعہ سے کئی گورے سلطانہ کے مستقل گاہک بن گئے اور اس کی آمدنی پہلے سے دُگنی ہو گئی۔

سلطانہ نے کانوں کے لیے بندے خریدے۔ ساڑھے پانچ تولے کی آٹھ کنگنیاں بھی بنوا لیں۔ دس پندرہ اچھی اچھی ساڑیاں بھی جمع کر لیں، گھر میں فرنیچر وغیرہ بھی آ گیا۔ قصّہ مختصر یہ کہ اَنبالہ چھاؤنی

میں وہ بڑی خوش حال تھی مگر ایک ایسی نہ جانے خدا بخش کے دل میں کیا سمائی کہ اُس نے دہلی جانے کی ٹھان لی۔ سلطانہ انکار کیسے کرتی جب کہ خدا بخش کو اپنے لیے بہت مبارک خیال کرتی تھی۔ اُس نے خوشی خوشی دہلی جانا قبول کر لیا۔ بلکہ اُس نے یہ بھی سوچا کہ اتنے بڑے شہر میں جہاں لاٹ صاحب رہتے ہیں اُس کا دھندا اور بھی اچھا چلے گا۔ اپنی سہیلیوں سے وہ دہلی کی تعریف سن چکی تھی۔ پھر وہاں حضرتِ نظامُ الدّین اَولیاء کی خانقاہ تھی جس سے اُسے بے حد عقیدت تھی، چنانچہ جلدی جلدی گھر کا بھاری سامان پیچ باچ کر وہ خدا بخش کے ساتھ دہلی آگئی۔ یہاں پہنچ کر خدا بخش نے بیس روپے ماہوار پر ایک چھوٹا سا فلیٹ لے لیا جس میں وہ دونوں رہنے لگے ۔

ایک ہی قسم کے نئے مکانوں کی لمبی سی قطار سڑک کے ساتھ ساتھ چلی گئی تھی۔ میونسپل کمیٹی نے شہر کا یہ حصہ خاص کسبیوں کے لیے مقرر کر دیا تھا تاکہ وہ شہر میں جگہ جگہ اپنے اڈے نہ بنائیں۔ نیچے دکانیں تھیں اور اوپر دو منزلہ رہائشی فلیٹ۔ چونکہ سب عمارتیں ایک ہی ڈیزائن کی تھیں اس لیے شروع شروع میں سلطانہ کو اپنا فلیٹ تلاش کرنے میں بہت دِقّت محسوس ہوئی تھی، پر جب نیچے لانڈری والے نے اپنا بورڈ گھر کی پیشانی پر لگا دیا تو اُس کو ایک پکّی نشانی مل گئی۔ ''یہاں میلے کپڑوں کی دھلائی کی جاتی ہے ''، یہ بورڈ پڑھتے ہی وہ اپنا فلیٹ تلاش کر لیا کرتی تھی۔

اِسی طرح اُس نے اور بہت سی نشانیاں قائم کر لی تھیں، مثلاً بڑے بڑے حروف میں جہاں ' کوئلوں کی دکان ' لکھا تھا وہاں اُس کی سہیلی ہیرا بائی رہتی تھی جو کبھی کبھی ریڈیو گھر میں گانے جایا کرتی تھی۔ جہاں ' شرفا کے کھانے کا اعلٰی انتظام ہے ' لکھا تھا وہاں اُس کی دوسری سہیلی مختار رہتی تھی۔ نواڑ کے کارخانے کے اوپر اَنوری رہتی تھی جو اُسی کارخانے کے سیٹھ کے پاس ملازم تھی۔ چونکہ سیٹھ صاحب کو رات کے وقت اپنے کارخانے کی دیکھ بھال کرنا ہوتی تھی اس لیے وہ اَنوری کے پاس ہی رہتے تھے ۔

دکان کھولتے ہی گاہک تھوڑے ہی آتے ہیں۔ چنانچہ جب ایک مہینے تک سلطانہ بے کار رہی تو اُس نے یہی سوچ کر اپنے دل کو تسلی دی، پر جب دو مہینے گزر گئے اور کوئی آدمی اس کے کوٹھے پر نہ آیا تو اُسے بہت تشویش ہوئی۔ اُس نے خدا بخش سے کہا، ''کیا بات ہے خدا بخش، دو مہینے آج پورے ہو گئے ہیں، ہمیں یہاں آئے ہوئے، کسی نے اِدھر کا رخ بھی نہیں کیا۔۔۔ مانتی ہوں کہ آج کل بازار بہت مندا ہے، پر اتنا مندا بھی تو نہیں کہ مہینے بھر میں کوئی شکل دیکھنے ہی میں نہ آئے۔''

خدا بخش کو بھی یہ بات بہت عرصہ سے کھٹک رہی تھی مگر وہ گروہ خاموش تھا، پر جب سلطانہ نے خود بات چھیڑی

تو اُس نے کہا، ''میں کئی دِنوں سے اِس کی بابت سوچ رہا ہوں۔ ایک بات سمجھ میں آتی ہے، وہ یہ کہ وہ جنگ کی وجہ سے لوگ باگ دوسرے دھندوں میں پڑ کر اِدھر کا رستہ بھول گئے ہیں۔۔۔ یا پھر یہ ہو سکتا ہے کہ۔۔۔'' وہ اِس کے آگے کچھ کہنے ہی والا تھا کہ سیڑھیوں پر کسی کے چڑھنے کی آواز آئی۔ خدا بخش اور سلطانہ دونوں اُس آواز کی طرف متوجّہ ہوئے۔ تھوڑی دیر کے بعد دستک ہوئی۔ خدا بخش نے لپک کر دروازہ کھولا۔ ایک آدمی اندر داخل ہوا۔ یہ پہلا گاہک تھا جس سے تین روپے میں سودا طے ہوا۔ اُس کے بعد پانچ اور آئے یعنی تین مہینے میں چھ، جن سے سلطانہ نے صرف ساڑھے اٹھارہ روپے وصول کیے۔ بیس روپے ماہوار تو فلیٹ کے کرایہ میں چلے جاتے تھے، پانی کا ٹیکس اور بجلی کا بل جُدا تھا۔ اِس کے علاوہ گھر کے دوسرے خرچ تھے۔ کھانا پینا، کپڑے لتّے، دوا دارُو اور آمدن کچھ بھی نہیں تھی۔ ساڑھے اٹھارہ روپے تین مہینے میں آئے تو اُسے آمدن تو نہیں کہہ سکتے۔ سلطانہ پریشان ہو گئی۔ ساڑھے پانچ تولے کی آٹھ کنگنیاں جو اُس نے انبالے میں بنوائی تھیں آہستہ آہستہ بِک گئیں۔ آخری کنگنی کی جب باری آئی تو اُس نے خدا بخش سے کہا، ''تم میری سُنو اور چلو واپس انبالے میں یہاں کیا دھرا ہے۔۔۔؟ بھئی ہو گا، پر ہمیں تو یہ شہر راس نہیں آیا۔ تمہارا کام بھی وہاں خوب چلتا تھا، چلو، وہیں چلتے ہیں۔ جو نقصان ہوا ہے اِس کو اپنا صدقہ سمجھو۔ اِس کنگنی کو بیچ کر آؤ، میں اسباب وغیرہ باندھ کر تیار رکھتی ہوں۔ آج رات کی گاڑی سے یہاں سے چل دیں گے۔''

خدا بخش نے کنگنی سلطانہ کے ہاتھ سے لے لی اور کہا، ''نہیں جانِ مَن، انبالہ اب نہیں جائیں گے، یہیں دِلّی میں رہ کر کمائیں گے۔ یہ تمہاری چوڑیاں سب کی سب یہیں واپس آئیں گی۔ اللہ پر بھروسا رکھو۔ وہ بڑا کارساز ہے۔ یہاں بھی وہ کوئی نہ کوئی اسباب بنا ہی دے گا۔''

سلطانہ چپ ہو رہی، چنانچہ آخری کنگنی ہاتھ سے اُتر گئی۔ بُجے ہاتھ دیکھ کر اُس کو بہت دُکھ ہوتا تھا، پر کیا کرتی، پیٹ بھی تو آخر کسی جھیلے سے بھرنا تھا۔

جب پانچ مہینے گزر گئے اور آمدن خرچ کے مقابلے میں چوتھائی سے بھی کچھ کم رہی تو سلطانہ کی پریشانی اور زیادہ بڑھ گئی۔ خدا بخش بھی سارا دن اب گھر سے غائب رہنے لگا تھا۔ سلطانہ کو اِس کا بھی دُکھ تھا۔ اِس میں کوئی شک نہیں کہ پڑوس میں اُس کی دو تین ملنے والیاں موجود تھیں جن کے ساتھ وہ اپنا وقت کاٹ سکتی تھی، پر ہر روز اُن کے یہاں جانا اور گھنٹوں بیٹھے رہنا اُس کو بہت برا لگتا تھا۔ چنانچہ آہستہ آہستہ یہ اُس نے اُن سہیلیوں سے ملنا جلنا بالکل ترک کر دیا۔ سارا دن وہ اپنے سُنسان مکان میں بیٹھی رہتی۔ کبھی

چھالیا کاٹتی رہتی، کبھی اپنے پرانے اور پھٹے ہوئے کپڑوں کو سیتی رہتی اور کبھی باہر بالکونی میں آ کر جنگلے کے ساتھ کھڑی ہو جاتی اور سامنے ریلوے شیڈ میں ساکِت اور متحرِّک انجنوں کی طرف گھنٹوں بے مطلب دیکھتی رہتی۔

سڑک کی دوسری طرف مال گودام تھا جو اِس کونے سے اُس کونے تک پھیلا ہوا تھا۔ دائیں ہاتھ کو لوہے کی چھت کے نیچے بڑی بڑی گانٹھیں پڑی رہتی تھیں اور ہر قسم کے مال اسباب کے ڈھیر سے لگے رہتے تھے۔ بائیں ہاتھ کو کھلا میدان تھا جس میں بے شمار ریل کی پٹریاں بچھی ہوئی تھیں۔ دھوپ میں لوہے کی یہ پٹریاں چمکتیں تو سلطانہ اپنے ہاتھوں کی طرف دیکھتی جن پر نیلی نیلی رگیں بالکل اُن پٹریوں کی طرح اُبھری رہتی تھیں۔ اُس لمبے اور کھُلے میدان میں ہر وقت انجن اور گاڑیاں چلتی رہتی تھیں۔ کبھی اِدھر کبھی اُدھر۔ اُن اِنجنوں اور گاڑیوں کی چھک چھک چھک چھک سدا گونجتی رہتی تھی۔

صبح سویرے جب وہ اُٹھ کر بالکونی میں آتی تو ایک عجیب سماں نظر آتا۔ دُھندلکے میں اِنجنوں کے منہ سے گاڑھا گاڑھا دھواں نکلتا تھا اور گدلے آسمان کی جانب موٹے اور بھاری آدمیوں کی طرح اُٹھتا دکھائی دیتا تھا۔ بھاپ کے بڑے بڑے بادل بھی ایک شور کے ساتھ پٹریوں سے اُٹھتے تھے اور آنکھ جھپکنے کی دیر میں ہوا کے اندر گھل مل جاتے تھے۔ پھر کبھی کبھی جب وہ گاڑی کے کسی ڈبّے کو جسے اِنجن نے دَھکّا دے کر چھوڑ دیا ہو، اکیلے پٹریوں پر چلتا دیکھتی تو اُسے اپنا خیال آتا۔ وہ سوچتی کہ اُسے بھی کسی نے زندگی کی پٹری پر دَھکّا دے کر چھوڑ دیا ہے اور وہ خود بخُود جا رہی ہے۔ دوسرے لوگ کانٹے بدل رہے ہیں اور وہ چلی جا رہی ہے۔ ۔۔۔ نہ جانے کہاں۔ پھر ایک روز ایسا آئے گا جب اِس دَھکّے کا زور آہستہ آہستہ ختم ہو جائے گا اور وہ کہیں رُک جائے گی۔ ۔۔۔ کسی ایسے مقام پر جو اُس کا دیکھا بھالا نہ ہو گا۔

یوں تو وہ بے مطلب گھنٹوں ریل کی اُن ٹیڑھی بانکی پٹریوں اور ٹھہرے اور چلتے ہوئے اِنجنوں کی طرف دیکھتی رہتی تھی، پر طرح طرح کے خیال اُس کے دماغ میں آتے رہتے تھے۔ انبالہ چھاؤنی میں جب وہ رہتی تھی تو اسٹیشن کے پاس ہی اُس کا مکان تھا مگر وہاں اُس نے کبھی اِن چیزوں کو ایسی نظروں سے نہیں دیکھا تھا۔ اب تو کبھی کبھی اُس کے دماغ میں یہ بھی خیال آتا کہ یہ جو سامنے ریل کی پٹریوں کا جال سا بچھا ہے اور جگہ جگہ سے بھاپ اور دھواں اُٹھ رہا ہے ایک بہت بڑا چکلہ ہے۔ بہت سی گاڑیاں ہیں جن کو چند موٹے موٹے اِنجن اِدھر اُدھر دھکیلتے رہتے ہیں۔ سلطانہ کو تو بعض اوقات یہ اِنجن سیٹھ معلوم ہوتے ہیں جو کبھی کبھی اَنبالہ میں اُس کے ہاں آیا کرتے تھے۔ پھر کبھی کبھی جب وہ کسی اِنجن کو آہستہ

آہستہ گاڑیوں کی قطار کے پاس سے گزرتا دیکھتی تو اُسے ایسا محسوس ہوتا کہ کوئی آدمی چھکڑے کے کسی بازار میں سے اوپر کوٹھوں کی طرف دیکھتا جا رہا ہے۔

سلطانہ سمجھتی تھی کہ ایسی باتیں سوچنا دماغ کی خرابی کا باعث ہے، چنانچہ جب اِس قسم کے خیال اُس کو آنے لگتے تو اُس نے بالکونی میں جانا چھوڑ دیا۔ خدا بخش سے اُس نے بارہا کہا، ''دیکھو، میرے حال پر رحم کرو۔ یہاں گھر میں رہا کرو۔ میں سارا دن یہاں بیماروں کی طرح پڑی رہتی ہوں۔'' مگر اُس نے ہر بار سلطانہ سے یہ کہہ کر اُس کی تشفّی کر دی، ''جانِ من۔۔۔ میں باہر کچھ کمانے کی فکر کر رہا ہوں۔ اللہ نے چاہا تو چند دنوں ہی میں بیڑا پار ہو جائے گا۔''

پورے پانچ مہینے ہو گئے تھے مگر ابھی تک نہ سلطانہ کا بیڑا پار ہوا تھا نہ خدا بخش کا۔

مُحرَّم کا مہینہ سر پر آ رہا تھا مگر سلطانہ کے پاس کالے کپڑے بنوانے کے لیے کچھ بھی نہ تھا۔ مُختار نے لیڈی ہیملٹن کی ایک نئی وَضع کی قمیض بنوائی تھی جس کی آستینیں کالی جارجٹ کی تھیں۔ اُس کے ساتھ میچ کرنے کے لیے اُس کے پاس کالی ساٹن کی شلوار تھی جو کاجل کی طرح چمکتی تھی۔ اَنوَری نے ریشمی جارجٹ کی ایک بڑی نفیس ساڑی خریدی تھی۔ اُس نے سلطانہ سے کہا تھا کہ وہ اُس ساڑی کے نیچے سفید بوسکی کا پیٹی کوٹ پہنے گی کیونکہ یہ نیا فیشن ہے۔ اُس ساڑی کے ساتھ پہننے کو اَنوَری کالی مخمل کا ایک جُوتا لائی تھی جو بڑا نازک تھا۔ سلطانہ نے جب یہ تمام چیزیں دیکھیں تو اُس کو اِس احساس نے بہت دکھ دیا کہ وہ مُحرَّم منانے کے لیے ایسا لباس خریدنے کی اِستطاعَت نہیں رکھتی۔

اَنوَری اور مُختار کے پاس یہ لباس دیکھ کر جب وہ گھر آئی تو اُس کا دل بہت مغموم تھا۔ اُسے ایسا معلوم ہوتا تھا کہ پھوڑا سا اُس کے اندر پیدا ہو گیا ہے۔ گھر بالکل خالی تھا۔ خدا بخش حسبِ معمول باہر تھا۔ دیر تک وہ دری پر گاؤ تکیہ سر کے نیچے رکھ کر لیٹی رہی، پر جب اُس کی گردن اونچائی کے باعث اکڑ سی گئی تو اُٹھ کر باہر بالکونی میں چلی گئی تا کہ غم افزا خیالات کو اپنے دماغ میں سے نکال دے۔

سامنے پٹریوں پر گاڑیوں کے ڈبے کھڑے تھے پر اِنجن کوئی بھی نہ تھا۔ شام کا وقت تھا۔ چھڑکاؤ ہو چکا تھا اِس لیے گرد و غبار دب گیا تھا۔ بازار میں ایسے آدمی چلنے شروع ہو گئے تھے جو تاک جھانک کرنے کے بعد چپ چاپ گھروں کا رخ کرتے ہیں۔ ایسے ہی ایک آدمی نے گردن اونچی کر کے سلطانہ کی طرف دیکھا۔ سلطانہ مُسکرا دی اور اُس کو بھول گئی کیونکہ اب سامنے پٹریوں پر ایک اِنجن نمودار ہو گیا تھا۔ سلطانہ نے غور سے اُس کی طرف دیکھنا شروع کیا اور آہستہ آہستہ یہ خیال اُس کے دماغ میں آیا کہ

اِنجن نے بھی کالا لباس پہن رکھا ہے۔ یہ عجیب و غریب خیال دماغ سے نکالنے کی خاطر جب اُس نے سڑک کی جانب دیکھا تو اُسے وہی آدمی بیل گاڑی کے پاس کھڑا نظر آیا جس نے اُس کی طرف لچائی نظروں سے دیکھا تھا۔ سلطانہ نے ہاتھ سے اُسے اشارہ کیا۔ اُس آدمی نے اِدھر اُدھر دیکھ کر ایک لطیف اشارے سے پوچھا، کِدھر سے آؤں، سلطانہ نے اُسے راستہ بتا دیا۔ وہ آدمی تھوڑی دیر کھڑا رہا مگر پھر بڑی پھُرتی سے اوپر چلا آیا۔

سلطانہ نے اُسے دَری پر بٹھایا۔ جب وہ بیٹھ گیا تو اُس نے سلسلۂ گفتگو شروع کرنے کے لیے کہا، ''آپ اوپر آتے ڈر رہے تھے۔'' وہ آدمی یہ سن کر مسکرایا۔۔۔ ''تمہیں کیسے معلوم ہوا۔ ڈرنے کی بات ہی کیا تھی؟'' اِس پر سلطانہ نے کہا، ''یہ مَیں نے اِس لیے کہا کہ آپ دیر تک وہیں کھڑے رہے اور پھر کچھ سوچ کر اِدھر آئے۔'' وہ یہ سن کر پھر مسکرایا۔ ''تمہیں غلط فہمی ہوئی۔ مَیں تمہارے اوپر والے فلیٹ کی طرف دیکھ رہا تھا۔ وہاں کوئی عورت کھڑی ایک مرد کو ٹھینگا دکھا رہی تھی۔ مجھے یہ منظر پسند آیا۔ پھر بالکونی میں سبز بلب روشن ہوا تو میں کچھ دیر کے لیے ٹھہر گیا۔ سبز روشنی مجھے پسند ہے۔ آنکھوں کو بہت اچھی لگتی ہے۔'' یہ کہہ کر اُس نے کمرے کا جائزہ لینا شروع کر دیا۔ پھر وہ اُٹھ کھڑا ہوا۔ سلطانہ نے پوچھا، ''آپ جا رہے ہیں؟'' اُس آدمی نے جواب دیا، ''نہیں، مَیں تمہارے اِس مکان کو دیکھنا چاہتا ہوں۔۔۔ چلو مجھے تمام کمرے دکھاؤ۔''

سلطانہ نے اُس کو تینوں کمرے ایک ایک کر کے دکھا دیئے۔ اُس آدمی نے بالکل خاموشی سے اُن کمروں کا معائنہ کیا۔ جب وہ دونوں پھر اُسی کمرے میں آ گئے جہاں پہلے بیٹھے تھے تو اُس آدمی نے کہا، ''میرا نام شنکر ہے۔''

سلطانہ نے پہلی بار غور سے شنکر کی طرف دیکھا۔ وہ متَوَسّط قد کا معمولی شکل و صورت کا آدمی تھا مگر اُس کی آنکھیں غیر معمولی طور پر صاف اور شفّاف تھیں۔ کبھی کبھی اُن میں ایک عجیب قسم کی چمک بھی پیدا ہوتی تھی۔ گٹھیلا اور کَسرتی بدن تھا۔ کنپٹیوں پر اس کے بال سفید ہو رہے تھے ۔ خاکستری رنگ کی گرم پتلون پہنے تھا اسفید قمیض تھی جس کا کالر گردن پر سے اوپر کو اٹھا ہوا تھا۔ شنکر کچھ اِس طرح دَری پر بیٹھا تھا کہ معلوم ہوتا تھا کہ شنکر کے بجائے سلطانہ گاہک ہے۔ اِس احساس نے سلطانہ کو اِس قدر پریشان کر دیا۔ چنانچہ اُس نے شنکر سے کہا، ''فرمائیے۔۔۔''

شنکر بیٹھا تھا، یہ سن کر لیٹ گیا۔ ''مَیں کیا فرماؤں، کچھ تم ہی فرماؤ۔ بلایا تمہیں نے ہے مجھے۔'' جب

سلطانہ کچھ نہ بولی تو وہ اُٹھ بیٹھا۔ ''مَیں سمجھا، لو اب مجھ سے سُنو، جو کچھ تم نے سمجھا، غلط ہے، مَیں اُن لوگوں میں سے نہیں ہوں جو کچھ دیے کر جاتے ہیں۔ ڈاکٹروں کی طرح میری بھی فیس ہے۔ مجھے جب بلایا جائے تو فیس دینا ہی پڑتی ہے۔''

سلطانہ یہ سن کر چکرا گئی مگر اِس کے باوجود اُسے بے اختیار ہنسی آ گئی۔ ''آپ کام کیا کرتے ہیں؟'' شنکر نے جواب دیا، ''یہی جو تم لوگ کرتے ہو۔''

''کیا؟''

''تم کیا کرتی ہو؟''

''مَیں۔۔۔مَیں۔۔۔مَیں کچھ بھی نہیں کرتی۔''

''میں بھی کچھ نہیں کرتا۔''

سلطانہ نے بِھنّا کر کہا، ''یہ تو کوئی بات نہ ہوئی۔۔۔آپ کچھ نہ کچھ تو ضرور کرتے ہوں گے۔'' شنکر نے بڑے اطمینان سے جواب دیا، ''تم بھی کچھ نہ کچھ ضرور کرتی ہو گی۔''

''جھک مارتی ہوں۔''

''میں بھی جھک مارتا ہوں۔''

''تو آؤ دونوں جھک ماریں۔''

''میں حاضر ہوں مگر جھک مارنے کے لیے دام میں کبھی نہیں دیا کرتا۔''

''ہوش کی دوا کرو۔۔۔یہ لنگر خانہ نہیں۔''

''اور میں بھی والنٹیئر نہیں ہوں۔''

سلطانہ یہاں رک گئی۔ اُس نے پوچھا، ''یہ والنٹیئر کون ہوتے ہیں۔''

شنکر نے جواب دیا، ''اُلّو کے پٹّھے۔''

''میں بھی اُلّو کی پٹّھی نہیں۔''

''مگر وہ آدمی خدا بخش جو تمہارے ساتھ رہتا ہے ضرور اُلّو کا پٹّھا ہے۔''

''کیوں؟''

''اِس لیے کہ وہ کئی دنوں سے ایک ایسے خدا رسیدہ فقیر کے پاس اپنی قسمت کھلوانے کی خاطر جا رہا ہے جس کی اپنی قسمت زنگ لگے تالے کی طرح بند ہے۔'' یہ کہہ کر شنکر ہنسا۔

اس پر سلطانہ نے کہا، ''تم ہندو ہو، اِسی لیے ہمارے اِن بزرگوں کا مذاق اڑاتے ہو۔''

شنکر مسکرایا، ''ایسی جگہوں پر ہندو مسلم سوال پیدا نہیں ہوا کرتے۔ بڑے بڑے پنڈت اور مولوی اگر یہاں آئیں تو وہ بھی شریف آدمی بن جائیں۔''

''جانے تم کیا اوٹ پٹانگ باتیں کرتے ہو۔۔۔ بولو رہو گے؟''

''اسی شرط پر جو پہلے بتا چکا ہوں۔''

سلطانہ اُٹھ کھڑی ہوئی۔ ''تو جاؤ رستہ پکڑو۔''

شنکر آرام سے اُٹھا۔ پتلون کی جیبوں میں اُس نے اپنے دونوں ہاتھ ٹھونسے اور جاتے ہوئے کہا، ''میں کبھی کبھی اس بازار سے گزرا کرتا ہوں۔ جب بھی تمہیں میری ضرورت ہو بلا لینا۔۔۔ میں بہت کام کا آدمی ہوں۔''

شنکر چلا گیا اور سلطانہ کالے لباس کو بھول کر دیر تک اُس کے متعلق سوچتی رہی۔ اُس آدمی کی باتوں نے اُس کے دکھ کو بہت ہلکا کر دیا تھا۔ اگر وہ انبالے میں آیا ہوتا جہاں وہ خوشحال تھی تو اُس نے کسی اور ہی رنگ میں اُس آدمی کو دیکھا ہوتا اور بہت ممکن ہے کہ اُسے ٹھکّے دے کر باہر نکال دیا ہوتا مگر یہاں چونکہ وہ بہت اُداس رہتی تھی، اِس لیے شنکر کی باتیں اُسے پسند آئیں۔

شام کو جب خدا بخش آیا تو سلطانہ نے اُس سے پوچھا، ''تم آج سارا دن کِدھر غائب رہے ہو؟'' خدا بخش تھک کر چُور ہو رہا تھا، کہنے لگا، ''پرانے قلعہ کے پاس سے آ رہا ہوں۔ وہاں ایک بزرگ کچھ دنوں سے ٹھہرے ہوئے ہیں، انہی کے پاس ہر روز جاتا ہوں کہ ہمارے دن پھر جائیں۔۔۔''

''کچھ انہوں نے تم سے کہا؟''

''نہیں، ابھی وہ مہربان نہیں ہوئے۔۔۔ پر سلطانہ، میں جو اُن کی خدمت کر رہا ہوں وہ اکارت کبھی نہیں جائے گی۔ اللہ کا فضل شامل حال رہا تو ضرور وارے نیارے ہو جائیں گے۔''

سلطانہ کے دماغ میں مُحَرّم مَنانے کا خیال سمایا ہوا تھا، خدا بخش سے رونی آواز میں کہنے لگی، ''سارا سارا دن باہر غائب رہتے ہو۔۔۔ میں یہاں پنجرے میں قید رہتی ہوں، نہ کہیں جا سکتی ہوں نہ آ سکتی ہوں۔ مُحَرّم سر پر آ گیا ہے، کچھ تم نے اِس کی بھی فِکر کی کہ مجھے کالے کپڑے چاہئیں، گھر میں پھوٹی کوڑی تک نہیں۔ کنگنیاں تھیں سو وہ ایک ایک کر کے بِک گئیں، اب تم ہی بتاؤ کیا ہو گا؟۔۔۔ یوں فقیروں کے پیچھے کب تک مارے مارے پھرا کرو گے۔ مجھے تو ایسا دکھائی دیتا ہے کہ یہاں دلّی میں خدا

نے بھی ہم سے مُنہ مُوڑ لیا ہے۔ میری سنو تو اپنا کام شروع کر دو۔ کچھ تو سہارا ہو ہی جائے گا۔ '' خدا بخش دری پر لیٹ گیا اور کہنے لگا، ''پر یہ کام شروع کرنے کے لیے بھی تو تھوڑا بہت سرمایہ چاہیے۔۔۔ خدا کے لیے اب ایسی د۔؟ دُکھ بھری باتیں نہ کرو۔ مجھ سے اب برداشت نہیں ہو سکتیں۔ مَیں نے سچ میچ اَنبالہ چھوڑنے میں سخت غلطی کی، پر جو کرتا ہے اللہ ہی کرتا ہے اور ہماری بہتری ہی کے لیے کرتا ہے، کیا پتا ہے کہ کچھ دیر اور تکلیفیں برداشت کرنے کے بعد ہم۔۔۔'' سلطانہ نے بات کاٹ کر کہا، ''تم خدا کے لیے کچھ کرو۔ چوری کرو یا ڈاکہ مارو پر مجھے ایک شلوار کا کپڑا ضرور لا دو۔ میرے پاس سفید بوسکی کی قمیص پڑی ہے، اُس کو مَیں رنگوا لوں گی۔ سفید نینون کا ایک نیا دُوپٹّہ بھی میرے پاس موجود ہے، وہی جو تم نے مجھے دیوالی پر لا کر دیا تھا، یہ بھی قمیض کے ساتھ ہی کالا رنگوا لیا جائے گا۔ ایک صرف شلوار کی کَسر ہے، سو وہ تم کسی نہ کسی طرح پیدا کر دو۔۔۔ دیکھو تمہیں میری جان کی قسم کسی نہ کسی طرح ضرور لا دو۔۔۔ میری بھتی کھاؤ اگر نہ لاؤ۔ ''

خدا بخش اُٹھ بیٹھا۔ ''اب تم خواہ مخواہ زور دیے چلی جا رہی ہو۔۔۔ مَیں کہاں سے لاؤں گا۔۔۔ افیم کھانے کے لیے تو میرے پاس پیسہ نہیں۔ ''

''کچھ بھی کرو مگر مجھے ساڑھے چار گز کالی ساٹن لا دو۔ ''

''دعا کرو کہ آج رات ہی اللہ دو تین آدمی بھیج دے۔ ''

''لیکن تم کچھ نہیں کرو گے۔۔۔ تم اگر چاہو تو ضرور اتنے پیسے پیدا کر سکتے ہو۔ جنگ سے پہلے یہ ساٹن بارہ چودہ آنے گز مل جاتی تھی، اب سوا روپے گز کے حساب سے ملتی ہے۔ ساڑھے چار گزوں پر کتنے روپے خرچ ہو جائیں گے؟ ''

''اب تم کہتی ہو تو میں کوئی حیلہ کروں گا۔ یہ کہہ کر خدا بخش اُٹھا۔ ''لو اب ان باتوں کو بھول جاؤ، میں ہوٹل سے کھانا لے آؤں۔ ''

ہوٹل سے کھانا آیا دونوں نے مل کر زہر مار کیا اور سو گئے۔ صبح ہوئی۔ خدا بخش پرانے قلعے والے فقیر کے پاس چلا گیا اور سلطانہ اکیلی رہ گئی۔ کچھ دیر لیٹی رہی، کچھ دیر سوئی رہی۔ اِدھر اُدھر کمروں میں ٹہلتی رہی، دوپہر کا کھانا کھانے کے بعد اُس نے اپنا سفید نینون کا دُوپٹّہ اور سفید بوسکی کی قمیص نکالی اور نیچے لانڈری والے کو رنگنے کے لیے دے آئی۔ کپڑے دھونے کے علاوہ وہاں رنگنے کا کام بھی ہوتا تھا۔ یہ کام کرنے کے بعد اُس نے واپس آ کر فلموں کی کتابیں پڑھیں جن میں اُس کی دیکھی ہوئی فلموں کی کہانی اور گیت

چھپے ہوئے تھے۔ یہ کتابیں پڑھتے پڑھتے وہ سوگئی، جب اُٹھی تو چار بج چکے تھے کیونکہ دھوپ آنگن میں سے موری کے پاس پہنچ چکی تھی۔ نہا دھو کر فارغ ہوئی تو گرم چادر اوڑھ کر بالکونی میں آ کھڑی ہوئی۔ قریباً ایک گھنٹہ سلطانہ بالکونی میں کھڑی رہی۔

اب شام ہو گئی تھی۔ بتیاں روشن ہو رہی تھیں۔ نیچے سڑک میں رونق کے آثار نظر آنے لگے۔ سردی میں تھوڑی سی شِدّت ہو گئی تھی مگر سلطانہ کو یہ ناگوار معلوم نہ ہوئی۔ وہ سڑک پر آتے جاتے ٹانگوں اور موٹروں کی طرف ایک عرصہ سے دیکھ رہی تھی۔ دفعتاً اسے شنکر نظر آیا۔ مکان کے نیچے پہنچ کر اُس نے گردن اونچی کی اور سلطانہ کی طرف دیکھ کر مُسکرا دیا۔ سلطانہ نے غیر اِرادی طور پر ہاتھ کا اشارہ کیا اور اُسے اوپر بلا لیا۔

جب شنکر اوپر آ گیا تو سلطانہ بہت پریشان ہوئی کہ اُس سے کیا کہے۔ دراصل اُس نے ایسے ہی بِلا سوچے سمجھے اُسے اشارہ کر دیا تھا۔ شنکر بے حد مُطمئن تھا جیسے اُس کا اپنا گھر ہے، چنانچہ بڑی بے تکلفی سے پہلے روز کی طرح وہ گاؤ تکیہ سَر کے نیچے رکھ کر لیٹ گیا۔ جب سلطانہ نے دیر تک اُس سے کوئی بات نہ کی تو اُس نے کہا، ''تم مجھے سو دفعہ بُلا سکتی ہو اور سو دفعہ ہی کہہ سکتی ہو کہ چلے جاؤ۔۔۔ مَیں ایسی باتوں پر کبھی ناراض نہیں ہوا کرتا۔''

سلطانہ شش و پنج میں گرفتار ہو گئی، کہنے لگی، ''نہیں بیٹھو، تمہیں جانے کو کون کہتا ہے۔''

شنکر اس پر مسکرا دیا۔ ''تو میری شرطیں تمہیں منظور ہیں۔''

''کیسی شرطیں؟''، سلطانہ نے ہنس کر کہا، ''کیا نکاح کر رہے ہو مجھ سے؟''

''نکاح اور شادی کیسی؟ نہ تم عمر بھر میں کسی سے نکاح کرو گی نہ مَیں۔ یہ رسمیں ہم لوگوں کے لیے نہیں۔۔۔ چھوڑو ان فضولیات کو۔ کوئی کام کی بات کرو۔''

''بولو کیا بات کروں؟''

''تم عورت ہو۔۔۔ کوئی ایسی بات شروع کرو جس سے دو گھڑی دل بہل جائے۔ اِس دنیا میں صرف دکانداری ہی دکانداری نہیں، اور کچھ بھی ہے۔''

سلطانہ ذہنی طور پر اب شنکر کو قبول کر چکی تھی۔ کہنے لگی، ''صاف صاف کہو، تم مجھ سے کیا چاہتے ہو۔''

''جو دوسرے چاہتے ہیں۔''، شنکر اُٹھ کر بیٹھ گیا۔

''تم میں اور دوسروں میں پھر فرق ہی کیا رہا۔''

’’تم میں اور مجھ میں کوئی فرق نہیں۔ اُن میں اور مجھ میں زمین و آسمان کا فرق ہے۔ ایسی بہت سی باتیں ہوتی ہیں جو پوچھنا نہیں چاہئیں خود سمجھنا چاہئیں۔‘‘

سلطانہ نے تھوڑی دیر تک شنکر کی اس بات کو سمجھنے کی کوشش کی پھر کہا، ’’مَیں سمجھ گئی۔‘‘

’’تو کہو، کیا ارادہ ہے؟‘‘

’’تم جیتے، مَیں ہاری۔ پر مَیں کہتی ہوں، آج تک کسی نے ایسی بات قبول نہ کی ہوگی۔‘‘

’’تم غلط کہتی ہو۔۔۔اِسی محلے میں تمہیں ایسی سادہ لوح عورتیں بھی مل جائیں گی جو کبھی یقین نہیں کریں گی کہ عورت ایسی ذلت قبول کرسکتی ہے جو تم بغیر کسی احساس کے قبول کرتی رہی ہو۔ لیکن اُن کے نہ یقین کرنے کے باوجود تم ہزاروں کی تعداد میں موجود ہو۔۔۔تمہارا نام سلطانہ ہے نا؟‘‘

’’سلطانہ ہی ہے۔‘‘ شنکر اٹھ کھڑا ہوا اور ہنسنے لگا، ’’میرا نام شنکر ہے۔۔۔یہ نام بھی عجب اوٹ پٹانگ ہوتے ہیں، چلو آؤ اندر چلیں۔‘‘

شنکر اور سلطانہ دری والے کمرے میں واپس آئے تو دونوں ہنس رہے تھے، نہ جانے کس بات پر۔ جب شنکر جانے لگا تو سلطانہ نے کہا، ’’شنکر میری ایک بات مانو گے؟‘‘

شنکر نے جواباً کہا، ’’پہلے بات بتاؤ۔‘‘

سلطانہ کچھ جھینپ سی گئی، ’’تم کہو گے کہ میں دام وصول کرنا چاہتی ہوں مگر۔‘‘

’’کہو کہو۔۔۔رُک کیوں گئی ہو۔‘‘

سلطانہ نے جُرأت سے کام لے کر کہا، ’’بات یہ ہے کہ مُحَرّم آ رہا ہے اور میرے پاس اتنے پیسے نہیں کہ میں کالی شلوار بنوا سکوں۔۔۔یہاں کے سارے دُکھڑے تو تم مجھ سے ہی سن چکے ہو۔ قمیض اور دُوپٹّہ میرے پاس موجود تھا جو میں نے آج رنگوانے کے لیے دے دیا ہے۔‘‘

شنکر نے یہ سن کر کہا، ’’تم چاہتی ہو کہ میں تمہیں کچھ روپے دے دوں جو تم یہ کالی شلوار بنوا سکو۔‘‘

سلطانہ نے فوراً ہی کہا، ’’نہیں، میرا مطلب یہ ہے کہ اگر ہو سکے تو تم مجھے ایک کالی شلوار لا دو۔‘‘

شنکر مسکرایا، ’’میری جیب میں تو اتفاق ہی سے کبھی کچھ ہوتا ہے، بہر حال میں کوشش کروں گا۔ مُحَرّم کی پہلی تاریخ کو تمہیں یہ شلوار مل جائے گی۔ لے بس اب خوش ہو گئیں۔‘‘ سلطانہ کے بُندوں کی طرف دیکھ کر شنکر نے پوچھا، ’’کیا یہ بُندے تم مجھے دے سکتی ہو؟‘‘

سلطانہ نے ہنس کر کہا، ’’تم اُنہیں کیا کرو گے۔ چاندی کے معمولی بُندے ہیں۔ زیادہ سے زیادہ پانچ

روپے کے ہوں گے۔‘‘

اس پر شنکر نے کہا، ’’میں نے تم سے بُندے مانگے ہیں۔ اُن کی قیمت نہیں پوچھی، بولو، دیتی ہو۔‘‘

’’لے لو۔‘‘ یہ کہہ کر سلطانہ نے بُندے اتار کر شنکر کو دے دیے۔ اُس کے بعد افسوس ہوا مگر شنکر جا چکا تھا۔

سلطانہ کو قطعاً یقین نہیں تھا کہ شنکر اپنا وعدہ پورا کرے گا مگر آٹھ روز کے بعد مُحرّم کی پہلی تاریخ کو صبح نو بجے دروازے پر دستک ہوئی۔ سلطانہ نے دروازہ کھولا تو شنکر کھڑا تھا۔ اخبار میں لپٹی ہوئی چیز اس نے سلطانہ کو دی اور کہا، ’’ساٹن کی کالی شلوار ہے۔۔۔ دیکھ لینا، شاید لمبی ہو۔۔۔ اب میں چلتا ہوں۔‘‘

شنکر شلوار دے کر چلا گیا اور کوئی بات اُس نے سلطانہ سے نہ کی۔ اُس کی پتلون میں شِکنیں پڑی ہوئی تھیں۔ بال بکھرے ہوئے تھے۔ ایسا معلوم ہوتا تھا کہ ابھی ابھی سو کر اُٹھا ہے اور سیدھا اِدھر ہی چلا آیا ہے۔ سلطانہ نے کاغذ کھولا۔ ساٹن کی کالی شلوار تھی ایسی ہی جیسی کہ وہ مُختار کے پاس دیکھ کر آئی تھی۔ سلطانہ بہت خوش ہوئی۔ بُندوں اور اِس سودے کا جو افسوس اسے ہوا تھا اس شلوار نے اور شنکر کی وعدہ ایفائی نے دور کر دیا۔

دوپہر کو وہ نیچے لانڈری والے سے اپنی رنگی ہوئی قمیض اور دُخوٹپّہ لے کر آئی۔ تینوں کالے کپڑے اس نے جب پہن لیے تو دروازے پر دستک ہوئی۔ سلطانہ نے دروازہ کھولا تو مُختار اندر داخل ہوئی۔ اس نے سلطانہ کے تینوں کپڑوں کی طرف دیکھا اور کہا، ’’قمیض اور دُوپٹّہ تو رنگا ہوا معلوم ہوتا ہے، پر یہ شلوار نئی ہے۔۔۔ کب بنوائی؟‘‘

سلطانہ نے جواب دیا، ’’آج ہی درزی لایا ہے۔‘‘ یہ کہتے ہوئے اس کی نظریں مُختار کے کانوں پر پڑیں، ’’یہ بُندے تم نے کہاں سے لیے؟‘‘

مُختار نے جواب دیا، ’’آج ہی منگوائے ہیں۔‘‘

اس کے بعد دونوں کو تھوڑی دیر تک خاموش رہنا پڑا۔

کالی کلی

جب اُس نے اپنے دشمن کے سینے میں اپنا چھرا پیوست کیا اور زمین پر ڈھیر ہو گیا۔ اس کے سینے کے زخم سے سرخ سرخ لہو کا چشمہ پھوٹنے لگا اور تھوڑی ہی دیر میں وہاں لہو کا چھوٹا سا حوض بن گیا۔ قاتل پاس کھڑا اس کی تعمیر دیکھتا رہا تھا۔ جب لہو کا آخری قطرہ باہر نکلا تو لہو کی حوض میں مقتول کی لاش ڈُوب گئی اور وہ پھر سے اُڑ گیا۔

تھوڑی دیر کے بعد ننھے ننھے پرندے اُڑتے، چوں چوں کرتے حوض کے پاس آئے تو اُن کی سمجھ میں نہ آیا کہ ان کا باپ یہ لال لال پانی کا خوبصورت حوض کیسے بن گیا۔ نیچے تہ میں ایک قطرہ خون اپنے لہو کی آخری بوند جو اس نے چوری چوری اپنے دل کے خفیہ گوشے میں رکھ لی تھی تڑپنے لگی۔ اُس کا یہ رقص ایسا تھا جس میں زرق برق پیشوازوں کا کوئی بھڑ کیلا پن نہیں تھا، معصوم بچے کے سے چہل پہل تھے۔ وہ اچھل کود رہی تھی اور اپنے دل ہی میں خوش ہو رہی تھی۔ اس کو اس بات کا ہوش ہی نہیں رہا تھا کہ وہ چار چڑیاں جو حوض کے اُوپر بیقراری سے پھر پھراتی دائرہ بناتی اُڑ رہی ہیں ان کے دل ہانپ رہے ہیں اور بہت ممکن ہے وہ ہانپتے ہانپتے ان کے سینوں سے اُچھل کر حوض میں گر پڑیں۔ وہ اپنی خوشی میں مست تھی۔ اُوپر اُڑی ہوئی چڑیوں میں ایک چڑیا نے جو شکل و صورت کے اعتبار سے چڑا معلوم ہوتا تھا کہا ''تم رو رہی ہو؟''

چڑیا نے اپنی اُڑان ہلکی کر دی، چنانچہ تیز ہوا میں لڑکھتے ہوئے اس نے اپنے ننھے سے نرم و نازک اور ریشم جیسے پر کو اپنی چونچ سے پھلا کر اپنی ایک آنکھ پونچھی اور جلدی سے اپنے دوسرے پروں کے اندر اس آنسو آلود پری کو چھپا لیا۔ دوسری آنکھ کے اس جل دیپ کو اس نے ایسے ہی ننھے سے مخملیں پر سے پھونک

ماری، وہ فوراً راکھ بن کر حوض کی سرخ آنکھوں میں سرمے کی تحریر بن کر تیر نے لگی۔
حوض کی یہ تبدیلی دیکھ کر باقی تین چڑیوں نے پلٹ کر چوتھی چڑیا کی طرف دیکھا اور آنکھوں میں اس کی
سرزنش کی اور ایک دم اپنے سارے پر سمیٹ لیے اور چشمِ زدن میں وہ حوض کے اندر تھیں حوض کا لال
لال پانی ایک لحظے کے لیے تھر تھرا اٹھا۔ اس نے زبردستی ان کی بند چونچوں میں اپنی بڑی چونچ سے اپنے
خون کی ایک ایک بوند ڈالنے کی کوشش کی، جس طرح ماں باپ اپنے پیارے بچوں کے حلق میں چمچوں کے
ذریعے سے دوا ٹپکاتے ہیں، مگر وہ نہ کھلیں

وہ سمجھ گیا کہ اس کا کیا مطلب ہے چنانچہ اس کی آنکھوں سے اتنا ہی سفید پانی بہہ نکلا جتنا اس حوض میں
لال تھا جو وہ قاتل اس ایک لال بوند کے بغیر، جو اس کے اوپر ہی اڑ رہی تھی اور اس سفید پانی سمیت، جو وہ
اس کے وجود میں چھوڑ گیا تھا۔

اس نے یہ سفید آنسو اور بہانے چاہے مگر وہ بالکل خشک تھے۔ ایک صرف اس کی آنکھوں کی بصارت باقی
تھی وہ اسی پر قانع ہو گیا اس نے دیکھا کہ اس کے حوض کے پانی کا رنگ بدل رہا ہے۔ اس کے لیے یہ
بڑی تکلیف دہ بات تھی کہ جب قتل نہیں کیا گیا تھا۔ قتل کے بعد تو اُس نے سنا تھا کہ سفید سے سفید خون بھی
جیتا جاگتا سرخ ہو جاتا ہے۔

دن بدن حوض کا پانی نئی رنگ اختیار کرنے لگا شروع شروع میں تو وہ گرم گرم سرخ قرمزی تھا۔ تھوڑی دیر
میں بھوسلا پن اس میں پیدا ہونے لگا یہ تبدیلی بڑی سست رفتار تھی۔

اُس نے سنا تھا کہ قدرت اٹل ہے وہ کبھی تبدیل نہیں ہوتی۔ وہ سوچتا کہ یہ قدرت کیسی ہے جو اس کی
اپنے عناصر سے تخلیق کی ہوئی چیز کو ٹکڑے ٹکڑے کر کے اُسے اب کسی تصویر ساز کی پلیٹ بنا رہی ہے جس
پر وہ ایک مرتبہ صاف اور شدھ رنگ لگا کر پھر اس پر سینکڑوں دوسرے رنگوں کی تہیں چڑھا دیتا ہے اور
بہت مسرور ہوتا ہے اس میں مسرت انگیز بات ہی کیا ہے اور اس بات کے لیے کہ ایک بے گناہ کو قتل کروا
دینا؟ یہ اور بھی زیادہ عجیب ہے۔

میں اگر اپنے قاتل کی جگہ ہوتا تو کیا کرتا؟ ہاں کیا کرتا؟

اسے اپنے ہاتھوں سے نقرئی تاروں والا ہار پہناتا تازہ بہ تازہ کی اس کی اچکن ہو، ہو رخ سر تلے دار دستار اور
اس طائر تازی پر سوار جس پر زر بفت کی جھول ہو اور وہ اُس پر سوار ہو کر قدرت بانو کو دلہن بنا کر گھر
لانے کے لیے روانہ ہو جائے۔ اس کے جلو میں صرف اس کے خون کے قطرے ہوں۔

وہ سوچتا کتنی شان دار سواری ہوتی جو آج تک کسی کو بھی نصیب نہیں ہوئی۔ وہ ایک بہت اونچے درخت پر اپنا گھونسلا بناتا جس میں حجلۂ عروسی کو بٹھاتا۔ اس کا چہرہ حیا کے باعث رنگ برنگ کے پروں کے گھونگھٹ کی اوٹ میں ہوتا۔ وہ اس نقاب کو بہت ہولے ہولے اٹھاتا۔ جوں جوں نقاب اوپر اٹھتی، اس کا دل نفرت و حقارت سے لبریز ہوتا جاتا۔ اس کے انتقامی جذبے کی آگ اور زیادہ تیز ہوتی جاتی جیسے اس کی نقاب کے پر اس پر تیل نچڑ رہے ہوں لیکن وہ اس جذبے کو اپنے دل میں وہیں دبا دیتا جیسے وہ مرجھائے ہوئے پھولوں کی روکھی سوکھی اور بے کیف پتیاں ہیں جنہیں کئی ننھی ننھی ناگ سپنیوں نے پھونکیں مار مار کر ڈس دیا ہو۔

شبِ عروسی میں اس نے اپنی دلہن سے بڑی پیار اور محبت بھری باتیں کیں، ایسی باتیں جن کو سننے کے بعد سب پرندوں نے متفقہ طور پر یہ فیصلہ کیا کہ یہ ایسا کلام ہے جو اگر فرشتے اور حوریں اپنے اپنے سازوں پر گائیں تو خود کو عاجز سمجھیں اور بربطوں کے تار جھنجھلا اٹھیں کہ یہ نغمہ ہم سے کیوں ادا نہیں ہو سکتا۔ آخر کار فرشتوں نے اپنے حلق میں اپنی اپنی دلہنوں کی مانگ کے سیندور بھر لیے اور مر گئے۔ حوروں نے اپنے بربط توڑ ڈالے اور ان کے باریک تاروں کا پھندا بنا کر خودکشی کر لی۔

اُس کو اپنے یہ افکار بہت پسند آئے تھے۔ اس لیے کہ یہ غیب سے آئے ہیں۔ چنانچہ اس نے گانا شروع کیا۔ اس کا الحان واقعی الہامی تھا۔ اگر پرندوں کے ہجوم کو وہ صرف چند نغمے سناتا تو وہ یقیناً بے خودی کے عالم میں زخمی طیور کے ماند پھڑ پھڑانے لگتیں اور اسی طرح پھڑ پھڑاتی پھڑ پھڑاتی قدرت کے اشجار کو پیاری ہو جاتیں۔ وہ اپنے تمام پتے اور اپنی کومل شاخوں کو نوچ کر ان کی لاشوں پر آرام سے رکھ دیتے۔ ادھر باغ کے سارے پھول اپنی تمام پتیاں ان پر نچھاور کر دیتے۔ کھلی اور ان کھلی گلیاں بھی خود کو اُن کی مجموعی تربت کی آرائش کے لیے پیش کر دیتیں۔

پھر تمام سرنگوں ہو کر انتہائی غم ناک سروں میں دھیمے دھیمے سروں میں شہیدوں کا نوحہ گاتیں ساتوں آسمانوں کے تمام فرشتے اپنے اپنے آسمان کی کھڑکیاں کھول کر اس سوگ کے جشن کا نظارہ کرتے اور ان کی آنکھیں آنسوؤں سے لبریز ہو جاتیں جو ہلکی ہلکی پھوار کی صورت میں ان خاکی شہیدوں کی پھولوں سے لدی پھندی تربت کو نم آلودہ کر دیتیں تا کہ اس کی تازگی دیر تک رہے۔

سنا ہے کہ یہ تربت دیر تک قائم رہی پھول جب بالکل باسی ہو جاتے، پتے خشک ہو جاتے تو ان کی جگہ اپنے بدن سے نوچ کر آہستہ آہستہ اس تربت پر رکھ دیئے جاتے۔

اُدھر دوسرے باغ میں جو اپنی خوبصورتی کے باعث تمام دنیا میں بہت مشہور تھا۔ ایک طاہر جس کا نام بلبل یعنی ہزار داستان ہے اپنے حسن اور اپنی خوش الحانی پر نازاں بلکہ یوں کہیے کہ مغرور تھا۔ باغ کی ہر کلی اس پر سو جان سے فدا تھی مگر وہ ان کو منہ نہیں لگاتا۔

اگر کبھی ازراہ تفریح وہ کبھی کسی کلی پر اپنی خوبصورت منقار کی ضرب لگا کر اُسے قدرت کے اصولوں کے خلاف پہلے ہی کھول دیتا تو اس غریب کا جی باغ باغ ہو جاتا، پر وہ شادی مرگ ہو جاتی۔

اور دل ہی دل میں دوسری کھلی ان کھلی کلیاں حسد اور رشک کے مارے جل بھن کر راکھ ہو جاتیں اور وہ کسی چٹان کی چوٹی کے سخت پتھر پر ہولے سے یوں بیٹھتا کہ اس پتھر کو اس کا بوجھ محسوس نہ ہو۔ اطمینان کر کے اس پتھر نے اُسے خندہ پیشانی سے قبول کر لیا ہے تو وہ موم کر دینے والا ایک حزنیہ نغمہ شروع کرتا یہ فرطِ ادب اور تاثر کے باعث سرنگوں ہو جاتے۔

کلیاں سوچتیں کہ یہ کیا وجہ ہے کہ وہ ہمیں اپنے التفات سے محروم رکھتا ہے ہم میں سے اکثر جل جل کے بھسم ہو گئیں پر اس کو ہماری کچھ پروا نہیں۔

ایک سفید کلی اپنے شبنمی آنسو پونچھ کر کہتی ہے :'' ایسا نہ کہو بہن اس کو ہماری ہر ادا ناپسند ہے ''۔ کالی کلی کہتی ۔'' تو سفید جھوٹ بولتی ہے میری طرف کبھی آنکھ اُٹھا کر دیکھ دونوں دیدے پھوڑ ڈالوں ''۔ کاسنی کلی کو دُکھ ہوتا: '' ایسا کرو گی تو تم کہاں رہو گی؟ ''۔

سفید کلی طنز یہ انداز میں اس مغرور پرندے کی طرف سے جواب دیتی ۔'' اس کے لیے دنیا کے تمام باغوں کی کلیوں کے منہ کھلے ہیں وہ نیلے آسمان کے نیچے جہاں بھی چاہے اپنے حسین خیمے گاڑ سکتا ہے ''۔ کالی کلی مسکراتی یہ مسکراہٹ سنگ اسود کے چھوٹے سے کالے تریڑے کے مانند کھلتی۔

'' سفید کلی نے ٹھیک کہا ہے ۔ خواہ مجھے خوش کرنے کے لیے ہی کہا ہو میں یہاں کا بادشاہ ہوں '' سفید کلی اور زیادہ نکھر گئی۔ '' حضور! آپ شہنشاہ ہیں اور ہم سب آپ کی کنیزیں ''۔

کالی کلی نے زور سے اپنے پر پھر پھرائے جیسے وہ بہت غصے میں ہے ۔ '' ہم میں مجھے شامل نہ کرو مجھے اس سے نفرت ہے ۔ ''

جونہی کالی کلی کی زبان سے یہ گستاخانہ الفاظ نکلے، سب چڑیاں ڈر کے مارے پھر پھراتی ہوئی وہاں سے اُڑ گئیں۔ ایک صرف کالی کلی باقی رہ گئی۔

اُس نے آنکھ اٹھا کر بھی اس چٹان کونہ دیکھا جس کے ایک کنگرے کی نوک پر وہ اکڑ کر کھڑا تھا کالی کلی اس

کے قدموں میں تھی اپنی اس بے اعتنائی اور رعونت کے ساتھ ۔

حسین و جمیل بلبل کو اس بے اعتنائی اور رعونت سے پہلی مرتبہ دو چار ہونا پڑا تھا۔ اُس کے وقار کو سخت صدمہ پہنچا، چٹان سے نیچے اُتر کر وہ ہولے ہولے جیسے ٹہل رہا ہے، کالی کلی کے قریب سے گزرا گویا وہ اس کا موقع دے رہا ہے کہ تم نے جو غلطی کی ہے درست کرلو پر اُس نے اس فیاضانہ تحفے کو ٹھکرادیا۔ اس پر بلبل اور جھنجھلایا اور مڑ کر کالی کلی سے مخاطب ہوا۔ ''ایسا معلوم ہوتا ہے، تم نے مجھے پہچانا نہیں ۔''

کالی کلی نے اس کی طرف دیکھے بغیر کہا۔ ''ایسی تم میں کون سی خوبی ہے جو کوئی تمہیں یاد رکھے تم ایک معمولی چڑے ہو، جو لاکھوں یہاں پڑے جھک مارتے ہیں ''۔

بلبل سراپا عجز ہو گیا۔ ''دیکھو، میں اس باغ کا تمام حسن تمہارے قدموں میں ڈھیر کر سکتا ہوں ''

کالی کلی کے ہونٹوں پر کالی طنز یہ مسکراہٹ پیدا ہوئی۔ ''میں رنگوں کے بے ڈھب، بے جوڑ رنگوں کے ملاپ کو حسن نہیں کہہ سکتی حسن میں ایک رنگی اور ریک آہنگی ہونی چاہیے ۔''

''تم اگر حکم دو تو میں اپنی سرخ دم نوچ کر یہاں پھینک دوں گا''

''تمہاری سرخ دُم کے پر سرخاب کے پر تو نہیں ہو جائیں گے رہنے دو اپنی دم میں میری دُم دیکھتے رہا کرو، جو سنگِ اسود کی طرح کالی ہے اور آبنوس کی طرح کالی اور چمکیلی ۔''

یہ سُن کر وہ اور زیادہ جھنجھلا گیا اور سوچے سمجھے بغیر کالی کلی سے بغل گیر ہو گیا۔ پھر فوراً ہی پیچھے ہٹ کر معذرت طلب کرنے لگا، ''مجھے معاف کر دینا۔ باغ کی مغرور ترین حسینہ ! ''

کالی کلی چند لمحات بالکل خاموش رہی، پھر اُس کے بعد ایسا معلوم ہوا کہ رات کے گھپ اندھیرے میں اچانک دو دیے جل پڑے ہیں۔ ''میں تمہاری کنیز ہوں پیارے بلبل ! ''

بلبل نے چونچ کا ایک زبردست ٹھونگا مارا اور بڑی نفرت آمیز نا امیدی سے کہا۔ ''جا، دُور ہو جا، میری نظروں سے اور اپنے رنگ کی سیاہی میں ساری عمر اپنے دل کی سیاہی گھولتی رہ

سعادت حسن منٹو (دستخط)

۴ جنوری ۱۹۵۶ء

کبوتروں والا سائیں

پنجاب کے ایک سرد دیہات کے تکیے میں، مائی جیواں صبح سویرے ایک غلاف چڑھی قبر کے پاس، زمین کے اندر کھدے ہوئے گڈھے میں، بڑے بڑے اپلوں سے آگ سلگا رہی ہے۔ صبح کے سرد اور میلے دھند لکے میں، جب وہ اپنی پانی بھری آنکھوں کو سکیڑ کر اور اپنی کمر کو دہرا کر کے، منہ قریب قریب زمین کے ساتھ لگا کر او پر تلے رکھے ہوئے اپلوں کے اندر پھونک گھسیڑنے کی کوشش کرتی ہے تو زمین پر سے تھوڑی سی راکھ اڑتی ہے اور اس کے آدھے سفید اور آدھے کالے بالوں پر جو کہ گھسے ہوئے کمبل کا نمونہ پیش کرتے ہیں، بیٹھ جاتی ہے اور ایسا معلوم ہوتا ہے کہ اس کے بالوں میں تھوڑی سی سفیدی اور آ گئی ہے۔ اپلوں کے اندر آگ سلگتی ہے اور یوں جو تھوڑی سی لال لال روشنی پیدا ہوتی ہے، مائی جیواں کے سیاہ چہرے پر جھریوں کو اور نمایاں کر دیتی ہے۔

مائی جیواں یہ آگ کئی مرتبہ سلگا چکی ہے۔ یہ تکیہ یا چھوٹی سی خانقاہ جس کے اندر بنی ہوئی قبر کی بابت اس کے پردادا نے لوگوں کو یہ یقین دلایا تھا کہ وہ ایک بہت بڑے پیر کی آرام گاہ ہے، ایک زمانے سے ان کے قبضہ میں تھی۔ گاما سائیں کے مرنے کے بعد اب اس کی ہوشیار بیوی اس تکیے کی مجاور تھی۔ گاما سائیں سارے گاؤں میں ہر دل عزیز تھا۔ ذات کا وہ کمہار تھا مگر چونکہ اسے تکیے کی دیکھ بھال کرنا ہوتی تھی، اس لیے اس نے برتن بنانے چھوڑ دیئے تھے۔ لیکن اس کے ہاتھ کی بنائی ہوئی کونڈیاں اب بھی مشہور ہیں۔ بھنگ گھوٹنے کے لیے وہ سال بھر میں چھ کونڈیاں بنایا کرتا تھا جن کے متعلق بڑے فخر سے وہ یہ کہا کرتا تھا، ''چودھری لوہا ہے لوہا۔۔۔فولاد کی کونڈی ٹوٹ جائے پر گاما سائیں کی یہ کونڈی، دادا لے تو اس کا پوتا بھی اسی میں بھنگ گھوٹ کر پیے۔''

مرنے سے پہلے گاما سائیں چھ کونڈیاں بنا کر رکھ گیا تھا جو اب مائی جیواں بڑی احتیاط سے کام میں لاتی تھی۔ گاؤں کے اکثر بڈھے اور جوان تکیے میں جمع ہوتے تھے اور سردائی پیا کرتے تھے۔ گھوٹنے کے لیے گاما سائیں نہیں تھا پر اس کے بہت سے چیلے چانٹے جواب سر اور بھویں منڈا کر سائیں بن گئے تھے، اس کے بجائے بھنگ گھوٹا کرتے تھے اور مائی جیواں کی سلگائی ہوئی آگ سُلفہ پینے والوں کے کام آتی تھی۔

صبح اور شام کو تو خیر کافی رونق رہتی تھی، مگر دو پہر کو بھی آٹھ دس آدمی مائی جیواں کے پاس بیری کی چھاؤں میں بیٹھے ہی رہتے تھے۔ اِدھر اُدھر کونے میں لمبی لمبی بیل کے ساتھ ساتھ کئی کابک تھے جن میں گاما سائیں کے ایک بہت پرانے دوست ابو پہلوان نے سفید کبوتر پال رکھے تھے۔ تکیے کی دھوئیں بھری فضا میں ان سفید اور چتکبرے کبوتروں کی پھڑ پھڑاہٹ بہت بھلی معلوم ہوتی تھی۔ جس طرح تکیے میں آنے والے لوگ شکل و صورت سے معصومانہ حد تک بے عقل نظر آتے تھے اسی طرح یہ کبوتر جن میں سے اکثر کے پیروں میں مائی جیواں کے بڑے لڑکے نے جھانجھ پہنا رکھے تھے، بے عقل اور معصوم دکھائی دیتے تھے۔

مائی جیواں کے بڑے لڑکے کا اصلی نام عبدالغفار تھا۔ اس کی پیدائش کے وقت یہ نام شہر کے تھانے دار کا بھی تھا جو کبھی کبھی گھوڑی پر چڑھ کر موقع دیکھنے کے لیے گاؤں میں آیا کرتا تھا اور گاما سائیں کے ہاتھ کا بنا ہوا ایک پیالہ سردائی کا ضرور پیا کرتا تھا۔ لیکن اب وہ بات نہ رہی تھی۔ جب وہ گیارہ برس کا تھا تو مائی جیواں اس کے نام میں تھانے داری کی بو سونگھ سکتی تھی مگر جب اس نے بارھویں سال میں قدم رکھا تو اس کی حالت ہی بگڑ گئی۔ خاصا تگڑا جوان تھا پر نہ جانے کیا ہوا کہ بس ایک دو برس میں ہی سچ مچ کا سائیں بن گیا۔ یعنی ناک سے ریٹھ بہنے لگا اور چپ چپ رہنے لگا۔ سر پہلے ہی چھوٹا تھا پر کچھ اور اب بھی چھوٹا ہو گیا اور منہ سے ہر وقت لعاب ٹپکنے لگا۔

پہلے پہل ماں کو اپنے بچے کی اس تبدیلی پر بہت صدمہ ہوا مگر جب اس نے دیکھا کہ اس کی ناک سے ریٹھ اور منہ سے لعاب بہتے ہی گاؤں کے لوگوں نے اس سے غیب کی باتیں پوچھنا شروع کر دی ہیں اور اس کی ہر جگہ خوب آؤ بھگت کی جاتی ہے تو اسے ڈھارس ہوئی کہ چلو یوں بھی تو کمائی ہی لے گا۔ کمانا مانا کیا تھا، عبدالغفار جس کو لوگ اب کبوتروں والا سائیں کہتے تھے، گاؤں میں پھر پھرا کر آٹا چاول اکٹھا کر لیا کرتا تھا، وہ بھی اس لیے کہ اس کی ماں نے اس کے گلے میں ایک جھولی لٹکا دی تھی، جس میں لوگ کچھ نہ کچھ ڈال دیا کرتے تھے۔ کبوتروں والا سائیں اسے اس لیے کہا جاتا تھا کہ اسے کبوتروں سے بہت پیار تھا۔ تکیے میں جتنے کبوتر تھے ان کی دیکھ بھال ابو پہلوان سے زیادہ یہی کیا کرتا تھا۔

اس وقت وہ سامنے کوٹھری میں ایک ٹوٹی ہوئی کھاٹ پر اپنے باپ کا میلا کچیلا لحاف اوڑھے سو رہا تھا۔ باہر اس کی ماں آگ سلگا رہی تھی۔ چونکہ سردیاں اپنے جوبن پر تھیں اس لیے اس گاؤں تک ابھی رات اور صبح کے دھوئیں میں لپٹا ہوا تھا۔ یوں تو گاؤں میں سب لوگ بیدار تھے اور اپنے کام دھندوں میں مصروف تھے مگر تکیہ جو کہ گاؤں سے فاصلے پر تھا، ابھی تک آباد نہ ہوا تھا، البتہ دور کونے میں مائی جیواں کی بکری زور زور سے ممیا رہی تھی۔

مائی جیواں آگ سلگا کر بکری کے لیے چارہ تیار کرنے ہی لگی تھی کہ اسے اپنے پیچھے آہٹ سنائی دی۔ مڑ کر دیکھا تو اسے ایک اجنبی سر پر ٹھاٹا اور موٹا سا کمبل اوڑھے نظر آیا۔ پگڑی کے ایک پلو سے اس آدمی نے اپنا چہرہ آنکھوں تک چھپا رکھا تھا۔ جب اس نے موٹی آواز میں، ''مائی جیواں السلام علیکم،'' کہا تو پگڑی کا کھردرا کپڑا اس کے منہ پر تین چار مرتبہ سکڑا اور پھیلا۔ مائی جیواں نے چارہ بکری کے آگے رکھ دیا اور اجنبی کو پہچاننے کی کوشش کیے بغیر کہا، ''وعلیکم السلام۔۔۔آؤ بھائی بیٹھو۔ آگ تاپو۔''

مائی جیواں کمر پر ہاتھ رکھ کر اس گڑھے کی طرف بڑھی جہاں ہر روز آگ سلگتی رہتی تھی۔ اجنبی اور وہ دونوں پاس پاس بیٹھ گئے۔ تھوڑی دیر ہاتھ تاپ کر اس آدمی نے مائی جیواں سے کہا، ''ماں، اللہ بخشے، گاما سائیں مجھے باپ کی طرح چاہتا تھا۔ اس کے مرنے کی خبر ملی تو مجھے بہت صدمہ ہوا۔ مجھے آسیب ہو گیا تھا۔ قبرستان کا جن ایسا چمٹا تھا کہ اللہ کی پناہ، گاما سائیں کے ایک ہی تعویذ سے یہ کالی بلا دور ہو گئی۔''

مائی جیواں خاموشی سے اجنبی کی باتیں سنتی رہی جو کہ اس کے شوہر کا بہت ہی معتقد نظر آتا تھا۔ اس نے ادھر اُدھر کی اور بہت سی باتیں کرنے کے بعد بڑھیا سے کہا، ''میں بارہ کوس سے چل کر آیا ہوں، ایک خاص بات کہنے کے لیے۔'' اجنبی نے رازداری کے انداز میں اپنے چاروں طرف دیکھا کہ اس کی بات کوئی اور تو نہیں سن رہا اور بھینچے ہوئے لہجے میں کہنے لگا، ''میں سندر ڈاکو کے گروہ کا آدمی ہوں۔ پرسوں رات ہم لوگ اس گاؤں پر ڈاکا مارنے والے ہیں۔ خون خرابہ ضرور ہو گا۔ اس لیے میں تم سے یہ کہنے آیا ہوں کہ اپنے لڑکوں کو دور ہی رکھنا۔ میں نے سنا ہے کہ گاما سائیں مرحوم نے اپنے پیچھے دو لڑکے چھوڑے ہیں۔ جوان آدمیوں کا لہو ہے بابا، ایسا نہ ہو کہ جوش میں آ اٹھے اور لینے کے دینے پڑ جائیں۔ تم ان کو پرسوں گاؤں سے کہیں باہر بھیج دو تو ٹھیک رہے گا۔ بس مجھے یہی کہنا تھا۔ میں نے اپنا حق ادا کر دیا ہے۔ السلام علیکم۔''

اجنبی اپنے ہاتھوں کو آگ کے الاؤ پر زور زور سے مل کر اٹھا اور جس راستے سے آیا تھا اسی راستے سے باہر چلا گیا۔

سندر جاٹ بہت بڑا ڈاکو تھا۔اس کی دہشت اتنی تھی کہ مائیں اپنے بچوں کو اسی کا نام لے کر ڈرایا کرتی تھیں۔ بے شمار گیت اس کی بہادری اور بے باکی کے گاؤں کے جوان لڑکیوں کو یاد تھے۔اس کا نام سن کر بہت سی کنواریوں کے دل دھڑکنے لگتے تھے۔سندر جاٹ کو بہت کم لوگوں نے دیکھا تھا مگر جب چوپال میں لوگ جمع ہوتے تھے تو ہر شخص اس سے اپنی اچانک ملاقات کے من گھڑت قصے سنانے میں ایک خاص لذت محسوس کرتا تھا۔اس کے قدوقامت اور ڈیل ڈول کے بارے میں مختلف بیان تھے : بعض کہتے تھے کہ وہ بہت قد آور جوان ہے، بڑی بڑی مونچھوں والا۔ان مونچھوں کے بالوں کے متعلق یہ مشہور تھا کہ وہ دو بڑے بڑے لیموں ان کی مدد سے اٹھا سکتا ہے۔بعض لوگوں کا یہ بیان تھا کہ اس کا قد معمولی ہے مگر بدن اس قدر گٹھا ہوا ہے کہ گینڈے کا بھی نہ ہو گا۔ اب ہر حال سب متفقہ طور پر اس کی طاقت اور بے باکی کے معترف تھے۔

جب مائی جیواں نے یہ سنا کہ سندر جاٹ ان کے گاؤں پر ڈاکا ڈالنے کے لیے آرہا ہے تو اس کے آئے اوسان خطا ہو گئے اور وہ اس اجنبی کے سلام کا جواب تک نہ دے سکی اور نہ اس کا شکریہ ادا کر سکی۔ مائی جیواں کو اچھی طرح معلوم تھا کہ سندر جاٹ کا ڈاکا کیا معنی رکھتا ہے۔پچھلی دفعہ جب اس نے ساتھ والے گاؤں پر حملہ کیا تھا تو سکھی مہاجن کی ساری جمع پونجی غائب ہو گئی تھی اور گاؤں کی سب سے سندر اور چنچل چھوکری بھی ایسی گم ہوئی تھی کہ اب تک اس کا پتہ نہیں ملتا تھا۔ یہ بلا اب ان کے گاؤں پر نازل ہونے والی تھی اور اس کا علم سوائے مائی جیواں کے، گاؤں میں کسی اور کو نہ تھا۔ مائی جیواں نے سوچا کہ وہ اس آنے والے بھونچال کی خبر کس کو دے ۔۔۔ چودھری کے گھر خبر کر دے ۔۔۔ لیکن نہیں وہ تو بڑے کمینے لوگ تھے۔پچھلے دنوں اس نے تھوڑا سا ساگ ان سے مانگا تھا تو انہوں نے انکار کر دیا تھا۔گھسیٹا رام حلوائی کو متنبہ کر دے ۔۔۔ نہیں، وہ بھی ٹھیک آدمی نہیں تھا۔

وہ دیر تک ان ہی خیالات میں غرق رہی۔ گاؤں کے سارے آدمی وہ ایک ایک کر کے اپنے دماغ میں لائی اور ان میں سے کسی ایک کو بھی اس نے مہربانی کے قابل نہ سمجھا۔اس کے علاوہ اس نے سوچا اگر اس نے کسی کو ہمدردی کے طور پر اس راز سے آگاہ کر دیا تو وہ کسی اور پر مہربانی کرے گا اور یوں سارے گاؤں والوں کو پتہ چل جائے گا جس کا نتیجہ اچھا نہیں ہو گا۔ آخر میں وہ یہ فیصلہ کر کے اٹھی کہ اپنی ساری جمع پونجی نکال کر وہ سبز رنگ کی غلاف چڑھی قبر کے سرہانے گاڑ دے گی اور رحمان کو پاس والے گاؤں میں بھیج دے گی۔

جب وہ سامنے والی کوٹھری کی طرف بڑھی تو دہلیز میں اسے عبدالغفار یعنی کبوتروں والا سائیں کھڑا نظر آیا۔ماں کو دیکھ کر وہ ہنسا۔اس کی یہ ہنسی آج خلافِ معمول معنی خیز تھی۔ مائی جیواں کو اس کی آنکھوں میں سنجیدگی اور

متانت کی جھلک بھی نظر آئی جو کہ ہوش مندی کی نشانی ہے۔ جب وہ کوٹھری کے اندر جانے لگی تو عبدالغفار نے پوچھا، ''ماں، یہ صبح سویرے کون آدمی آیا تھا؟''

عبدالغفار اس قسم کے سوال عام طور پر پوچھا کرتا تھا۔ اس لیے اس کی ماں جواب دیئے بغیر اندر چلی گئی اور اپنے چھوٹے لڑکے کو جگانے لگی، ''اے رحمان، اے رحمان اُٹھ اُٹھ۔'' بازو جھنجھوڑ کر مائی جیواں نے اپنے چھوٹے لڑکے رحمان کو جگایا اور وہ جب آنکھیں مل کر اٹھ بیٹھا اور اچھی طرح ہوش آ گیا تو اس کی ماں نے اس کو ساری بات سنا دی۔ رحمان کے تو اوسان خطا ہو گئے۔ وہ بہت ڈرپوک تھا، گو اس کی عمر اس وقت بائیس برس کی تھی اور کافی طاقت ور جوان تھا مگر اس میں ہمت اور شجاعت نام تک کو نہ تھی۔ سندر جاٹ! اتنا بڑا ڈاکو، جس کے متعلق مشہور تھا کہ وہ تھوک پھینکتا تھا تو پورے بیس گز کے فاصلے پر جا کر گرتا تھا، پرسوں ڈاکا ڈالنے اور لوٹ مار کرنے کے لیے آ رہا تھا۔ وہ فوراً اپنی ماں کے مشورے پر راضی ہو گیا بلکہ یوں کہیے کہ وہ اسی وقت گاؤں چھوڑنے کی تیاریاں کرنے لگا۔

رحمان کو نیتی چمارن یعنی عنایت سے محبت تھی جو کہ گاؤں کی ایک بے باک، شوخ اور چنچل لڑکی تھی۔ گاؤں کے سب جوان لڑکے، شباب کی یہ پوٹلی حاصل کرنے کی کوشش میں لگے رہتے تھے مگر وہ کسی کو خاطر میں نہیں لاتی تھی۔ بڑے بڑے ہوشیار لڑکوں کو وہ باتوں باتوں میں اڑا دیتی تھی۔ چودھری دین محمد کے لڑکے فضل دین کو کلائی پکڑنے میں کمال حاصل تھا۔ اس فن کے بڑے بڑے ماہر دور دور سے اس کو نیچا دکھانے کے لیے آتے تھے مگر اس کی کلائی کسی سے بھی نہ مڑی تھی۔ وہ گاؤں میں اکڑ اکڑ کر چلتا تھا مگر اس کی یہ ساری اکڑ فوں نیتی نے ایک ہی دن میں غائب کر دی جب اس نے دھان کے کھیت میں اس سے کہا، ''دفجے، گنڈا سنگھ کی کلائی مروڑ کر تو اپنے من میں یہ مت سمجھ کہ بس اب تیرے مقابلہ میں کوئی آدمی نہیں رہا۔۔۔ آ، میرے سامنے بیٹھ، میری کلائی پکڑ، ان دو انگلیوں کی ایک ہی جھٹکی سے تیرے دونوں ہاتھ نہ چھڑا دوں تو نیتی نام نہیں۔۔۔''

فضل دین اس کو محبت کی نگاہوں سے دیکھتا تھا اور اسے یقین تھا کہ اس کی طاقت اور شہ زوری کے رعب اور دبدبے میں آ کر وہ خود بخود ایک روز رام ہو جائے گی۔ لیکن جب اس نے کئی آدمیوں کے سامنے اس کو مقابلے کی دعوت دی تو وہ پسینہ پسینہ ہو گیا۔ اگر وہ انکار کرتا ہے تو بھی سر پر چڑھ جاتی ہے اور اگر وہ اس کی دعوت قبول کرتا ہے تو لوگ یہی کہیں گے، عورت ذات سے مقابلہ کرتے شرم تو نہیں آئی مردود کو۔ اس کی سمجھ میں نہیں آتا تھا کہ کیا کرے۔ چنانچہ اس نے نیتی کی دعوت قبول کر لی تھی۔ اور جیسا

کہ لوگوں کا بیان ہے اس نے جب نیتی کی گدرائی ہوئی کلائی اپنے ہاتھوں میں لی تو وہ سارے کا سارا کانپ رہا تھا۔ نیتی کی موٹی موٹی آنکھیں اس کی آنکھوں میں دھنس گئیں، ایک نعرہ بلند ہوا اور نیتی کی کلائی فضل کی گرفت سے آزاد ہو گئی۔ ۔ ۔ اس دن سے لے کر اب تک فضل نے پھر کبھی کسی کی کلائی نہیں پکڑی۔

ہاں، تو اس نیتی سے رحمان کو محبت تھی، جیسا کہ وہ آپ ڈر پوک تھا اسی طرح اس کا پریم بھی ڈر پوک تھا۔ دور سے دیکھ کر وہ اپنے دل کی ہوس پوری کرتا تھا اور جب کبھی اس کے پاس ہوتی تو اس کو اتنی جرأت نہیں ہوتی تھی کہ حرفِ مدعا زبان پر لائے۔ مگر نیتی سب کچھ جانتی تھی۔ وہ کیا کچھ نہیں جانتی تھی۔ اسے اچھی طرح معلوم تھا کہ یہ چھوکرا جو درختوں کے تنوں کے ساتھ پیٹھ ٹیکے کھڑا رہتا ہے، اس کے عشق میں گرفتار ہے، اس کے عشق میں کون گرفتار نہیں تھا؟ سب اس سے محبت کرتے تھے۔ اس قسم کی محبت جو کہ بیریوں کے بیر پکنے پر گاؤں کے جوان لڑکے اپنی رگوں کے تناؤ کے اندر محسوس کیا کرتے ہیں مگر وہ ابھی تک کسی کی محبت میں گرفتار نہیں ہوئی تھی۔ محبت کرنے کی خواہش البتہ اس کے دل میں اس قدر موجود تھی کہ بالکل اس شرابی کے مانند معلوم ہوتی تھی جس کے متعلق ڈر رہا کرتا ہے کہ اب گرا اور اب گرا۔ ۔ ۔ وہ بے خبری کے عالم میں ایک بہت اونچی چٹان کی چوٹی پر پہنچ چکی تھی اور اب تمام گاؤں والے اس کی افتاد کے منتظر تھے جو کہ یقینی تھی۔ رحمان کو بھی اس افتاد کا یقین تھا مگر اس کا ڈر پوک دل ہمیشہ اسے ڈھارس دیا کرتا تھا کہ نہیں، نیتی آخر تیری ہی باندی بنے گی اور وہ یوں خوش ہو جایا کرتا تھا۔ جب رحمان دس کوس طے کر کے دوسرے گاؤں میں پہنچنے کے لیے تیار ہو کر تکیے سے باہر نکلا تو اسے راستے میں نیتی کا خیال آیا مگر اس وقت اس نے یہ نہ سوچا کہ سندر جاٹ دھاوا بولنے والا ہے۔ وہ دراصل نیتی کے تصور میں اس قدر مگن تھا اور اکیلے میں اس کے ساتھ من ہی من میں اتنے زوروں سے پیار محبت کر رہا تھا کہ اسے کسی اور بات کا خیال ہی نہ آیا۔ البتہ جب وہ گاؤں سے پانچ کوس آگے نکل گیا تو ایکا ایکی اس نے سوچا کہ نیتی کو تو بتا دینا چاہیے تھا کہ سندر جاٹ آ رہا ہے۔ لیکن اب واپس کون جاتا۔

عبدالغفار یعنی کبوتروں والا سائیں تکیے سے باہر نکلا۔ اس کے منہ سے لعاب نکل رہا تھا جو کہ میلے کرتے پر گر کر دیر تک گلیسرین کی طرح چمکتا رہتا تھا۔ تکیے سے نکل کر وہ سیدھا کھیتوں کا رخ کیا کرتا تھا اور سارا دن وہیں گزار دیتا تھا۔ شام کو جب ڈھور ڈنگر واپس گاؤں کو آتے تو ان کے چلنے سے جو دھول اڑتی ہے اس کے پیچھے کبھی کبھی غفار کی شکل نظر آ جاتی تھی۔ گاؤں اس کو پسند نہیں تھا۔ اجاڑ اور سنسان جگہوں سے اسے غیر محسوس طور پر محبت تھی۔ ۔ یہاں بھی لوگ اس کا پیچھا نہ چھوڑتے تھے اور اس سے طرح طرح کے

سوال پوچھتے تھے۔ جب برسات میں دیر ہو جاتی تو قریب قریب سب کسان اس سے درخواست کرتے تھے کہ وہ پانی بھرے بادلوں کے لیے دعا مانگے اور گاؤں کے عشق پیشہ جوان اس سے اپنے دل کا حال بیان کرتے اور پوچھتے کہ وہ کب اپنے مقصد میں کام یاب ہوں گے، نوجوان چھوکریاں بھی چپکے چپکے دھڑکتے ہوئے دلوں سے اس کے سامنے اپنی محبت کا اعتراف کرتی تھیں اور یہ جاننا چاہتی تھیں کہ ان کے ''ماہیا'' کا دل کیسا ہے۔ عبدالغفار ان سوالیوں کو اوٹ پٹانگ جواب دیا کرتا تھا اس لیے کہ اسے غیب کی باتیں کہاں معلوم تھیں، لیکن لوگ جو اس کے پاس سوال لے کر آتے تھے، اس کی بے ربط باتوں میں اپنا مطلب ڈھونڈ لیا کرتے تھے۔

عبدالغفار مختلف کھیتوں میں سے ہوتا ہوا اس کنویں کے پاس پہنچ گیا جو کہ ایک زمانے سے بے کار پڑا تھا۔ اس کنویں کی حالت بہت ابتر تھی۔ اس بوڑھے برگد کے پتے جو کہ سالہا سال سے اس کے پہلو میں کھڑا تھا اس قدر اس میں جمع ہو گئے تھے کہ اب پانی نظر ہی نہ آتا تھا اور ایسا معلوم ہوتا کہ بہت سی مکڑیوں نے مل کر پانی کی سطح پر موٹا سا جالا بُن دیا ہے۔ اس کنویں کی ٹوٹی ہوئی منڈیر پر عبدالغفار بیٹھ گیا اور دوپہر کی اداس فضا میں اس نے اپنے وجود سے اور بھی اداسی پیدا کر دی۔

دفعتاً اڑتی ہوئی چیلوں کی اداس چیخوں کو عقب میں چھوڑتی ہوئی ایک بلند آواز اٹھی اور بوڑھے برگد کی شاخوں میں ایک کپکپاہٹ سی دوڑ گئی۔

گیت گا رہی تھی،

ماہی مرے نے باغ لوایا

چمپا، مہوا خوب کھلایا

اسی تے لوایاں کھٹیاں وے

راتیں سونٹر نہیں، دیندیاں اکھیاں وے

اس گیت کا مطلب یہ تھا کہ میرے ماہیا یعنی میرے چاہنے والے نے ایک باغ لگایا ہے، اس میں ہر طرح کے پھول اگائے ہیں، چمپا، مہوا وغیرہ کھلائے ہیں۔ اور ہم نے تو صرف نارنگیاں لگائی ہیں۔۔۔۔ رات کو آنکھیں سونے نہیں دیتیں۔۔۔ کتنی انکسار برتی گئی ہے۔ معشوق عاشق کے لگائے ہوئے باغ کی تعریف کرتا ہے، لیکن وہ اپنی جوانی کے باغ کی طرف نہایت انکسارانہ طور پر اشارہ کرتا ہے جس میں حقیر نارنگیاں لگی ہیں اور پھر شبِ خوابی کا گلہ کس خوبی سے کیا گیا ہے

گو عبدالغفار میں نازک جذبات بالکل نہیں تھے پھر بھی نیتی کی جوان آواز نے اس کو چونکا دیا اور وہ اِدھر اُدھر دیکھنے لگا۔ اس نے پہچان لیا تھا کہ یہ آواز نیتی کی ہے۔ گاتی گاتی نیتی کنویں کی طرف آنکلی۔ غفار کو دیکھ کر وہ دوڑی ہوئی اس کے پاس آئی اور کہنے لگی، ''اوہ، غفار سائیں۔ ۔ تم۔ ۔ ۔ اوہ، مجھے تم سے کتنی باتیں پوچھنا ہیں۔ ۔ ۔ اور اس وقت یہاں تمہارے اور میرے سوا اور کوئی بھی نہیں۔ ۔ ۔ دیکھو میں تمہارا منہ میٹھا کراؤں گی اگر تم نے میرے دل کی بات بوجھ لی اور ۔ ۔ ۔ لیکن تم تو سب کچھ جانتے ہو۔ ۔ ۔ اللہ والوں سے کسی کے دل کا حال چھپا تھوڑی رہتا ہے۔'' وہ اس کے پاس زمین پر بیٹھ گئی اور اس کے میلے کرتے پر ہاتھ پھیرنے لگی۔

خلافِ معمول کبوتروں والا سائیں مسکرایا مگر نیتی اس کی طرف دیکھ نہیں رہی تھی، اس کی نگاہیں گاڑ ہے کے تانے بانے پر بغیر کسی مطلب کے تیر رہی تھیں۔ کھر درے کپڑے پر ہاتھ پھیرتے پھیرتے اس نے گردن اُٹھائی اور آہوں میں کہنا شروع کیا، ''غفار سائیں تم اللہ میاں سے محبت کرتے ہو اور میں۔ ۔ ۔ میں ایک آدمی سے محبت کرتی ہوں۔ ۔ تم میرے دل کا حال کیا سمجھو گے۔ ۔ ۔ اللہ میاں کی محبت اور اس کے بندے کی محبت ایک جیسی تو ہو نہیں سکتی۔ ۔ ۔ کیوں غفار سائیں۔ ۔ ۔ ارے تم بولتے کیوں نہیں۔ ۔ ۔ کچھ بولو۔ ۔ ۔ کچھ کہو۔ ۔ ۔ اچھا تو میں ہی بولے جاؤں گی۔ ۔ تم نہیں جانتے کہ آج میں کتنی دیر بول سکتی ہوں۔ ۔ ۔ تم سنتے سنتے تھک جاؤ گے پر میں نہیں تھکوں گی۔ ۔ ۔'' یہ کہتے کہتے وہ خاموش ہو گئی اور اس کی سنجیدگی زیادہ بڑھ گئی۔ اپنے من میں غوطہ لگانے کے بعد جب وہ ابھری تو اس نے ایکا ایکی عبدالغفار سے پوچھا، ''سائیں! میں کب تھکوں گی؟'' عبدالغفار کے منہ سے لعاب نکلنا بند ہو گیا۔ اس نے کنویں کے اندر جھک کر دیکھتے ہوئے جواب دیا، ''بہت جلد۔'' یہ کہہ کر وہ اٹھ کھڑا ہوا۔ اس پر نیتی نے اس کے کرتے کا دامن پکڑ لیا اور گھبرا کر پوچھا، ''کب۔ ۔ ۔؟ کب۔ ۔ ۔؟ سائیں کب؟''

عبدالغفار نے اس کا کوئی جواب نہ دیا اور بول بول کے جھنڈ کی طرف بڑھنا شروع کر دیا۔ نیتی کچھ دیر کنویں کے پاس کھڑی سوچتی رہی، پھر تیز قدموں سے جدھر سائیں گیا تھا ادھر چل دی۔

وہ رات جس میں سندر جاٹ گاؤں پر ڈاکا ڈالنے کے لیے آرہا تھا، مائی جیواں نے آنکھوں میں کاٹی۔ ساری رات وہ اپنی کھاٹ پر لحاف اوڑھے جاگتی رہی۔ وہ بالکل اکیلی تھی۔ رحمان کو اس نے دوسرے گاؤں بھیج دیا اور عبدالغفار نہ جانے کہاں سو گیا تھا۔ ابو پہلوان کبھی کبھی تکیے میں آگ تاپتا تاپتا وہیں الاؤ کے پاس سو جایا کرتا تھا مگر وہ صبح ہی سے دکھائی نہیں دیا تھا، چنانچہ کبوتروں کو دانہ مائی جیواں ہی نے کھلایا تھا۔

تکیہ گاؤں کے اس سرے پر واقع تھا جہاں سے لوگ گاؤں کے اندر داخل ہوتے تھے۔ مائی جیواں ساری رات جاگتی رہی مگر اس کو ہلکی سی آہٹ بھی سنائی نہ دی۔ جب رات گزر گئی اور گاؤں کے مرغوں نے اذانیں دینا شروع کر دیں تو وہ سندر جاٹ کی بابت سوچتی سوچتی سوگئی۔ چونکہ رات کو وہ بالکل نہ سوئی تھی اس لیے صبح بہت دیر کے بعد جاگی۔ کوٹھری سے نکل کر جب وہ باہر آئی تو اس نے دیکھا کہ ابو پہلوان کبوتروں کو دانہ دے رہا ہے اور دھوپ سارے تکیے میں پھیلی ہوئی ہے۔ اس نے باہر نکلتے ہی اس سے کہا، ''ساری رات مجھے نیند نہیں آئی۔ یہ میوا بڑھاپا بڑ اٹنگ کر رہا ہے۔ صبح سوئی ہوں اور اب اٹھی ہوں۔۔۔ ہاں تم سناؤ کل کہاں رہے ہو؟''

ابو نے جواب دیا، ''گاؤں میں۔''

اس پر مائی جیواں نے کہا، ''کوئی تازہ خبر سناؤ۔''

ابو نے جھولی کے سب دانے زمین پر گرا کر اور جھپٹ کر ایک کبوتر کو بڑی صفائی سے اپنے ہاتھ میں دبوچتے ہوئے کہا، ''آج صبح چوپال پر نتھا سنگھ کہہ رہا تھا کہ گام چمار کی وہ لونڈیا۔۔۔ کیا نام ہے اس کا۔۔۔؟ ہاں وہ نیتی، کہیں بھاگ گئی ہے۔۔۔؟ میں تو کہتا ہوں اچھا ہوا۔۔۔ حرام زادی نے سارا گاؤں سر پر اٹھا رکھا تھا۔''

''کسی کے ساتھ بھاگ گئی ہے یا کوئی اٹھا کر لے گیا ہے؟''

''جانے میری بلا۔۔۔ لیکن میرے خیال میں تو وہ خود ہی کسی کے ساتھ بھاگ گئی ہے۔''

مائی جیواں کو اس گفتگو سے اطمینان نہ ہوا۔ سندر جاٹ نے ڈاکا نہیں ڈالا تھا پر ایک چھوکری تو غائب ہو گئی تھی۔ اب وہ چاہتی تھی کہ کسی نہ کسی طرح نیتی کا غائب ہو جانا سندر جاٹ سے متعلق ہو جائے۔ چنانچہ وہ ان تمام لوگوں سے نیتی کے بارے میں پوچھتی رہی جو کہ تکیے میں آتے جاتے رہے لیکن جو کچھ ابو نے بتایا تھا اس سے زیادہ اسے کوئی بھی نہ بتا سکا۔

شام کو رحمان لوٹ آیا۔ اس نے آتے ہی ماں سے سندر جاٹ کے ڈاکے کے متعلق پوچھا۔ اس پر مائی جیواں نے کہا، ''سندر جاٹ تو نہیں آیا بیٹا، پر نیتی کہیں غائب ہو گئی ہے۔۔۔ ایسی کہ کچھ پتہ ہی نہیں چلتا۔''

رحمان کو ایسا محسوس ہوا کہ اس کی ٹانگوں میں دس کوس اور چلنے کی تھکاوٹ پیدا ہو گئی ہے۔ وہ اپنی ماں کے پاس بیٹھ گیا، اس کا چہرہ خوف ناک طور پر زرد تھا۔ ایک دم یہ تبدیلی دیکھ کر مائی جیواں نے تشویش ناک لہجے میں اس سے پوچھا، ''کیا ہوا بیٹا؟''

رحمان نے اپنے خشک ہونٹوں پر زبان پھیری اور کہا، ''کچھ نہیں ماں۔۔۔تھک گیا ہوں۔''

''اور نیتی کل مجھ سے پوچھتی تھی، میں کب تھکوں گی؟''

رحمان نے پلٹ کر دیکھا تو اس کا بھائی عبدالغفار آستین سے اپنے منہ کا لعاب پونچھ رہا تھا۔ رحمان نے اس کی طرف گھور کر دیکھا اور پوچھا ''کیا کہا تھا اس نے تجھ سے؟''

عبدالغفار الاؤ کے پاس بیٹھ گیا، ''کہتی تھی کہ میں تھکتی ہی نہیں۔۔۔پر اب وہ تھک جائے گی۔''

رحمان نے تیزی سے پوچھا، ''کیسے؟''

غفار سائیں کے چہرے پر ایک بے معنی سی مسکراہٹ پیدا ہوئی، ''مجھے کیا معلوم۔۔۔؟ سندر جاٹ جانے اور وہ جانے۔''

یہ سن کر رحمان کے چہرے پر اور زیادہ زردی چھا گئی اور مائی جیواں کی جھریاں زیادہ گہرائی اختیار کر گئیں۔

کتاب کا خلاصہ

سردیوں میں انور مٹی پر پتنگ اڑار ہا تھا۔ اُس کا چھوٹا بھانجا اُس کے ساتھ تھا۔ چونکہ انور کے والد کہیں باہر گئے ہوئے تھے اور وہ دیر سے واپس آنے والے تھے اِس لیے وہ پوری آزادی اور بڑی بے پروائی سے پتنگ بازی میں مشغول تھا۔ پیچ ڈھیل کا تھا۔ انور بڑے زوروں سے اپنی مانگ پائی پتنگ کو ڈور پِلا رہا تھا۔ اُس کے بھانجے نے، جس کا چھوٹا سا دل دَھک دَھک کر رہا تھا اور جس کی آنکھیں آسمان پر جمی ہوئی تھیں انور سے کہا، ''ماموں جان کھینچ کے پیٹا کاٹ لیجیے۔'' مگر وہ دھڑا دھڑ ڈور پِلاتا رہا۔

نیچے کُٹھلے کوٹھے پر انور کی بہن سہیلیوں کے ساتھ دھوپ سینک رہی تھی۔ سب کشیدہ کاری میں مصروف تھیں۔ ساتھ ساتھ باتیں بھی کرتی جاتی تھیں۔ انور کی بہن شمیم انور سے دو برس بڑی تھی۔ کشیدہ کاری اور سینے پرونے کے کام میں ماہر۔ اِسی لیے گلی کی اکثر لڑکیاں اُس کے پاس آتی تھیں اور گھنٹوں بیٹھی کام سیکھتی رہتی تھیں۔ ایک ہندو لڑکی جس کا نام بِملا تھا، بہت دُور سے آتی تھی۔ اُس کا گھر قریبًا دو میل پرے تھا لیکن وہ ہر روز بڑی باقاعدگی سے آتی اور بڑے اِہتمام ک سے کشیدہ کاری کے نئے نئے ڈیزائن سیکھا کرتی تھی۔ بِملا کا باپ اسکول ماسٹر تھا۔ بِملا ابھی چھوٹی بچی ہی تھی کہ اُس کی ماں کا دیہانت ہو گیا۔ بِملا کا باپ لالہ ہری چَرَن چاہتا تو بڑی آسانی سے دوسری شادی کر سکتا تھا مگر اُس کو بِملا کا خیال تھا، چنانچہ وہ رنڈوا ہی رہا اور بڑے پیار محبت سے اپنی بچی کو پال پوس کر بڑا کیا۔ اب بِملا سولہ برس کی تھی۔ سانولے رنگ کی دبلی پتلی لڑکی، خاموش خاموش بہت کم باتیں کرنے والی۔ بڑی شرمیلی۔ صبح دس بجے آتی۔ آپا شمیم کو پُر نام کرتی اور اپنا تھیلا کھول کر کام میں مشغول ہو جاتی۔

انور اٹھارہ برس کا تھا۔ اُس کو تمام لڑکیوں میں سے صرف سعیدہ سے ہلکی سی دلچسپی تھی، لیکن یہ ہلکی سی دلچسپی

کوئی اور صورت اختیار نہیں کر سکی تھی اِس لیے اُس کی بہن اُس کو لڑکیوں میں بیٹھنے کی اجازت نہیں دیتی تھی۔ اگر وہ کبھی ایک لمحے کے لیے اُن کے پاس آ بیٹھتا تو آپا شمیم فوراً ہی اُس کو حکم دیتیں، ''انور اٹھو، تمہارا یہاں کوئی کام نہیں۔'' اور انور کو اُس حکم کی فوری تعمیل کرنی پڑتی۔

بملا البتہ کبھی کبھی انور کو بلاتی تھی، ناول لینے کے لیے۔ اُس نے شمیم سے کہا تھا، '' گھر میں میرا جی نہیں لگتا۔ پتا جی باہر شطرنج کھیلنے چلے جاتے ہیں۔ مَیں اکیلی پڑی رہتی ہوں۔ انور بھائی سے کہیے، مجھے ناول دے دیا کریں پڑھنے کے لیے۔''

پہلے تو بملا، شمیم کے ذریعے سے ناول لیتی رہی۔ پھر کچھ عرصے کے بعد اُس نے براہ راست انور سے مانگنے شروع کر دیے۔ انور کو بملا بڑی عجیب و غریب لڑکی لگتی تھی۔ یعنی ایسی جو بڑے غور سے دیکھنے پر دکھائی دیتی تھی۔ لڑکیوں کے جھرمٹ میں تو وہ بالکل غائب ہو جاتی تھی۔ بیٹھک میں جب وہ انور سے نیا ناول مانگنے آتی تو اُس کو اُس کی آمد کا اُس وقت پتا چلتا جب وہ اُس کے پاس آ کر دھیمی آواز میں کہتی، ''انور صاحب۔۔۔ یہ لیجیے اپنا ناول۔۔۔ شکریہ۔''

انور اُس کی طرف دیکھتا۔ اُس کے دماغ میں عجیب و غریب تشبیہ پھدک اٹھتی، '' یہ لڑکی تو ایسی ہے جیسے کتاب کا خلاصہ۔'' بملا اور کوئی بات نہ کرتی۔ پرانا ناول واپس کر کے نیا ناول لیتی اور نِمستے کر کے چلی جاتی۔ انور اُس کے متعلق چند لمحات سوچتا، اِس کے بعد وہ اُس کے دماغ سے نکل جاتی۔ لیکن انور نے ایک بات ضرور محسوس کی تھی کہ بملا نے ایک دو بار اِس سے کچھ کہنا چاہا تھا مگر کہتے کہتے رک گئی تھی۔ انور سوچتا، '' کیا کہنا چاہتی تھی مجھ سے؟'' اِس کا جواب اُس کا دماغ یوں دیتا، '' کچھ بھی نہیں۔۔۔ مجھ سے وہ کیا کہنا چاہتی ہو گی بھلا؟''

انور مٹی پر پتنگ اڑا رہا تھا۔ پیچ ڈھیل کا تھا، خوب ڈور پِلا رہا تھا۔ دفعتاً اُس کی بہن شمیم کی گھبرائی ہوئی آواز آئی، ''انور۔۔۔ انور۔۔۔ ابا جی آ گئے!''

انور کو اور کچھ نہ سوجھا۔ ہاتھ سے ڈور توڑی اور مٹی پر سے نیچے کود پڑا۔ وہ کٹا، وہ کٹا کا شور بلند ہوا۔ انور کا گھٹنا بڑے زوروں سے چِھل گیا تھا۔ ایک اُس کو اِس کا دکھ تھا، اُس پر اُس کے حریف فاتحانہ نعرے لگا رہے تھے۔ لنگڑاتا لنگڑاتا چارپائی پر بیٹھ گیا۔ گھٹنے کو دیکھا تو اُس میں سے خون بہہ رہا تھا۔ بملا سامنے بیٹھی تھی۔ اُس نے اپنا دوپٹہ اتارا، کنارے پر سے تھوڑا سا پھاڑا اور پٹی بنا کر انور کے گھٹنے پر باندھ دیا۔ انور اُس وقت اپنے پتنگ کے متعلق سوچ رہا تھا۔ اُس کو یقین تھا کہ میدان اُس کے ہاتھ رہے

گا۔ لیکن اُس کے باپ کی بے وقت آمد نے اُسے مجبور کر دیا کہ وہ اپنے ہاتھوں سے اِتنے بڑھے ہوئے پتنگ کا خاتمہ کر دے۔ حریفوں کے نعرے ابھی تک گونج رہے تھے۔ اُس نے غصہ آمیز آواز میں اپنی بہن سے کہا، ''اباجی کو بھی اِسی وقت آنا تھا۔''

شمیم مسکرائی، ''وہ کب آئے ہیں۔''

انور چلایا، ''کیا کہا؟''

شمیم ہنسی، ''میں نے تم سے مذاق کیا تھا۔''

انور برس پڑا، ''میرا بیڑا غرق کرا کے آپ ہنس رہی ہیں۔۔۔ اچھا مذاق ہے۔ ایک میرا اِتنا بڑھا ہوا پتنگ غارت ہوا۔ لوگوں کے آوازے سنے۔۔۔ اور گھٹنا الگ زخمی ہوا۔''

یہ کہہ کر انور نے اپنے گھٹنے کی طرف دیکھا۔ سفید ململ کی پٹی بندھی تھی۔ اب اُس کو یہ یاد آیا کہ یہ پٹی بملا نے اپنا دوپٹہ پھاڑ کر اُس کے باندھی تھی۔ اُس نے شکر گزار آنکھوں سے بملا کو دیکھا اور اُس کو ایسا محسوس ہوا کہ وہ اُس کے زخم کے درد کو محسوس کر رہی ہے۔

بملا، شمیم سے مخاطب ہوئی، ''آپا! آپ نے بہت ظلم کیا۔۔۔ زیادہ چوٹ آ جاتی تو۔۔۔'' وہ کچھ اور کہتے کہتے رک گئی اور کشیدہ کاڑھنے میں مصروف ہوگئی۔

انور کی نگاہ بملا سے ہٹ کر سعیدہ پر پڑی۔ سفید پل اوور میں وہ اسے بہت بھلی معلوم ہوئی۔ انور اُس سے مخاطب ہوا، ''سعیدہ تم ہی بتاؤ یہ مذاق اچھا تھا۔۔۔ ہنسی میں پھنسی ہو جاتی تو؟''

شمیم نے اُسے ڈانٹ دیا، ''جاؤ انور، تمہارا یہاں کوئی کام نہیں۔''

انور نے ایک نگاہ سعیدہ پر ڈالی۔ ''بہت اچھا'' کہہ کر اٹھا اور لنگڑاتا لنگڑاتا پھر ممٹی پر چڑھ گیا۔ تھوڑی دیر پتنگ اڑائے۔ غصے میں کھینچ کے ہاتھ مار کر قریباً ایک درجن پتنگ کاٹے اور نیچے اتر آیا۔ گھٹنے میں درد تھا۔ بیٹھک میں صوفے پر لیٹ گیا اور اوپر کمبل ڈال لیا۔ تھوڑی دیر اپنی نئی فتوحات کے متعلق سوچا اور سو گیا۔ تقریباً ایک گھنٹے کے بعد اُس کو آواز سنائی دی جیسے کوئی اُسے بلا رہا ہے۔ اُس نے آنکھیں کھولیں، دیکھا سامنے بملا کھڑی تھی۔ مرجھائی ہوئی، کچھ سمٹی ہوئی۔ انور نے لیٹے لیٹے پوچھا، ''کیا ہے بملا؟''

''جی، میں آپ سے کچھ۔۔۔'' بملا رک گئی۔ ''جی میں آپ سے کوئی۔'' ''کوئی نئی کتاب دیجیے۔''

انور نے کہا، ''میرے گھٹنے میں زوروں کا درد ہے۔۔۔ وہ جو سامنے الماری ہے اُسے کھول کر کتاب تمہیں پسند ہو لے لو۔''

بِملا چند لمحات کھڑی رہی، پھر چونکی، ''جی؟''

انور نے اُس کو غور سے دیکھا۔ اُس دوپٹے کے پیچھے جس میں سے بِملا نے پٹی پھاڑی تھی، بڑی مَریل قسم کی چھاتیاں دھڑک رہی تھیں۔ انور کو اُس پر ترس آیا۔ اُس کی شکل و صورت، اُس کے خد و خال ہی کچھ اِس قسم کے تھے کہ اُس کو دیکھ کر انور کے دل و دماغ میں ہمیشہ رحم کے جذبات پیدا ہوتے تھے۔ اُس کو اور تو کچھ نہ سُوجھا۔ یہ کہا، ''پٹی باندھنے کا شکریہ!''

بِملا نے کچھ کہے بغیر الماری کا رخ کیا اور اُسے کھول کر کتابیں دیکھنے لگی۔ انور کے دماغ میں وہ تشبیہ پھر بھڑکی، ''یہ کتاب نہیں، کتاب کا خلاصہ ہے ـ۔۔ بہت ہی ردی کاغذوں پر چھپا ہوا!''

بِملا نے ایک بار انور کو کنکھیوں سے دیکھا مگر جب اُسے متوجہ پایا تو اُس کی طرف پیٹھ کر لی۔ کچھ دیر کتابیں دیکھیں۔ ایک منتخب کی، الماری کو بند کیا، انور کے پاس آئی اور ''میں یہ لے چلی ہوں۔'' کہہ کر چلی گئی۔

انور نے بِملا کے بارے میں سوچنے کی کوشش کی مگر اُس کو سعیدہ کے سفید پُل اوور کا خیال آتا رہا، ''پُل اوور پہننے سے جسم کے خط کتنے واضح ہو جاتے ہیں۔۔۔ سعیدہ کا سینہ اور اِس بِملا کی مَریل چھاتیاں۔۔۔ جیسے اُن کا دودھ الگ کر کے صرف پانی رہنے دیا گیا ہے۔۔۔ سعیدہ کے گھنگھریالے بال۔۔۔۔ کم بخت نے اپنے ماتھے کے زخم کے نشان کو چھپانے کا کیا ڈھنگ نکالا ہے۔۔۔ بل کھائی ہوئی ایک لٹ چھوڑ دیتی ہے اُس پر۔۔۔۔ اور بِملا۔۔۔ جانے کیا تکلیف ہے اُسے۔۔۔ آج بھی کچھ کہتے کہتے رک گئی تھی۔ مگر مجھ سے کیا کہنا چاہتی ہے۔۔۔ شاید اُس کا انداز ہی کچھ اس قسم کا ہو۔۔۔ ہمیشہ کتاب اِسی طرح مانگتی ہے جیسے کوئی مدد مانگ رہی ہے۔ کوئی سہارا ڈھونڈ رہی ہے۔۔۔ سعیدہ ماشاء اللہ آج سفید پُل اوور میں قیامت ڈھا رہی تھی۔۔۔ یہ قیامت ڈھانا کیا بکواس ہے۔۔۔ قیامت تو ہر چیز کا خاتمہ ہے اور سعیدہ تو ابھی میری زندگی میں شروع ہوئی ہے۔

بِملا۔۔۔ بِملا۔۔۔ بھی میری سمجھ میں نہیں آئی یہ لڑکی۔۔۔ باپ تو اُس کو بہت پیار کرتا ہے۔ اِسی کی خاطر اُس نے دوسری شادی نہ کی۔۔۔ شاید اُن کو کوئی مالی تکلیف ہو۔۔۔ لیکن گھر تو خاصا اچھا تھا۔۔۔۔ ایک ہی پلنگ تھا لیکن بڑا شان دار۔۔۔ صوفہ سیٹ بھی بُرا نہیں تھا۔ اور جو کھانا میں نے کھایا تھا اس میں کوئی برائی نہیں تھی۔۔۔ سعیدہ کا گھر تو بہت ہی امیرانہ ہے۔۔۔۔ بڑے ہی ریئس کی لڑکی ہے۔۔۔ اِس ریاست کی ایسی تیسی۔۔۔ یہی تو بہت بڑی مصیبت ہے ورنہ۔۔۔ لیکن چھوڑو جی۔۔۔ سعیدہ جوان ہے، اکل کلاں، بیاہ دی

جائے گی۔۔۔ مجھے خدا معلوم کتنے برس لگیں گے پوری تعلیم حاصل کرنے میں۔۔۔ بی اے۔۔۔ بی اے کے بعد ولایت۔۔۔ میم۔۔۔؟ دیکھیں گے۔۔۔! لیکن سفید اوبل اور خوب تھا! ''

انور کے دماغ میں اِسی قسم کے مخلوط خیالات آتے رہے، اُس کے بعد وہ دوسرے کاموں میں مشغول ہو گیا۔ دوسرے روز بملا نہ آئی مگر انور نے اُس کی غیر حاضری کو کچھ زیادہ محسوس نہ کیا، بس صرف اتنا دیکھا کہ وہ لڑکیوں کے جھرمٹ میں نہیں ہے۔۔۔ شاید ہو، لیکن اگلے روز جب بملا آئی تو لڑکیوں نے اُس سے پوچھا، ''بملا تم کل کیوں نہ آئیں۔''

بملا اور زیادہ مرجھائی ہوئی تھی، اور زیادہ مختصر ہو گئی تھی جیسے کسی نے رندہ پھیر کر اُس کو ہر طرف سے چھوٹا اور پتلا کر دیا ہے۔ اُس کا سانولا رنگ عجب قسم کی درد ناک زردی اختیار کر گیا تھا۔ لڑکیوں کا سوال سن کر اُس نے انور کی طرف دیکھا جو گملوں میں پانی دے رہا تھا اور تھیلا کھول کر چارپائی پر بیٹھتے ہوئے کہا، ''کل پِتا جی۔۔۔ کل پِتا جی بیمار تھے۔''

شمیم نے افسوس ظاہر کیا اور پوچھا، ''کیا تکلیف تھی انہیں؟''

بملا نے انور کی طرف دیکھا۔ چونکہ وہ اُس کو دیکھ رہا تھا۔ اس لیے نگاہیں دوسری طرف کر لیں اور کہا، ''تکلیف۔۔۔ معلوم نہیں کیا تکلیف تھی۔'' پھر تھیلے میں ہاتھ ڈال کر اپنی چیزیں نکالیں، ''میں تو نہیں سمجھتی۔''

انور نے لوٹا مُنڈیر پر رکھا اور بملا سے مخاطب ہوا، ''کسی ڈاکٹر سے مشورہ لیا ہوتا۔''

بملا نے انور کو بڑی تیز نگاہوں سے دیکھا، ''اُن کا روگ ڈاکٹروں کی سمجھ میں نہیں آئے گا۔''

انور کو ایسا محسوس ہوا کہ بملا نے اُس سے یہ کہا ہے، ''ان کا روگ تم سمجھ سکتے ہو۔'' وہ کچھ کہنے ہی والا تھا کہ سعیدہ کی آواز اُس کے کانوں میں آئی۔ وہ بملا سے کہہ رہی تھی، ''خالو جان کے پاس جائیں وہ بہت بڑے ڈاکٹر ہیں۔ یوں چٹکیوں میں سب کچھ بتا دیں گے۔'' سعیدہ نے چٹکی بجائی تھی مگر بجی نہیں تھی۔ انور نے اُس سے کہا، ''سعیدہ تم سے چٹکی کبھی نہیں بجے گی فضول کوشش نہ کیا کرو۔''

سعیدہ شرما گئی، آج کا پِل اور سیاہ تھا۔ انور نے سوچا، ''کم بخت پر ہر رنگ کھلتا ہے۔۔۔ لیکن کتنے پِل اور ہیں اُس کے پاس۔۔۔؟ ہر وقت کوئی نہ کوئی بنتی ہی رہتی ہے۔ سویٹروں اور پِل اوروں کا خطرہ ہے۔۔۔ اِس سے میری شادی ہو جائے تو مرے آجائیں، پِل اور ہی پِل اور۔۔۔ دوست یار خوب جلیں۔۔۔ لیکن یہ بملا کیوں آج راکھ کی ڈھیری سی لگتی ہے۔۔۔ سعیدہ شرما گئی تھی۔۔۔ یہ شرمانا مجھے

اچھا نہیں لگتا۔۔۔ چٹکی بجانا سیکھ لے مجھ سے۔۔۔ مجھ سے نہیں تو کسی اور سے۔۔۔ لیکن بہترین چٹکی بجانے والا ہوں۔''

یہ سب کچھ اُس نے ایک سیکنڈ کے عرصے میں سوچا۔ سعیدہ نے کوئی جواب نہ دیا تھا۔ انور نے اُس سے کہا، ''دیکھیے چٹکی یوں بجایا کرتے ہیں۔'' اور اُس نے بڑے زور سے چٹکی بجائی۔ اتفاقاً اس کی نگاہ بِملا پر پڑی۔ اُس کے چہرے پر مایوسی کی مُردنی طاری تھی۔ انور کے دل میں ہمدردی کے جذبات اُبھر آئے، ''بِملا تم پِتا جی سے کہو کہ وہ کسی اچھے ڈاکٹر سے ضرور مشورہ لیں۔۔۔ اِن کے سوا تمہارا اور کون ہے؟''

یہ سن کر بِملا کی آنکھوں میں آنسو آ گئے۔ زور سے دونوں ہونٹ بھینچے اور انتہائی ضبط کے باوجود زار و قطار روتی، برساتی کی طرف دوڑ گئی۔ ساری لڑکیاں کام چھوڑ کر اُس کی طرف بھاگیں۔ انور نے برساتی میں جانا مناسب نہ سمجھا اور نیچے بیٹھک میں چلا گیا۔ بِملا کے بارے میں اُس نے سوچنے کی کوشش کی مگر اُس کے دماغ نے اُس کی رہبری نہ کی۔ وہ بِملا کے دکھ درد کا صحیح تجزیہ نہ کر سکا وہ صرف اتنا سوچ سکا کہ اُس کو صرف اِس بات کا غم ہے کہ اُس کی ماں زندہ نہیں۔

شام کو انور نے اپنی بہن سے بِملا کے بارے میں پوچھا تو اس نے کہا، ''معلوم نہیں کیا دُکھ ہے بیچاری کو۔۔۔ اپنے باپ کا بار بار ذکر کرتی تھی کہ اُن کو جانے کیا روگ ہے اور بس!''

سعیدہ پاس کھڑی تھی سیاہ پٹ اوور پہنے۔ اُس کی جیتی جاگتی چھاتیاں آبنوسی گولوں کی صورت میں اُس کے سفید نِنوں کے دوپٹے کی پیچھے بڑا دلکش تضاد پیدا کر رہی تھیں۔ ایسا لگتا تھا جیسے سایہ بٹوں پر اُن کی چمک چھپانے کے لیے کسی مکڑی نے مہین سا جالا بُن دیا ہے۔ انور بِملا کو بھول گیا اور سعیدہ سے باتیں کرنے لگا۔ سعیدہ نے اُس سے کوئی دلچسپی نہ لی اور آپا شمیم کو سلام کر کے چلی گئی۔

انور بیٹھک میں کالج کا کام کرنے بیٹھا تو اُسے بِملا کا خیال آیا، ''کیسی لڑکی ہے۔۔۔؟ کچھ سمجھ میں نہیں آتا۔۔۔ میرے پٹی باندھی۔۔۔ اپنا دوپٹہ پھاڑ کر۔۔۔ آج مَیں نے کہا، پِتا جی کے سوا تمہارا کون ہے تو اِس لیے زار و قطار رونا شروع کر دیا۔۔۔ اور جب مَیں گملوں میں پانی دے رہا تھا تو بِملا کی اِس بات سے کہ اُن کا روگ ڈاکٹروں کی سمجھ میں نہیں آئے گا اُس نے کیوں یہ محسوس کیا تھا کہ بِملا نے اُس کے بجائے اِس سے یہ کہا ہے، اُن کا روگ تم سمجھ سکتے ہو۔۔۔ لیکن مَیں کیسے سمجھ سکتا ہوں۔۔۔ کیا سمجھ سکتا ہوں۔۔۔ وہ مجھے ٹھیک طور پر سمجھاتی کیوں نہیں، یعنی اگر وہ کچھ سمجھانا ہی چاہتی ہے۔۔۔ میری

سمجھ میں تو کچھ بھی نہیں آتا۔

جب اُس نے میری طرف دیکھا تھا تو اُس کی نگاہوں میں اتنی تیزی کیوں تھی۔۔۔اب خیال کرتا ہوں تو محسوس ہوتا ہے جیسے وہ میری ذہانت و فراست پر لعنت بھیج رہی تھی۔۔۔لیکن کیوں۔۔۔؟ ہٹاؤ جی۔۔۔ سعیدہ۔۔۔ ہاں وہ سیاہ پُل اور۔۔۔سفید ننوں کا ہوائی دوپٹہ۔۔۔اور۔۔۔لیکن مجھے ایسا نہیں سوچنا چاہیے۔۔۔جانے کِس کمال ہے۔۔۔خیر کچھ بھی ہو۔ خوبصورت لڑکی ہے۔ مگر اُس پر خوبصورتی ختم تو نہیں ہو گئی۔‘‘

اگلے روز بِملا نہ آئی۔ انور کے گھر میں سب مُتفکّر تھے۔ دعائیں کرتے تھے کہ خدا اُس کے باپ کو اُس کے سر پر سلامت رکھے۔ شمیم کو بِملا بے حد پسند تھی۔ اِس لیے کہ وہ خاموشی پسند اور ذہین تھی۔ باریک سے باریک بات فوراً سمجھ جاتی تھی، چنانچہ وہ سارا دن وقفوں کے بعد اُس کو یاد کرتی رہی۔ انور کی ماں نے تو انور سے کہا کہ وہ سائیکل پر جائے اور بِملا کے باپ کی خیریت دریافت کر کے آئے۔ انور گیا۔۔۔ بِملا ساگوان کے چوڑے پلنگ پر اوندھی لیٹی تھی۔ سانس کا اتار چڑھاؤ تیز تھا۔ انور نے ہولے سے پکارا تو کوئی ردِعمل نہ ہوا۔ ذرا بلند آواز میں کہا، ‘‘بِملا۔‘‘ تو وہ چونکی کروٹ بدل کر اُس نے انور کو دیکھا۔ انور نے نُمستے کی۔ بِملا نے ہاتھ جوڑ کر اُس کا جواب دیا۔ انور نے دیکھا کہ بِملا کی آنکھیں میلی تھیں، جیسے وہ روتی رہی تھی اور اُس نے اپنے آنسو خشک نہیں کیے تھے۔

پلنگ پر سے اٹھ کر اُس نے انور کو کرسی پیش کی اور خود فرش پر بچھی ہوئی دری پر بیٹھ گئی۔ انور نے کچھ دیر خاموش رہنے کے بعد، ‘‘وہاں سب کو بہت فکر تھی۔۔۔ پِتا جی کہاں ہیں؟‘‘

بِملا کے مرجھائے ہوئے ہونٹ کھلے اور اس نے کھلی آواز میں صرف اتنا کہا، ‘‘پِتا۔۔۔‘‘

انور نے پوچھا، ‘‘طبیعت کیسی ہے ان کی۔‘‘

‘‘اچھی ہے۔‘‘ بِملا کی آواز اُس کی آواز نہیں تھی۔

‘‘تم آج نہیں آئیں تو سب کو بڑی تشویش ہوئی۔۔۔امی جان نے مجھ سے کہا، سائیکل پر جاؤ اور پِتا لے کر آؤ۔۔۔لالہ جی کہاں ہیں؟‘‘

‘‘شطرنج کھیلنے گئے ہیں۔‘‘

‘‘تم آج کیوں نہیں آئیں؟‘‘

‘‘میں؟‘‘ یہ کہہ کر بِملا رک گئی۔ تھوڑے وقفے کے بعد بولی، ‘‘میں اب نہیں آ سکوں گی۔۔۔ مجھے۔۔۔ مجھے ایک کام مل گیا ہے۔‘‘

انور نے پوچھا، ''کیسا کام؟''

بِملا نے ایک آہ بھری، ''کل ہی معلوم ہوا ہے۔۔۔جانے کیا ہے۔''

یہ کہتے ہوئے کانپی، ''ٹھیک ہے، جو کچھ بھی ہے ٹھیک ہے۔'' پھر وہ جیسے اپنے اندر ڈوب گئی۔ کچھ دیر خاموشی رہی۔ پھر انور نے اُکتا کر پوچھا، ''میں ان سے کیا کہوں؟''

بِملا چونکی، ''کیا؟''

انور نے اپنے الفاظ دہرائے، ''میں اُن سے کیا کہوں؟''

''اور کچھ کہنے کی ضرورت نہیں۔۔۔سب کو نَمستے!''

انور کرسی سے اٹھا۔ ہاتھ جوڑ کر بِملا کو نمستے کی۔ بِملا نے اُس کا جواب دیا مگر انور کھڑا رہا۔ بِملا، خلا میں دیکھ رہی تھی۔ تھوڑی دیر کے بعد انور اس سے مخاطب ہوا، ''بِملا۔۔۔ مجھے ایسا محسوس ہوتا ہے کہ۔۔۔ مجھے ایسا لگتا ہے کہ تم نے مجھ سے کئی بار کچھ کہنے کی کوشش کی۔ مگر کہہ نہ سکیں۔۔۔ میں پوچھ سکتا ہوں؟''

بِملا کے ہونٹوں پر ایک زخم خوردہ مسکراہٹ نمودار ہوئی۔ انور اپنی بات مکمل نہ کر سکا، بِملا اٹھی۔ کھڑکی کے ساتھ لگ کر اس نے نیچے بڑی بد رو کی طرف دیکھا اور انور سے کہا، ''جو میں کہہ نہ سکی، تم سمجھ نہ سکے، اب کہنے اور سمجھنے سے بہت پرے چلا گیا ہے۔ تم جاؤ، میں سونا چاہتی ہوں۔''

انور چلا گیا۔۔۔ بِملا پھر نہ آئی۔

قریباً دس مہینے بعد اخباروں میں یہ سنسنی پھیلانے والی خبر شائع ہوئی کہ بڑی سڑک کی بد رو میں ایک نوزائیدہ بچہ مرا ہوا پایا گیا۔ تحقیقات کی گئیں تو معلوم ہوا کہ بچہ لالہ ہری چرن اسکول ماسٹر کی لڑکی بِملا کا تھا اور بچے کا باپ خود لالہ ہری چرن تھا۔۔۔ سب پر سکتہ چھا گیا۔

انور نے سوچا، ''تو ساری کتاب کا خلاصہ یہ تھا۔''

کتے کی دعا

''آپ یقین نہیں کریں گے مگر یہ واقعہ جو میں آپ کو سنانے والا ہوں، بالکل صحیح ہے۔'' یہ کہہ کر شیخ صاحب نے بیڑی سلگائی۔ دو تین زور کے کش لے کر اسے پھینک دیا اور اپنی داستان سنانا شروع کی۔ شیخ صاحب کے مزاج سے ہم واقف تھے، اس لیے ہم خاموشی سے سنتے رہے۔ درمیان میں ان کو کہیں بھی نہ ٹوکا۔

آپ نے واقعہ یوں بیان کرنا شروع کیا، ''گولڈی میرے پاس پندرہ برس سے تھا۔ جیسا کہ نام سے ظاہر ہے۔۔۔۔اس کا رنگ سنہری مائل بھوسلا تھا۔ بہت ہی حسین کتا تھا۔ جب میں صبح اس کے ساتھ باغ کی سیر کو نکلتا تو لوگ اس کو دیکھنے کے لیے کھڑے ہو جاتے تھے۔ لارنس گارڈن کے باہر میں اسے کھڑا کر دیتا، ''گولڈی کھڑے رہنا یہاں۔ میں ابھی آتا ہوں۔'' یہ کہہ کر میں باغ کے اندر چلا جاتا۔ گھوم پھر کر آدھے گھنٹے کے بعد واپس آتا تو گولڈی وہیں اپنے لمبے لمبے کان لٹکائے کھڑا ہوتا۔ اسپیشل ذات کے کتے عام طور پر بڑے اطاعت گزار اور فرماں بردار ہوتے ہیں مگر میرے گولڈی میں یہ صفات بہت نمایاں تھیں۔ جب تک اس کو اپنے ہاتھ سے کھانا نہ دوں نہیں کھاتا تھا۔ دوست یاروں نے میرا مان توڑنے کے لیے لاکھوں جتن کیے مگر گولڈی نے ان کے ہاتھ سے ایک دانہ تک نہ کھایا۔

ایک روز اتفاق کی بات ہے کہ میں لارنس کے باہر اسے چھوڑ کر اندر گیا تو ایک دوست مل گیا۔ گھومتے گھومتے کافی دیر ہو گئی۔ اس کے بعد وہ مجھے اپنی کوٹھی لے گیا۔ مجھے شطرنج کھیلنے کا مرض تھا۔ بازی شروع ہوئی تو میں دنیا و مافیہا بھول گیا۔ کئی گھنٹے بیت گئے۔ دفعتاً مجھے گولڈی کا خیال آیا۔ بازی چھوڑ کر لارنس کے گیٹ کی طرف بھاگا۔ گولڈی وہیں اپنے لمبے لمبے کان لٹکائے کھڑا تھا۔ مجھے اس نے عجیب نظروں سے دیکھا جیسے کہہ رہا ہے، ''دوست، تم نے آج اچھا سلوک کیا مجھ سے۔۔''

میں بے حد نادم ہوا۔چنانچہ آپ یقین جانیں میں نے شطرنج کھیلنا چھوڑ دی۔ ۔ ۔معاف کیجیے گا، میں اصل واقعے کی طرف ابھی تک نہیں آیا۔ دراصل گولڈی کی بات شروع ہوئی تو میں چاہتا ہوں کہ اس کے متعلق مجھے جتنی باتیں یاد ہیں آپ کو سنا دوں۔ ۔ ۔ مجھے اس سے بے حد محبت تھی۔میرے مجرد رہنے کا ایک باعث اس کی محبت بھی تھی۔جب میں نے شادی نہ کرنے کا تہیہ کیا تو اس کو خصی کرا دیا۔ ۔ ۔ آپ شاید کہیں کہ میں نے ظلم کیا، لیکن میں سمجھتا ہوں محبت میں ہر چیز روا ہے۔ ۔ ۔ میں اس کی ذات کے ساتھ کسی اور کو وابستہ دیکھنا نہیں چاہتا تھا۔

کئی بار میں نے سوچا اگر میں یہ مر گیا تو کسی اور کے پاس چلا جائے گا۔ کچھ دیر میری موت کا اثر اس پر رہے گا۔اس کے بعد مجھے بھول کر اپنے نئے آقا سے محبت کرنا شروع کر دے گا۔ جب میں یہ سوچتا تو مجھے بہت دکھ ہوتا۔لیکن میں نے یہ تہیہ کر لیا تھا کہ اگر مجھے اپنی موت کی آمد کا پورا یقین ہو گیا تو میں گولڈی کو ہلاک کر دوں گا۔ آنکھیں بند کر کے اسے گولی کا نشانہ بنا دوں گا۔

گولڈی کبھی ایک لمحے کے لیے مجھ سے جدا نہیں ہوا تھا۔رات کو ہمیشہ میرے ساتھ سوتا۔میری تنہا زندگی میں وہ ایک روشنی تھی۔میری بے حد پھیکی زندگی میں اس کا وجود ایک شیرینی تھا۔اس سے میری غیر معمولی محبت دیکھ کر کئی دوست مذاق اڑاتے تھے، ''شیخ صاحب گولڈی کتیا ہوتی تو آپ نے ضرور اس سے شادی کر لی ہوتی۔''

ایسے ہی کئی اور فقرے کسے جاتے لیکن میں مسکرا دیتا۔ گولڈی بڑا ذہین تھا۔اس کے متعلق جب کوئی بات ہوتی تو فوراً اس کے کان کھڑے ہو جاتے تھے۔میرے ہلکے سے ہلکے اشارے کو بھی وہ سمجھ لیتا تھا۔ میرے موڈ کے سارے اتار چڑھاؤ اسے معلوم ہو جاتے تھے۔اگر کسی وجہ سے رنجیدہ ہوتا تو وہ میرے ساتھ چھہلیں شروع کر دیتا، مجھے خوش کرنے کے لیے ہر ممکن کوشش کرتا۔

ابھی اس نے ٹانگ اٹھا کر پیشاب کرنا نہیں سیکھا تھا، یعنی ابھی کم سن تھا کہ اس نے ایک برتن کو جو کہ خالی تھا، تھوتھنی بڑھا کر سونگھا۔ میں نے اسے جھٹ کا تو دم دبا کر وہیں بیٹھ گیا۔ ۔ ۔ پہلے اس کے چہرے پر حیرت سی پیدا ہوئی تھی کہ ہیں یہ مجھ سے کیا ہوا۔ دیر تک گردن نیوڑھائے بیٹھا رہا، جیسے ندامت کے سمندر میں غرق ہے۔ میں اٹھا۔ اٹھ کر اس کو گود میں لیا، پیار کیا، پچکارا۔ بڑی دیر کے بعد جا کر اس کی دم ہلی۔ ۔ ۔ مجھے بہت ترس آیا کہ میں نے خواہ مخواہ اسے ڈانٹا کیوں کہ اس روز رات کو غریب نے کھانے کو منہ نہ لگایا۔ وہ بڑا حساس کتا تھا۔ میں بہت بے پروا آدمی ہوں۔میری غفلت سے اس کو ایک بار نمونیہ ہو گیا،

میرے اوسان خطا ہو گئے۔ ڈاکٹروں کے پاس دوڑا۔ علاج شروع ہوا، مگر اثر نداردِ متواتر سات راتیں جاگتا رہا۔ اس کو بہت تکلیف تھی۔ سانس بڑی مشکل سے آتا تھا۔ جب سینے میں درد اٹھتا تو وہ میری طرف دیکھتا جیسے یہ کہہ رہا ہے، ''فکر کی کوئی بات نہیں، میں ٹھیک ہو جاؤں گا۔''

کئی بار میں نے محسوس کیا کہ صرف میرے آرام کی خاطر اس نے یہ ظاہر کرنے کی کوشش کی ہے کہ اس کی تکلیف کچھ کم ہے، وہ آنکھیں میچ لیتا، تا کہ میں تھوڑی دیر آنکھ لگا لوں۔ آٹھویں روز خدا کر کے اس کا بخار ہلکا ہوا اور آہستہ آہستہ اتر گیا۔ میں نے پیار سے اس کے سر پر ہاتھ پھیرا تو مجھے ایک تھکی تھکی سی مسکراہٹ اس کی آنکھوں میں تیرتی نظر آئی۔

نمونیے کے ظالم حملے کے بعد دیر تک اس کو نقاہت رہی۔ لیکن طاقت ور دواؤں نے اسے ٹھیک ٹھاک کر دیا۔ ایک لمبی غیر حاضری کے بعد لوگوں نے مجھے اس کے ساتھ دیکھا تو طرح طرح کے سوال کرنے شروع کیے، ''عاشق و معشوق کہاں غائب تھے اتنے دنوں؟''

''آپس میں کہیں لڑائی تو نہیں ہو گئی تھی؟''

''کسی اور سے تو نظر نہیں لڑ گئی تھی گولڈی کی۔''

میں خاموش رہا۔ گولڈی یہ باتیں سنتا تو ایک نظر میری طرف دیکھ کر خاموش ہو جاتا کہ بھونکنے دو کتوں کو۔ وہ مثل مشہور ہے۔ کند ہم جنس باہم جنس پرواز۔ کبوتر بہ کبوتر باز بہ باز۔ لیکن گولڈی کو اپنے ہم جنسوں سے کوئی دلچسپی نہیں تھی۔ اس کی دنیا صرف میری ذات تھی۔ اس سے باہر وہ کبھی نکلتا ہی نہیں تھا۔

گولڈی میرے پاس نہیں تھا، جب ایک دوست نے مجھے اخبار پڑھ کر سنایا۔ اس میں ایک واقعہ لکھا تھا۔ آپ سنیے بڑا دلچسپ ہے۔ امریکہ یا انگلستان مجھے یاد نہیں کہاں، ایک شخص کے پاس کتا تھا۔ معلوم نہیں کس ذات کا۔ اس شخص کا آپریشن ہونا تھا۔ اس کو ہسپتال لے گئے تو کتا بھی ساتھ ہو لیا۔ اسٹریچر پر ڈال کر اس کو آپریشن روم میں لے جانے لگے تو کتے نے اندر جانا چاہا۔ مالک نے اس کو روکا اور کہا، باہر کھڑے رہو۔ میں ابھی آتا ہوں۔ ۔ ۔ کتا حکم سن کر باہر کھڑا ہو گیا۔ اندر مالک کا آپریشن ہوا، جو نا کام ثابت ہوا۔ ۔ ۔ اس کی لاش دوسرے دروازے سے باہر نکال دی گئی۔ ۔ ۔ کتا بارہ برس تک وہیں اپنے مالک کا انتظار کرتا رہا۔ پیشاب۔ پاخانے کے لیے کچھ دیر وہاں سے ہٹتا۔ ۔ ۔ پھر وہیں کھڑا ہو جاتا۔ ۔ ۔ آخر ایک روز موٹر کی لپیٹ میں آ گیا۔ اور بری طرح زخمی ہو گیا مگر اس حالت میں بھی وہ خود کو گھسیٹتا ہوا وہاں پہنچا جہاں اس کے مالک نے اسے انتظار کرنے کے لیے کہا تھا۔ آخری سانس اس نے اسی جگہ لیا۔ ۔ ۔ یہ بھی

لکھا تھا ۔ ۔ ۔ کہ ہسپتال والوں نے اس کی لاش میں بھس بھر کے اس کو وہیں رکھ دیا ہے جیسے وہ اب بھی اپنے آقا کے انتظار میں کھڑا ہے۔

میں نے یہ داستان سنی تو مجھ پر کوئی خاص اثر نہ ہوا۔ اول تو مجھے اس کی صحت ہی کا یقین نہ آیا، لیکن جب گولڈی میرے پاس آیا اور مجھے اس کی صفات کا علم ہوا تو بہت برسوں کے بعد میں نے یہ داستان کئی دوستوں کو سنائی۔ سناتے وقت مجھ پر ایک رقت طاری ہو جاتی تھی اور میں سوچنے لگتا تھا، ''میرے گولڈی سے بھی کوئی ایسا کارنامہ وابستہ ہونا چاہیے ۔ ۔ ۔ '' گولڈی بہت متین اور سنجیدہ تھا۔ بچپن میں اس نے تھوڑی شرارتیں کیں مگر جب اس نے دیکھا کہ مجھے پسند نہیں تو ان کو ترک کر دیا۔ آہستہ آہستہ سنجیدگی اختیار کر لی جو تا دمِ مرگ قائم رہی۔

''میں نے تا دمِ مرگ کہا ہے تو میری آنکھوں میں آنسو آ گئے ہیں۔ ''

شیخ صاحب رک گئے۔ ان کی آنکھیں نم آلود ہو گئی تھیں۔ ہم خاموش رہے۔ تھوڑے عرصے کے بعد انہوں نے رومال نکال کر اپنے آنسو پونچھے اور کہنا شروع کیا۔

''یہی میری زیادتی ہے کہ میں زندہ ہوں ۔ ۔ ۔ لیکن شاید اس لیے زندہ ہوں کہ انسان ہوں ۔ ۔ ۔ مر جاتا تو شاید گولڈی کی توہین ہوتی ۔ ۔ ۔ جب وہ مرا تو رو رو کر میرا برا حال تھا ۔ ۔ ۔ لیکن وہ مرا نہیں تھا۔ میں نے اس کو مروا دیا تھا۔ اس لیے نہیں کہ مجھے اپنی موت کی آمد کا یقین ہو گیا تھا ۔ ۔ ۔ وہ پاگل ہو گیا تھا۔ ایسا پاگل نہیں جیسا کہ عام پاگل کتے ہوتے ہیں۔ اس کے مرض کا کچھ پتہ ہی نہیں چلتا تھا۔ اس کو سخت تکلیف تھی۔ جان کنی کا سا عالم اس پر طاری تھا۔ ڈاکٹروں نے کہا اس کا واحد علاج یہی ہے کہ اس کو مروا دو۔ میں نے پہلے سوچا نہیں۔ لیکن وہ جس اذیت میں گرفتار تھا، مجھ سے دیکھی نہیں جاتی تھی۔ میں مان گیا۔ وہ اسے ایک کمرے میں لے گئے جہاں برقی جھٹکا پہنچا کر ہلاک کرنے والی مشین تھی۔

میں ابھی اپنے نحیف دماغ میں اچھی طرح کچھ سوچ بھی نہ سکا تھا کہ وہ اس کی لاش لے آئے ۔ ۔ ۔ میرے گولڈی کی لاش۔ جب میں نے اسے اپنے بازوؤں میں اٹھایا تو میرے آنسو ٹپ ٹپ اس کے سنہرے بالوں پر گرنے لگے۔ جو پہلے کبھی بھی گرد آلود نہیں ہوئے تھے ۔ ۔ ۔ تانگے میں اسے گھر لایا۔ دیر تک اس کو دیکھا کیا۔ پندرہ سال کی رفاقت کی لاش میرے بستر پر پڑی تھی ۔ ۔ ۔ قربانی کا مجسمہ ٹوٹ گیا تھا۔ میں نے اس کو نہلایا ۔ ۔ ۔ کفن پہنایا۔ بہت دیر تک سوچتا رہا کہ اب کیا کروں ۔ ۔ ۔ زمین میں دفن کروں یا جلا دوں۔ زمین میں دفن کرتا تو اس کی موت کا ایک نشان رہ جاتا۔ یہ مجھے پسند نہیں تھا، معلوم نہیں کیوں۔ یہ بھی معلوم

نہیں کہ میں نے کیوں اس کو غرقِ دریا کرنا چاہا۔ میں نے اس کے متعلق اب بھی کئی بار سوچا ہے مگر مجھے کوئی جواب نہیں ملا۔۔۔خیر میں نے ایک نئی بوری میں اس کی کفنائی ہوئی لاش ڈالی۔۔۔ دھو دھا کر بٹے اس میں ڈالے اور دریا کی طرف روانہ ہو گیا۔

جب بیڑی دریا کے درمیان میں پہنچی اور میں نے بوری کی طرف دیکھا تو گولڈی سے پندرہ برس کی رفاقت و محبت ایک بہت ہی تیز تلخی بن کر میرے حلق میں اٹک گئی۔ میں نے اب زیادہ دیر کرنا مناسب نہ سمجھا۔ کانپتے ہوئے ہاتھوں سے بوری اٹھائی اور دریا میں پھینک دی۔ بہتے ہوئے پانی کی چادر پر کچھ بلبلے اٹھے اور ہوا میں حل ہو گئے۔

بیڑی واپس ساحل پر آئی۔ میں اتر کر دیر تک اس طرف دیکھتا رہا جہاں میں نے گولڈی کو غرقِ آب کیا تھا۔۔۔شام کا دھندلکا چھایا ہوا تھا۔ پانی بڑی بڑی خاموشی سے بہہ رہا تھا جیسے وہ گولڈی کو اپنی گود میں سلا رہا ہے۔'' یہ کہہ کر شیخ صاحب خاموش ہو گئے۔ چند لمحات کے بعد ہم میں سے ایک نے ان سے پوچھا، ''لیکن شیخ صاحب آپ تو خاص واقعہ سنانے والے تھے۔''

شیخ صاحب چونکے، ''اوہ معاف کیجیے گا۔ میں اپنی رو میں کہاں سے کہاں پہنچ گیا۔۔۔واقعہ یہ تھا کہ۔۔۔میں ابھی عرض کرتا ہوں۔۔۔پندرہ برس ہو گئے تھے ہماری رفاقت کو۔ اس دوران میں کبھی بیمار نہیں ہوا تھا۔ میری صحت ماشاء اللہ بہت اچھی تھی، لیکن جس دن میں نے گولڈی کی پندرھویں سالگرہ منائی۔ اس کے دوسرے دن میں نے اعضا شکنی محسوس کی۔ شام کو یہ اعضا شکنی تیز بخار میں تبدیل ہو گئی۔ رات سخت بے چین رہا۔ گولڈی جاگتا رہا۔ ایک آنکھ بند کر کے دوسری آنکھ سے مجھے دیکھتا رہا۔ پلنگ پر سے اتر کر نیچے جاتا پھر آ کر بیٹھ جاتا۔

زیادہ عمر ہو جانے کے باعث اس کی بینائی اور سماعت کمزور ہو گئی تھی لیکن ذرا سی آہٹ ہوتی تو چونک پڑتا اور اپنی دھندلی آنکھوں سے میری طرف دیکھتا اور جیسے یہ پوچھتا، ''یہ کیا ہو گیا ہے تمہیں؟'' اس کو حیرت تھی کہ میں اتنی دیر تک پلنگ پر کیوں پڑا ہوں، لیکن وہ جلدی ہی ساری بات سمجھ گیا۔ جب مجھے بستر پر لیٹے کئی دن گزر گئے تو اس کے سال خوردہ چہرے پر افسردگی چھا گئی۔ میں اس کو اپنے ہاتھ سے کھلایا کرتا تھا۔ بیماری کے آغاز میں تو میں اس کو کھانا دیتا رہا۔ جب نقاہت بڑھ گئی تو میں نے ایک دوست سے کہا کہ وہ صبح شام گولڈی کو کھانا کھلانے آ جایا کرے۔ وہ آتا رہا مگر گولڈی ڈنے اس کی پلیٹ کی طرف منہ نہ کیا۔ میں نے بہت کہا لیکن وہ نہ مانا۔ ایک مجھے اپنے مرض کی تکلیف تھی جو دور رہنے ہی میں نہیں آتا

تھا۔ دوسرے مجھے گولڈی کی فکر تھی جس نے کھانا پینا بالکل بند کر دیا تھا۔

اب اس نے پلنگ پر بیٹھنا لیٹنا بھی چھوڑ دیا۔ سامنے کے پاس دیوار اور ساری رات خاموش بیٹھا اپنی دھندلی آنکھوں سے مجھے دیکھا کرتا۔ اس سے مجھے اور بھی دکھ ہوا۔ وہ کبھی ننگی زمین پر نہیں بیٹھا تھا۔ میں نے اس سے بہت کہا لیکن وہ نہ مانا۔ وہ بہت زیادہ خاموش ہو گیا تھا۔ ایسا معلوم ہوتا تھا کہ وہ غم و اندوہ میں غرق ہے۔ کبھی کبھی اٹھ کر پلنگ کے پاس آتا۔ عجیب حسرت بھری نظروں سے میری طرف دیکھتا اور گردن جھکا کر واپس دیوار کے پاس چلا جاتا۔

ایک رات لیمپ کی روشنی میں نے دیکھا کہ گولڈی کی دھندلی آنکھوں میں آنسو چمک رہے ہیں۔ اس کے چہرے سے حزن و ملال برس رہا تھا۔ مجھے بہت دکھ پہنچا۔ میں نے اسے ہاتھ کے اشارے سے بلایا۔ لمبے لمبے سنہرے کان ہلاتا وہ میرے پاس آیا۔ میں نے بڑے پیار سے کہا، ''گولڈی میں اچھا ہو جاؤں گا۔ تم دعا مانگو۔۔۔ تمہاری دعا ضرور قبول ہو گی۔''

یہ سن کر اس نے بڑی اداس آنکھوں سے مجھے دیکھا، پھر سر اوپر اٹھا کر چھت کی طرف دیکھنے لگا جیسے دعا مانگ رہا ہے۔۔۔ کچھ دیر وہ اس طرح کھڑا رہا۔ میرے جسم پر جھر جھری سی طاری ہو گئی۔ ایک عجیب و غریب تصویر میری آنکھوں کے سامنے تھی۔ گولڈی سچ مچ دعا مانگ رہا تھا۔۔۔ میں سچ عرض کرتا ہوں وہ سر تا پا دعا تھا۔ میں کہنا نہیں چاہتا لیکن اس وقت میں نے محسوس کیا کہ اس کی روح خدا کے حضور پہنچ کر گڑ گڑا رہی ہے۔

میں چند ہی دنوں میں اچھا ہو گیا لیکن گولڈی کی حالت غیر ہو گئی۔ جب تک میں بستر پر تھا وہ آنکھیں بند کیے دیوار کے ساتھ خاموش بیٹھا رہا۔ میں ہلنے جلنے کے قابل ہوا تو میں نے اس کو کھلانے پلانے کی کوشش کی مگر بے سود۔ اس کو اب کسی شے سے دلچسپی نہیں تھی۔ دعا مانگنے کے بعد جیسے اس کی ساری طاقت زائل ہو گئی تھی۔

میں اس سے کہتا، میری طرف دیکھو گولڈی۔۔۔ میں اچھا ہو گیا ہوں۔۔۔ خدا نے تمہاری دعا قبول کر لی ہے، لیکن وہ آنکھیں نہ کھولتا۔ میں نے دو تین دفعہ ڈاکٹر بلایا۔ اس نے انجکشن لگائے پر کچھ نہ ہوا۔ ایک دن میں ڈاکٹر لے کر آیا تو اس کا دماغ چل چکا تھا۔ میں اٹھا کر اسے بڑے ڈاکٹر کے پاس لے گیا اور اس کو برقی ضرب سے ہلاک کرا دیا۔

مجھے معلوم نہیں بابر اور ہمایوں والا قصہ کہاں تک صحیح ہے۔۔۔ لیکن یہ واقعہ حرف بہ حرف درست ہے۔

کھول دو

امرتسر سے اسپیشل ٹرین دو پہر دو بجے کو چلی اور آٹھ گھنٹوں کے بعد مُغل پُورہ پہنچی۔ راستے میں کئی آدمی مارے گئے۔ مُتَعَدِّد زخمی ہوئے اور کچھ اِدھر اُدھر بھٹک گئے۔

صبح دس بجے۔۔۔کیمپ کی ٹھنڈی زمین پر جب سراج الدین نے آنکھیں کھولیں اور اپنے چاروں طرف مَردوں، عورتوں اور بچوں کا ایک مُتَلاطم سَمندر دیکھا تو اُس کی سوچنے سمجھنے کی قوتیں اور بھی ضعیف ہوگئیں۔ وہ دیر تک گَدلے آسمان کو ٹِکٹِکی باندھے دیکھتا رہا۔ یُوں تو کیمپ میں ہر طرف شور برپا تھا۔ لیکن بوڑھے سراج الدین کے کان جیسے بند تھے۔ اُسے کچھ سُنائی نہیں دیتا تھا۔ کوئی اُسے دیکھتا تو یہ خیال کرتا کہ وہ کسی گہری فکر میں غَرق ہے مگر ایسا نہیں تھا۔ اُس کے ہوش و حواس شَل تھے۔ اُس کا سارا وجود خَلا میں مُعَلّق تھا۔

گَدلے آسمان کی طرف بغیر کسی اِرادے کے دیکھتے دیکھتے سراج الدین کی نگاہیں سورج سے ٹکرائیں۔ تیز روشنی اُس کے وُجود کے رَگ و ریشے میں اُتَر گئی اور وہ جاگ اُٹّھا۔ اوپرتَلے اُس کے دماغ پر کئی تصویریں دوڑ گئیں۔ لُوٹ۔۔۔آگ۔۔۔بھاگم بھاگ۔۔۔اسٹیشن۔۔۔گولیاں۔۔۔رات اور سکینہ۔۔۔سراج الدین ایک دَم اُٹھ کھڑا ہوا اور پاگلوں کی طرح اُس نے اپنے چاروں طرف پھیلے ہوئے انسانوں کے سَمندر کو کھنگالنا شروع کیا۔

پورے تین گھنٹے وہ ''سکینہ، سکینہ'' پکارتا کیمپ میں خاک چھانتا رہا۔ مگر اُسے اپنی جوان اِکلوتی بیٹی کا کوئی پتا نہ ملا۔ چاروں طرف ایک دھاندلی سی مَچی تھی۔ کوئی اپنا بچہ ڈُھونڈ رہا تھا، کوئی ماں، کوئی بیوی اور کوئی بیٹی۔ سراج الدین تھک ہار کر ایک طرف بیٹھ گیا اور حافظے پر زور دے کر سوچنے لگا کہ سکینہ

اُس سے کب اور کہاں جُدا ہوئی۔ لیکن سوچتے سوچتے اُس کا دِماغ سکینہ کی ماں کی لاش پر جم جاتا۔ جس کی ساری انتڑیاں باہر نکلی ہوئی تھیں۔ اِس سے آگے وہ اور کچھ نہ سوچ سکتا۔

سکینہ کی ماں مَر چکی تھی۔ اُس نے سراج الدین کی آنکھوں کے سامنے دَم توڑا تھا۔ لیکن سکینہ کہاں تھی جس کے متعلق اُس کی ماں نے مَرتے ہوئے کہا تھا، ''مجھے چھوڑو اور سکینہ کو لے کر جلدی یہاں سے بھاگ جاؤ۔''

سکینہ اُس کے ساتھ ہی تھی۔ دونوں ننگے پاؤں بھاگ رہے تھے ۔ سکینہ کا ڈوپٹّہ گِر پڑا تھا۔ اُسے اٹھانے کے لیے اُس نے رُکنا چاہا تھا مگر سکینہ نے چِلّا کر کہا تھا، ''ابا جی۔۔۔چھوڑیے ۔'' لیکن اُس نے ڈوپٹّہ اُٹھا لیا تھا۔۔۔ یہ سوچتے سوچتے اُس نے اپنے کوٹ کی اُبھری ہوئی جیب کی طرف دیکھا اور اُس میں ہاتھ ڈال کر ایک کپڑا نکالا۔۔۔ سکینہ کا وہی ڈوپٹّہ تھا۔۔۔ لیکن سکینہ کہاں تھی؟

سراج الدین نے اپنے تھکے ہوئے دِماغ پر بہت زور دیا مگر وہ کسی نتیجہ پر نہ پہنچ سکا۔ کیا وہ سکینہ کو اپنے ساتھ اسٹیشن تک لے آیا تھا۔۔۔؟ کیا وہ اُس کے ساتھ ہی گاڑی میں سوار تھی۔۔۔؟ راستہ میں جب گاڑی روکی گئی تھی اور بلوائی اندر گُھس آئے تھے تو کیا وہ بے ہوش ہو گیا تھا جو وہ سکینہ کو اُٹھا کر لے گئے؟

سراج الدین کے دماغ میں سوال ہی سوال تھے، جواب کوئی بھی نہیں تھا۔ اُس کو ہمدردی کی ضرورت تھی لیکن چاروں طرف جِتنے بھی انسان پھیلے ہوئے تھے سب کو ہمدردی کی ضرورت تھی۔ سراج الدین نے رونا چاہا مگر آنکھوں نے اُس کی مدد نہ کی۔ آنسو جانے کہاں غائب ہو گئے تھے۔ چھ روز کے بعد جب ہوش و حَواس کسی قدر درست ہوئے تو سراج الدین اُن لوگوں سے مِلا جو اُس کی مدد کرنے کے لیے تیار تھے۔ آٹھ نوجوان تھے۔ جن کے پاس لاری تھی، بندوقیں تھیں۔ سراج الدین نے اُن کو لاکھ لاکھ دعائیں دیں اور سکینہ کا حُلیہ بتایا، ''گورا رنگ ہے اور بہت ہی خوبصورت ہے ۔۔۔ مجھ پر نہیں اپنی ماں پر تھی۔۔۔ عُمر سترہ برس کے قریب ہے ۔۔۔ آنکھیں بڑی بڑی۔۔۔ بال سیاہ، دائیں گال پر موٹا سا تِل۔۔۔ میری اکلوتی لڑکی ہے۔ ڈھونڈ لاؤ۔۔۔تمہارا خدا بھلا کرے گا۔''

رضاکار نوجوانوں نے بڑے جذبے کے ساتھ بوڑھے سراج الدین کو یقین دلایا کہ اگر اُس کی بیٹی زندہ ہوئی تو چند ہی دنوں میں اُس کے پاس ہو گی۔

آٹھوں نوجوانوں نے کوشش کی۔ جان ہتھیلیوں پر رکھ کر وہ امرتسر گئے۔ کئی عورتوں، کئی مردوں اور کئی بچوں کو نکال کر انہوں نے محفوظ مقاموں پر پہنچایا۔ دس روز گزر گئے مگر اُنہیں سکینہ کہیں نہ ملی۔

ایک روز وہ اِسی خدمت کے لیے لاری پر امرتسر جا رہے تھے کہ چھ ہرٹہ کے پاس سٹرک پر اُنہیں ایک لڑکی دکھائی دی۔ لاری کی آواز سن کر وہ بِدکی اور بھاگنا شروع کر دیا۔ رضا کاروں نے موٹر روکی اور سب کے سب اُس کے پیچھے بھاگے۔ ایک کھیت میں اُنہوں نے لڑکی کو پکڑ لیا۔ دیکھا تو بہت خوبصورت تھی۔ دائیں گال پر موٹا تِل تھا۔ ایک لڑکے نے اس سے کہا، ''گھبراؤ نہیں۔۔ کیا تمہارا نام سکینہ ہے؟'' لڑکی کا رنگ اور بھی زرد ہو گیا۔ اُس نے کوئی جواب نہ دیا۔ لیکن جب تمام لڑکوں نے اسے دَم دِلاسا دیا تو اُس کی وحشت دُور ہوئی اور اُس نے مان لیا کہ وہ سراج الدین کی بیٹی سکینہ ہے ۔

آٹھ رضا کار نوجوانوں نے ہر طرح سکینہ کی دلجوئی کی۔ اُسے کھانا کھلایا۔ دودھ پلایا اور لاری میں بِٹھا دیا۔ ایک نے اپنا کوٹ اتار کر اُسے دے دیا۔ کیونکہ دوپٹہ نہ ہونے کے باعث وہ بہت اُلجھن محسوس کر رہی تھی۔ اور بار بار بانہوں سے اپنے سینے کو ڈھانکنے کی ناکام کوشش میں مصروف تھی ۔

کئی دن گزر گئے۔۔ سراج الدین کو سکینہ کی کوئی خبر نہ ملی۔ وہ دن بھر مختلف کیمپوں اور دفتروں کے چکر کاٹتا رہتا۔ لیکن کہیں سے بھی اُس کی بیٹی کا پتہ نہ چلا۔ رات کو وہ بہت دیر تک اُن رضا کار نوجوانوں کی کامیابی کے لیے دعائیں مانگتا رہتا۔ جنہوں نے اُس کو یقین دلایا تھا کہ اگر سکینہ زندہ ہوئی تو چند دنوں ہی میں وہ اسے ڈھونڈ نکالیں گے ۔

ایک روز سراج الدین نے کیمپ میں اُن نوجوان رضا کاروں کو دیکھا۔ لاری میں بیٹھے تھے۔ سراج الدین بھاگا بھاگا اُن کے پاس گیا۔ لاری چلنے ہی والی تھی کہ اُس نے پوچھا، ''بیٹا، میری سکینہ کا پتہ چلا؟'' سب نے ایک زبان ہو کر کہا، ''چل جائے گا، چل جائے گا۔'' اور لاری چلا دی۔ سراج الدین نے ایک بار پھر اُن نوجوانوں کی کامیابی کے لیے دعا مانگی اور اُس کا جی کسی قدر ہلکا ہو گیا۔

شام کے قریب کیمپ میں جہاں سراج الدین بیٹھا تھا، اُس کے پاس ہی کچھ گڑ بڑ سی ہوئی۔ چار آدمی کچھ اُٹھا کر لا رہے تھے ۔ اُس نے دریافت کیا تو معلوم ہوا کہ ایک لڑکی ریلوے لائن کے پاس بے ہوش پڑی تھی۔ لوگ اُسے اٹھا کر لائے ہیں۔ سراج الدین اُن کے پیچھے پیچھے ہو لیا۔ لوگوں نے لڑکی کو ہسپتال والوں کے سُپرد کیا اور چلے گئے ۔ کچھ دیر وہ ایسے ہی ہسپتال کے باہر گڑے ہوئے لکڑی کے کھمبے کے ساتھ لگ کر کھڑا رہا۔ پھر آہستہ آہستہ اندر چلا گیا۔ کمرے میں کوئی بھی نہیں تھا۔ ایک اسٹریچر تھا جس پر ایک لاش پڑی تھی۔ سراج الدین چھوٹے چھوٹے قدم اُٹھاتا اُس کی طرف بَڑھا۔ کمرے میں دفعتاً روشنی ہوئی۔ سراج الدین نے لاش کے زرد چہرے پر چمکتا ہوا تِل دیکھا اور چِلّایا۔

’’سکینہ!‘‘

ڈاکٹر نے جس کمرے میں روشنی کی تھی سراج الدین سے پوچھا، ’’کیا ہے؟‘‘

سراج الدین کے حَلق سے صرف اِس قدر نکل سکا، ’’جی میں ۔۔۔جی میں ۔۔۔اِس کا باپ ہوں!‘‘

ڈاکٹر نے اسٹریچر پر پڑی ہوئی لاش کی طرف دیکھا۔ اُس کی نبض ٹٹولی اور سراج الدین سے کہا، ’’کھڑکی کھول دو۔‘‘

سکینہ کے مُردہ جسم میں جُنبِش پیدا ہوئی۔ بے جان ہاتھوں سے اُس نے اِزار بند کھولا اور شلوار نیچے سرکا دی۔

بوڑھا سراج الدین خوشی سے چِلّایا، ’’زندہ ہے ۔۔۔میری بیٹی زندہ ہے ۔۔۔‘‘

ڈاکٹر سَر سے پَیر تک پَسینے میں غَرق ہو گیا۔۔۔

کوٹ پتلون

ناظم جب باندرہ میں مُنتقل ہوا تو اسے خوش قسمتی سے کرائے والی بلڈنگ میں تین کمرے مل گئے۔ اُس بلڈنگ میں، جو بمبئی کی زبان میں چالی کہلاتی ہے، نچلے درجے کے لوگ رہتے تھے۔ چھوٹی چھوٹی (بمبئی کی زبان میں) کھولیاں یعنی کوٹھریاں تھیں جن میں یہ لوگ اپنی زندگی جوں توں بسر کر رہے تھے۔

ناظم کو ایک فلم کمپنی میں بحیثیت مُنشی یعنی مکالمہ نگار ملازمت مل گئی تھی۔ چوں کہ کمپنی نئی قائم ہوئی تھی اس لیے اُسے چھ سات مہینوں تک ڈھائی سو روپے ماہوار تنخواہ ملنے کا پورا یقین تھا، چنانچہ اُس نے اِس یقین کی بِنا پر یہ عیاشی کی کہ ڈونگری کی غلیظ کھولی سے اُٹھ کر باندرہ کی کرائے والی بلڈنگ میں تین کمرے لے لیے۔ یہ تین کمرے زیادہ بڑے نہیں تھے لیکن اس بلڈنگ کے رہنے والوں کے خیال کے مطابق بڑے تھے، کہ انہیں کوئی سیٹھ ہی لے سکتا تھ۔ ویسے ناظم کا پہناوا بھی اب اچھا تھا کیونکہ فلم کمپنی میں معقول مُشاہرے پر ملازمت ملتے ہی اس نے کرتہ پہ جامہ ترک کر کے کوٹ پتلون پہننا شروع کر دی تھی۔

ناظم بہت خوش تھا۔ تین کمرے اُس کے اور اُس کی نئی بیاہتا بیوی کے لیے کافی تھے مگر جب اُسے پتہ چلا کہ غسل خانہ ساری بلڈنگ میں صرف ایک ہے تو اُسے بہت کوفت ہوئی۔ ڈونگری میں تو اس سے زیادہ دِقّت تھی کہ وہاں کے واحِد غسل خانہ میں نہانے والے کم از کم پانچ سو آدمی تھے اور اس کو چونکہ وہ صبح ذرا دیر سے اٹھنے کا عادی تھا، نہانے کا موقع ہی نہیں ملتا تھا۔ یہاں شاید اِس لیے کہ لوگ نہانے سے گھبراتے تھے یا رات پالی (نائٹ ڈیوٹی) کرنے کے بعد دن بھر سوئے رہتے، اِس لیے اُسے غسل کے سلسلے میں زیادہ تکلیف نہیں ہوتی تھی۔

غسل خانہ اُس کے دروازے کے ساتھ بائیں طرف تھا۔ اُس کے سامنے ایک کھولی تھی جس میں کوئی۔۔۔۔

معلوم نہیں کون رہتا تھا۔ایک دن ناظم جب غسل خانے کے اندر گیا تو اس نے دروازہ بند کرتے ہوئے دیکھا کہ اُس میں سوراخ ہے۔غور سے دیکھنے سے معلوم ہوا کہ یہ کوئی قدرتی درز نہیں بلکہ خود ہاتھ سے کسی تیز آلے ۔۔۔کی مدد سے بنایا گیا ہے۔کپڑے اتارکے نہانے لگا تو اس کو خیال آیا کہ روزن میں سے جھانک کر تو دیکھے ۔۔۔معلوم نہیں اسے یہ خواہش کیوں پیدا ہوئی۔بہرحال اُس نے اٹھ کر آنکھ اُس سوراخ پر جمائی ۔۔۔سامنے والی کھولی کا دروازہ کھلا تھا۔۔۔اور ایک جوان عورت جس کی عمر پچیس چھبیس برس کی ہو گی صرف بنیان اور پیٹی کوٹ پہنے یوں انگڑائیاں لے رہی تھی جیسے وہ اَن دیکھے مردوں کو دعوت دے رہی ہے کہ وہ اسے اپنے بازوؤں میں بھینچ لیں اور اس کی انگڑائیوں کا علاج کر دیں۔

ناظم نے جب یہ نظارہ دیکھا تو اس کا پانی سے ادھ بھیگا جسم تھرتھرا گیا۔دیر تک وہ اسی عورت کی طرف دیکھتا رہا جو اپنے مسَتُور لیکن اِس کے باوجود عُریاں بدن کو ایسی نظروں سے دیکھ رہی تھی جس سے صاف پتہ چلتا تھا کہ وہ اُس کا مصرف ڈھونڈنا چاہتی ہے۔ناظم بڑا ڈرپوک آدمی تھا۔نئی نئی شادی کی تھی، اِس لیے بیوی سے بہت ڈرتا تھا۔اس کے علاوہ اس کی سَرِشت میں بدکاری نہیں تھی لیکن غسل خانے کے اُس سوراخ نے اُس کے کردار میں کئی سوراخ کر دیئے۔اُس میں سے ہر روز صبح کو وہ اُس عورت کو دیکھتا اور اپنے گیلے یا خشک بدن میں عجیب قسم کی حرارت محسوس کرتا۔

چند روز بعد اُسے محسوس ہوا کہ وہ عورت جس کا نام زبیدہ تھا، اُس کو اِس بات کا علم ہے کہ وہ غسل خانے کے دروازے کے سوراخ سے اُس کو دیکھتا ہے اور کن نظروں سے دیکھتا ہے۔ظاہر ہے کہ جو مرد غسل خانے میں جاکر دروازے کی درز میں سے کسی ہمسائی کو جھانکے گا تو اس کی نیت کبھی صاف نہیں ہوسکتی۔ناظم کی نیت قطعاً نیک نہیں تھی۔اُس کی طبیعت کو اُس عورت نے جو صرف بنیان اور پیٹی کوٹ پہنتی اور اُس وقت جب کہ ناظم نہانے میں مصروف ہوتا،اِس قسم کی انگڑائیاں لیتی تھی کہ دیکھنے والے مرد کی ہڈیاں چٹخنے لگیں، اُس نے اُسے اُکسا دیا تھا مگر وہ ڈرپوک تھا۔اُس کی شریف فطرت اُس کو مجبور کرتی کہ وہ اِس سے زیادہ آگے نہ بڑھے، ورنہ اُسے یقین تھا کہ اُس عورت کو حاصل کرنا کوئی بڑی بات نہیں۔ایک دن ناظم نے غسل خانے میں سے دیکھا کہ زبیدہ مسکرا رہی ہے۔اُس کو معلوم تھا کہ ناظم اُس کو دیکھ رہا ہے۔اُس دن اُس نے اپنے صحت مند ہونٹوں پر لپ اسٹک لگائی ہوئی تھی۔گالوں پر غازہ اور سرخی بھی تھی۔بنیان خلافِ معمول چھوٹی اور انگیا پہلے سے زیادہ چست۔ناظم نے خود کو اُس فلم کا ہیرو محسوس کیا جس کے وہ مکالمے لکھ رہا تھا۔لیکن جونہی اپنی بیوی کا خیال آیا جو اُس کے دولت مند بھائی کے گھر لی گئی ہوئی

تھی وہ اسی فلم کا ایکسٹرا بن گیا اور سوچنے لگا کہ اُسے ایسی عیاشی سے باز رہنا چاہیے۔
بہت دنوں کے بعد ناظم کو معلوم ہوا کہ زبیدہ کا خاوند کسی مل میں ملازم ہے۔ چوں کہ اس کے اولاد نہیں
ہوتی اِس لیے پیروں فقیروں کے پیچھے پھرتا رہتا ہے۔ کئی حکیموں سے علاج بھی کرا چکا تھا۔ بہت کم
زبان، اور داڑھی مونچھوں سے بے نیاز۔ پنجابی زبان میں ایسے مردوں کو ''کھودا'' کہتے ہیں معلوم نہیں
کس رعایت سے، لیکن اس رعایت سے زبیدہ کا خاوند کھودا تھا کہ وہ زمین کا ہر ٹکڑا کھودتا کہ اِس سے
اُس کا کوئی بچہ نکل آئے۔ مگر زبیدہ کو بچے کی کوئی فکر نہ تھی۔ وہ غالباً یہ چاہتی تھی کہ کوئی اس کی جوانی کی فکر
کرے جس کے بارے میں شاید اس کا شوہر غافل تھا۔

ناظم کے علاوہ اس بلڈنگ میں ایک اور نوجوان تھا۔۔۔ کنوارا۔ کنوارے تو یوں وہاں کئی تھے، مگر اُس میں
خصوصیت یہ تھی کہ وہ بھی کوٹ پتلون پہنتا تھا۔ ناظم کو معلوم ہوا کہ وہ بھی غسل خانے میں سے زبیدہ کو
جھانکتا ہے اور وہ اسی طرح سوراخ کے اُس طرف اپنے مستور لیکن غیر مستور جسم کی نمائش کرتی
ہے۔ ناظم پہلے پہل بہت بہت جَلا۔ رشک اور حسد کا جذبہ ایسے معاملات میں عام طور پر پیدا ہو جایا کرتا
ہے۔ لازماً ناظم کے دل میں بھی پیدا ہوا لیکن یہ کوٹ پتلون پہننے والا نوجوان ایک مہینے کے بعد رخصت ہو
گیا، اِس لیے کہ اُسے احمد آباد میں اچھی ملازمت مل گئی تھی۔ ناظم کے سینے کا بوجھ ہلکا ہو گیا تھا لیکن اُس میں
اتنی جرأت نہ تھی کہ زبیدہ سے بات چیت کر سکتا۔ غسل خانہ کے دروازے کے سوراخ میں سے وہ ہر روز
اسی انداز میں دیکھتا اور ہر روز اس کے دماغ میں حرارت بڑھتی جاتی لیکن ہر روز سوچتا کہ اگر کسی کو پتہ چل
گیا تو اس کی شرافت مٹی میں مل جائے گی۔ اسی لیے وہ کوئی تیز قدم آگے نہ بڑھا سکا۔

اُس کی بیوی ورلی سے آ گئی تھی۔ وہاں صرف ایک ہفتہ رہی۔ اس کے بعد اُس نے غسل خانے میں سے
زبیدہ کو دیکھنا چھوڑ دیا، اِس لیے کہ اُس کے ضمیر نے ملامَت کی تھی۔ اس نے اپنی بیوی سے اور زیادہ
محبت کرنا شروع کر دی۔ شروع شروع میں اسے کسی قدر حیرت ہوئی مگر بعد میں اسے بڑی مسَرّت محسوس
ہوئی کہ اس کا خاوند اس کی طرف پہلے سے کہیں زیادہ توجہ دے رہا ہے لیکن ناظم نے پھر غسل خانے میں سے
تاک جھانک شروع کر دی۔ اصل میں اس کے دل و دماغ میں زبیدہ کا مستور مگر غیر مستور بدن سما
گیا تھا۔ وہ چاہتا تھا کہ اس کی انگڑائیوں کے ساتھ کھیلے اور کچھ اس طرح کھیلے کے خود بھی ایک نہ ٹوٹنے
والی انگڑائی بن جائے۔ فلم کمپنی سے تنخواہ برابر وقت پر ملتی رہی تھی۔ ناظم نے ایک نیا سوٹ بنوالیا تھا۔ اس
میں جب زبیدہ نے اسے اپنی کھولی کے کھلے ہوئے دروازے میں سے دیکھا تو ناظم نے محسوس کیا کہ وہ

اسے زیادہ پسندیدہ نظروں سے دیکھ رہی ہے۔اس نے چاہا کہ دس قدم آگے بڑھ کر اپنے ہونٹوں پر اپنی تمام زندگی کی تمام مسکراہٹیں بکھیر کر کہے، ''جناب سلام عرض کرتا ہوں''، ناظم یوں تو مکالمہ نگار تھا۔ایسے فلموں کے ڈائلاگ لکھتا جو عشق و محبت سے بھرپور ہوتے تھے مگر اس وقت اس کے ذہن میں تعارفی مکالمہ یہی آیا کہ وہ اس سے کہے، ''جناب! سلام کرتا ہوں۔''، اس نے دو قدم آگے بڑھائے۔زبیدہ کلی کی طرح کھلی مگر وہ مرجھا گیا۔اس کو اپنی بیوی کے خوف اور شرافت کے زائل ہونے کے احساس نے یہ بڑھائے ہوئے قدم پیچھے ہٹانے پر مجبور کر دیا اور اپنے گھر جا کر اپنی بیوی سے کچھ ایسی محبت سے پیش آیا کہ غریب شرما گئی۔ اِسی دوران ایک اور کوٹ پتلون والا کرائے دار بلڈنگ میں آیا۔اس نے بھی غسل خانے کے سوراخ میں سے جھانک کر دیکھنا شروع کر دیا۔ ناظم کے لیے یہ دوسرا رقیب تھا مگر تھوڑے ہی عرصہ کے بعد برقی ٹرین سے اترتے وقت اس کا پاؤں پھسلا اور ہلاک ہو گیا۔ ناظم کو اس کی موت پر افسوس ہوا مگر مشیّتِ ایزدی کے سامنے کیا چارہ ہے۔اس نے سوچا شاید خدا کو یہی منظور تھا کہ اس کے راستے سے یہ روڑا ہٹ جائے۔ چنانچہ اس نے پھر غسل خانے کے دروازے کے سوراخ سے اور اپنے تین کمروں میں آتے جاتے وقت زبیدہ کو انہیں نظروں سے دیکھنا شروع کر دیا۔

اتفاق ایسا ہوا کہ لاہور میں ناظم کی بیوی کے کسی قریبی رشتہ دار کی شادی تھی۔ اِس تقریب میں اُس کی شمولیت ضروری تھی۔ ناظم کے جی میں آئی کہ وہ اس سے کہہ دے کہ یہ تکلیف اس سے برداشت نہیں ہو سکتا لیکن فوراً اسے زبیدہ کا خیال آیا اور اس نے اپنی بیوی کو لاہور جانے کی اجازت دے دی مگر وہ فکرمند تھا کہ اسے صبح چائے بنا کر کون دے گا۔ یہ واقعی بہت اہم چیز تھی، اِس لیے کہ ناظم چائے کا رسیا تھا۔ صبح سویرے اگر اسے چائے کی دو پیالیاں نہ ملیں تو وہ سمجھتا تھا کہ دن شروع ہی نہیں ہوا۔بمبئی میں رہ کر وہ اِس نشے کا حد سے زیادہ عادی ہو گیا تھا۔اس کی بیوی نے تھوڑی دیر سوچا اور کہا، آپ کچھ فکر نہ کیجیے۔۔۔ میں زبیدہ سے کہے دیتی ہوں کہ وہ آپ کو صبح کی چائے بھیجنے کا انتظام کر دے گی۔

چنانچہ اس نے فوراً زبیدہ کو بلوایا اور اس کو مناسب و موزوں الفاظ میں تاکید کر دی کہ وہ اس کے خاوند کے لیے چائے کی دو پیالیوں کا ہر صبح جب تک وہ نہ آئے انتظام کر دیا کرے۔ اُس وقت زبیدہ پورے لباس میں تھی اور دوپٹے کے پلّو سے اپنے چہرے کا ایک حصہ ڈھانپے کنکھیوں سے ناظم کی طرف دیکھ رہی تھی۔۔۔ وہ بہت خوش ہوا مگر کوئی ایسی حرکت نہ کی جس سے کسی قسم کا شبہ ہوتا۔ چند منٹوں کی رسمی گفتگو میں یہ طے ہو گیا کہ زبیدہ چائے کا بندوبست کر دے گی۔ ناظم کی بیوی نے اسے دس روپے کا نوٹ پیشگی

کے طور پر دینا چاہا مگر اس نے انکار کر دیا اور بڑے خلوص سے کہا، ''بہن اس تکلیف کی کیا ضرورت ہے۔ آپ کے میاں کو کوئی تکلیف نہیں ہوگی، صبح جس وقت چاہیں، چائے مل جایا کرے گی۔'' ناظم کا دل باغ باغ ہوگیا۔اس نے دل ہی دل میں کہا، چائے ملے نہ ملے۔۔۔لیکن زبیدہ تم مل جایا کرو لیکن فوراً اسے اپنی بیوی کا خیال آیا اور اس کے جذبات سرد ہو گئے۔

ناظم کی بیوی لاہور چلی گئی۔۔۔دوسرے روز صبح سویرے جب کہ وہ سو رہا تھا دروازے پر دستک ہوئی۔ وہ سمجھا شاید اُس کی بیوی باورچی خانے میں پتھر کے کوئلے توڑ رہی ہے۔ چنانچہ کروٹ بدل کر اس نے پھر آنکھیں بند کر لیں لیکن چند لمحات کے بعد پھر ٹھک ٹھک ہوئی اور ساتھ ہی مہین نسوانی آواز آئی، ''ناظم صاحب۔۔۔ناظم صاحب!'' ناظم کا دل دھک دھک کرنے لگا۔۔۔اس نے زبیدہ کی آواز کو پہچان لیا تھا۔اس کی سمجھ میں نہ آیا کہ کیا کرے۔ایک دم چونک کر اٹھے۔دروازہ کھولا، زبیدہ دونوں ہاتھوں میں ٹرے لیے کھڑی تھی۔ اس نے ناظم کو سلام کیا اور کہا، ''چائے حاضر ہے۔''

ایک لحظے کے لیے ناظم کا دماغ غیر حاضر ہوگیا لیکن فوراً سنبھل کر اس نے زبیدہ سے کہا، ''آپ نے بہت تکلیف کی۔۔۔لائیے یہ ٹرے مجھے دے دیجیے۔'' زبیدہ مسکرائی، ''میں خود اندر رکھ دیتی ہوں۔۔۔ تکلیف کی بات ہی کیا ہے۔'' ناظم شب خوابی کا لباس پہنے تھا۔ دھاری دار پاپلین کا کرتا اور پاجامہ۔ یہ عیاشی اس نے زندگی میں پہلی بار کی تھی۔ زبیدہ شلوار قمیض میں تھی۔ ان دونوں لباسوں کے کپڑے بہت معمولی اور سستے تھے مگر وہ اُس پر سج رہے تھے۔

چائے کی ٹرے اٹھائے وہ اندر آئی۔اس کو تپائی پر رکھا اور ناظم کے چڑیا ایسے دل کو یہ کہہ کے دھڑ کایا، '' مجھے افسوس ہے کہ چائے بنانے میں دیر ہوگئی۔ دراصل میں زیادہ سونے کی عادی ہوں۔'' ناظم کرسی پر بیٹھ چکا تھا، جب زبیدہ نے یہ کہا تو اس کے جی میں آئی کہ ذرا شاعری کرے اور اس سے کہے، ''آؤ۔۔۔ سو جائیں۔۔۔سونا ہی سب سے بڑی نعمت ہے۔'' لیکن اس میں اتنی جرأت نہیں تھی، چنانچہ وہ خاموش رہا۔ زبیدہ نے بڑے پیار سے ناظم کو چائے بنا کر دی۔۔۔وہ چائے کے ساتھ زبیدہ کو بھی پیتا رہا۔لیکن اس کی قوت ہاضمہ کمزور تھی اس لیے اس نے فوراً اس سے کہا، ''زبیدہ جی آپ اور تکلیف نہ کریں۔۔۔ میں برتن صاف کرا کے آپ کو بھجوا دوں گا۔''

ناظم کو اس بات کا احساس تھا کہ اس کے دل میں جتنے برتن ہیں، زبیدہ کی موجودگی نے صاف کر دیے ہیں۔ برتن اُٹھا کر وہ چلی گئی تو ناظم کو ایسا محسوس ہوا کہ وہ تھوڑا چنا بن گیا ہے جو گھنا بج رہا ہے۔

زبیدہ ہر روز صبح سویرے آتی، اسے چائے پلاتی۔ وہ اس کو اور چائے دونوں کو پیتا اور اپنی بیوی کو یاد کر کے ڈرے مارے رات کو سوچتا۔ دس بارہ روز یہ سلسلہ جاری رہا۔ زبیدہ نے ناظم کو ہر موقع دیا کہ وہ اس کی نہ ٹوٹنے والی انگڑائیوں کو توڑ دے لیکن ناظم خود ایک غیر مختتم انگڑائی بن کے رہ گیا تھا۔

اس کے پاس دو سوٹ تھے مگر اس نے چرنی روڈ کی اس دکان سے جہاں اس فلم کمپنی کا سیٹھ کا سٹیوم بنوایا کرتا تھا ایک اور سوٹ سلوایا اور اس سے وعدہ کیا کہ رقم بہت جلد ادا کر دے گا۔ گبر دین کا یہ سوٹ پہن کر وہ زبیدہ کی کھولی کے سامنے سے گزرا جسب معمول وہ بنیان اور پیٹی کوٹ پہنے تھی۔ اسے دیکھ کر وہ دروازے کے پاس آئی۔ مہین سی مسکراہٹ اس کے سرخی لگے ہونٹوں پر نمودار ہوئی اور اس نے بڑے پیار سے کہا، ''ناظم صاحب آج تو آپ شہزادے لگتے ہیں۔'' ناظم ایک دم کوہ قاف چلا گیا۔۔۔ یا شاید ان کتابوں کی دنیا میں جو شہزادوں اور شہزادیوں کے اذکار سے بھری پڑی ہیں۔ لیکن فوراً وہ اپنے برق رفتار گھوڑے پر سے گر کر زمین پر اوندھے منہ آ رہا۔ اور اپنی بیوی سے جو لاہور میں تھی کہنے لگا سخت چوٹ لگی ہے۔ عشق کی چوٹ یوں بھی بڑی سخت ہوتی ہے، لیکن جس قسم کا عشق ناظم کا تھا۔ اس کی چوٹ بہت شدید تھی۔ اس لیے کہ شرافت اور اس کی بیوی اس کے آڑے آتی تھی۔ ایک اور چوٹ ناظم کو یہ لگی کہ اس کی فلم کمپنی کا دیوالیہ پٹ گیا۔ معلوم نہیں کیا ہوا۔ بس ایک دن جب وہ کمپنی گیا تو اس کو معلوم ہوا کہ وہ ختم ہو گئی۔۔۔ اس سے پانچ روز پہلے وہ سو روپے اپنی بیوی کو لاہور بھیج چکا تھا۔۔ سو روپے چرنی روڈ کے بزاز کے دینے تھے، کچھ اور بھی قرض تھے۔ ناظم کے دماغ سے عشق پھر بھی نہ نکلا۔۔۔ زبیدہ ہر روز چائے لے کر آتی تھی لیکن اب وہ سخت شرمندہ تھا کہ اتنے دنوں کے پیسے وہ کیسے ادا کرے گا۔ اس نے ایک ترکیب سوچی کہ اپنے تینوں سوٹ جن میں نیا گبر دین کا بھی شامل تھا، گروی رکھ کر صرف پچاس روپے وصول کیے۔ دس دس کے پانچ نوٹ جیب میں ڈال کر ناظم نے سوچا کہ ان میں دو چار زبیدہ کو دے دے گا، اور اس سے ذرا کھلی بات کرے گا۔ لیکن دادر اسٹیشن پر کسی جیب کترے اس کی جیب صاف کر دی۔ اس نے چاہا کہ خود کشی کر لے۔ ٹرینیں آ جا رہی تھیں، پلیٹ فارم سے ذرا سا پھسل جانا کافی تھا۔ یوں چٹکیوں میں اس کا کام تمام ہو جاتا مگر اس کو اپنی بیوی کا خیال آ گیا جو لاہور میں تھی اور امید سے۔۔

ناظم کی حالت بہت خستہ ہو گئی۔ زبیدہ آتی تھی اس کی نگاہوں میں لیکن اب وہ بات ناظم کو نظر نہیں آتی تھی۔ چائے کی پتی ٹھیک نہیں ہوتی تھی۔ دودھ سے تو اسے کوئی رغبت نہیں تھی لیکن پانی ایسا پلا ہوتا تھا۔ اس کے علاوہ اب وہ زیادہ سجی بنی نہ ہوتی تھی۔ غسل خانے میں جاتا اور اس کے دروازے کے سوراخ میں سے

جھانکتا تو وہ نظر نہ آتی۔۔۔لیکن ناظم خود بہت متفکّر تھا۔ اِس لیے کہ اُسے دو مہینوں کا کرایہ ادا کرنا تھا۔ چرنی روڈ کے بَزّاز کے اور دوسرے لوگوں کے قرض کی ادائیگی بھی اس کے ذمہ تھی۔

چند روز میں ناظم کو ایسا محسوس ہوا کہ اس کا جو بہت بڑا بینک تھا، فیل ہو گیا ہے۔ اس کی ٹانچ آنے والی تھی، مگر اس سے پہلے ہی اس نے کرائے والی بلڈنگ سے نقل مکانی کا ارادہ کر لیا۔ ایک شخص سے اس نے طے کیا کہ وہ اس کا قرض ادا کر دے تو وہ اس کو اپنے تین کمرے دے دے گا۔ اس نے اس کے تینوں سوٹ واپس دلوا دیئے۔ چھوٹے موٹے قرض بھی ادا کر دیئے۔ جب ناظم غمناک آنکھوں سے '' کرائے والی بلڈنگ '' سے اپنا مختصر سامان اٹھوا رہا تھا تو اس نے دیکھا زبیدہ نئے مکین کو جو شارک سکن کے کوٹ پتلون میں ملبوس تھا ایسی نظروں سے دیکھ رہی ہے، جن سے وہ کچھ عرصہ پہلے اسے دیکھا کرتی تھی۔

گرم سوٹ

سنگھ نے چوں کہ ایک زمانے سے اپنے کپڑے تبدیل نہیں کیے تھے۔ اس لیے پسینے کے باعث ان میں ایک عجیب قسم کی بو پیدا ہو گئی تھی جو زیادہ شدّت اختیار کرنے پر اب گنڈا سنگھ کو کبھی کبھی اذیت بھی دے دیتی تھی۔ اس کو اس بدبو نے کبھی اتنا تنگ نہیں کیا تھا جتنا کہ اب اس کے گرم سوٹ نے اسے تنگ کر رکھا تھا۔ اپنے کسی دوست کے کہنے پر وہ امرتسر چھوڑ کر دہلی چلا آیا تھا۔ جب اس نے امرتسر کو خیر باد کہا تو گرمیوں کا آغاز تھا، لیکن اب کے گرمی اپنے پورے جوبن پر تھی، گنڈا سنگھ کو یہ گرم سوٹ بہت ستا رہا تھا۔

اس کے پاس صرف چار کپڑے تھے۔ گرم پتلون، گرم کوٹ، گرم واسکٹ اور ایک سوتی قمیض۔ یہ گرم سوٹ اُسے اِس لیے دہلی کی شدید گرمیوں میں پہننا پڑتا تھا کہ اُس کے پاس اور کوئی کپڑا ہی نہیں تھا اور سوٹ کے ساتھ کی واسکٹ اسے اس لیے پہننا پڑتی تھی کہ اس کے پاس کوئی ایسی جگہ نہیں تھی جہاں وہ اسے احتیاط یا بد احتیاطی سے رکھ سکتا۔ یوں تو وہ اس واسکٹ کو یا کوٹ ہی کو دریبہ کلاں میں اپنے دوست کی دکان میں رکھ دیتا مگر وہاں اس نے پہلے روز ہی کئی چوہے دیکھے تھے۔ دہلی آنے کے دوسرے روز چاندنی چوک میں اس نے رس گلّے کھائے تھے۔ ان کا شیرہ جا بجا کوٹ اور واسکٹ پر گر گر پڑا تھا۔ اگر وہ یہ دونوں چیزیں اس دکان میں رکھ دیتا تو ظاہر ہے کہ جہاں شیرہ گرا تھا، چوہے کپڑا اکثر جاتے اور گنڈا سنگھ نہیں چاہتا تھا کہ یہ سوٹ جو اسے تین ستمبر 1939ء یعنی اس جنگ کے ابتدائی روز ملا تھا یوں بے کار چوہوں کی نذر ہو جائے۔ اس سوٹ کے ساتھ اتفاقیہ طور پر ایک ایسا دن منسوب ہو گیا تھا جو تاریخ میں ہمیشہ زندہ رہے گا۔

گنڈا سنگھ کو چنانچہ اس لیے بھی اپنا سوٹ عزیز تھا کہ امرتسر میں جب اس نے اپنا یہ تاریخی سوٹ پہنا تھا تو دربار صاحب کے آس پاس اس کے جتنے ہاتھی دانت کا کام کرنے والے دوست رہتے تھے، متَیّر

ہو گئے تھے۔ بل پیر نے جب اسے بازار میں دیکھا تھا تو متحرک خراد کو روک کر زور سے آواز دی تھی،

''گنڈا سیاں گنڈا سیاں ذرا ادھر تو آ۔۔۔ یہ آج تجھے کیا ہو گیا ہے؟''

گنڈا سنگھ لباس کے معاملے میں از حد بے پروا تھا بلکہ یوں کہیے کہ اپنے لباس کی طرف اس نے کبھی توجہ ہی نہ دی تھی۔ وہ پتلون اسی طرح پہنا کرتا تھا جس طرح گچھ پہنی جاتی ہے یعنی بغیر کسی تکلف کے۔ اس کے متعلق اس کے دوستوں میں یہ بات عام مشہور تھی کہ اگر تن ڈھکنا ضروری نہ ہوتا تو گنڈا سنگھ بالکل ننگا رہتا۔ چھ چھ مہینے تک وہ نہاتا نہیں تھا۔ بعض اوقات اس کے پیروں پر اس قدر میل جم جاتا تھا کہ اور میل جمنے کی گنجائش ہی نہیں رہتی تھی۔ دور سے اگر آپ اس کے میلے پیروں کو دیکھتے تو یہی معلوم ہوتا کہ گنڈا سنگھ نے موزے پہن رکھے ہیں۔ گنڈا سنگھ کی غلاظت پسندی کی انتہا یہ تھی کہ وہ صبح کا ناشتا منہ ہاتھ دھوئے بغیر کرتا تھا اور سردیوں میں ایک ایسا لحاف اوڑھ کر سوتا تھا کہ اگر کوئی اسے کوڑے پر پھینک دے تو صبح جب بھنگی کوڑا کرکٹ اٹھانے آتا تو یہ لحاف دیکھ کر اس کو گھن آ جاتی، پُرلطف یہ ہے کہ اس کی ان تمام غلاظتوں کے باوجود لوگ اس سے محبت کرتے تھے اور امرتسر میں تو آپ کو ایسے کئی آدمی مل جائیں گے جو اس کو محبت کی حد تک پسند کرتے ہیں۔

گنڈا سنگھ کی عمر زیادہ سے زیادہ پچیس برس ہے۔ داڑھی اور مونچھوں کے بھوسلے بال اس کے چہرے کے دو تہائی حصے پر موبل آئل میں بھیگے ہوئے چیتھڑے کی طرح پھیلے رہتے ہیں۔ پگڑی کے نیچے اس کے کیسوں کی بھی یہی حالت رہتی ہے۔ کبھی کبھی جب اس کی پنڈلیاں کپڑا اٹھ جانے کے باعث ننگی ہو جاتی ہیں تو ان پر میل کھرنڈوں کی شکل میں جا بجا نظر آتا ہے، مگر لوگ ان تمام میلی اور گندی حقیقتوں سے باخبر ہونے پر بھی گنڈا سنگھ کو اپنے پاس بٹھاتے ہیں اور اس سے کئی کئی گھنٹے باتیں کرتے ہیں۔

امرتسر چھوڑ کر جب گنڈا سنگھ اپنے گرم سوٹ سمیت دہلی آیا تو اسے غیر شعوری طور پر معلوم تھا کہ یہاں بھی خود بخود اس کے دوست پیدا ہو جائیں گے۔ اس اگر اس کو اپنی غلاظت پسندیوں کا احساس ہوتا تو بہت ممکن ہے یہ احساس رکاوٹ بن جاتا اور دہلی میں اس کا کوئی دوست نہ بنتا۔

چند ہی دنوں میں بظاہر کسی وجہ کے بغیر آٹھ دس آدمی گنڈا سنگھ کے دوست بن گئے اور گنڈا سنگھ کو اس بات کا مُطلَق احساس نہ ہوا کہ اگر یہ آٹھ دس آدمی اس کے دوست نہ بنتے تو شہر دہلی میں وہ بھوکوں مرتا۔ روٹی کے مسئلے پر دراصل گنڈا سنگھ نے کبھی غور ہی نہیں کیا تھا اور نہ اس نے کبھی یہ جاننے کی تکلیف کی تھی کہ دوسرے اس کے متعلق کیا رائے رکھتے ہیں۔ کھانا، پینا اور سونا، یہ تین چیزیں ایسی تھیں جو گنڈا سنگھ کو چلتے

پھرتے کہیں نہ کہیں ضرور مل جاتی تھیں اور ایک زمانے سے چوں کہ یہ چیزیں اسے بڑی باقاعدگی کے ساتھ مل رہی تھیں اس لیے ان کے متعلق وہ کبھی سوچتا ہی نہیں تھا۔

چاوڑی میں ہرجنس سے ملنے گیا تو وہاں صبح کا ناشتا مل گیا۔ ہرجنس کے یہاں سے آیا تو راستے میں احمد علی نے اپنی دکان پر ٹھہرا لیا اور کہا، ''گنڈا سنگھ، بھئی تم خوب وقت پر آئے، میں نے دھنّا مل سے کچھ چاٹ منگوائی ہے، کھا کے جانا۔'' احمد علی کی دکان پر چاٹ کھانے کے بعد گنڈا سنگھ کے دل میں خیال آیا کہ چلو ہیم چندر سے ملنے چلیں۔ ہیم چندر بہت اچھا افسانہ نگار ہے اور گنڈا سنگھ کے دل میں اس کی بہت عزت ہے۔ چنانچہ جب اس سے ملاقات ہوئی تو باتوں باتوں میں دوپہر کے کھانے کا وقت آ گیا۔ دعوت دینے اور دعوت قبول کرنے کا کوئی سوال ہی پیدا نہ ہوا۔ جب کھانا آیا اور دونوں نے مل کر کھا لیا۔ یہاں سے جب گنڈا سنگھ تمار پور کی طرف روانہ ہوا تو راستے میں باغ آ گیا۔ دھوپ چوں کہ بہت کرارا رہی تھی، اس لیے گنڈا سنگھ جب کچھ دیر سستانے کے لیے نکلسن باغ کے ایک بنچ پر لیٹا تو پانچ بجے تک وہیں سو یا رہا۔ آنکھیں مل کر اٹھا اور آہستہ آہستہ تمار پور کا رخ کیا جہاں اس کا دوست عبدالمجید رہتا تھا۔

چھ بجے کے قریب گنڈا سنگھ عبدالمجید کے گھر پہنچا۔ وہاں جنگ کی باتیں شروع ہوئیں، چنانچہ آٹھ بج گئے۔ عبدالمجید بہت ہوشیار آدمی تھا۔ ہندوستان کے ترقی پسند لٹریچر کے بارے میں اس کی معلومات کافی وسیع تھیں مگر جنگ کے متعلق اسے کچھ معلوم نہیں تھا۔ کوشش کرنے کے باوجود وہ چین اور جاپان، جاپان اور روس، روس اور جرمنی، جرمنی اور فرانس کے جغرافیائی رشتے کو نہ سمجھ سکتا تھا۔ جب کبھی وہ دنیا کا نقشہ کھول کر اپنے سامنے رکھتا تو اس کی نگاہوں میں نقشے پر پھیلے ہوئے شہر اور ملک ایسے الجھاؤ کی صورت اختیار کر لیتے جو اکثر اوقات پتنگ اڑانے کے دوران میں اس کی ڈور میں پیدا ہو جایا کرتے تھے مگر گنڈا سنگھ کو دنیا کے جغرافیہ پر کافی عبور حاصل تھا۔ ایک بار اخبار پڑھ لینے کے بعد جنگ کا صحیح نقشہ اس کے ذہن میں آ جاتا تھا اور وہ بڑے سہل انداز میں لوگوں کو سمجھا سکتا تھا کہ جنگ کے میدان میں کیا ہو رہا ہے۔

عبدالمجید طبعاً نفاست پسند تھا، اس کو گنڈا سنگھ کی غلاظتیں بہت کھٹکتی تھیں، مگر وہ مجبور تھا اس لیے کہ گنڈا سنگھ ہی ایک ایسا آدمی تھا جو اسے جنگ کے تازہ حالات سمجھا سکتا تھا۔ اگر عبدالمجید کو جنگی خبریں سننے اور ان پر تفصیلی بحث کرنے کی عادت نہ ہوتی جو ایک بہت بڑی کمزوری کی شکل اختیار کر چکی تھی تو یقیناً اس آدمی سے کبھی ملنا پسند نہ کرتا جو کھانا کھانے کے بعد سالن سے بھرے ہوئے ہاتھ اس کے کمرے میں لٹکے ہوئے پردوں سے صاف کرتا تھا۔ ایک دفعہ عبدالمجید نے پردوں کو اس کے حملے سے محفوظ رکھنے

کی خاطر اپنا تولیہ آگے بڑھا دیا اور کہا، ''لو گنڈا سنگھ، اس سے ہاتھ صاف کرلو۔ کچھ دیر اگر ٹھہرسکو تو پانی اور صابن آرہا ہے۔''

گنڈا سنگھ نے اس انداز سے تولیہ عبدالمجید سے لیا جیسے اس کی ضرورت ہی نہیں تھی اور ایک منٹ میں اپنا منہ ہاتھ صاف کر کے اسے ایک طرف پھینک دیا، ''پانی وانی کی کوئی ضرورت نہیں، ہاتھ صاف ہی تھے۔''

عبدالمجید نے جب زہر کے گھونٹ پی کر اپنے تولیے کی طرف دیکھا تو اسے ایسا معلوم ہوا کہ منہ ہاتھ صاف کرنے کے بجائے کسی نے اس کے ساتھ سائیکل کی چین صاف کی ہے۔

عبدالمجید کی بیوی کو گنڈا سنگھ کی یہ مکروہ عادات سخت ناپسند تھیں۔ مگر وہ بھی مجبور تھی اس لیے کہ جس روز گنڈا سنگھ نہیں آتا تھا عبدالمجید اسے اپنے پاس بٹھا کر جنگ کے تازہ حالات پر ایک طویل لیکچر دینا شروع کر دیتا تھا، جو اس امن پسند عورت کو طوعاً و کرہاً سارے کا سارا سننا ہی پڑتا تھا۔

گنڈا سنگھ ذہین آدمی تھا۔ ادب اور سیاست کے بارے میں اس کی معلومات اوسط آدمی سے بہت زیادہ تھیں۔ امرتسر میں اس نے اس گرم سوٹ کا سودا بھی ان معلومات کے ذریعے ہی سے ہوا تھا۔ محمد عمر ٹیلر ماسٹر کو جنگی خبریں سننے کا خبط تھا، چنانچہ گنڈا سنگھ نے جنگ کے ابتدائی حالات سنا سنا کر محمد عمر کو اس قدر مرعوب کیا کہ اس نے یہ گرم سوٹ (جو کسی گاہک نے 37ء میں تیار کرایا تھا اور دو برس سے اس کے پاس بے کار پڑا تھا کہ اس گاہک نے پھر کبھی شکل ہی نہیں دکھائی تھی) گنڈا سنگھ کے جسم پر فٹ کر دیا اور اس کے ساتھ پانچ روپے ماہوار کی چھ قسطیں مقرر کر لیں۔

ان چھ قسطوں میں سے صرف تین قسطیں گنڈا سنگھ نے ادا کی تھیں، باقی تین قسطوں کے لیے محمد عمر کئی بار تقاضا کر چکا تھا مگر ان رسمی تقاضوں کے علاوہ محمد عمر نے گنڈا سنگھ پر کبھی دباؤ نہیں ڈالا تھا۔ اس لیے کہ جنگ کے حالات دن بدن دلچسپ ہوتے جا رہے تھے۔ گنڈا سنگھ نے امرتسر کیوں چھوڑا، ایک لمبی کہانی ہے۔ دلی میں جو اس کے نئے دوست بنے تھے ان کو صرف اتنا معلوم تھا کہ امرتسر میں ایک پرانے دوست کے کہنے پر وہ یہاں چلا آیا تھا کہ ملازمت تلاش کرے۔

دلی آ کر گنڈا سنگھ ملازمت کی جستجو کرتا مگر یہ کم بخت گرم سوٹ اسے چین نہیں لینے دیتا تھا۔ اس قدر گرمی پڑ رہی تھی کہ چیل انڈا چھوڑ دے۔ کچھ دنوں سے گرمی کی انتہا ہو گئی تھی۔ لوگ سن اسٹروک سے مر رہے تھے۔ گنڈا سنگھ کو موت کا اتنا خیال ہی نہیں تھا جتنا کہ اسے اس تکلیف کا خیال تھا جو گرمی کی شدت کے باعث اسے اٹھانا پڑ رہی تھی۔ بازاروں میں دھوپ پگھلی ہوئی اَگنی کی طرح پھیلی رہتی تھی۔ لُو اس غضب کی

چلتی تھی کہ منہ پر آگ کے چانٹے سے پڑتے تھے۔ لگ پھر بسٹر کیں توے کے ماند تپتی رہتی تھیں۔ ان سب کے اوپر فضا کی وہ گرم اداسی تھی جو گنڈا سنگھ کو بہت پریشان کرتی تھی۔

اگر اس کے پاس یہ گرم سوٹ نہ ہوتا تو الگ بات تھی، شدید گرمیوں کا یہ موسم کسی نہ کسی حیلے سے کٹ ہی جاتا پر اس سوٹ کی موجودگی میں جس کا رنگ اس کی بھوسلی داڑھی سے بھی زیادہ گہرا تھا۔ اب ایک بھی دن دہلی میں رہنا اسے دشوار معلوم ہوتا تھا۔ اس سوٹ کا رنگ سردیوں میں بہت خوش گوار معلوم ہوتا تھا پر اب گنڈا سنگھ کو اس سے ڈر لگتا تھا۔

سوٹ کا کپڑا بہت کھردرا تھا، کوٹ کا کالر گھسنے کے باعث بالکل ریگ ماری صورت اختیار کر گیا تھا۔ اس سے گنڈا سنگھ کو بہت تکلیف ہوتی تھی۔ یہ گھسا ہوا کالر ہر وقت اوپر نیچے ہو کر اس کی گردن کے بال مونڈتا رہتا تھا۔ ایک دو دفعہ جب غضب کی گرمی پڑی تو گنڈا سنگھ کے جی میں آئی کہ یہ گرم سوٹ اتار کر کسی ایسی جگہ پھینک دے کہ پھر اسے نظر نہ آئے مگر یہ سوٹ اگر وہ اتار دیتا تو اس کی جگہ پہنتا کیا۔ اس کے پاس تو اس سوٹ کے سوا اور کوئی کپڑا ہی نہیں تھا۔ یہ مجبوری گرمی کے احساس میں اور زیادہ اضافہ کر دیتی تھی اور بے چارہ گنڈا سنگھ تلملا کے رہ جاتا تھا۔

دہلی میں اس کے چند دوستوں نے اس سے پوچھا تھا، ''بھئی گنڈا سنگھ! تم یہ گرم سوٹ کیوں نہیں اتارتے کیا تمہیں گرمی نہیں لگتی؟'' گنڈا سنگھ چوں کہ ذہین آدمی تھا، اس لیے اس نے یوں جواب دیا تھا، ''گرم کپڑا گرمی کی شدت کو روکتا ہے اسی لیے میں یہ گرم سوٹ پہنتا ہوں۔ سن اسٹروک کا اثر ہمیشہ گردن کے نچلے حصے پر پڑتا ہے جہاں حرام مغز ہوتا ہے۔ اگر جسم کے اس حصے پر گرم کپڑے کی ایک موٹی سی تہہ جمی رہے تو سورج کے اس حملے کا بالکل خدشہ نہیں رہتا۔ افریقہ کے تپتے ہوئے صحراؤں میں انگریز وغیرہ سولر ہیٹ کے پچھلے حصے کے ساتھ ایک کپڑا لٹکا دیتے ہیں کہ لُو سے بچے رہیں۔ عرب میں سر کے لیے ایک خاص پہناوا مُروّج ہے۔ ایک بڑا سارا رومال ہوتا ہے جو گردن کو ڈھانپے رہتا ہے۔ ہندوستان کے اُن حصوں میں جہاں شدید گرمی پڑتی ہے پگڑی کا استعمال اب تک چلا آ رہا ہے۔ شملہ چھوڑنے کا دراصل مطلب یہی تھا کہ گردن لُو سے محفوظ رہے۔ مگر اب لوگوں نے شملہ چھوڑنا قریب قریب ترک کر دیا ہے اس لیے کہ اِسے فضول سمجھا گیا ہے۔ اور بغیر شملہ چھوڑے پگڑی باندھنا جدید فیشن بن گیا ہے۔ میں خود اس فیشن کا شکار ہوں۔''

یہ فاضلانہ جواب سن کر اس کے دوست بہت مرعوب ہوئے تھے، چنانچہ پھر کبھی انہوں نے گنڈا سنگھ سے

اس کے سوٹ کے بارے میں استفسار نہ کیا تھا۔ گنڈا سنگھ جس کو اپنی معلومات کا مظاہرہ کرنے کا شوق تھا اس وقت یہ جواب دے کر بہت مسرور ہوا تھا مگر یہ مسرت فوراً ہی اس سوٹ کی تکلیف دہ گرمی نے غائب کر دی تھی۔

عبدالمجید تمام پور یعنی شہر کے مضافات میں رہتا تھا جہاں کھلی فضا میسر آ سکتی ہے۔ ایک رات جب تازہ جنگی حالات پر تبصرہ کرتے کرتے دیر ہو گئی تو عبدالمجید نے گنڈا سنگھ کے لیے برآمدے کے باہر ایک چارپائی بچھوا دی۔ کوٹ اور واسکٹ اتار کر وہ پتلون سمیت اس چارپائی پر صبح چھ بجے تک سویا رہا۔ رات بڑے آرام میں کٹی۔ کھلی فضا تھی اس لیے ساری رات ہوا کے جھونکے آتے رہے۔ گنڈا سنگھ کو یہ جگہ پسند آئی چنانچہ اس نے شام کو دیر سے آنا شروع کر دیا۔

عبدالمجید کی بیوی نے دس بارہ روز تک گنڈا سنگھ کا وہاں سونا برداشت کیا۔ لیکن اس کے بعد اس سے رہا نہ گیا۔ عبدالمجید سے اس نے صاف صاف کہہ دیا، ''اصغر کے ابا۔ اب پانی سر سے گزر چکا ہے۔ میں اس موئے گنڈا سنگھ کا آنا یہاں بالکل پسند نہیں کرتی۔ مکان ہے یا سرائے ہے ۔۔۔؟ یعنی وہ عین کھانے کے وقت آ جاتا ہے، اِدھر اُدھر کی باتیں آپ سے کرتا ہے اور چارپائی بچھوا کر سو جاتا ہے ۔۔۔ میں اس کی غلاظتیں برداشت کر سکتی ہوں مگر اس کا یہاں سونا بالکل برداشت نہیں کر سکتی۔ سنا آپ نے۔ اگر کل وہ یہاں آیا تو میں خود اس سے کہہ دوں گی کہ سردار صاحب، جنگ کے متعلق آپ باتیں کرنا چاہتے ہیں، شوق سے کیجیے، کھانا حاضر ہے، تو لیے، دروازوں کے پردے، گدیوں کے غلاف، یہ تمام چیزیں بڑے شوق سے منہ پونچھنے کے لیے استعمال کیجیے مگر رات کو آپ یہاں ہرگز نہیں سو سکتے ۔۔۔ اصغر کے ابا، میں خدا کی قسم کھا کے کہتی ہوں میں بہت تنگ آ گئی ہوں۔''

عبدالمجید کو خود گنڈا سنگھ کا وہاں سونا برا معلوم ہوتا تھا اس لیے کہ اُس کی بیوی پرلی طرف آنگن میں اکیلی پڑی رہتی تھی مگر وہ کیا کرتا جب کہ جنگ کی دلچسپ باتیں کرتے کرتے دیر ہو جاتی تھی اور گنڈا سنگھ بغیر کسی تکلیف کے جیسے کہ اس کا روزانہ کا معمول ہو، اس سے کہہ دیتا تھا، ''بھائی عبدالمجید اب تم سو جاؤ۔ صبح اٹھ کر تازہ اخبار دیکھیں گے تو نئے حالات کا کچھ پتہ چلے گا۔'' یہ کہہ کر وہ برآمدے میں سے چارپائی نکالتا اور باہر بچھا کر سو جاتا۔

جب عبدالمجید کی بیوی اس پر بہت برسی تو اس نے کہا، ''جانِ من، میں خود حیران ہوں کہ اس کو کس طرح منع کروں۔ یہاں دہلی میں اس کا کوئی ٹھور ٹھکانہ نہ۔ مجھے تو اب اس بات کا خوف لاحق ہو رہا ہے کہ

وہ ہمیشہ کے لیے میرے مکان کو اپنا اڈا بنا لے گا۔ آدمی بے حد اچھا ہے، یعنی لائق ہے، ذہین ہے پر۔۔۔ کوئی ایسی ترکیب سوچو کہ سانپ بھی مر جائے اور لاٹھی بھی نہ ٹوٹے۔''

یہ سن کر عبدالمجید کی بیوی نے کہا، ''تو یہ ترکیب تم ہی سوچو۔۔۔ میں تو صاف گو ہوں، اگر مجھ سے کہو گے تو میں کھلے لفظوں میں اس سے کہہ دوں گی کہ تمہارا یہاں رہنا مجھے بہت ناگوار معلوم ہوتا ہے۔''

عبدالمجید نے اسی وقت تہیہ کر لیا کہ وہ گنڈا سنگھ سے اپنی مشکلات اور مجبوریاں صاف لفظوں میں بیان کر دے گا۔ چنانچہ جب شام کو گنڈا سنگھ آیا تو جنگ کے تازہ حالات پر بحث شروع کرنے کے بجائے عبدالمجید نے اس سے کہا، '' گنڈا سنگھ میں تم سے ایک بات کہوں۔ برا تو نہیں مانو گے۔''

گنڈا سنگھ نے ہمہ تن گوش ہو کر جواب دیا، ''برا ماننے کی بات ہی کیا ہے۔ آپ کہیے۔''

اس پر عبدالمجید نے ایک مختصر سی رسمی تمہید شروع کی، پھر اس کے آخر میں کہا، ''بات یہ ہے کہ سردیوں میں ایک سے زیادہ آدمیوں کی رہائش کا انتظام کیا جا سکتا ہے اس لیے کہ اس موسم میں گنجائش نکل آتی ہے مگر ان گرمیوں میں بڑی تکلیف ہوتی ہے۔ مردوں کو اتنی نہیں ہوتی جتنی کہ مستورات کو ہوتی ہے، تم خود سمجھ سکتے ہو۔''

گنڈا سنگھ مطلب سمجھ گیا۔ چنانچہ اس نے پہلی مرتبہ اپنی تکلیفیں بیان کرنا شروع کیں، ''بھائی عبدالمجید میں تمہاری مہربانیوں کا بہت شکر گزار ہوں۔ رات کاٹنے کے لیے یوں تو مجھے بہت جگہیں مل سکتی ہیں مگر مصیبت یہ ہے کہ ایسی کھلی ہوا کہیں نہیں ملتی۔ سارا دن اس گرم سوٹ میں پگھلتا رہتا ہوں۔ چند راتیں جو میں نے تمہارے یہاں بسر کی ہیں، میں کبھی نہیں بھول سکتا۔ مجھے تمہاری مجبوریوں اور تکلیفوں کا احساس اب ہوا ہے اس لیے کہ جو آرام مجھے یہاں رات کو ملتا تھا اس قدر خوش گوار تھا کہ میں نے دوسرے پہلو پر کبھی غور ہی نہ کیا۔۔۔ تم میرے دوست ہو، کوئی ایسی ترکیب نکالو کہ اس گرم سوٹ سے مجھے نجات مل جائے، اس طور پر کہ یہ گرم سوٹ بھی میرے پاس رہے اور گرمیوں کا موسم بھی کٹ جائے۔ کیوں کہ دو تین مہینے کے بعد پھر سردیاں آنے والی ہیں اور مجھے پھر اس سوٹ کی ضرورت ہو گی۔۔۔ سچ پوچھو تو اب میں دیوانگی کی حد تک اس سوٹ کی گرمی سے بیزار ہو گیا ہوں۔۔۔ تم خود سمجھتے ہو!''

عبدالمجید سب سمجھ گیا، گنڈا سنگھ رخصت ہوا تو عبدالمجید نے اپنی بیوی سے بات چیت کی۔ دونوں دیر تک اس مسئلے پر گفتگو کرتے رہے۔ آخر میں اس کی بیوی نے کہا، ''صرف ایک بات میرے ذہن میں آئی ہے اور وہ یہ ہے کہ گنڈا سنگھ کو کسی ایسی جگہ بھیج دیا جائے جہاں گرمی نہ ہو۔'' یہ سن کر عبدالمجید نے کہا،

’’ٹھیک ہے پر اس کے لیے رقم کی ضرورت ہے، اگر میرے پاس فالتو روپے ہوتے تو کیا میں نے اسے ٹھنڈے کپڑے نہ بنوا دیے ہوتے۔‘‘

اس پر عبدالمجید کی بیوی نے کہا، ’’تم پوری بات تو سن لیا کرو۔ میں نے یہ سوچا ہے کہ اسے شملہ بھیج دیا جائے۔ میرا بھائی نصیر کل آنے والا ہے۔ اس سے کہہ دیں گے وہ گنڈا سنگھ کو بغیر ٹکٹ کے وہاں پہنچا دے گا۔۔۔ ایک دو بار وہ تمہیں بھی تو شملہ لے گیا تھا۔‘‘

عبدالمجید یہ بات سن کر اس قدر خوش ہوا کہ اس نے اپنی بیوی کا منہ چوم لیا، ’’بھئی کیا ترکیب سوچی ہے۔۔۔ یعنی سوٹ گنڈا سنگھ کے جسم پر ہی رہے گا اور وہ شملے پہنچ جائے گا۔۔۔ اس سے بہتر اور کیا چیز ہو سکتی ہے۔‘‘

دوسرے روز شام کو گنڈا سنگھ آیا تو عبدالمجید نے شملہ جانے کی رائے پیش کی۔ یہ سن کر وہ بہت خوش ہوا۔ اس نے قطعاً نہ سوچا کہ شملے جا کر وہ بغیر روپے پیسے کے کس طرح گزارہ کرے گا۔ دراصل ایسی باتوں پر اس نے کبھی غور ہی نہیں کیا تھا۔

تیسرے دن نصیر نے گنڈا سنگھ کو گاڑی میں سوار کر دیا اور گارڈ سے جو اس کا دوست تھا کہہ دیا تھا کہ وہ اسے بحفاظتِ تمام شملے پہنچا دے۔

گلگت خان

شہباز خان نے ایک دن اپنے ملازم جہانگیر کو، جو اس کے ہوٹل میں اندر باہر کا کام کرتا تھا، اس کی سست روی سے تنگ آ کر برطرف کر دیا۔ اصل میں وہ سست رو نہیں تھا۔ اس قدر تیز تھا کہ اس کی ہر حرکت شہباز خان کو غیر متحرک سی معلوم ہوتی تھی۔

شہباز خان نے اس کو مہینے کی تنخواہ دی۔ جہانگیر نے اس کو سلام کیا اور ٹکٹ کٹا کر سیدھا بلوچستان چلا گیا جہاں کوئلے کی کانیں نکل رہی تھیں۔ اس کے اور کئی دوست وہیں چلے گئے تھے۔ لیکن اس نے اپنے بھائی حمزہ خان کو خط لکھا کہ وہ شہباز خان کے یہاں ملازمت کر لے کیونکہ اسے اپنا یہ آقا پسند تھا۔ ایک دن حمزہ خان، شہباز خان کے ہوٹل میں آیا اور ایک کارڈ دکھا کر اس نے کہا، ''خوام ملازمت چاہتا ہے ۔۔۔ امارے بھائی نے لکھا ہے، تم اچھا اور نیک آدمی ہے ۔۔۔ خوام بھی اچھا اور نیک ہے ۔۔۔ تم کتنا پیسا دے گا؟''

شہباز خان نے حمزہ خان کی طرف دیکھا۔ وہ جہانگیر کا بھائی کسی لحاظ سے بھی دکھائی نہیں دیتا تھا۔ ناٹا سا قد، ناک چوڑی چپٹی، نہایت بدشکل۔ شہباز خان نے اسے ایک نظر دیکھ کر اور جہانگیر کا خط پڑھ کر سوچا کہ اس کو نکال باہر کرے۔ مگر آدمی نیک تھا، اس نے کسی سائل کو خالی نہیں جانے دیا تھا۔

حمزہ خان کو چنانچہ اس نے پندرہ روپے ماہوار پر ملازم رکھ لیا اور یہ ہدایت کر دی کہ جو کام اس کے سپرد کیا جائے، ایمان داری سے کرے۔ حمزہ خان نے اپنے بدنما ہونٹوں سے مسکراہٹ پیدا کرتے ہوئے شہباز خان کو یقین دلایا، ''خان بادشاہ ۔۔۔ ام تم کو کبھی تنگ نہیں کرے گا۔ جو کہے گا مانے گا۔'' شہباز خان یہ سن کر خوش ہو گیا۔

حمزہ خان نے شروع شروع میں کچھ اتنا اچھا کام نہ کیا لیکن تھوڑے عرصے میں وہ سب کچھ سیکھ گیا۔ چائے کیسے بنائی جاتی ہے، شکر کے ساتھ گڑ کتنا ڈالا جاتا ہے، کوئلے والیوں سے کوئلے کیسے حاصل کیے جاتے ہیں اور مختلف گاہکوں کے ساتھ کس قسم کا سلوک روا رکھنا چاہیے ۔۔۔ یہ اس نے سیکھ لیا۔

اس میں صرف ایک کمی تھی کہ وہ ایک بے حد بد شکل تھا۔ بدتمیز بھی کسی حد تک تھا۔۔۔ اس لیے کہ اس کی شکل صورت دیکھ کر شہباز خان کے ہوٹل میں آنے جانے والے کچھ گھبرا سے جاتے۔ مگر جب گاہک آہستہ آہستہ اس کی بدصورتی سے مانوس ہو گئے تو انہوں نے اس کے بارے میں سوچنا چھوڑ دیا۔ بلکہ بعض لوگ تو اس سے دلچسپی لینے لگے

اس لیے کہ وہ کافی دلچسپ چیز تھا۔ مگر اس دلچسپی سے حمزہ خان کو تسکین نہیں ہوتی تھی۔ وہ یہ سمجھتا تھا کہ محض ہنسی مذاق کی خاطر یہ لوگ جو ہوٹل میں چند گھنٹے گزارنے آتے ہیں، اس سے دلچسپی کا اظہار کرتے ہیں۔

یوں حمزہ خان گلگت خان کے نام سے مشہور ہو گیا تھا۔ اس لیے کہ وہ کافی دیر گلگت میں رہا تھا اور اس ریاست کا ذکر بار بار کیا کرتا تھا۔ اس لیے ہوٹل میں آنے جانے والوں نے اس کا نام گلگت خان رکھ دیا، جس پر حمزہ خان کو اعتراض نہیں تھا۔ حمزہ کے کیا معنی ہوتے ہیں، اس کو معلوم نہیں تھا بلکہ گلگت کا مطلب وہ بخوبی سمجھتا تھا۔ شہباز خان کے ہوٹل میں آئے اس کو قریب ایک برس ہو گیا۔ اس دوران میں اس نے محسوس کیا کہ اس کا مالک شہباز خان اس کی شکل صورت سے متنفر ہے، یہ احساس اسے کھائے جاتا تھا۔ ایک گ سہ نہ سکتا۔

اس کتے کے پلے کی ٹانگیں ٹیڑھی میڑھی تھیں ۔۔۔ تھوڑی بڑی واہیات تھی ۔۔۔ عجیب بات ہے کہ گلگت خان کی ٹانگیں ۔۔۔ بلکہ یوں کہیے کہ اس کا نچلا دھڑ اس کے اوپر کے جسمانی حصے کے مقابلے میں بہت چھوٹا تھا۔ بالکل اس کے ماند یہ پلا بھی مسخ شدہ صورت کا تھا۔

گلگت خان اس سے بہت پیار کرتا۔ شہباز خان نے اس سے کئی مرتبہ کہا کہ میں اس کتے کے بچے کو گولی مار دوں گا۔ مگر گلگت خان اس کو کسی بھی حالت میں اپنے سے جدا کرنے پر راضی نہیں تھا۔ اس نے شروع شروع میں تو اپنے آقا سے کچھ نہ کہا۔ خاموشی سے اس کی باتیں سنتا رہا۔ آخر ایک روز اس سے صاف لفظوں میں اس سے کہہ دیا، ''خو، تم ۔۔۔ ہوٹل کے مالک ہو۔ میرے دوست ٹن ٹن کے مالک نہیں ہو۔''

شہباز خان یہ سن کر چپ ہو گیا۔ گلگت خان بڑا محنتی تھا۔ صبح پانچ بجے اٹھتا، دو انگیٹھیاں سلگاتا، سامنے والے نل سے پانی بھرتا اور پھر گاہکوں کی خدمت میں مصروف ہو جاتا۔

اس کاٹن ٹن تین مہینوں بعد بڑا ہو گیا۔ وہ اس کے ساتھ کوٹھری میں سوتا تھا جو ہوٹل کی بالائی منزل پر تھی۔۔۔سردیاں تھیں۔ اس لیے گلگت خان کو اپنے بستر میں اس کی موجودگی بری نہیں معلوم ہوتی تھی۔ بلکہ وہ خوش تھا کہ وہ اس سے اس قدر پیار کرتا ہے کہ رات کو بھی اس کا ساتھ نہیں چھوڑتا۔

ٹن ٹن نام گلگت خان کے ایک خاص گاہک نے رکھا تھا، جو اس کی انتہائی بدصورتی کے باوجود اس سے دلچسپی لیتا۔ یہ نام اس لیے رکھا گیا کہ یہ کاوہ پلا جسے وہ سڑک پر سے اٹھا کر اپنے پاس لے آیا تھا اور جس کی گردن میں اس نے اپنی تنخواہ میں سے پیسے بچا کر ایک ایسا پٹا ڈالا تھا جس میں گھنگرو بندھے ہوئے تھے۔ اس خاص گاہک نے جو غالباً کسی روزنامے کا کالم نویس تھا، ان گھنگروؤں کی آوازیں سن کر اس کا نام ٹن ٹن رکھ دیا۔

ٹن ٹن جب بڑا ہوا تو اس کی ٹانگیں اور بھی زیادہ چھوٹی ہو گئیں۔ گلگت خان کی بھی یہی حالت تھی۔ اس کی ٹانگیں بھی دن بہ دن مختصر ہو رہی تھیں۔ اوپر کا دھڑ مناسب و موزوں انداز میں بڑھ گیا تھا۔ شہباز خان کو گلگت خان کا یہ حلیہ پسند نہیں تھا مگر وہ محنتی تھا۔ گدھے کی مانند کام کرتا۔ صبح پانچ بجے سے لے کر رات کے گیارہ بارہ بجے تک ہوٹل میں رہتا۔ ایک گھڑی کے لیے بھی آرام نہ کرتا۔ لیکن اس دوران میں وہ تین چار مرتبہ اوپر اپنی کوٹھری میں ضرور جاتا اور اپنے پیارے کتے کی، جو اب بڑا ہو گیا تھا، دیکھ بھال کرتا تھا، اس کو ہوٹل کا بچا کھچا کھانا دیتا، پانی پلاتا اور پیار کر کے فوراً واپس چلا آتا۔

ایک دن اس کا ٹن ٹن بیمار ہو گیا۔ ہوٹل میں اکثر میڈیکل اسٹوڈنٹ آیا کرتے تھے کیونکہ ان کا کالج نزدیک ہی تھا۔ گلگت خان نے ان میں سے ایک کو یہ کہتے ہوئے سنا کہ اگر پیٹ کی شکایت ہو تو مریض کو بٹیر یا مرغ کا گوشت کھلانا چاہیے۔ فاقہ دینا سخت حماقت ہے۔

اس نے اپنے ٹن ٹن کو صبح سے کوئی چیز کھانے کو نہیں دی تھی۔ اس لیے کہ اس کو بدہضمی تھی۔ مگر جب اس نے اس میڈیکل اسٹوڈنٹس کی بات سنی تو اس نے اِدھر اُدھر کوئی مرغ تلاش کرنا شروع کیا مگر نہ ملا۔ محلہ ہی کچھ ایسا تھا جس میں کوئی مرغ مرغیاں نہیں پالتا تھا۔

شہباز خان کو بٹیر بازی کا شوق تھا۔ اس کے پاس ایک بٹیر تھا جسے وہ اپنی جان سے زیادہ عزیز سمجھتا تھا۔ گلگت خان نے تنکوں کا بنا ہوا پنجرہ کھولا اور ہاتھ ڈال کر یہ بٹیر پکڑا۔ کلمہ پڑھ کر اس کو ذبح کیا اور اپنے ٹن ٹن کو کھلا دیا۔ شہباز خان نے جب پنجرہ خالی دیکھا تو بہت پریشان ہوا۔ اس کی سمجھ میں نہ آیا کہ بٹیر اس میں سے کیسے اڑ گئی۔ وہ تو اس کے اشاروں پر چلتی تھی۔ کئی پالیاں اس نے بڑی شان سے جیتی تھیں۔ اس نے گلگت خان سے پوچھا تو اس نے کہا، ''خو مجھے کیا معلوم۔۔۔ تمہارا بٹیر کدھر گیا۔۔۔ بھگ گیا ہو گا کدھر۔''

شہباز خان نے جب زیادہ جستجو کی تو اس نے دیکھا کہ اس کے ہوٹل کے سامنے جہاں بدرو تھی، تھوڑا سا خون اور نچے ہوئے پر پڑے ہیں۔ یہ بلاشبہ اس کی بٹیر کے تھے۔ وہ سر پیٹ کر رہ گیا۔ اس نے سوچا کوئی ظالم اس کو بھون کر کھا گیا ہے۔

بٹیر کے پر اس کے جانے پہچانے تھے۔ اس نے ان کو بڑے پیار سے اٹھا کیا اور اپنے ہوٹل کے پچھواڑے جہاں کھلا میدان تھا، چھوٹا سا گڑھا کھود کر انہیں دفن کر دیا، فاتحہ پڑھی۔ اس کے بعد اس نے کئی غریبوں کو اپنے ہوٹل سے مفت کھانا بھی کھلایا تا کہ مرحوم کی روح کو ثواب پہنچے۔

جب شہباز خان سے کوئی اس کی بٹیر کے متعلق پوچھتا تو وہ کہتا، ’’شہید ہو گیا ہے۔‘‘ گلگت خان یہ سنتا اور اپنے کان سمیٹے خاموش کام میں مشغول رہتا۔

اس کا ٹن ٹن اچھا ہو گیا۔ اس کو جو شکایت تھی، رفع ہو گئی۔ گلگت خان بہت خوش تھا۔ اس نے اپنے پیارے کتے کی صحت یابی پر دو بھکاریوں کو ہوٹل سے کھانا کھلایا۔ شہباز خان نے پوچھا کہ تم نے ان سے دام وصول کیوں نہیں کیے تو اس نے کہا، ’’کبھی کبھی خیرات بھی دے دینا چاہیے خان ۔ ۔ ۔ ‘‘ یہ سن کر شہباز خان چپ ہو گیا۔

ایک دن مینا کا بچہ کہیں سے اڑتا اڑتا گلگت خان کے پاس آ گرا، جب کہ وہ کالج کے کسی لڑکے کے لیے ناشتا تیار کر کے لے جا رہا تھا۔ اس نے ناشتے کی ٹرے کو ایک طرف رکھا اور مینا کے بچے کو جو بے حد سہما ہوا تھا، پکڑ کر اس پنجرے میں ڈال دیا جس میں اس کے مالک شہباز خان کی بٹیر ہوتی تھی۔

مینا کو اس نے سوا مہینے تک پالا پوسا۔ خاصی موٹی ہو گئی۔ خوب چہکتی تھی۔ ایک دن اس کا ٹن ٹن آ گیا۔ اس نے مینا کو دیکھا تو بے تاب ہو گیا۔ چاہتا تھا کہ کسی طرح اس تک رسائی ہو جائے اور وہ اسے چبا ڈالے۔ گلگت خان نے جب دیکھا کہ پنجرہ اوپر کھونٹی کے ساتھ ٹنگا ہے جہاں اس کا ٹن ٹن نہیں پہنچ سکتا۔ بڑی حسرت بھری نظروں سے اسے دیکھ رہا ہے، تو اس نے پنجرے میں سے مینا کو نکالا۔ اس کے پر نوچے۔ گردن مروڑی اور اپنے عزیز کتے کے سپرد کر دی۔

ٹن ٹن نے اس بے بال و پر پرندے کی لاش کو دو تین مرتبہ سونگھا۔ بڑے زور کی ایک چھینک اس کے نتھوں سے باہر نکلی اور وہاں سے دوڑ گیا۔

گلگت خان کو بڑا صدمہ ہوا۔ اسی دن اس کو کالج کی وہ دو لڑکیاں جو باقاعدہ چائے پینے کے لیے آتی تھیں اور جن کا وہ خاص طور پر خیال رکھتا تھا آئیں۔ پہلے وہ اس سے ہنس ہنس کے باتیں کیا کرتی تھیں۔ مگر اب

انہیں جانے کیا ہو گیا کہ وہ اس سے خفا خفا نظر آتی تھیں۔ ایک نے جو گلگت خان کو بہت پسند تھی اس سے پوچھا، ''تم نے مینا کیوں ماری؟''

گلگت خان ایک لمحے کے لیے بوکھلا سا گیا، لیکن سنبھل کر اس نے جواب دیا، ''خوب بی جی۔۔ ام نے اپنے کتے کو ڈالا تھا۔''

''خو حرام تخم نے اس کو سونگھا اور چھوڑ دیا۔''

لڑکی نے کہا، ''تو اس کو مارنے سے کیا فائدہ ہوا؟ تم نے پہلے بھی اس کو خان صاحب کی بٹیر ذبح کر کے دی تھی۔ کیا اس نے کھائی تھی؟''

گلگت خان نے بڑے فخر سے جواب دیا، ''کھائی تھی۔۔۔ اس کی ہڈیاں بھی۔''

شہباز خان پاس کھڑا تھا۔ اس نے جب یہ سنا تو بڑے زور کی ایک دھول اس کی گردن پر جمائی، ''تخم حرام۔۔۔ تم نے اب مانا ہے ۔۔۔ پہلے کیوں انکار کرتا تھا۔''

گلگت خان خاموش رہا۔

دونوں لڑکیوں نے قہقہے لگائے۔ گلگت خان کو دھول کا اتنا خیال نہیں تھا لیکن لڑکیوں کے ان قہقہوں نے اس کے دل کو زخمی کر دیا۔

شہباز خان کو بہت غصہ تھا۔ گلگت خان کے دھول جما کر وہ اس پر برس پڑا۔ جتنی گالیاں اسے یاد تھیں اپنے نوکر پر صرف کر دیں۔ آخر میں اس سے کہا، ''تم اس ٹن ٹن یا چن چن سے اتنا پیار کیوں کرتا ہے ۔۔۔ حرام خور۔۔۔ وہ بھی کوئی کتا ہے ۔۔۔ تم سے زیادہ بدشکل ہے ۔۔۔ اتنا بدشکل کہ اس کو دیکھ کر نفرت پیدا ہوتا ہے۔''

شہباز خان سے مار کھا کر اور اس کی غصے کی ساری باتیں سن کر گلگت خان اوپر اپنی کوٹھری میں گیا۔۔۔ اس کے کانوں میں کالج کی دونوں لڑکیوں کے قہقہے گونج رہے تھے۔ کوٹھری کے ایک کونے میں اس کا ٹن ٹن لیٹا تھا۔ کچھ عجیب انداز سے ٹانگیں دیوار کے ساتھ لگائے، جو اس قدر ٹیڑھی تھیں کہ اور زیادہ ٹیڑھی ہو ہی نہیں سکتی تھیں۔

اس نے کچھ دیر غور کیا۔ اس کے بعد اپنا کمانی والا چاقو نکالا اور ٹن ٹن کی طرف بڑھا مگر اسے کوئی خیال آیا۔ کمانی والا چاقو بند کر کے اپنی جیب میں رکھا اور کتے کو بڑے پیار سے بلا کر اپنے ساتھ لے گیا۔ جب گلگت خان اور ٹن ٹن ریلوے لائن کے پاس پہنچے تو گاڑی آ رہی تھی۔ گلگت خان نے اپنے پیارے کتے کو حکم دیا

کہ وہ پٹری کے عین درمیان کھڑا ہو جائے۔ اس حیوان نے اپنے آقا کے حکم کی تعمیل کی۔

گاڑی پوری رفتار سے آ رہی تھی۔ ٹن ٹن پٹری میں کھڑا گلگت خان کی طرف دیکھ رہا تھا۔۔۔ ایسی نگاہوں سے جن سے وفاداری ٹپک رہی تھی۔ گلگت خان نے ایک نظر اپنی طرف دیکھا، اس نے محسوس کیا کہ اس کا کتا اس سے کہیں زیادہ خوش شکل ہے ۔

گاڑی قریب آئی تو اس نے ٹن ٹن کو دھکا دے کر پٹری سے باہر گرا دیا اور خود اس کی جھپٹ میں آ گیا۔۔۔ اس کا بالکل قیمہ ہو گیا۔۔۔ کتے نے گوشت کے اس ڈھیر کو سونگھا اور زور زور سے بڑی درد ناک آواز میں رونے لگا۔

گھوگا

میں جب ہسپتال میں داخل ہوا تو چھٹے روز میری حالت بہت غیر ہو گئی۔ کئی روز تک بے ہوش رہا۔ ڈاکٹر جواب دے چکے تھے لیکن خدا نے اپنا کرم کیا اور میری طبیعت سنبھلنے لگی۔

اس دوران کی مجھے اکثر باتیں یاد نہیں۔ دن میں کئی آدمی ملنے کے لیے آتے لیکن مجھے قطعاً معلوم نہیں، کون آتا تھا، کون جاتا تھا۔ میرے بستر مرگ پر، جیسا کہ مجھے اب معلوم ہوا، دوستوں اور عزیزوں کا جمگھٹا لگا رہتا، بعض روتے، بعض آہیں بھرتے، میری زندگی کے بیتے ہوئے واقعات دہراتے اور افسوس کا اظہار کرتے۔

جب میری طبیعت کسی قدر سنبھلی اور مجھے ذرا ہوش آیا تو میں نے آہستہ آہستہ اپنے گرد و پیش کا مطالعہ کرنا شروع کیا۔ میں جنرل وارڈ میں تھا۔ دروازے کے اندر داخل ہوتے ہی دائیں ہاتھ کا پہلا بیڈ میرا تھا۔ دیوار کے ساتھ لوہے کی الماری تھی جس میں خاص خاص دوائیں اور آلاتِ جراحی تھے، دیگر سامان بھی تھا۔ مثلاً گرم پانی اور برف کی ربڑ کی تھیلیاں، تھرمامیٹر، بستر کی چادریں، کمبل اور رُوئی وغیرہ۔ اس کے علاوہ اور بے شمار چیزیں تھیں، جن کا مصرف میری سمجھ میں نہیں آتا تھا۔

کئی نرسیں تھیں، صبح سات بجے سے دو پہر تک۔ دو بجے سے شام کے سات بجے تک، چار چار نرسوں کی ٹولی اس وارڈ میں کام کرتی۔ رات کو صرف ایک نرس ڈیوٹی پر ہوتی تھی۔ رات کو مجھے نیند نہیں آتی تھی۔ یوں تو اکثر آنکھیں بند کیے لیٹا رہتا لیکن کبھی کبھی نیم مُندی آنکھوں سے اِدھر اُدھر دیکھ لیتا کہ کیا ہو رہا ہے۔

ان دنوں جو نرس رات کی ڈیوٹی پر ہوتی تھی، وہ اس قدر مختصر تھی کہ اسے کوئی بھی اپنے بٹوے میں ڈال سکتا تھا۔ گہرا سانولا رنگ، ہر عضو ایک خلاصہ، ہر خد و خال تمہید کی فوری تمت، انتہا درجے کی غیر نسوانی لڑکی

تھی، معلوم نہیں، قدرت نے اس کے ساتھ اس قسم کا غیر شاعرانہ سلوک کیوں کیا تھا کہ وہ شعر تھی نہ رباعی، نہ قطعہ۔۔۔۔ البتہ استاد امام دین کی ٹکٹ بندی معلوم ہوتی تھی۔

ہر نرس کا کوئی نہ کوئی چاہنے والا موجود تھا، مگر اس غریب کا کوئی بھی نہیں تھا۔ میں نرسنگ کے پیشے کو باوجود اس کی موجودہ گراوٹوں کے احترام کی نظر سے دیکھتا ہوں۔ اس لیے مجھے اس نرس سے جس کا نام مس جیکب تھا، بڑی ہمدردی تھی۔ اس سے کوئی مریض دلچسپی نہیں لیتا تھا۔

ایک شام کو جب وہ آئی اور میرے بستر کے پاس سے گزری تو میں نے اپنی نحیف آواز میں اس سے کہا، ''السلام علیکم مس جیکب۔'' اس نے میری آواز سن لی۔ فوراً اُرک کر اس نے جواب دیا، ''سلاما علیکم۔'' بس اس کے بعد میرا یہ دستور ہو گیا کہ جب وہ شام کو ڈیوٹی پر آتی تو وارڈ میں داخل ہوتے ہی سب سے پہلے اس کو میری السلام علیکم سنائی دیتی۔ مجھے نیند آنا شروع ہو گئی تھی، لیکن صبح ساڑھے پانچ بجے جاگ جاتا۔ مس جیکب رات بھر کی جاگی ہوئی، مریضوں کے ٹمپریچر لینے میں مصروف ہوتی۔ جب میرے بستر کے پاس آتی تو میں پھر اسے سلام کرتا۔

السلام علیکم کا یہ سلسلہ بڑا دلچسپ ہو گیا، وہ اس لحاظ سے چڑ گئی کہ پہل میں کیوں کرتا ہوں۔ چنانچہ اس نے کئی مرتبہ کوشش کی کہ وہ مجھ سے مسابقت لے جائے، مگر اسے ناکامی ہوئی، لیکن ایک روز صبح سویرے جب کہ زیادہ دیر تک جاگنے کے باعث میری آنکھ لگ گئی تھی۔ جب وہ میرا ٹمپریچر لینے کے لیے آئی، تو اس نے اپنی مہین تپلی آواز کو زور دار بنا کر کہا، ''سلاما علیکم۔''

میں چونک پڑا۔۔۔ آنکھیں کھولیں تو دیکھا کہ مس جیکب کا مختصر وجود میرے سامنے کھڑا مسکرا رہا ہے۔ میں نے بڑی فراخ دلی سے اپنی شکست تسلیم کی اور اس کے مطابق مناسب و موزوں مسکراہٹ اپنے ہونٹوں پر پیدا کر کے جواب دیا، ''وعلیکم السلام مس جیکب۔۔۔ آج تو آپ نے کمال کر دیا۔'' وہ بے حد خوش ہوئی، چنانچہ اس خوشی میں اس نے میرا دو مرتبہ ٹمپریچر لیا کہ پہلی دفعہ اس نے تھرمامیٹر اچھی طرح جھٹکا نہیں تھا۔

ایک رات جب کہ مجھے بالکل نیند نہیں آ رہی تھی اور میں بار بار اپنی گھڑی دیکھ رہا تھا کہ دن ہونے میں کتنی دیر ہے۔ بارہ بجے کے قریب میں نے اپنی دھندلی آنکھوں سے دیکھا کہ وارڈ کے وسط میں جو میز پڑا ہے، اس کے ساتھ کرسی پر مس جیکب اپنے تمام انتصار کے ساتھ بیٹھی ہے۔ اور ایک مریض جو موٹا تھا، اس سے ہم کلام ہونے کی کوشش کر رہا ہے۔

چونکہ خاموشی تھی، اس لیے میں اس کی گفتگو سن سکتا تھا، وہ نرس سے بڑے یتیمانہ قسم کے عشق کا اظہار

کرنے کی سعی کر رہا تھا۔ پہلے وہ کچھ دیر چرپراسیوں کے مانند جن کا صاحب اپنی مسند پر موجود ہو، کھڑا رہا۔ پھر وہ اس سے مخاطب ہوا، ''نرس صاحبہ ۔۔ کیا اس وقت آپ مجھے اسپرین کی گولی دے سکتی ہیں؟''

مس جیکب غالباً رپورٹ لکھنے میں مصروف تھی۔ اس نے اس موٹے مریض کی طرف دیکھا۔ قلم میز پر رکھ کر اٹھی اور اس الماری میں سے جو میرے بستر کے قریب تھی، اسپرین کی ایک گولی نکال کر اس کے حوالے کر دی۔ رات کے دو بج گئے۔ میں جاگ رہا تھا لیکن میری آنکھیں بند تھیں۔ آہٹ ہوئی تو میں نے کروٹ بدل کر دیکھا کہ وہی موٹا مریض الماری کھول کر اسپرین کی گولیاں نکال رہا ہے، بالکل اس طرح جیسے کوئی چوری کر رہا ہے۔ میں نے کوئی مداخلت نہ کی۔

میں نے دوسرے دن نرس نعیمہ حق سے جو ہر صبح میرا بدن چھوٹے چھوٹے تولیوں سے کنکنے پانی میں صابن کے ساتھ صاف کیا کرتی تھی، اور پرلے درجے کی شریر تھی، پوچھا کہ ''انیس نمبر کے بیڈ کا مریض کون ہے؟'' اس کا سانولا چہرہ سوال بن گیا، ''آپ اس کے بارے میں کیوں پوچھ رہے ہیں؟'' میں نے اس سے کہا، ''تم جانتی ہو، میں افسانہ نگار ہوں، مجھے ہر شخص سے دلچسپی ہے، خواہ وہ مریض ہی کیوں نہ ہو؟''

''اس میں کیا بات ہے؟''

''جو تم میں ہے ۔۔ تم شریر ہو، وہ چور ہے۔'' نعیمہ حق کو میری یہ بات ناگوار معلوم ہوئی، ''شرارت اور چوری کو آپ ایک ہی بات سمجھتے ہیں۔''

وہ میرے بالوں بھرے سینے پر تولیہ پھیر رہی تھی۔ میں نے اپنے کمزور ہاتھ سے اس کے گال پر ہولے سے چپت لگائی اور کہا، ''میرا یہ مطلب نہیں تھا۔۔ تم میرے سوال کا جواب دو کہ انیس نمبر کے بیڈ کا جو مریض ہے اس کا کیا نام ہے؟'' نعیمہ نے جواب دیا، ''گھوگا۔''

''یہ کیا نام ہے؟''

''بس ہے ۔۔ ۔ ہم نے رکھ دیا ہے۔''

میں اس سے کچھ اور پوچھنے ہی والا تھا کہ نعیمہ نے ابالی ہوئی سرنج پکڑی اور اس میں ایک سی سی وٹامن بی کمپلیکس ڈال کر سوئی میرے سوکھے ہوئے بازو میں کھبو دی، مجھے سخت درد ہوا، اس لیے میں گھوگا کو بھول گیا۔ مگر اتنے میں عذرا آگئی۔ یہ نرس نعیمہ سے چارسی سی آگئے تھی۔ ان دونوں میں جو گفتگو ہوئی، اس سے مجھے معلوم ہوا کہ انیس نمبر کے بیڈ کے مریض کا نام ان دونوں نے مل کر تجویز کیا ہے۔ عذرا نے پہلے میری خیریت پوچھی، پھر کہا، ''خیریت تو ہے آپ گھوگے کے متعلق پوچھ رہے تھے؟''

میں نے درد کے باعث ذرا تلخ لہجے میں کہا، ''گھوگا جائے جہنم میں ۔ ۔اور تم بھی اس کے ساتھ ۔ ۔ ۔''
عذرا مسکرائی، ''میں تو اس کے ساتھ جہنم کی آخری حد تک جانے کے لیے تیار ہوں۔''
نعیمہ نے پوچھا، ''کیوں؟'' عذرا نے جواب دیا، ''وہ مجھ سے محبت کرتا ہے، میں اس سے محبت کرتی ہوں۔'' نعیمہ نے عذرا کے چٹکی لی، اور بڑے زور سے کہا، ''وہ تو مجھ سے محبت کرتا ہے ۔ ۔ ۔ چلو آؤ ۔ ۔ ابھی فیصلہ کر لیں۔ گھوگا سے پوچھ لو، ابھی کل ہی مجھ سے کہہ رہا تھا کہ وہ اپنے دو مکان میرے نام لکھ دے گا۔'' عذرا نے مکھی مار چھتری نعیمہ کے سر پر ماری، ''وہ دو مکان کیا، دو اینٹیں بھی تمہارے نام نہیں لکھے گا ۔ ۔ وہ گھوگا ہے ۔ ۔ ۔ بہت بڑا گھوگا ۔ ۔ تم اس کو ابھی تک نہیں پہچانی ہو۔''

اس کے بعد مجھے چند روز میں اس موٹے مریض کے متعلق عجیب و غریب باتیں معلوم ہوئیں۔ جس کو نعیمہ اور عذرا نے گھوگے کا نام دے رکھا تھا، اس کا نام غلام محمد تھا۔ ماسٹر غلام محمد ۔ بی اے، بی ٹی، کسی مڈل سکول کا ہیڈ ماسٹر، اس کو دمے کا مرض تھا، بڑی شدید قسم کا دمہ تھا۔ جب اسے دورہ پڑتا تو سارا وارڈ اس کے دھونکنی ایسے چلتے ہوئے سانسوں کے زیر و بم سے گھنٹوں گونجتا رہتا۔ لیکن اس حالت میں بھی وہ نظر بازی سے نہ ٹلتا۔

اس کی عمر چالیس سے کچھ اوپر ہو گی مگر کنوارا تھا۔ میری اس سے ملاقات ہوئی تو اس نے مجھے بتایا کہ اس نے شادی اس لیے نہیں کی کہ وہ دمے کا مریض ہے۔ کسی لڑکی کی زندگی کیوں خراب کرے۔ اس کی دو بہنیں تھیں جو عمر میں اس سے کچھ چھوٹی تھیں۔ یہ بھی کنواری تھیں۔ ان کے متعلق مجھے صرف اتنا ہی معلوم ہوا کہ بڑی ہیلتھ وزیٹر ہے اور چھوٹی استانی۔ یہ دونوں بلاناغہ آتیں اور گھوگے کے پاس اپنے برقعوں سمیت ایک آدھ گھنٹہ بیٹھ کر چلی جاتیں۔ وہ اس کے ناشتے اور دو وقت کے کھانے کے لیے پراٹھے اور سالن وغیرہ لایا کرتی تھیں۔

اس کو ایسے ٹیکے لگ رہے تھے جن سے اشتہا بڑھ جاتی ہے۔ لیکن اس بات کا خاص خیال رکھنا پڑتا ہے کہ مریض زیادہ نہ کھائے تا کہ اس کا وزن نہ بڑھے مگر گھوگا بلا خور تھا۔ گھر سے جو آتا چٹ کر جاتا۔ پھر اس کے ساتھ والے بیڈ پر ایک بنگالی نوجوان تھا جو عرصے سے ٹائی فائیڈ میں گرفتار تھا۔ اس کو بھوک نہیں لگتی تھی۔ گھوگا اس کا کھانا بھی اپنے پیٹ میں ڈال لیتا۔ مگر نعیمہ نے مجھے بتایا کہ ہسپتال سے جو اسے مفت کھانا ملتا ہے، اس کے علاوہ وہ اِدھر اُدھر سے اور اکٹھا کرتا ہے اور اپنی بہنوں کے حوالے کر دیتا ہے۔

ایک رات جب کہ مجھے نیند آنے ہی والی تھی، میں نے دیکھا کہ گھوگا دبے پاؤں چلا آ رہا ہے۔ رات کی

نرس کسی دوسرے وارڈ کی نرس سے باتیں کرنے میں مشغول تھی۔ گھوگے نے الماری کھولی اور اس میں کئی چیزیں نکال کر اپنی جیب میں ڈال لیں۔ مجھے اس کی یہ حرکت بہت بری معلوم ہوئی لیکن اس سے کچھ نہ کہہ سکا، اس لیے کہ مجھے کوئی فیصلہ کرنے میں دیر ہوگئی۔ اس کا نتیجہ یہ ہوا کہ وہ ہر روز الماری میں سے چیزیں چراتا اور میں اسے ٹوک نہ سکتا۔

میری سمجھ میں نہیں آتا تھا کہ جب اسے دوائیں برابر ملتی ہیں تو وہ اور دوائیاں جو اس کے مرض دمے کا علاج نہیں تھیں، کیوں اس طریقے سے حاصل کرتا ہے؟ نعیمہ حق سے میں نے پوچھا تو اس نے مخصوص انداز میں گردن کو ایک خفیف سی جنبش دے کر اور اپنے سانولے ہونٹوں پر ان سے زیادہ گہرے رنگ کی مسکراہٹ پیدا کر کے کہا، ''جناب اتنے بڑے رائٹر بنے پھرتے ہیں، آپ کو یہ بھی معلوم نہیں کہ وہ جتنی دوائیاں اور انجکشن چراتا ہے، اپنی بہن کو جو کہ ہیلتھ وزیٹر ہے، دے دیتا ہے ۔ ۔ ۔ اس کو روزانہ بیڈ کے لیے ایک روپیہ دینا پڑتا ہے ۔ ۔ ۔ بہت بڑا گھوگا ہے، اس لیے وہ اس خرچ کی کسر یوں پوری کر لیتا ہے۔ بلکہ اس کو کچھ پروفِٹ ہی ہوتا ہے۔''

نعیمہ کا یہ کہنا درست تھا، اس لیے کہ میری بیوی کے بیان سے اس کی تصدیق ہوگئی۔ اس کو گھوگے سے سخت نفرت تھی۔ ہسپتال سے جو کچھ ملتا تو وہ اپنی بہن کے سپرد کر دیتا، کھانا بھی۔ ایک اور نرس رفیقہ تھی۔ وہ اس مریض کا نام بھی نہیں لینا چاہتی تھی۔ شکل صورت کی معمولی مگر جوان تھی۔ ہر وقت اپنے سفید فراک کو پٹی کے نیچے کھینچتی اور پھر اپنے سینے کے ابھاروں کو پسندیدہ نگاہوں سے دیکھتی مگر کردار کے لحاظ سے وہ دوسری نرسوں کے مقابلے میں بہت زیادہ مضبوط تھی، اس کو گھوگے سے اس لیے نفرت تھی کہ وہ اس سے بے معنی باتیں کرتا تھا۔

دراصل وہ ہر نرس سے بے معنی یا بامعنی باتیں کرنے کا عادی تھا۔ میں نے کئی بار دیکھا کہ پہلے اس نے کسی نرس سے رسمی بات چیت کی۔ اس کے بعد بستر پر سے اٹھ کر اس کے پیچھے پیچھے چلنے لگا۔ کچھ اس بھونڈے طور پر کہ وہ غریب اکتا گئی، اور اس نے جو دوا مانگی، الماری میں سے نکال کر اس کو دے دی کہ چھٹکارا ملے۔ قریب قریب ہر نرس اس سے متنفّر تھی۔ ۔ ۔ مجھے خود وہ بہت ناپسند تھا، میرے بستر کی طرف رخ کرتا تو میں چادر اوڑھ لیتا کہ اس کو یہ معلوم ہو کہ میں سو رہا ہوں۔ اس کا بات چیت کا انداز مجھے گھلاتا تھا، یہی وجہ ہے کہ میں نے اسے کبھی برداشت نہ کیا۔ مجھ سے دو تین مرتبہ اس نے چند روپے بطور قرض لیے اور واپس نہ دیئے۔ مجھے اس کا کوئی خیال نہ تھا۔ لیکن جب یہ معلوم ہوا کہ یہ پندرہ روپے اس نے

مجھ سے اس لیے اس لیے حاصل کیے تھے کہ اس کو دس ایک خاص دوا کے لیے خرچ کرنا پڑے تھے جو ہسپتال میں نہیں تھی، تو میری طبیعت بہت مکدر ہوئی اور میں نے دل ہی دل میں اس کو سینکڑوں گالیاں دیں۔ پھر تمام ڈاکٹروں پر اس کے ذلیل کردار کی وضاحت کر دی۔

وہ پہلے میری بتائی ہوئی باتیں نہ مانے۔ انہوں نے کبھی ایسا مریض دیکھا نہ تھا نہ سنا۔ مگر نرسوں سے پوچھ پوچھ کے بعد ان کو حقیقت معلوم ہو گئی اور انہوں نے گھوگے کو رخصت کر دینے کا فیصلہ کر لیا۔ مجھے اس کا علم تھا۔ چنانچہ میں نے محض اپنا دل ٹھنڈا کرنے کی خاطر اس کو اپنے پاس بلایا اور کہا، ''سنا ہے آپ کل پرسوں جانے والے ہیں۔''

گھوگے نے اپنے نیم گنجے سر پر ہاتھ پھیرا اور تعجب کا اظہار کیا، ''بڑے ڈاکٹر صاحب نے تو مجھ سے کہا تھا کہ چھٹی لے لو۔۔۔ اور میں ایک مہینے کی لے چکا ہوں۔'' میرا دل ڈوبنے سا لگا۔ ''ایک مہینہ اور ۔۔۔ تیس دن مزید ۔۔۔ چوریوں کے ۔۔۔ نرسوں کے پیچھے چلنے اور ہاتھ مل مل کے دوائیں مانگنے کے۔ بڑے ڈاکٹر صاحب بہت نرم دل تھے۔ میں نے سوچا یقیناً گھوگے نے اپنے مخصوص، لسوڑے کی لیس ایسے انداز میں ان کی منت خوشامد کی ہو گی اور انہوں نے اپنا پیچھا چھڑانے کے لیے اس کو ایک ماہ اور ہسپتال میں رہنے کی اجازت دے دی ہو گی۔ مگر اسی دن گھوگا انتہائی افسردگی کے عالم میں میرے پاس آیا اور کہنے لگا، ''میں کل جا رہا ہوں،'' مجھے بڑی خوشی ہوئی، ''مگر ماسٹر صاحب آپ نے تو ایک مہینے کی چھٹی لی ہے، ابھی ابھی۔''

اس نے آہ بھر کر جواب دیا، ''ڈاکٹر صاحب نے کہا ہے کہ تمھارا کافی علاج ہو چکا ہے۔ اب تم گھر میں آرام کرو،'' میں نے کہا، ''یہ بہتر ہے،'' لیکن گھوگے کا چہرہ بتا رہا تھا کہ گھر میں اسے چرانے کے لیے دوائیں نہیں ملیں گی۔ نرسیں بھی نہ ہوں گی، جھک مارے گا وہاں۔ میں صبح چار ساڑھے چار بجے کے قریب سویا۔ دس بجے آنکھ کھلی۔ نعیمہ حق میرے پاس کھڑی تھی، دراصل اسی نے مجھے جگایا تھا۔ میں نے اس کی طرف دیکھا تو مجھے محسوس ہوا کہ وہ مجھے کوئی خبر سنانا چاہتی ہے۔ مجھے زیادہ دیر تک انتظار نہ کرنا پڑا۔ مکھی مار چھڑی سے میرے بستر پر چند غیر مرئی مکھیاں مارنے کے بعد اس نے مجھ سے کہا: ''گھوگا گیا،'' میں نے کہا، ''ہاں سنا تھا کہ وہ جا رہا ہے۔'' نعیمہ کے سانولے ہونٹوں پر سکڑتی ہوئی مسکراہٹ نمودار ہوئی، ''اور وہ بھی گئی۔۔۔'' میں نے پوچھا، ''کون؟'' نعیمہ نے جواب دیا، ''وہ ۔۔۔ مس جیکب ۔۔۔ جس کے متعلق آپ کہا کرتے تھے کہ اتنی مختصر ہے کہ بٹوے میں سما سکتی ہے ۔۔۔ لیکن گھوگے کے

پاس تو کوئی بٹوا نہیں تھا۔ ''

مجھے بڑی حیرت ہوئی کہ مس جیکب کو گھوگے میں کیا نظر آیا، یا گھوگے کو مس جیکب میں کیا خوبی دکھائی دی۔

ـ لیکن تیسرے روز جیکب نائٹ ڈیوٹی پر تھی۔ جب وہ صبح میرے بستر کے قریب آئی تو میں نے زور سے السلام علیکم کہا۔ اس نے چونک کر دھیمی آواز میں اس سلام کا جواب دیا اور میرا ٹمپریچر لیے بغیر چلی گئی۔

سات بجے جب دوسری نرسیں آئیں تو نعیمہ نے میرا بدن پونچھنے کے لیے گرم پانی تیار کرتے ہوئے اپنے سانولے ہونٹوں پر کنکنی مسکراہٹ پیدا کرتے ہوئے کہا، '' گھوگے کے پاس بٹوا نہیں تھا، اس لیے آپ کی مس جیکب واپس تشریف لے آئی ہیں۔ '' میں نے پوچھا، '' کیا ہوا؟ '' نعیمہ نے گرم پانی میں تر کیا ہوا تولیہ میرے بازو پر رکھ دیا، '' کچھ خاص تو نہیں ہوا۔ ـ صرف مس جیکب کے کانوں کی دو سونے کی بالیاں گم ہو گئی ہیں۔ ـ شاید گھوگے کی بہن کے کان بُجے ہوں گے۔ ''

گورمکھ سنگھ کی وصیت

پہلے چھرا گھونپنے کی اِکّا دُکّا واردات ہوتی تھیں، اب دونوں فریقوں میں باقاعدہ لڑائی کی خبریں آنے لگیں جن میں چاقو چھریوں کے علاوہ کرپانیں، تلواریں اور بندوقیں عام استعمال کی جاتی تھیں۔ کبھی کبھی دیسی ساخت کے بم پھٹنے کی اطلاع بھی ملتی تھی۔

امرتسر میں قریب قریب ہر ایک کا یہی خیال تھا کہ یہ فرقہ وارانہ فسادات دیر تک جاری نہیں رہیں گے۔ جوش ہے، جونہی ٹھنڈا ہوا، فضا پھر اپنی اصلی حالت پر آ جائے گی۔ اس سے پہلے کئی ایسے فساد امرتسر میں ہو چکے تھے جو دیر پا نہیں تھے۔ دس سے پندرہ روز تک مار کٹائی کا ہنگامہ رہتا تھا، پھر خود بخود فرو ہو جاتا تھا۔ چنانچہ پرانے تجربے کی بنا پر لوگوں کا یہی خیال تھا کہ یہ آگ تھوڑی دیر کے بعد اپنا زور ختم کر کے ٹھنڈی ہو جائے گی۔ مگر ایسا نہ ہوا۔ بلووں کا زور دن بدن بڑھتا ہی گیا۔

ہندوؤں کے محلے میں جو مسلمان رہتے تھے بھاگنے لگے۔ اسی طرح وہ ہندو جو مسلمانوں کے محلے میں تھے اپنا گھر بار چھوڑ کے محفوظ مقاموں کا رخ کرنے لگے۔ مگر یہ انتظام سب کے نزدیک عارضی تھا، اس وقت تک کے لیے جب فضا فسادات کے تکدر سے پاک ہو جانے والی تھی۔

میاں عبدالحئی ریٹائرڈ سب جج کو تو سوفی صدی یقین تھا کہ صورتِ حال بہت جلد درست ہو جائے گی، یہی وجہ ہے کہ وہ زیادہ پریشان نہیں تھے۔ ان کا ایک لڑکا تھا گیارہ برس کا۔ ایک لڑکی تھی سترہ برس کی۔ ایک پرانا ملازم تھا جس کی عمر ستر کے لگ بھگ تھی۔ مختصر سا خاندان تھا۔ جب فسادات شروع ہوئے تو میاں صاحب نے بطور حفظِ ماتقدم کافی راشن گھر میں جمع کر لیا تھا۔ اس طرح سے وہ بالکل مطمئن تھے کہ اگر خدا نخواستہ حالات کچھ زیادہ بگڑ گئے اور دکانیں وغیرہ بند ہو گئیں تو انہیں کھانے پینے کے معاملے میں تردد نہیں کرنا

پڑے گا۔ لیکن ان کی جوان لڑکی صغریٰ بہت مُتردّد تھی۔ ان کا گھر تین منزلہ تھا۔ دوسری عمارتوں کے مقابلے میں کافی اونچا۔ اس کی چھتی سے شہر کا تین چوتھائی حصہ بخوبی نظر آتا تھا۔ صغریٰ اب کئی دنوں سے دیکھ رہی تھی کہ نزدیک دور کہیں نہ کہیں آگ لگی ہوتی ہے۔ شروع شروع میں تو فائر بریگیڈ کی ٹن ٹن سنائی دیتی تھی پر اب وہ بھی بند ہو گئی تھی، اس لیے کہ جگہ جگہ آگ بھڑکنے لگی تھی۔

رات کو اب کچھ اور ہی سماں ہوتا۔ گھپ اندھیرے میں آگ کے بڑے بڑے شعلے اٹھتے دیو جیسے دیو ہیں جو اپنے منہ سے آگ کے فوارے سے چھوڑ رہے ہیں۔ پھر عجیب عجیب سی آوازیں آتیں جو ہر ہر مہادیو اور اللہ اکبر کے نعروں کے ساتھ مل کر بہت ہی وحشت ناک بن جاتیں۔

صغریٰ باپ سے اپنے خوف و ہراس کا ذکر نہیں کرتی تھی۔ اس لیے کہ وہ ایک بار گھر میں کہہ چکے تھے کہ ڈرنے کی کوئی وجہ نہیں۔ سب ٹھیک ٹھاک ہو جائے گا۔ میاں صاحب کی باتیں اکثر درست ہوا کرتی تھیں۔ صغریٰ کو اس سے ایک گونہ اطمینان تھا۔ مگر جب بجلی کا سلسلہ منقطع ہو گیا اور ساتھ ہی نلوں میں پانی بھی آنا بند ہو گیا تو اس نے میاں صاحب سے اپنی تشویش کا اظہار کیا اور ڈرتے ڈرتے رائے دی تھی کہ چند روز کے لیے شریف پورے اٹھ جائیں جہاں اڑوس پڑوس کے سارے مسلمان آہستہ آہستہ جا رہے تھے۔ میاں صاحب نے اپنا فیصلہ نہ بدلا اور کہا، ''بے کار گھبرانے کی کوئی ضرورت نہیں۔ حالات بہت جلد ٹھیک ہو جائیں گے۔''

مگر حالات بہت جلدی ٹھیک نہ ہوئے اور دن بدن بگڑتے گئے۔ وہ محلہ جس میں میاں عبدالحئی کا مکان تھا مسلمانوں سے خالی ہو گیا۔ اور خدا کا کرنا ایسا ہوا کہ میاں صاحب پر ایک روز اچانک فالج گرا جس کے باعث وہ صاحبِ فراش ہو گئے۔ ان کا لڑکا بشارت بھی جو پہلے اکیلا گھر میں اوپر نیچے طرح طرح کے کھیلوں میں مصروف رہتا تھا اب باپ کی چارپائی کے ساتھ لگ کر بیٹھ گیا اور حالات کی نزاکت سمجھنے لگا۔ وہ بازار جو ان کے مکان کے ساتھ ملحق تھا سنسان پڑا تھا۔ ڈاکٹر غلام مصطفیٰ کی ڈسپنسری مدت سے بند پڑی تھی۔ اس سے کچھ دور ہٹ کر ڈاکٹر گور اندتا مل کی دکان میں بھی تالے پڑے ہیں۔ میاں صاحب کی حالت بہت مخدوش تھی۔ صغریٰ نے شہ نشین سے دیکھا تھا کہ ان کی دکان میں بھی تالے پڑے ہیں۔ میاں صاحب کی حالت بہت مخدوش تھی۔ صغریٰ اس قدر پریشان تھی کہ اس کے ہوش و حواس بالکل جواب دے گئے تھے۔ بشارت کو الگ لے جا کر اس نے کہا، ''خدا کے لیے، تم ہی کچھ کرو۔ میں جانتی ہوں کہ باہر نکلنا خطرے سے خالی نہیں، مگر تم جاؤ۔۔۔ کسی کو بھی بلا لاؤ۔ اباجی کی حالت بہت خطرناک ہے۔''

بشارت گیا، مگر فوراً ہی واپس آگیا۔ اس کا چہرہ ہلدی کی طرح زرد تھا۔ چوک میں اس نے ایک لاش دیکھی تھی، خون سے تر بتر۔۔۔اور پاس ہی بہت سے آدمی ڈھاٹے باندھے ایک دکان لوٹ رہے تھے۔ صغریٰ نے اپنے خوفزدہ بھائی کو سینے کے ساتھ لگایا اور صبر شکر کر کے بیٹھ گئی۔ مگر اس سے اپنے باپ کی حالت نہیں دیکھی جاتی تھی۔ میاں صاحب کے جسم کا دہنا حصہ بالکل سن ہو گیا تھا جیسے اس میں جان ہی نہیں۔ گویائی میں بھی فرق پڑ گیا تھا اور وہ زیادہ تر اشاروں ہی سے باتیں کرتے تھے جس کا مطلب یہ تھا کہ صغریٰ گھبرانے کی کوئی بات نہیں۔ خدا کے فضل و کرم سے سب ٹھیک ہو جائے گا۔

کچھ بھی نہ ہوا۔ روزے ختم ہونے والے تھے۔ صرف دو رہ گئے تھے۔ میاں صاحب کا خیال تھا کہ عید سے پہلے پہلے فضا بالکل صاف ہو جائے گی مگر اب ایسا معلوم ہوتا تھا کہ شاید عید ہی کا روز روزِ قیامت ہو، کیونکہ ممٹی پر سے اب شہر کے قریب قریب ہر حصے سے دھوئیں کے بادل اٹھتے دکھائی دیتے تھے۔ رات کو بم پھٹنے کی ایسی ایسی ہولناک آوازیں آتی تھیں کہ صغریٰ اور بشارت ایک لحظے کے لیے بھی سو نہیں سکتے تھے۔ صغریٰ کو یوں بھی باپ کی تیمار داری کے لیے جاگنا پڑتا تھا، مگر اب یہ دھماکے، ایسا معلوم ہوتا تھا کہ اس کے دماغ کے اندر ہو رہے ہیں۔ کبھی وہ اپنے مفلوج باپ کی طرف دیکھتی اور کبھی اپنے وحشت زدہ بھائی کی طرف۔۔۔ستر برس کا بڈھا ملازم اکبر تھا جس کا وجود ہونے نہ ہونے کے برابر تھا۔ وہ سارا دن اور ساری رات اپنی کوٹھری میں کھانستا کھنکارتا اور بلغم نکالتا رہتا تھا۔ ایک روز تنگ آ کر صغریٰ اس پر برس پڑی، ''تم کس مرض کی دوا ہو۔ دیکھتے نہیں ہو، میاں صاحب کی کیا حالت ہے۔ اصل میں تم پرلے درجے کے نمک حرام ہو۔ اب خدمت کا موقع آیا ہے تو دمے کا بہانہ کر کے یہاں پڑے رہتے ہو۔۔۔وہ بھی خادم تھے جو آقا کے لیے اپنی جان تک قربان کر دیتے تھے۔''

صغریٰ اپنا جی ہلکا کر کے چلی گئی۔ بعد میں اس کو افسوس ہوا کہ ناحق اس غریب کو اتنی لعنت ملامت کی۔ رات کا کھانا تھال میں لگا کر اس کی کوٹھری میں گئی تو دیکھا خالی ہے۔ بشارت نے گھر میں اِدھر اُدھر تلاش کیا مگر وہ نہ ملا۔ باہر کے دروازے کی کنڈی کھلی تھی جس کا یہ مطلب تھا کہ وہ میاں صاحب کے لیے کچھ کرنے گیا ہے۔ صغریٰ نے بہت دعائیں مانگیں کہ خدا اسے کام یاب کرے لیکن دو دن گزر گئے اور وہ نہ آیا۔

شام کا وقت تھا۔ ایسی کئی شامیں صغریٰ اور بشارت دیکھ چکے تھے۔ جب عید کی آمد آمد کے ہنگامے برپا ہوتے تھے، جب آسمان پر چاند دیکھنے کے لیے ان کی نظریں جمی رہتی تھیں۔ دوسرے روز عید تھی۔ صرف چاند کو اس کا اعلان کرنا تھا۔ دونوں اس اعلان کے لیے کتنے بے تاب ہوا کرتے تھے۔ آسمان پر چاند والی

جگہ پر اگر بادل کا کوئی ہٹیلا ٹکڑا جم جاتا تو کتنی کوفت ہوتی تھی انہیں مگر اب چاروں طرف دھوئیں کے بادل تھے۔ صغریٰ اور بشارت دونوں مٹی پر چڑھے۔ دور کہیں کہیں کوٹھوں پر لوگوں کے سائے دھبوں کی صورت میں دکھائی دیتے تھے، مگر معلوم نہیں یہ چاند دیکھ رہے تھے یا جگہ جگہ سلگتی اور بھڑکتی ہوئی آگ۔

چاند بھی کچھ ایسا ڈھیٹ تھا کہ دھوئیں کی چادر میں سے بھی نظر آ گیا۔ صغریٰ نے ہاتھ اٹھا کر دعا مانگی کہ خدا اپنا فضل کرے اور اس کے باپ کو تندرستی عطا فرمائے۔ بشارت دل ہی دل میں کوفت محسوس کر رہا تھا کہ گڑبڑ کے باعث ایک اچھی بھلی عید غارت ہو گئی۔

دن ابھی پوری طرح ڈھلا نہیں تھا۔ یعنی شام کی سیاہی ابھی گہری نہیں ہوئی تھی۔ میاں صاحب کی چارپائی چھپر کاؤ کیے ہوئے صحن میں بچھی تھی۔ وہ اس پر بے جس و حرکت لیٹے تھے اور دور آسمان پر نگاہیں جمائے جانے کیا سوچ رہے تھے۔ عید کا چاند دیکھ کر جب صغریٰ نے پاس آ کر انہیں سلام کیا تو انہوں نے اشارے سے جواب دیا۔ صغریٰ نے سر جھکایا تو انہوں نے وہ بازو جو ٹھیک تھا اٹھایا اور اس پر شفقت سے ہاتھ پھیرا۔ صغریٰ کی آنکھوں سے ٹپ ٹپ آنسو گرنے لگے تو میاں صاحب کی آنکھیں بھی نمناک ہو گئیں، مگر انہوں نے تسلی دینے کی خاطر بمشکل اپنی نیم مفلوج زبان سے یہ الفاظ نکالے، ''اللہ تبارک و تعالیٰ سب ٹھیک کر دے گا۔''

عین اسی وقت باہر دروازے پر دستک ہوئی۔ صغریٰ کا کلیجا دھک سے رہ گیا۔ اس نے بشارت کی طرف دیکھا جس کا چہرہ کاغذ کی طرح سفید ہو گیا تھا۔ دروازے پر دستک ہوئی۔ میاں صاحب صغریٰ سے مخاطب ہوئے، ''دیکھو، کون ہے!''

صغریٰ نے سوچا کہ شاید بڈھا اکبر ہو۔ اس خیال ہی سے اس کی آنکھیں تمتما اٹھیں۔ بشارت کا بازو پکڑ کر اس نے کہا، ''جاؤ دیکھو۔۔۔ شاید اکبر آیا ہے۔'' یہ سن کر میاں صاحب نے نفی میں یوں سر ہلایا جیسے وہ یہ کہہ رہے ہیں۔ ''نہیں۔۔۔ یہ اکبر نہیں ہے۔'' صغریٰ نے کہا۔ ''تو اور کون ہو سکتا ہے اباجی؟''

میاں عبدالحی نے اپنی قوتِ گویائی پر زور دے کر کچھ کہنے کی کوشش کی کہ بشارت آ گیا۔ وہ سخت خوفزدہ تھا۔ ایک سانس اوپر، ایک نیچے، صغریٰ کو میاں صاحب کی چارپائی سے ایک طرف ہٹا کر اس نے ہولے سے کہا، ''ایک سکھ ہے!'' صغریٰ کی چیخ نکل گئی۔ ''سکھ؟ کیا کہتا ہے؟'' بشارت نے جواب دیا، ''کہتا ہے دروازہ کھولو۔''

صغریٰ نے کانپتے ہوئے بشارت کو کھینچ کر اپنے ساتھ چمٹا لیا اور باپ کی چارپائی پر بیٹھ گئی اور اپنے باپ کی

طرف ویران نظروں سے دیکھنے لگی۔

میاں عبدالحئی کے پتلے پتلے بے جان ہونٹوں پر ایک عجیب سی مسکراہٹ پیدا ہوگئی۔ ''جاؤ۔۔۔گورمکھ سنگھ ہے!''

بشارت نے نفی میں سر ہلایا، ''کوئی اور ہے؟''

میاں صاحب نے فیصلہ کن انداز میں کہا، ''جاؤ صغرٰی وہی ہے!''

صغرٰی اٹھی۔ وہ گورمکھ سنگھ کو جانتی تھی۔ پنشن لینے سے کچھ دیر پہلے اس کے باپ نے اس نام کے ایک سکھ کا کوئی کام کیا تھا۔ صغرٰی کو اچھی طرح یاد نہیں تھا۔ شاید اس کو ایک جھوٹے مقدمے سے نجات دلائی تھی۔ جب سے وہ ہر چھوٹی عید سے ایک دن پہلے رومالی سویوں کا ایک تھیلا لے کر آیا کرتا تھا۔ اس کے باپ نے کئی مرتبہ اس سے کہا تھا، ''سردار جی، آپ یہ تکلیف نہ کیا کریں۔'' مگر وہ ہاتھ جوڑ کر جواب دیا کرتا تھا، ''میاں صاحب واہگورو جی کی کرپا سے آپ کے پاس سب کچھ ہے۔ یہ تو ایک تحفہ ہے جو میں جناب کی خدمت میں ہر سال لے کر آتا ہوں۔ مجھ پر جو آپ نے احسان کیا تھا اس کا بدلہ تو میری سو پشت بھی نہیں چکا سکتی۔۔۔خدا آپ کو خوش رکھے۔''

سردار گورمکھ سنگھ کو ہر سال عید سے ایک روز پہلے سویوں کا تھیلا لاتے اتنا عرصہ ہو گیا تھا کہ صغرٰی کو حیرت ہوئی کہ اس نے دستک سن کر یہ خیال نہ کیا کہ وہ وہی ہو گا، مگر بشارت بھی تو اس کو سینکڑوں مرتبہ دیکھ چکا تھا، پھر اس نے کیوں کہا کوئی اور ہے۔۔۔اور کون ہو سکتا ہے۔ یہ سوچتی صغرٰی ڈیوڑھی تک پہنچی۔ دروازہ کھولے یا اندر ہی سے پوچھے، اس کے متعلق وہ ابھی فیصلہ ہی کر رہی تھی کہ دروازے پر زور سے دستک ہوئی۔ صغرٰی کا دل زور زور سے دھڑکنے لگا۔ بمشکل تمام اس نے حلق سے آواز نکالی ہے، ''کون ہے؟'' بشارت پاس کھڑا تھا۔ اس نے دروازے کی ایک درز کی طرف اشارہ کیا اور صغرٰی سے کہا، ''اس میں سے دیکھو؟''

صغرٰی نے درز میں سے دیکھا۔ گورمکھ سنگھ نہیں تھا۔ وہ تو بہت بوڑھا تھا، لیکن یہ جو باہر تھڑے پر کھڑا تھا جوان تھا۔ صغرٰی ابھی درز پر آنکھ جمائے اس کا جائزہ لے رہی تھی کہ اس نے پھر دروازہ کھٹکھٹایا۔ صغرٰی نے دیکھا کہ اس کے ہاتھ میں کاغذ کا تھیلا تھا ویسا ہی جیسا گورمکھ سنگھ لایا کرتا تھا۔

صغرٰی نے درز سے آنکھ ہٹائی اور ذرا بلند آواز میں دستک دینے والے سے پوچھا، ''کون ہیں آپ؟'' باہر سے آواز آئی، ''جی۔۔۔جی میں۔۔۔میں سردار گورمکھ سنگھ کا بیٹا ہوں۔۔۔سنتوکھ!''

صغرٰی کا خوف بہت حد تک دور ہو گیا۔ بڑی شائستگی سے اس نے پوچھا، ''فرمایئے۔ آپ کیسے آئے ہیں؟''، باہر سے آواز آئی، ''جی۔۔۔جج صاحب کہاں ہیں۔'' صغرٰی نے جواب دیا، ''بیمار ہیں۔'' سردار سنتو کھ سنگھ نے افسوس آمیز لہجے میں کہا، ''اوہ۔۔۔'' پھر اس نے کاغذ کا تھیلا کھڑا کیا۔ ''جی یہ سویاں ہیں۔۔۔ سردار جی کا دیہانت ہو گیا ہے۔۔۔ وہ مر گئے ہیں!'' صغرٰی نے جلدی سے پوچھا، ''مر گئے ہیں؟'' باہر سے آواز آئی، ''جی ہاں، ایک مہینہ ہو گیا ہے۔ مرنے سے پہلے انہوں نے مجھے تاکید کی تھی کہ دیکھ بیٹا، میں جج صاحب کی خدمت میں پورے دس برسوں سے ہر چھوٹی عید پر سویاں لے جاتا رہا ہوں۔ یہ کام میرے مرنے کے بعد اب تمہیں کرنا ہو گا۔ میں نے انہیں بچن دیا تھا۔ جو میں پورا کر رہا ہوں۔ لے لیجیے سویاں۔''

صغرٰی اس قدر متاثر ہوئی کہ اس کی آنکھوں میں آنسو آ گئے۔ اس نے تھوڑا سا دروازہ کھولا۔ سردار گورمکھ سنگھ کے لڑکے نے سویوں کا تھیلا آگے بڑھا دیا جو صغرٰی نے پکڑ لیا اور کہا، ''خدا سردار جی کو جنت نصیب کرے۔'' گورمکھ سنگھ کا لڑکا کچھ توقف کے بعد بولا۔ ''جج صاحب بیمار ہیں؟'' صغرٰی نے جواب دیا۔ ''جی ہاں!''

'' کیا بیماری ہے؟''

''فالج''

'' اوہ۔۔۔ سردار جی زندہ ہوتے تو یہ انہیں یہ سن کر بہت دکھ ہوتا۔۔۔ مرتے دم تک انہیں جج صاحب کا احسان یاد تھا۔ کہتے تھے کہ وہ انسان نہیں دیوتا ہے۔۔۔ اللہ میاں انہیں زندہ رکھے۔۔۔ انہیں میر اسلام۔'' اور یہ کہہ کر وہ تھڑے سے اتر گیا۔۔۔ صغرٰی سوچتی ہی رہ گئی کہ وہ اسے ٹھہرائے اور کہے کہ جج صاحب کے لیے کسی ڈاکٹر کا بندوبست کر دے۔

سردار گورمکھ سنگھ کا لڑکا سنتو کھ جج صاحب کے مکان کے تھڑے سے اتر کر چند گز آگے بڑھا تو چار ڈھاٹا باندھے ہوئے آدمی اس کے پاس آئے۔ دو کے پاس جلتی مشعلیں تھیں اور دو کے پاس مٹی کے تیل کے کنستر اور کچھ دوسری آتش خیز چیزیں۔ ایک نے سنتو کھ سے پوچھا، '' کیوں سردار جی، اپنا کام کر آئے؟'' سنتو کھ نے سر ہلا کر جواب دیا، ''ہاں کر آیا۔''

اس آدمی نے ڈھاٹے کے اندر ہی سے ہنس کر پوچھا، ''تو کر دیں معاملہ ٹھنڈا جج صاحب کا۔''

''ہاں۔۔۔ جیسے تمہاری مرضی!'' یہ کہہ کر سردار گورمکھ سنگھ کا لڑکا چل دیا۔

گولی

شفقت دوپہر کو دفتر سے آیا تو گھر میں مہمان آئے ہوئے تھے۔ عورتیں تھیں جو بڑے کمرے میں بیٹھی تھیں۔ شفقت کی بیوی عائشہ ان کی مہمان نوازی میں مصروف تھی۔ جب شفقت صحن میں داخل ہوا تو اس کی بیوی باہر نکلی اور کہنے لگی، ''عزیز صاحب کی بیوی اور ان کی لڑکیاں آئی ہیں۔''

شفقت نے ہیٹ اتار کر ماتھے کا پسینہ پونچھا، ''کون عزیز صاحب؟''

عائشہ نے آواز دبا کر جواب دیا، ''ہائے، آپ کے اباجی کے دوست۔''

''اوہ۔۔۔عزیز چچا۔''

''ہاں، ہاں وہی۔''

شفقت نے ذرا حیرت سے کہا، ''مگر وہ تو افریقہ میں تھے۔''

عائشہ نے منہ پر انگلی رکھی، ''ذرا آہستہ بات کیجیے۔ آپ تو چلّانا شروع کر دیتے ہیں۔۔۔وہ افریقہ ہی میں تھے، لیکن جو افریقہ میں ہو کیا واپس نہیں آسکتا۔''

''لو، اب تم لگیں مین میخ کرنے۔''

''آپ تو لڑنے لگے۔ عائشہ نے ایک نظر اندر کمرے میں ڈالی، عزیز صاحب افریقہ میں ہیں، لیکن ان کی بیوی اپنی لڑکی کی شادی کرنے آئی ہیں۔ کوئی اچھا بر ڈھونڈ رہی ہیں۔''

اندر سے عزیز کی بیوی کی آواز آئی، ''عائشہ تم نے روک کیوں لیا شفقت کو۔ آنے دو۔۔۔آؤ شفقت بیٹا، آؤ۔۔۔تمہیں دیکھے اتنی مدت ہو گئی ہے۔''

''آیا چچی جان،'' شفقت نے ہیٹ اسٹینڈ کی کھونٹی پر رکھا اور اندر کمرے میں داخل ہوا، ''آداب عرض

چچی جان۔ ''

عزیز کی بیوی نے اٹھ کر اس کو دعائیں دیں، سر پر ہاتھ پھیرا اور بیٹھ گئی شفقت بیٹھنے لگا تو اس نے دیکھا کہ سامنے صوفے پر دو گوری گوری لڑکیاں بیٹھی ہیں۔ ایک چھوٹی تھی، دوسری بڑی۔ دونوں کی شکل آپس میں ملتی تھی۔ عزیز صاحب بڑے وجیہہ آدمی تھے۔ ان کی یہ وجاہت ان لڑکیوں میں بڑے دلکش طور پر تقسیم ہوئی تھی۔

آنکھیں ماں کی تھیں نیلی۔ بال بھورے اور کافی لمبے۔ دونوں کی دو چوٹیاں تھیں۔ چھوٹی کا چہرہ بڑی کے مقابلے میں زیادہ نکھرا ہوا تھا۔ بڑی کا چہرہ ضرورت سے زیادہ سنجیدہ تھا۔

ان کی ماں ان سے مخاطب ہوئی، '' بیٹا سلام کرو بھائی کو۔ ''

چھوٹی نے اٹھ کر شفقت کو آداب عرض کیا۔ بڑی نے بیٹھے بیٹھے ذرا جھک کر کہا، '' تسلیمات۔ ''

شفقت نے مناسب و موزوں جواب دیا۔ اس کے بعد عزیز صاحب اور افریقہ کے متعلق باتوں کا اتنا ہی سلسلہ شروع ہو گیا۔ نیروبی، ٹانگانیکا، دارالسلام، کراتینا، یوگنڈا، ان سب کی باتیں ہوئیں۔ کہاں کا موسم اچھا ہے، کہاں کا خراب ہے، پھل کہاں اچھے ہوتے ہیں۔__ پھلوں کا ذکر چھڑا تو چھوٹی نے کہا، '' یہاں ہندوستان میں تو نہایت ہی ذلیل پھل ملتے ہیں۔ ''

'' جی نہیں، بڑے اچھے پھل ملتے ہیں، بشرطیکہ موسم ہو۔ '' شفقت نے اپنے ہندوستان کی آبرو بچانا چاہی۔

'' غلط ہے۔ '' چھوٹی نے ناک چڑھائی، '' امی جان، یہ جو کل آپ نے مارکیٹ سے مالٹے لیے تھے، کیا وہاں کے مچنگوں کا مقابلہ کر سکتے ہیں۔ ''

لڑکیوں کی ماں بولی، '' شفقت بیٹا، یہ صحیح کہتی ہے۔ یہاں کے مالٹے وہاں کے مچنگوں کا مقابلہ نہیں کر سکتے۔ ''

عائشہ نے چھوٹی سے پوچھا، '' طلعت، یہ مچنگا کیا ہوتا ہے۔__ نام تو بڑا عجیب و غریب ہے۔ ''

طلعت مسکرائی، '' آپا، ایک پھل ہے، مالٹے اور میٹھے کی طرح۔__ اتنا لذیذ ہوتا ہے کہ میں بیان نہیں کر سکتی۔__ اور رس۔__ ایک نچوڑئیے۔__ یہ گلاس جو تپائی پر پڑا ہے، لبالب بھر جائے۔ ''

شفقت نے گلاس کی طرف دیکھا اور اندازہ لگانے کی کوشش کی کہ وہ پھل کتنا بڑا ہو گا، '' ایک مچنگے سے اتنا بڑا گلاس بھر جاتا ہے؟ ''

طلعت نے بڑے فخریہ انداز میں جواب دیا، '' جی ہاں! ''

شفقت نے یہ سن کر کہا، ''تو پھل یقیناً بہت بڑا ہو گا۔''

طلعت نے سر ہلایا، ''جی نہیں۔۔۔بڑا ہوتا ہے نہ چھوٹا۔۔۔بس آپ کے یہاں کے بڑے مالٹے کے برابر ہوتا ہے۔۔۔یہی تو اس کی خوبی ہے کہ رس ہی رس ہوتا ہے اس میں۔۔۔اور رامی جان وہاں کا انناس۔۔۔بڑی روٹی کے برابر اس کی ایک قاش ہوتی ہے۔''

دیر تک انناس کی باتیں ہوتی رہیں۔ طلعت بہت باتونی تھی۔ افریقہ سے اس کو عشق تھا۔ وہاں کی ہر چیز اس کو پسند تھی۔ بڑی جس کا نام نگہت تھا، بالکل خاموش بیٹھی تھی۔ اس نے گفتگو میں حصہ نہ لیا۔ شفقت کو جب محسوس ہوا کہ وہ خاموش بیٹھی رہی ہے تو وہ اس سے مخاطب ہوا، ''آپ کو غالباً ان باتوں سے کوئی دلچسپی نہیں۔''

نگہت نے اپنے ہونٹ کھولے، ''جی نہیں۔۔۔سنتی رہی ہوں بڑی دلچسپی سے۔''

شفقت نے کہا، ''لیکن آپ بولیں نہیں۔''

عزیز کی بیوی نے جواب دیا، ''شفقت بیٹا اس کی طبیعت ہی ایسی ہے۔''

شفقت نے ذرا بے تکلفی سے کہا، ''چچی جان۔۔۔اس عمر میں لڑکیوں کو خاموشی پسند نہیں ہونا چاہیے۔ یہ بھی کوئی بات ہے کہ منہ میں گھنگنیاں ڈالے بیٹھے رہو۔ پھر وہ نگہت سے مخاطب ہوا، ''جناب آپ کو بولنا پڑے گا۔''

نگہت کے ہونٹوں پر ایک شرمیلی مسکراہٹ پیدا ہوئی، ''بول تو رہی ہوں بھائی جان۔''

شفقت مسکرایا، ''تصویروں سے دلچسپی ہے آپ کو۔''

نگہت نے نگاہیں نیچی کر کے جواب دیا، ''جی ہے۔''

''تو اٹھیے میں آپ کو اپنا البم دکھاؤں۔۔۔دوسرے کمرے میں ہے۔ یہ کہہ کر شفقت اٹھا، ''چلیے۔''

عائشہ نے شفقت کا ہاتھ دبایا۔ پلٹ کر اس نے اپنی بیوی کی طرف سوالیہ نظروں سے دیکھا۔ اس نے آنکھوں ہی آنکھوں میں کوئی اشارہ کیا جسے شفقت نہ سمجھ سکا۔ وہ متحیر تھا کہ خدا معلوم کیا بات تھی کہ اس کی بیوی نے اس کا ہاتھ دبایا اور اشارہ بھی کیا۔ وہ سوچ ہی رہا تھا کہ طلعت کھٹ سے اٹھی، ''چلیے بھائی جان۔۔۔مجھے دوسروں کے البم دیکھنے کا شوق ہے۔۔۔میرے پاس بھی ایک کلکشن ہے۔''

شفقت، طلعت کے ساتھ دوسرے کمرے میں چلا گیا۔ نگہت، خاموش بیٹھی رہی۔ شفقت، طلعت کو تصویریں دکھاتا رہا، حسبِ عادت طلعت بولتی رہی۔ شفقت کا دماغ کسی اور طرف تھا۔ وہ نگہت کے متعلق

سوچ رہاتھا کہ وہ اس قدر خاموش کیوں ہے۔تصویریں دیکھنے اس کے ساتھ کیوں نہ آئی۔ جب اس نے اس کو چلنے کے لیے کہا تو عائشہ نے اس کا ہاتھ کیوں دبایا۔اس اشارے کا کیا مطلب تھا جو اس نے آنکھوں کے ذریعے کیا تھا۔

تصویریں ختم ہو گئیں۔طلعت نے البم اٹھایا اور شفقت سے کہا، ''باجی کو دکھاتی ہوں۔ان کو بہت شوق ہے تصویریں جمع کرنے کا۔''

شفقت پوچھنے ہی والاتھا کہ اگران کو شوق ہے تو وہ اس کے ساتھ کیوں نہ آئیں مگر طلعت البم اٹھا کر کمرے سے نکل گئی۔شفقت بڑے کمرے میں داخل ہوا تو نکہت بڑی دلچسپی سے البم کی تصویریں دیکھ رہی تھی۔ ہر تصویر اس کو مسرت پہنچاتی تھی۔

عائشہ لڑکیوں کی ماں سے باتیں کرنے میں مشغول تھی۔شفقت کنکھیوں سے دیکھتا رہا۔اس کا چہرہ جو پہلے ضرورت سے زیادہ سنجیدگی کی دھند میں لپٹا تھا، اب بشاش تھا۔ایسا لگتا تھا کہ تصویریں جو آرٹ کا بہترین نمونہ تھیں اس کو راحت بخش رہی ہیں۔اس کی آنکھوں میں اب چمک تھی۔لیکن جب ایک گھوڑے اور صحت مند عورت کی تصویر آئی تو یہ چمک ماند پڑ گئی۔ایک ہلکی سی آہ اس کے سینے میں لرزی اور وہیں دب گئی۔تصویریں ختم ہوئیں تو نکہت نے شفقت کی طرف دیکھا اور بڑے پیارے انداز میں کہا، ''بھائی جان شکریہ!''

شفقت نے البم نکہت کے ہاتھ سے لیا اور مینٹل پیس پر رکھ دیا۔اس کے دماغ میں کھد بد ہو رہی تھی۔اس کو ایسا لگتا تھا کہ کوئی بہت بڑا اسرار اس لڑکی کی زندگی کے ساتھ وابستہ ہے۔اس نے سوچا، شاید کوئی نا مکمل رومان ہو، یا کوئی نفسیاتی حادثہ۔ چائے آئی تو شفقت، نکہت سے مخاطب ہوا، ''اٹھیے، چائے بنایئے۔۔۔۔ یہ پری ولج لیڈیز کا ہے۔'' نکہت خاموش رہی لیکن طلعت بُھدک کر اٹھی، ''بھائی جان میں بناتی ہوں۔''

نکہت کا چہرہ پھر دھند میں ملفوف ہو گیا۔شفقت کا تجسس بڑھتا گیا۔ایک بار جب اس نے غیر ارادی طور پر نکہت کو گھور کے دیکھا تو وہ سٹپٹا سی گئی۔شفقت کو دل ہی دل میں اس بات کا افسوس ہوا کہ اس نے کیوں ایسی ناز یبا حرکت کی۔ چائے پر اِدھر اُدھر کی بے شمار باتیں ہوئیں۔طلعت نے ان میں سب سے زیادہ حصہ لیا۔ٹینس کا ذکر آیا تو اس نے شفقت کو بڑے فخریہ انداز میں جو یخنی کی حد تک جا پہنچا تھا، بتایا کہ وہ نیروبی میں نمبرون ٹینس پلیئر تھی اور پندرہ دبیں کپ جیت چکی تھی۔۔۔نکہت بالکل خاموش رہی، اس کی خاموشی بڑی اداس تھی۔صاف عیاں تھا کہ اس کو اس بات کا احساس ہے کہ وہ خاموش ہے۔

ایک بات جو شفقت نے خاص طور پر نوٹ کی، یہ تھی کہ عزیز کی بیوی کی ممتا کا رخ زیادہ تر نگہت کی طرف تھا۔اس نے خود اٹھ کر بڑے پیار محبت سے اس کو کریم رول دیئے۔منہ پونچھنے کے لیے اپنا رومال دیا۔ اس سے کوئی بات کرتی تھی تو اس میں پیار بھی ہوتا تھا۔ایسا لگتا تھا کہ وہ باتوں کے ذریعے سے بھی اس کے سر پر محبت بھرا ہاتھ پھیر رہی ہے یا اس کو چمکار رہی ہے۔ رخصت کا وقت آیا تو عزیز کی بیوی اٹھی، برقع اٹھایا، عائشہ سے گلے ملی، شفقت کو دعائیں دیں اور نگہت کے پاس جا کر آنکھوں میں آنسو لاد دینے والے پیار سے کہا، ''چلو بیٹا چلیں۔''

طلعت بُھدّ کے اٹھی۔عزیز کی بیوی نے نگہت کا ایک بازو تھاما، دوسرا بازو طلعت نے پکڑا۔اس کو اٹھایا گیا۔۔۔شفقت نے دیکھا کہ اس کا نچلا دھڑ بالکل بے جان ہے۔۔۔۔ ایک لحظے کے لیے شفقت کا دل و دماغ ساکت ہو گیا جب وہ سنبھلا تو اسے اپنے اندر ایک ٹیس سی اٹھتی محسوس ہوئی۔

لڑ کھڑاتی ہوئی ٹانگوں پر ماں اور بہن کا سہارا لیے نگہت غیر یقینی قدم اٹھا رہی تھی۔اس نے ماتھے کے قریب ہاتھ لے جا کر شفقت اور عائشہ کو آداب عرض کیا۔ کتنا پیارا انداز تھا۔ مگر اس کے ہاتھ نے شفقت کے دل پر جیسے گھونسہ مارا۔۔۔۔سارا اَسرار اس پر واضح ہو گیا تھا۔سب سے پہلا خیال اس کے دماغ میں یہ آیا، ''قدرت کیوں اتنی بے رحم ہے۔۔۔۔ایسی پیاری لڑکی اور اس کے ساتھ اس قدر ظالمانہ بہیمانہ سلوک۔۔۔۔ اس معصوم کا آخر گناہ کیا تھا جس کی سزا اتنی کڑی دی گئی؟''

سب چلے گئے۔عائشہ ان کو باہر تک چھوڑنے گئی شفقت ایک فلسفی بن کر سوچتا رہ گیا، اِتنے میں شفقت کے دوست آگئے اور وہ بھی اپنی بیوی سے نگہت کے بارے میں کوئی بات نہ کر سکا۔۔۔۔اپنے دوستوں کے ساتھ تاش کھیلنے میں ایسا مشغول ہوا کہ نگہت اور اس کے روگ کو بھول گیا۔ جب رات ہو گئی اور عائشہ نے اسے نوکر کے ذریعے سے کھانے پر بلوایا تو اسے افسوس ہوا کہ اس نے محض ایک کھیل کی خاطر نگہت کو فراموش کر دیا، چنانچہ اس کا ذکر اس نے عائشہ سے بھی کیا،لیکن اس نے کہا، ''آپ کھانا کھائیے، مفصل باتیں پھر ہو جائیں گی۔''

میاں بیوی دونوں اکٹھے سوتے تھے۔ جب سے ان کی شادی ہوئی تھی وہ کبھی ایک رات کو ایک دوسرے سے جدا نہیں ہوئے تھے، اور ان کی شادی کو قریب قریب چھ برس ہو گئے تھے، مگر اس دوران میں کوئی بچہ نہ ہوا تھا۔ ڈاکٹروں کا یہ کہنا تھا کہ عائشہ میں کچھ قصور ہے جو صرف آپریشن سے دور ہو سکتا ہے، مگر وہ اس سے بہت خائف تھی۔میاں بیوی دونوں بہت پیار محبت کی زندگی گزار رہے تھے۔ان کے درمیان کوئی رنجش نہیں تھی۔

رات کو وہ اکٹھے لیٹے جسب معمول جب ایک دوسرے کے ساتھ لیٹے تو شفقت کو نگہت یاد آئی۔اس نے ایک آہ بھر کر اپنی بیوی سے پوچھا، ''عائشہ، نگہت بے چاری کو کیا روگ ہے؟'' عائشہ نے بھی آہ بھری اور بڑے افسوس ناک لہجے میں کہا، ''تین برس کی ننھی منی بچی تھی کہ تپِ مُحَرِّقہ ہوا۔نچلا دھڑ مفلوج ہو گیا۔'' شفقت کے دل میں نگہت کے لیے ہمدردی کا بے پناہ جذبہ پیدا ہوا۔اس نے اپنی بیوی کی پیٹھ کو اپنے سینے کے ساتھ لگا لیا اور کہا، ''عائشہ، خدا کیوں اتنا ظالم ہے؟''

عائشہ نے کوئی جواب نہ دیا۔شفقت کو دن کے واقعات یاد آنے لگے۔ جب میں نے اس سے کہا تھا کہ چلو، میں تمہیں البم دکھاتا ہوں تو تم نے میرا ہاتھ اسی لیے دبایا تھا کہ۔۔۔''

''ہاں ہاں، اور کیا۔۔۔؟ آپ تو بار بار۔۔۔''

''خدا کی قسم مجھے معلوم نہ تھا۔''

''اُس کو اِس کا بہت احساس ہے کہ وہ اپاہج ہے۔''

''تم نے یہ کہا ہے تو مجھے ایسا معلوم ہوا ہے کہ میرے سینے میں کسی نے تیر مارا ہے۔''

''جب وہ آئی، تو خدا کی قسم مجھے بہت دکھ ہوا۔۔۔ بے چاری کو پیشاب کرنا تھا۔ ماں اور چھوٹی بہن ساتھ گئیں۔ ازار بند کھولا۔۔۔ پھر بند کیا۔۔۔ کتنی خوب صورت ہے۔۔۔بیٹھی ہو۔۔۔''

''تو خدا کی قسم بالکل پتا نہیں چلتا کہ فالج زدہ ہے۔''

''بڑی ذہین لڑکی ہے۔''۔۔ ''اچھا؟''۔۔

''ماں کہتی تھی کہ اس نے کہا تھا کہ امی جان میں شادی نہیں کروں گی، کنواری رہوں گی۔''

شفقت تھوڑی دیر کے لیے خاموش ہو گیا۔اس کے بعد اس نے انتہائی دکھ محسوس کرتے ہوئے کہا، ''تو اس کو اس بات کا احساس ہے کہ اس سے شادی کرنے کے لیے کوئی رضامند نہیں ہو گا۔''

عائشہ نے شفقت کی چھاتی کے بالوں میں انگلیوں سے کنگھی کرتے ہوئے کہا، ''شفقت صاحب کون شادی کرے گا ایک اپاہج سے؟''

''نہیں نہیں، ایسا نہ کہو عائشہ!''

''اتنی بڑی قربانی کون کر سکتا ہے شفقت صاحب؟''۔۔ ''تم ٹھیک کہتی ہو۔''

''خوبصورت ہے، اچھے کھاتے پیتے ماں باپ کی لڑکی ہے۔۔۔سب ٹھیک ہے، مگر۔۔۔''

''میں سمجھتا ہوں۔۔۔لیکن۔۔۔''

’’مردوں کے دل میں رحم کہاں؟‘‘

شفقت نے کروٹ بدلی، ’’ایسا نہ کہو، عائشہ!‘‘

عائشہ نے بھی کروٹ بدلی۔ دونوں رُوبرُو ہو گئے، ’’میں سب جانتی ہوں، کوئی ایسا مرد ڈھونڈیئے جو اس بیچاری سے شادی کرنے پر آمادہ ہو۔‘‘

’’مجھے معلوم نہیں، لیکن۔۔۔‘‘

’’بڑی بہن ہے، غریب کو کتنا بڑا دکھ ہے کہ اس کی چھوٹی بہن کی شادی کی بات چیت ہو رہی ہے۔‘‘

’’صحیح کہتی ہو تم۔‘‘

عائشہ نے ایک لمبی آہ بھری، ’’کیا بے چاری اسی طرح ساری عمر کڑھتی رہے گی۔‘‘

’’نہیں!‘‘ یہ کہہ کر شفقت اٹھ کر بیٹھ گیا۔

عائشہ نے پوچھا، ’’کیا مطلب؟‘‘

’’تمہیں اس سے ہمدردی ہے؟‘‘

’’کیوں نہیں؟‘‘

’’خدا کی قسم کھا کر کہو۔‘‘

’’ہائے، یہ بھی کوئی قسم کھلوانے کی بات ہے، ہر انسان کو اس سے ہمدردی ہونی چاہیے۔‘‘

شفقت نے چند لمحات خاموش رہنے کے بعد کہا، ’’تو میں نے ایک بات سوچی ہے؟‘‘

عائشہ نے خوش ہو کر کہا، ’’کیا؟‘‘

’’مجھے ہمیشہ اس بات کا احساس رہا ہے تم بہت بلند خیال عورت ہو۔ آج تم نے میرے اس خیال کو ثابت کر دیا ہے۔۔۔ میں نے۔۔۔ خدا میرے اس ارادے کو استقامت بخشے۔۔۔ میں نے ارادہ کر لیا ہے کہ میں نگہت سے شادی کروں گا۔۔۔ سارا ثواب تمہیں ملے گا۔‘‘

تھوڑی دیر خاموشی رہی، پھر ایک دم جیسے گولہ سا پھٹا۔۔۔

’’شفقت صاحب! میں گولی مار دوں گی اسے، اگر آپ نے اس سے شادی کی۔‘‘

شفقت نے ایسا محسوس کیا کہ اسے زبردست گولی لگی ہے۔ اور وہ مر کر اپنی بیوی کی آغوش میں دفن ہو گیا ہے۔

لال ٹین

میرا قیام ''بٹوت'' میں گو مختصر تھا۔ لیکن گوناگوں روحانی مسرتوں سے پُر۔ میں نے اس کی صحت افزا فضا میں جتنے دن گزارے ہیں ان کے ہر لمحہ کی یاد میرے ذہن کا ایک جزو بن کے رہ گئی ہے۔ جو بھلائے نہ بھولے گی۔۔۔ کیا دن تھے۔۔۔! بار بار میرے دل کی گہرائیوں سے یہ آواز بلند ہوتی ہے اور میں کئی کئی گھنٹے اس کے زیر اثر بے خود و مدہوش رہتا ہوں۔

کسی نے ٹھیک کہا ہے کہ انسان اپنی گزشتہ زندگی کے کھنڈروں پر مستقبل کی دیواریں استوار کرتا ہے۔ اِن دنوں میں بھی یہی کر رہا ہوں یعنی بیتے ہوئے ایام کی یاد کو اپنی مضمحل رگوں میں زندگی بخش انجکشن کے طور پر استعمال کر رہا ہوں۔

جو کل ہوا تھا اسے اگر آج دیکھا جائے تو اس کے اور ہمارے درمیان صدیوں کا فاصلہ نظر آئے گا اور جو کل ہونا ہے اس کے متعلق ہم کچھ نہیں جانتے اور نہ جان سکتے ہیں۔ آج سے پورے چار مہینے پہلے کی طرف دیکھا جائے تو بٹوت میں میری زندگی ایک افسانہ معلوم ہوتی ہے۔ ایسا افسانہ جس کا مسودہ صاف نہ کیا گیا ہو۔ اس کھوئی ہوئی چیز کو حاصل کرنا دوسرے انسانوں کی طرح میرے بس میں بھی نہیں۔ جب میں استقبال کے آئینہ میں اپنی آنے والی زندگی کا عکس دیکھنا چاہتا ہوں تو اس میں مجھے حال ہی کی تصویر نظر آتی ہے اور کبھی کبھی اس تصویر کے پس منظر میں ماضی کے دھندلے نقوش نظر آجاتے ہیں۔ ان میں بعض نقش اس قدر تیکھے اور شوخ رنگ ہیں کہ شاید ہی انہیں زمانہ کا ہاتھ مکمل طور پر مٹا سکے۔

زندگی کے اس کھوئے ہوئے ٹکڑے کو میں اس وقت زمانہ کے ہاتھ میں دیکھ رہا ہوں جو شریر بچے کی طرح مجھے بار بار اس کی جھلک دکھا کر اپنی پیٹھ پیچھے چھپا لیتا ہے۔۔۔ اور میں اس کھیل ہی سے خوش ہوں۔

اسی کو غنیمت سمجھتا ہوں۔

ایسے واقعات کو جن کی یاد میرے ذہن میں اب تک تازہ ہے، میں عام طور پر دہراتا رہتا ہوں، تا کہ ان کی تمام شدت برقرار رہے۔ اور اس غرض کے لیے میں کئی طریقے استعمال کرتا رہتا ہوں۔ بعض اوقات میں یہ بیتے ہوئے واقعات اپنے دوستوں کو سنا کر اپنا مطلب حل کر لیتا ہوں۔

اگر آپ کو میرے ان دوستوں سے ملنے کا اتفاق ہو تو وہ آپ سے یقیناً یہی کہیں گے کہ میں قصہ گوئی اور آپ بیتیاں سنانے کا بالکل سلیقہ نہیں رکھتا۔ یہ میں اس لیے کہہ رہا ہوں کہ داستان سنانے کے دوران میں مجھے سامعین کے تیوروں سے ہمیشہ اس بات کا احساس ہوا ہے کہ میرا بیان غیر مربوط ہے اور میں جانتا ہوں کہ چونکہ میری داستان میں ہمواری کم اور جھٹکے زیادہ ہوتے ہیں اس لیے میں اپنے محسوسات کو اچھی طرح کسی کے دماغ پر منتقل نہیں کر سکتا اور مجھے اندیشہ ہے کہ میں ایسا شاید ہی کر سکوں۔

اس کی خاص وجہ یہ ہے کہ میں اکثر اوقات اپنی داستان سناتے سناتے ایسے مقام پر پہنچتا ہوں جس کی یاد میرے ذہن میں موجود نہ تھی اور وہ خیالات کی رو میں خود بخود بہہ کر چلی آئی تھی تو میں غیر ارادی طور پر اس نئی یاد کی گہرائیوں میں گم ہو جاتا ہوں اور اس کا نتیجہ یہ ہوتا ہے کہ میرے بیان کا تسلسل ایک لخت منتشر ہو جاتا ہے اور جب میں ان گہرائیوں سے نکل کر داستان کے ٹوٹے ہوئے دھاگے کو جوڑنا چاہتا ہوں تو عجلت میں وہ ٹھیک طور سے نہیں جڑتا۔

کبھی کبھی میں یہ داستانیں رات کو سوتے وقت اپنے ذہن کی زبانی خود سنتا ہوں، لیکن اس دوران میں مجھے بہت تکلیف اٹھانا پڑتی ہے۔ میرے ذہن کی زبان بہت تیز ہے اور اس کو قابو میں رکھنا بہت مشکل ہو جاتا ہے۔ بعض اوقات چھوٹے چھوٹے واقعات اتنی تفصیل کے ساتھ خود بخود بیان ہونا شروع ہو جاتے ہیں کہ طبیعت اکتا جاتی ہے اور بعض اوقات ایسا ہوتا ہے کہ ایک واقعہ کی یاد کسی دوسرے واقعہ کی یاد تازہ کر دیتی ہے اور اس کا احساس کسی دوسرے احساس کو اپنے ساتھ لے آتا ہے اور پھر احساسات و افکار کی بارش زوروں پر شروع ہو جاتی ہے اور اتنا شور مچتا ہے کہ نیند حرام ہو جاتی ہے۔ جس روز صبح کو میری آنکھوں کے نیچے سیاہ حلقے نظر آئیں آپ سمجھ لیا کریں کہ ساری رات میں اپنے ذہن کی قصہ گوئی کا شکار بنا رہا ہوں۔

جب مجھے کسی بیتے ہوئے واقعے کو اس کی تمام شدتوں سمیت محفوظ کرنا ہوتا ہے تو میں قلم اٹھاتا ہوں اور کسی گوشے میں بیٹھ کر کاغذ پر اپنی زندگی کے اس ٹکڑے کی تصویر کھینچ دیتا ہوں۔ یہ تصویر بھدی ہوتی ہے یا خوبصورت، اس کے متعلق میں کچھ نہیں کہہ سکتا اور مجھے یہ بھی معلوم نہیں کہ ہمارے ادبی نقاد میری ان قلمی

تصویروں کے متعلق کیا رائے مرتب کرتے ہیں۔ دراصل مجھے ان لوگوں سے کوئی واسطہ ہی نہیں۔ اگر میری تصویر کشی سقیم اور خام ہے تو ہوا کرے مجھے اس سے کیا اور اگر یہ ان کے مقرر کردہ معیار پر پورا اترتی ہے تو بھی مجھے اس سے کیا سروکار ہو سکتا ہے۔ میں یہ کہانیاں صرف اس لیے لکھتا ہوں کہ مجھے کچھ لکھنا ہوتا ہے۔ جس طرح عادی شراب خور، دن ڈھلے شراب خانہ کا رخ کرتا ہے ٹھیک اسی طرح میری انگلیاں بے اختیار قلم کی طرف بڑھتی ہیں اور میں لکھنا شروع کر دیتا ہوں۔ میرا رُوئے سخن یا تو اپنی طرف ہوتا ہے یا ان چند افراد کی طرف جو میری تحریروں میں دلچسپی لیتے ہیں۔ میں ادب سے دور اور زندگی کے نزدیک تر ہوں۔ زندگی۔۔۔۔ زندگی۔۔۔۔! آہ زندگی!

میں زندگی زندگی پکارتا ہوں مگر مجھ میں زندگی کہاں۔۔۔۔؟ اور شاید یہی وجہ ہے کہ میں اپنی عمر کی پٹاری کھول کر اس کی ساری چیزیں باہر نکالتا ہوں اور جھاڑ پونچھ کر بڑے قرینے سے ایک قطار میں رکھتا ہوں اور اس آدمی کی طرح جس کے گھر میں بہت تھوڑا سامان ہو ان کی نمائش کرتا ہوں۔ بعض اوقات مجھے اپنا یہ فعل بہت برا معلوم ہوتا ہے۔ لیکن میں کیا کروں، مجبور ہوں۔ میرے پاس اگر زیادہ نہیں ہے تو اس میں میرا کیا قصور ہے۔ اگر مجھ میں سفلہ پن پیدا ہو گیا ہے تو اس کا ذمہ دار میں کیسے ہو سکتا ہوں۔ میرے پاس تھوڑا بہت جو کچھ بھی ہے غنیمت ہے۔ دنیا میں تو ایسے لوگ بھی ہوں گے جن کی زندگی چٹیل میدان کی طرح خشک ہے اور میری زندگی کے ریگستان پر تو ایک بار بارش ہو چکی ہے۔ گو میرا شباب ہمیشہ کے لیے رخصت ہو چکا ہے مگر میں ان دنوں کی یاد پر جی رہا ہوں جب میں جوان تھا۔ مجھے معلوم ہے کہ یہ سہارا بھی کسی روز جواب دے جائے گا اور اس کے بعد جو کچھ ہو گا، میں بتا نہیں سکتا۔ لیکن اپنے موجودہ انتشار کو دیکھ کر مجھے ایسا محسوس ہوتا ہے کہ میرا انجام چشم فلک کو بھی نم ناک کر دے گا۔ آہ! خرابہ فکر کا انجام! وہ شخص جسے انجام کار اپنے وزنی افکار کے نیچے پس جانا ہے، یہ سطور لکھ رہا ہے اور مزے کی بات یہ ہے کہ وہ ایسی اور بہت سی سطریں لکھنے کی تمنا اپنے دل میں رکھتا ہے۔ میں ہمیشہ مغموم و ملول رہا ہوں۔ لیکن شبیر جانتا ہے کہ بُوت میں میری آہوں کی زردی اور تپش کے ساتھ ساتھ ایک خوش گوار مسرت کی سرخی اور ٹھنڈک کے بھی تھی۔ وہ آب و آتش کے اس باہمی ملاپ کو دیکھ کر متعجب ہوتا تھا اور غالباً یہی چیز تھی جس نے اس کی نگاہوں میں میرے وجود کو ایک معمہ بنا دیا تھا۔ کبھی کبھی وہ مجھے سمجھنے کی کوشش کرتا تھا اور اس کوشش میں وہ میرے قریب بھی آ جاتا تھا۔ مگر دفعتاً کوئی ایسا حادثہ وقوع پذیر ہوتا جس کے باعث اسے پھر پرے ہٹنا پڑتا تھا اور اس طرح وہ نئی شدت سے مجھے پراسرار اور کبھی پُرتصنع انسان سمجھنے لگتا۔ اکرام صاحب حیران

تھے کہ بتوت جیسی غیر آباد اور غیر دلچسپ دیہات میں پڑے رہنے سے میرا کیا مقصد ہے۔ وہ ایسا کیوں سوچتے تھے؟ اس کی وجہ میرے خیال میں صرف یہ ہے کہ ان کے پاس سوچنے کے لیے اور کچھ نہیں تھا۔ چنانچہ وہ اسی مسئلے پر غور و فکر کرتے رہتے تھے۔

وزیر کا گھر ان کے بنگلے کے سامنے بلند پہاڑی پر تھا اور جب انہوں نے اپنے نوکر کی زبانی یہ سنا کہ میں اس پہاڑی لڑکی کے ساتھ پہروں باتیں کرتا رہتا ہوں تو انہوں نے یہ سمجھا کہ میری دکھتی ہوئی رگ ان کے ہاتھ آ گئی ہے اور انہوں نے ایک ایسا راز معلوم کر لیا ہے جس کے افشا پر تمام دنیا کے دروازے مجھ پر بند ہو جائیں گے۔ لوگوں سے جب وہ اس ''مسئلے'' پر باتیں کرتے تو یہ کہا کرتے تھے کہ میں تعیش پسند ہوں اور ایک بھولی بھالی لڑکی کو پھانس رہا ہوں اور ایک بار جب انہوں نے مجھ سے بات کی تو کہا، ''دیکھیے یہ پہاڑی لونڈیا بڑی خطرناک ہے۔ ایسا نہ ہو کہ آپ اس کے جال میں پھنس جائیں۔''

میری سمجھ میں نہیں آتا تھا کہ انہیں یا کسی اور کو میرے معاملات سے کیا دلچسپی ہو سکتی تھی۔ وزیر کا کیریکٹر بہت خراب تھا اور میرا کریکٹر بھی کوئی خاص اچھا نہیں تھا۔ لیکن سوال یہ ہے کہ لوگ کیوں میری فکر میں مبتلا تھے اور پھر جوان کے من میں تھا کہ صاف صاف کیوں نہیں کہتے تھے۔ وزیر پر میرا کوئی حق نہیں تھا اور نہ وہ میرے دباؤ میں تھی۔ اکرام صاحب یا کوئی اور صاحب اگر اس سے دوستانہ پیدا کرنا چاہتے تو مجھے اس میں کیا اعتراض ہو سکتا تھا۔ دراصل ہماری تہذیب و معاشرت ہی کچھ اس قسم کی ہے کہ عام طور پر صاف گوئی کو معیوب خیال کیا جاتا ہے۔ کھل کر بات ہی نہیں کی جاتی اور کسی کے متعلق اگر اظہار خیال کیا بھی جاتا ہے تو غلاف چڑھا کر۔

میں نے صاف گوئی سے کام لیا اور اس پہاڑی لونڈیا سے جسے بڑا خطرناک کہا جاتا تھا، اپنی دلچسپی کا اعتراف کیا۔ لیکن چونکہ یہ لوگ اپنے دل کی آواز کو دل ہی میں دبا دینے کے عادی تھے اس لیے میری سچی باتیں ان کو بالکل جھوٹی معلوم ہوئیں اور ان کا شک بدستور قائم رہا۔

میں انہیں کیسے یقین دلاتا کہ میں اگر وزیر سے دلچسپی لیتا ہوں تو اس کا باعث یہ ہے کہ میرا ماضی و حال تاریک ہے۔ مجھے اس سے محبت نہیں تھی اسی لیے میں اس سے زیادہ وابستہ تھا۔ وزیر سے میری دلچسپی اس محبت کا رہبر ہر سل تھی جو میرے دل میں اس عورت کے لیے موجود ہے جو ابھی میری زندگی میں نہیں آئی۔۔۔ میری زندگی کی انگوٹھی میں وزیر ایک جھوٹا نگینہ تھی لیکن یہ نگینہ مجھے عزیز تھا اس لیے کہ اس کی تراش، اس کا ماپ بالکل اس اصلی نگینہ کے مطابق تھا جس کی تلاش میں میں ہمیشہ ناکام رہا ہوں۔

وزیر سے میری دل بستگی بے غرض نہیں تھی اس لیے میں بے غرض مند تھا۔ وہ شخص جو اپنے غم افزا ماحول کو کسی کے وجود سے رونق بخشنا چاہتا ہو، اس سے زیادہ خود غرض اور کون ہو سکتا ہے۔۔۔؟ اس لحاظ سے میں وزیر کا ممنون بھی تھا اور خدا گواہ ہے کہ میں جب کبھی اس کو یاد کرتا ہوں تو بے اختیار میرا دل اس کا شکریہ ادا کرتا ہے۔

شہر میں مجھے صرف ایک کام تھا۔۔۔ اپنے ماضی، حال اور مستقبل کے گھپ اندھیرے کو آنکھیں پھاڑ پھاڑ کر دیکھتے رہنا اور بس! مگر بُھوت میں اس تاریکی کے اندر روشنی کی ایک شعاع تھی۔ وزیر کی لال ٹین! بھٹیارے کے یہاں رات کو کھانا کھانے کے بعد میں اور شبیر، ٹہلتے ٹہلتے اکرام صاحب کے بنگلے کے پاس پہنچ جاتے۔ یہ بنگلہ ہوٹل سے قریباً تین جریب کے فاصلے پر تھا۔ رات کی خنک اور نیم مرطوب ہوا میں اس چہل قدمی کا بہت لطف آتا تھا۔ سڑک کے دائیں بائیں پہاڑوں اور ڈھلوانوں پر مکئی کے کھیت رات کے دھند لکے میں خاکستری رنگ کے بڑے بڑے قالین معلوم ہوتے تھے۔ اور جب ہوا کے جھونکے مکئی کے پودوں میں لرزش پیدا کر دیتے تو ایسا معلوم ہوتا کہ آسمان سے بہت سی پریاں ان قالینوں پر اتر آئی ہیں اور ہولے ہولے ناچ رہی ہیں۔

آدھا راستہ طے کرنے پر جب ہم سڑک کے بائیں ہاتھ ایک چھوٹے سے دو منزلہ چوبی مکان کے قریب پہنچتے تو شبیر اپنی مخصوص دھن میں یہ شعر گاتا،

ہر قدم فتنہ ہے قیامت ہے

آسماں تیری چال کیا جانے

یہ شعر گانے کی خاص وجہ یہ تھی کہ اس چوبی مکان کے رہنے والے اس غلط فہمی میں مبتلا تھے کہ میرے اور وزیر کے تعلقات اخلاقی نقطہ نگاہ سے ٹھیک نہیں، حالانکہ وہ اخلاق کے معانی سے بالکل نا آشنا تھے۔ یہ لوگ مجھ سے اور شبیر سے بہت دلچسپی لیتے تھے اور میری نقل و حرکت پر خاص طور پر نگرانی رکھتے تھے۔ وہ تفریح کی غرض سے بُھوت آئے ہوئے تھے اور انہیں تفریح کا کافی سامان مل گیا تھا۔ شبیر اور پر والا شعر گا کران کی تفریح میں مزید اضافہ کیا کرتا تھا۔ اس کو چھیڑ چھاڑ میں خاص لطف آتا تھا۔ یہی وجہ ہے کہ ان لوگوں کی رہائش گاہ کے عین سامنے پہنچ کر اس کو یہ شعر یاد آ جاتا تھا اور وہ فوراً اسے بلند آواز میں گایا کرتا تھا۔ رفتہ رفتہ وہ اس کا عادی ہو گیا تھا۔

یہ شعر کسی خاص واقعے یا تاثر سے متعلق نہ تھا۔ میرا خیال ہے کہ اسے صرف یہی شعر یاد تھا، یا ہو سکتا ہے کہ ان

وہ صرف اسی شعر کو گا سکتا تھا، ورنہ کوئی وجہ نہ تھی کہ وہ بار بار یہی شعر دہراتا۔

شروع شروع میں اندھیری راتوں میں سنسان سڑک پر ہماری چہل قدمی چوبی مکان کے چوبی ساکنوں پر (وہ غیر معمولی طور پر اجڈ اور گنوار واقع ہوئے تھے) کوئی اثر پیدا نہ کر سکی۔ مگر کچھ دنوں کے بعد ان کے بالائی کمرے میں روشنی نظر آنے لگی اور وہ ہماری آمد کے منتظر رہنے لگے اور جب ایک روز ان میں سے ایک نے اندھیرے میں ہمارا رخ معلوم کرنے کے لیے بیٹری روشن کی میں نے شبیر سے کہا، ''آج ہمارا رومان مکمل ہو گیا ہے۔'' مگر میں نے دل میں ان لوگوں کی قابلِ رحم حالت پر بہت افسوس کیا، کیونکہ وہ بے کار دو دو تین تین گھنٹے تک جاگتے رہتے تھے۔

حسبِ معمول ایک رات شبیر نے اس مکان کے پاس پہنچ کر شعر گایا اور ہم آگے بڑھ گئے۔ بیٹری کی روشنی حسبِ معمول چمکی اور ہم باتیں کرتے ہوئے اکرام صاحب کے بنگلے کے پاس پہنچ گئے۔ اس وقت رات کے دس بجے ہوں گے، ہُو کا عالم تھا، ہر طرف تاریکی ہی تاریکی تھی، آسمان ہم پر مرتبان کے ڈھکنے کی طرح جھکا ہوا تھا اور میں یہ محسوس کر رہا تھا کہ ہم کسی بند بوتل میں چل پھر رہے ہیں۔ سکوت اپنی آخری حد تک پہنچ کر متکلم ہو گیا تھا۔

بنگلے کے باہر برآمدے میں ایک چھوٹی سی میز پر لیمپ جل رہا تھا اور پاس ہی پلنگ پر اکرام صاحب لیٹے کسی کتاب کے مطالعہ میں مصروف تھے۔ شبیر نے دور سے ان کی طرف دیکھا اور دفعتاً سادھوؤں کا مخصوص نعرہ مستانہ ''الکھ نرنجن بلند کیا۔'' اس غیر متوقع شور نے مجھے اور اکرام صاحب دونوں کو چونکا دیا۔ شبیر کھل کھلا کر ہنس پڑا۔ پھر ہم دونوں برآمدے میں داخل ہو کر اکرام صاحب کے پاس بیٹھ گئے۔ میرا منہ سڑک کی جانب تھا۔ عین اس وقت جب میں نے حقہ کی نَے منہ میں دبائی۔ مجھے سامنے سڑک کے اوپر تاریکی میں روشنی کی ایک جھلک دکھائی دی۔ پھر ایک متحرک سایہ نظر آیا اور اس کے بعد روشنی ایک جگہ ساکن ہو گئی۔ میں نے خیال کیا کہ شاید وزیر کا بھائی اپنے کتے کو ڈھونڈ رہا ہے۔ چنانچہ ادھر دیکھنا چھوڑ کر میں شبیر اور اکرام صاحب کے ساتھ باتیں کرنے میں مشغول ہو گیا۔

دوسرے روز شبیر کے نعرہ بلند کرنے کے بعد پھر اخروٹ کے درخت کے عقب میں روشنی نمودار ہوئی اور سایہ حرکت کرتا ہوا نظر آیا۔ تیسرے روز بھی ایسا ہوا۔ چوتھے روز صبح کو میں اور شبیر چشمے پر غسل کو جا رہے تھے کہ اوپر سے ایک کنکر گرا، میں نے بیک وقت سڑک کے اوپر جھاڑیوں کی طرف دیکھا۔ وزیر سر پر پانی کا گھڑا اٹھائے ہماری طرف دیکھ کر مسکرا رہی تھی۔

وہ اپنے مخصوص انداز میں ہنسی اور شبیر سے کہنے لگی، ''کیوں جناب، یہ آپ نے کیا وتیرہ اختیار کیا ہے کہ ہر روز ہماری نیند خراب کریں۔''

شبیر حیرت زدہ ہو کر میری طرف دیکھنے لگا۔ میں وزیر کا مطلب سمجھ گیا تھا۔ شبیر نے اس سے کہا ''آج آپ پہیلیوں میں بات کر رہی ہیں۔''

وزیر نے سر پر گھڑے کا توازن قائم رکھنے کی کوشش کرتے ہوئے کہا، ''میں اتنی اتنی دیر تک لال ٹین جلا کر اخروٹ کے نیچے بیٹھی رہتی ہوں اور آپ سے اتنا بھی نہیں ہوتا کہ چھوٹے منہ سے شکریہ ہی ادا کر دیں۔ بھلا آپ کی جوتی کو کیا غرض پڑی ہے۔۔۔یہ چوکیداری تو میرے ہی ذمے ہے۔۔۔آپ ٹہلنے کو نکلیں اور اکرام صاحب کے بنگلے میں گھنٹوں باتیں کرتے رہیں اور میں سامنے لال ٹین لیے اونگھتی رہوں۔''

شبیر نے مجھ سے مخاطب ہو کر کہا، ''یہ کیا کہہ رہی ہیں۔ بھئی میں تو کچھ نہ سمجھا، یہ کس دھن میں الاپ رہی ہیں؟''

میں نے شبیر کو جواب نہ دیا اور وزیر سے کہا، ''ہم کئی دنوں سے رات گئے اکرام صاحب کے یہاں آتے ہیں۔ دو تین مرتبہ میں نے اخروٹ کے پیچھے تمہاری لال ٹین دیکھی، پر مجھے یہ معلوم نہیں تھا کہ تم خاص ہمارے لیے آتی ہو۔۔۔اس کی کیا ضرورت ہے۔۔۔تم ناحق اپنی نیند کیوں خراب کرتی ہو؟''

وزیر نے شبیر کو مخاطب کر کے کہا، ''آپ کے دوست بڑے ہی ناشکرے ہیں، ایک تو میں ان کی حفاظت کروں اور او پر سے یہی مجھ پر اپنا احسان جتائیں۔ ان کو اپنی جان پیاری نہ ہو پر۔۔۔'' وہ کچھ کہتے کہتے رک گئی اور بات کا رخ یوں بدل دیا، ''آپ تو اچھی طرح جانتے ہیں کہ یہاں ان کے بہت دشمن پیدا ہو گئے ہیں۔ پھر آپ انہیں کیوں نہیں سمجھاتے کہ رات کو باہر نہ نکلا کریں۔''

وزیر کو واقعی میری بہت فکر تھی۔ بعض اوقات وہ مجھے بالکل بچہ سمجھ کر میری حفاظت کی تدبیریں سوچا کرتی تھی، جیسے وہ خود محفوظ و مامون ہے اور میں بہت سی بلاؤں میں گھرا ہوا ہوں۔ میں نے اسے کبھی نہ ٹوکا تھا اس لیے کہ میں نہیں چاہتا تھا کہ اسے اس شغل سے باز رکھوں جس سے وہ لطف اٹھاتی ہے۔ اس کی اور میری حالت بعینہٖ ایک جیسی تھی۔ ہم دونوں ایک ہی منزل کی طرف جانے والے مسافر تھے جو ایک لق و دق صحرا میں ایک دوسرے سے مل گئے تھے۔ اسے میری ضرورت تھی اور مجھے اس کی۔ تا کہ ہمارا سفر اچھی طرح کٹ سکے۔ میرا اور اس کا صرف یہ رشتہ تھا جو کسی کی سمجھ میں نہیں آتا تھا۔

ہم ہر شب مقررہ وقت پر ٹہلنے کو نکلتے۔ شبیر چوبی مکان کے پاس پہنچ کر شعر گاتا، پھر اکرام صاحب کے

بنگلے سے کچھ دور کھڑے ہو کر نعرہ بلند کرتا، وہ میر لال ٹین روشن کرتی اور اس کی روشنی کو ہوا میں لہرا کر ایک جھاڑی کے پیچھے بیٹھ جاتی۔ شبیر اور اکرام صاحب باتیں کرنے میں مشغول ہو جاتے۔ اور میں لال ٹین کی روشنی میں اس روشنی کے ذرے ڈھونڈتا رہتا جس سے میری زندگی منور ہو سکتی تھی۔ وہ زیر جھاڑیوں کے پیچھے بیٹھی نہ جانے کیا سوچتی رہتی؟

لتیکا رانی

وہ خوبصورت نہیں تھی۔ کوئی ایسی چیز اس کی شکل و صورت میں نہیں تھی جسے پُرکشش کہا جا سکے، لیکن اس کے باوجود جب وہ پہلی بار فلم کے پردے پر آئی تو اس نے لوگوں کے دل موہ لیے اور یہ لوگ جو اسے فلم کے پردے پر ننھی منی اداؤں کے ساتھ بڑے نرم و نازک رومانوں میں چھوٹی سی تتلی کے مانند اِدھر سے اُدھر اور اُدھر سے اِدھر تھرکتے دیکھتے تھے، سمجھتے تھے کہ وہ خوبصورت ہے۔ اس کے چہرے مہرے اور اس کے ناز نخرے میں ان کو ایسی کشش نظر آتی تھی کہ وہ گھنٹوں اس کی روشنی میں مبہوت مکھیوں کی طرح بھنبھناتے رہتے تھے۔

اگر کسی سے پوچھا جاتا کہ تمہیں لتیکا رانی کے حسن و جمال میں کون سی سب سے بڑی خصوصیت نظر آتی ہے جو اسے دوسری ایکٹرسوں سے جداگانہ حیثیت بخشتی ہے تو وہ بلا تامل یہ کہتا کہ اس کا بھولپن۔ اور یہ واقعہ ہے کہ پردے پر وہ انتہا درجے کی بھولی دکھائی دیتی تھی۔ اس کو دیکھ کر اس کے سوا کوئی اور خیال دماغ میں آ ہی نہیں سکتا تھا کہ وہ بھولی ہے، بہت ہی بھولی۔ اور جن رومانوں کے پس منظر کے ساتھ وہ پیش ہوتی، ان کے تانے بانے یوں معلوم ہوتا تھا، کسی جولاہے کی اَلہڑ لڑکی نے تیار کیے ہیں۔

وہ جب بھی پردے پر پیش ہوئی، ایک معمولی اَن پڑھ آدمی کی بیٹی کے روپ میں چمیلی دنیا سے دور۔ ایک شکستہ جھونپڑا ہی جس کی ساری دنیا تھی۔ کسی کسان کی بیٹی، کسی مزدور کی بیٹی، کسی کانٹا بدلنے والے کی بیٹی اور وہ ان کرداروں کے خول میں یوں سما جاتی تھی جیسے گلاس میں پانی۔

لتیکا رانی کا نام آتے ہی آنکھوں کے سامنے، ٹخنوں سے بہت اونچا گھگرا پہنے، کھینچ کر اوپر کی ہوئی ننھی منی چوٹی والی، مختصر قد کی ایک چھوٹی سی لڑکی سی آ جاتی تھی جو مٹی کے چھوٹے چھوٹے گھروندے بنانے یا

بکری کے معصوم بچے کے ساتھ کھیلنے میں مصروف ہے۔ ننگے پاؤں، ننگے سر، پھنسی پھنسی چولی میں بڑے شاعرانہ انکسار کے ساتھ سینے کا چھوٹا سا ابھار، معتبد آنکھیں، شریف سی ناک، اس کے سراپا میں یوں سمجھیے کہ دوشیزدگی کا خلاصہ ہو گیا تھا جو ہر دیکھنے والے کی سمجھ میں آ جاتا تھا۔

پہلے فلم میں آتے ہی وہ مشہور ہو گئی اور اس کی یہ شہرت اب تک قائم ہے حالانکہ اسے فلمی دنیا چھوڑے ایک مدت ہو چکی ہے۔ اپنی فلمی زندگی کے دوران میں اس نے شہرت کے ساتھ دولت بھی پیدا کی۔ اس نے تلے انداز میں گویا اس کو اپنی جیب میں آنے والی ہر پائی کی آمد کا علم تھا اور شہرت کے تمام زینے بھی اس نے اسی انداز میں طے کیے کہ ہر آنے والے زینے کی طرف اس کا قدم بڑے وثوق سے اٹھا ہوتا تھا۔

لتیکا رانی بہت بڑی ایکٹرس اور عجیب و غریب عورت تھی۔ اکیس برس کی عمر میں جب وہ فرانس میں تعلیم حاصل کر رہی تھی تو اس نے فرانسیسی زبان کی بجائے ہندوستانی زبان سیکھنا شروع کر دی۔ اسکول میں ایک مدراسی نوجوان کو اس سے محبت ہو گئی تھی، اس سے شادی کرنے کا وہ پورا پورا فیصلہ کر چکی تھی لیکن جب لندن گئی تو اس کی ملاقات ایک ادھیڑ عمر کے بنگالی سے ہوئی جو وہاں بیرسٹری پاس کرنے کی کوشش کر رہا تھا۔ لتیکا نے اپنا ارادہ بدل دیا اور دل میں طے کر لیا کہ وہ اس سے شادی کرے گی اور یہ فیصلہ اس نے بہت سوچ بچار کے بعد کیا تھا۔

اس نے بیرسٹری پاس کرنے والے ادھیڑ عمر کے بنگالی میں وہ آدمی دیکھا جو اس کے خوابوں کی تکمیل میں حصہ لے سکتا تھا۔ وہ مدراسی جس سے اس کو محبت تھی، جرمنی میں پھیپھڑوں کے امراض کی تشخیص و علاج میں مہارت حاصل کر رہا تھا۔ اس سے شادی کر کے زیادہ سے زیادہ اسے اپنے پھیپھڑوں کی اچھی دیکھ بھال کی ضمانت مل سکتی تھی، جو اسے درکار نہیں تھی۔ لیکن پرفلا رائے ایک خواب ساز تھا۔ ایسا خواب ساز جو بڑے دیر پا خواب بن سکتا تھا اور لتیکا اس کے ارد گرد اپنی نسوانیت کے بڑے مضبوط جالے جا سکتی تن سکتی تھی۔

پرفلا رائے ایک متوسط گھرانے کا فرد تھا۔ بہت محنتی، وہ چاہتا تو قانون کی بڑی سے بڑی ڈگری تمام طالب علموں سے ممتاز رہ کر حاصل کر سکتا تھا مگر اسے اس علم سے سخت نفرت تھی۔ صرف اپنے ماں باپ کو خوش رکھنے کی غرض سے وہ ڈنرز میں حاضری دیتا تھا اور تھوڑی دیر کتابوں کا مطالعہ بھی کر لیتا تھا۔ ورنہ اس کا دل و دماغ کسی اور ہی طرف لگا رہتا تھا۔ کس طرف؟ یہ اس کو معلوم نہیں تھا۔ دن رات وہ کھویا کھویا سا رہتا۔ اس کو ہجوم سے سخت نفرت تھی، پارٹیوں سے کوئی دلچسپی نہیں تھی۔ اس کا سارا وقت قریب قریب تنہائی میں گزرتا۔ کسی چائے خانے میں یا اپنی بوڑھی لینڈ لیڈی کے پاس بیٹھا وہ گھنٹوں ایسے قلعے بناتا رہتا جن کی بنیادیں

ہوتی تھیں نہ فصیلیں۔ مگر اس کو یقین تھا کہ ایک نہ ایک دن اس سے کوئی نہ کوئی عمارت ضرور بن جائے گی جس کو دیکھ کر وہ خوش ہوا کرے گا۔

لتیکا پرفلا رائے سے جب ملی تو چند ملاقاتوں ہی میں اس کو معلوم ہو گیا کہ یہ بیرسٹری کرنے والا بنگالی معمولی آدمی نہیں۔ دوسرے مرد اس سے دلچسپی لیتے رہے تھے، اس لیے کہ وہ جوان تھی، ان میں سے اکثر نے اس کے حسن کی تعریف کی تھی، لیکن مدت ہوئی وہ اس کا فیصلہ اپنے خلاف کر چکی تھی۔ اس کو معلوم تھا کہ ان کی تعریف محض رسمی ہے۔ مدراسی ڈاکٹر جو اس سے واقعی محبت کرتا تھا اس کو صحیح معنوں میں خوبصورت سمجھتا تھا مگر لتیکا سمجھتی تھی کہ وہ اس کی نہیں اس کے پچھتڑوں کی تعریف کر رہا ہے جو اس کے کہنے کے مطابق بے داغ تھے۔ وہ ایک معمولی شکل و صورت کی لڑکی تھی۔ بہت ہی معمولی شکل و صورت کی، جس میں جاذبیت تھی نہ کشش، اس نے کئی دفعہ محسوس کیا کہ وہ ادھوری سی ہے۔ اس میں بہت سی کمیاں ہیں جو پوری تو ہو سکتی ہیں مگر بڑی چھان بین کے بعد اور وہ بھی اس وقت جب اس کو خارجی امداد حاصل ہو۔

پرفلا رائے سے ملنے کے بعد لتیکا نے محسوس کیا تھا کہ وہ جو بظاہر سگرٹ پر سگرٹ پھونکتا رہتا ہے اور جس کا دماغ ایسا لگتا ہے، ہمیشہ غائب رہتا ہے اصل میں سگرٹوں کے پریشان دھوئیں میں اپنے دماغ کی غیر حاضری کے باوجود اس کی شکل و صورت کے تمام اجزا بکھیر کر ان کو اپنے طور پر سنوارنے میں مشغول رہتا ہے۔ وہ اس کے اندازِ تکلم، اس کے ہونٹوں کی جنبش اور اس کی آنکھوں کی حرکت کو صرف اپنی نہیں دوسروں کی آنکھوں سے بھی دیکھتا ہے، پھر ان کو الٹ پلٹ کرتا ہے اور اپنے تصور میں تکلم کا نیا انداز، ہونٹوں کی نئی جنبش اور آنکھوں کی نئی حرکت پیدا کرتا ہے۔ ایک خفیف سی تبدیلی پر وہ بڑے اہم نتائج کی بنیادیں کھڑی کرتا ہے اور دل ہی دل میں خوش ہوتا ہے۔

لتیکا ذہین تھی، اس کو فوراً ہی معلوم ہو گیا تھا کہ پرفلا رائے ایسا معمار ہے جو اسے عمارت کا نقشہ بنا کر نہیں دکھائے گا۔ وہ اس سے یہ بھی نہیں کہے گا کہ کون سی اینٹ اکھیڑ کر کہاں لگائی جائے گی تو عمارت کا سقم دور ہو گا۔ چنانچہ اس نے اس کے خیالات و افکار ہی سے سب ہدایتیں وصول کرنا شروع کر دی تھیں۔ پرفلا رائے نے بھی فوراً ہی محسوس کر لیا کہ لتیکا اس کے خیالات کا مطالعہ کرتی ہے اور ان پر عمل کرتی ہے۔ وہ بہت خوش ہوا۔ چنانچہ اس خاموش درس و تدریس کا سلسلہ دیر تک جاری رہا۔

پرفلا رائے اور لتیکا دونوں مطمئن تھے، اس لیے کہ وہ دونوں لازم و ملزوم سے ہو گئے تھے۔ ایک کے بغیر دوسرا نامکمل تھا۔ لتیکا کو خاص طور پر اپنی ذہنی و جسمانی کروٹ میں پرفلا کی خاموش تنقید کا

سہارا لینا پڑتا تھا۔ وہ اس کے ناز و ادا کی کسوٹی تھا، اس کی بظاہر خلا میں دیکھنے والی نگاہوں سے اس کو پتہ چل جاتا کہ اس کی پلک کی کونسی نوک ٹیڑھی ہے۔ لیکن وہ اب یہ حقیقت معلوم کر چکی تھی کہ وہ حرارت جو اس کی خلا میں دیکھنے والی آنکھوں میں ہے، اس کی آغوش میں نہیں تھی۔ لتیکا کے لیے یہ بالکل ایسی تھی جیسی کھری چارپائی۔ لیکن وہ مطمئن تھی، اس لیے کہ اس کے خوابوں کے بال و پر نکالنے کے لیے پرفلا کی آنکھوں کی حرارت ہی کافی تھی۔

وہ بڑی سیاق دان اور اندازہ گیر عورت تھی۔ اس نے دو مہینے کے عرصے ہی میں حساب لگا لیا تھا کہ ایک برس کے اندر اندر اس کے خوابوں کے تکمیل کی ابتدا ہو جائے گی۔ کیونکر ہو گی اور کس فضا میں ہو گی، یہ سوچنا پرفلا رائے کا کام تھا اور لتیکا کو یقین تھا کہ اس کا سدا متحرک دماغ کوئی نہ کوئی راہ پیدا کرے گا۔ چنانچہ دونوں جب ہندوستان جانے کے ارادے سے برلن کی سیر کو گئے اور پرفلا کا ایک دوست انہیں اوفا فلم سٹوڈیوز میں لے گیا تو لتیکا نے پرفلا کی خلا میں دیکھنے والی آنکھوں کی گہرائیوں میں اپنے مستقبل کی صاف جھلک دیکھ لی۔ وہ ایک مشہور جرمن ایکٹرس سے محوِ گفتگو تھا مگر لتیکا محسوس کر رہی تھی کہ وہ اس کے سراپا کو کینوس کا ٹکڑا بنا کر ایکٹرس لتیکا کے نقش و نگار بنا رہا ہے۔ ل

بمبئی پہنچے تو تاج محل ہوٹل میں پرفلا رائے کی ملاقات ایک انگریز نائٹ سے ہوئی جو قریب قریب قلاش تھا۔ مگر اس کی واقفیت کا دائرہ بہت وسیع تھا۔ عمر ساٹھ سے کچھ اوپر، زبان میں لکنت، عادات و اطوار بڑی شستہ، پرفلا رائے اس کے متعلق کوئی رائے قائم نہ کر سکا۔ مگر لتیکا رانی کی اندازہ گیر طبیعت نے فوراً بھانپ لیا کہ اس سے بڑے مفید کام لیے جا سکتے ہیں، چنانچہ وہ نرس کی سی توجہ اور خلوص کے ساتھ اس سے ملنے جلنے لگی اور جیسا کہ لتیکا کو معلوم تھا، ایک دن ڈنر پر ایک طرح خود بخود طے ہو گیا کہ اس فلم کمپنی میں جو پرفلا رائے قائم کرے گا، وہ دو مہمان جو سر ہاورڈ پسیکل نے مدعو کیے تھے، ڈائرکٹر ہوں گے اور چند دن کے اندر اندر وہ تمام مراحل طے ہو گئے جو ایک لمیٹڈ کمپنی کی بنیادیں کھڑی کرنے میں درپیش آتے ہیں۔

سر ہاورڈ بہت کام کا آدمی ثابت ہوا۔ یہ پرفلا کا ردِ عمل تھا، لیکن لتیکا شروع ہی سے جانتی تھی کہ وہ ایسا آدمی ہے جس کی افادیت بہت جلد پردہ ظہور پر آ جائے گی۔ وہ جب اس کی خدمت گزاری میں کچھ وقت صرف کرتی تھی تو پرفلا حسد محسوس کرتا تھا، مگر لتیکا نے کبھی اس طرف توجہ ہی نہیں دی تھی۔ اس میں کوئی شک نہیں کہ اس کی قربت سے بڈھا سر ہاورڈ ایک نہ گونہ جنسی تسکین حاصل کرتا تھا، مگر وہ اس میں کوئی مضائقہ نہیں سمجھتی تھی۔

یوں تو وہ دو مالدار مہمان بھی اصل میں اسی کی وجہ سے اپنا سرمایہ لگانے کے لیے تیار ہوئے تھے اور لتیکا کو اس پر بھی کوئی اعتراض نہیں تھا۔ اس کے نزدیک یہ لوگ صرف اسی وقت تک اہم تھے جب تک ان کا سرمایہ ان کی تجوریوں میں تھا، وہ ان دونوں کا تصور بڑی آسانی سے کر سکتی تھی جب یہ مارواڑی سیٹھ سٹوڈیوز میں اس کی ہلکی سی جھلک دیکھنے کے لیے بھی ترساکریں گے لیکن یہ دن قریب لانے کے لیے اس کو کوئی عجلت نہیں تھی، ہر چیز اس کے حساب کے مطابق اپنے وقت پر ٹھیک ہو رہی تھی۔

لمیٹڈ کمپنی کا قیام عمل میں آ گیا۔ اس کے سارے حصص بھی فروخت ہو گئے۔ سر ہاورڈ پیسکل کے وسیع تعلقات اور اثر و رسوخ کی وجہ سے ایک پر فضا مقام پر اسٹوڈیو کے لیے زمین کا ٹکڑا بھی مل گیا۔ ادھر سے فراغت ہوئی تو ڈائرکٹروں نے پر فلا رائے سے درخواست کی کہ وہ انگلینڈ جا کر ضروری ساز و سامان خرید لائے۔

انگلینڈ جانے سے ایک روز پہلے پر فلا نے ٹھیٹ یورپی انداز میں لتیکا سے شادی کی درخواست کی جو اس نے فوراً منظور کر لی۔ چنانچہ اسی دن ان دنوں کی شادی ہو گئی۔ دونوں انگلینڈ گئے۔ ہنی مون میں دونوں کے لیے کوئی نئی بات نہیں تھی۔ ایک دوسرے کے جسم کے متعلق جو انکشافات ہونے تھے وہ عرصہ ہوا ان پر ہو چکے تھے، ان کو اب دھن صرف اس بات کی تھی کہ وہ کمپنی جو انہوں نے قائم کی ہے اس کے لیے مشینری خریدیں اور واپس بمبئی میں جا کر کام پر لگ جائیں۔

لتیکا نے کبھی اس کے متعلق نہ سوچا تھا کہ پر فلا جو فلم سازی سے قطعاً نا واقف ہے، اسٹوڈیو کیسے چلائے گا۔ اس کو اس کی ذہانت کا علم تھا۔ جس طرح اس نے خاموشی ہی خاموشی میں صرف اپنی خلا میں دیکھنے والی آنکھوں سے اس کی نوک پلک درست کر دی تھی، اسی طرح اس کو یقین تھا کہ وہ فلم سازی میں بھی کام یاب ہو گا۔ وہ اس کو جب اپنے پہلے فلم میں ہیروئن بنا کر پیش کرے گا تو ہندوستان میں ایک قیامت برپا ہو جائے گی۔

پر فلا رائے فلم سازی کی تکنیک سے قطعاً آشنا تھا۔ جرمنی میں صرف چند دن اس نے اوفا اسٹوڈیوز میں اس صنعت کا سرسری مطالعہ کیا تھا، لیکن جب وہ انگلینڈ سے اپنے ساتھ ایک کیمرامین اور ایک ڈائریکٹر لے کر آیا اور انڈیا کینز لمیٹڈ کا پہلا فلم سیٹ پر گیا تو سٹوڈیوز کے سارے عملے پر اس کی ذہانت اور قابلیت کی دھاک بیٹھ گئی۔ بہت کم گفتگو کرتا تھا۔ صبح سویرے اسٹوڈیو آتا تھا اور سارا دن اپنے دفتر میں فلم کے مناظر اور مکالمے تیار کرانے میں مصروف رہتا تھا۔ شوٹنگ کا ایک پروگرام مرتب تھا جس کے مطابق کام ہوتا

تھا، ہر شعبے کا ایک نگران مقرر تھا پر فلم کی ہدایت کے مطابق چلتا تھا۔ اسٹوڈیو میں ہر قسم کی آوارگی ممنوع تھی ۔ بہت صاف ستھرا ماحول تھا جس میں ہر کام بڑے قرینے سے ہوتا تھا۔

پہلا فلم تیار ہو کر مارکیٹ میں آ گیا۔ پر فلم رائے کی خلا میں دیکھنے والی آنکھوں نے جو کچھ دیکھنا چاہا تھا وہی پردے پر پیش ہوا۔ وہ زمانہ بھر نہ پن کا تھا۔ ہیروئن وہی سمجھی جاتی تھی جو زرق برق کپڑوں میں ملبوس ہو۔ اونچی سوسائٹی سے متعلق ہو ۔ ایسے رومانوں میں مبتلا ہو، حقیقت سے جنہیں دور کا بھی واسطہ نہیں، ایسی زبان بولے جو اسٹیج کے ڈراموں میں بولی جاتی ہے۔ لیکن پر فلم رائے کے پہلے فلم میں سب کچھ اس کا رد تھا۔ فلم بینوں کے لیے یہ تبدیلی، یہ اچانک انقلاب بڑا خوش گوار تھا، چنانچہ یہ ہندوستان میں ہر جگہ کام یاب ہوا اور لتیکا رانی نے عوام کے دل میں فوراً ہی اپنا مقام پیدا کر لیا۔

پر فلم رائے اس کام یابی پر بہت مطمئن تھا۔ وہ جب لتیکا کے معصوم حسن اور اس کی بھولی بھالی اداکاری کے متعلق اخباروں میں پڑھتا تھا تو اس کو اس خیال سے کہ وہ ان کا خالق ہے، بہت راحت پہنچتی تھی۔ لیکن لتیکا پر اس کام یابی نے کوئی نمایاں اثر نہیں کیا تھا۔ اس کی اندازہ غیر طبیعت کے لیے یہ کوئی غیر متوقع چیز نہیں تھی۔ وہ کام یابیاں جو مستقبل کی کوکھ میں چھپی ہوئی تھیں، کھلی ہوئی کتاب کے اوراق کی مانند اس کے سامنے تھیں ۔

پہلے فلم کی نمائش عظمیٰ پر وہ کیسے کپڑے پہن کر سینما ہال میں جائے گی، اپنے خاوند پر فلم رائے سے دوسروں کے سامنے کس قسم کی گفتگو کرے گی، جب اسے ہار پہنائے جائیں گے تو وہ انہیں اتار کر خوش کرنے کے لیے کس کے گلے میں ڈالے گی، اس کے ہونٹوں کا کون سا کونہ کس وقت پر کس انداز میں مسکرائے گا، یہ سب اس نے ایک مہینہ پہلے سوچ لیا تھا۔

اسٹوڈیو میں لتیکا کی ہر حرکت، ہر ادا ایک خاص پلان کے ماتحت عمل میں آتی تھی۔ اس کا مکان پاس ہی تھا۔ سر ہارڈ پیسکل کو پر فلم رائے نے اسٹوڈیو کے بالائی حصے میں جگہ دے رکھی تھی۔ لتیکا صبح سویرے آتی اور کچھ وقت سر ہارڈ کے ساتھ گزارتی، جس کو باغبانی کا شوق تھا۔ نصف گھنٹے تک وہ اس بڈھے الکن نائٹ کے ساتھ پھولوں کے متعلق گفتگو کرتی رہتی۔ اس کے بعد گھر چلی جاتی اور اپنے خاوند سے اس کی ضروریات کے مطابق تھوڑا سا پیار کرتی۔ وہ اسٹوڈیو چلا جاتا اور لتیکا اپنے سادہ میک اپ میں جس کا ایک ایک خط، ایک ایک نقطہ پر فلم کا بنایا ہوا تھا، مصروف ہو جاتی۔

دوسرا فلم تیار ہوا، پھر تیسرا، اسی طرح پانچواں، یہ سب کام یاب ہوئے، اتنے کام یاب کہ دوسرے فلم

سازوں کو انڈیا ٹاکیز لمیٹڈ کے قائم کردہ خطوط پر بدرجہ مجبوری چلنا پڑا۔ اس نقل میں وہ کام یاب ہوئے یا ناکام، اس کے متعلق ہمیں کوئی سروکار نہیں۔۔۔ لتیکا کی شہرت ہر نئے فلم کے ساتھ ہی آگے آگے ہی بڑھتی گئی۔ ہر جگہ انڈیا ٹاکیز لمیٹڈ کا شہرہ تھا مگر پرفلا رائے کو بہت کم آدمی جانتے تھے۔ وہ جو اس کا معمار تھا، وہ جو لتیکا کا نصف بہتر تھا۔ لیکن پرفلا نے کبھی اس کے متعلق سوچا ہی نہیں تھا، اس کی خلا میں جھانکنے والی آنکھیں ہر وقت سگرٹ کے دھوئیں میں لتیکا کے نت نئے روپ بنانے میں مصروف رہتی تھیں۔ ان فلموں میں ہیرو کو کوئی اہمیت نہیں تھی۔ پرفلا رائے کے اشاروں پر وہ کہانی میں اٹھتا، بیٹھتا اور چلتا تھا۔ اسٹوڈیو میں بھی اس کی شخصیت معمولی تھی۔ سب جانتے تھے کہ پہلا نمبر مسٹر رائے کا اور دوسرا مسز رائے کا۔ جو باتی ہیں سب فضول ہیں۔ لیکن اس کا ردِّ عمل یہ شروع ہوا کہ ہیرو نے پر پرزے نکالنے شروع کر دیئے۔ لتیکا کے ساتھ اس کا نام پردے پر لازم و ملزوم ہو گیا تھا۔ اس لیے اس سے اس نے فائدہ اٹھانا چاہا۔ لتیکا سے اسے دلی نفرت تھی، اس لیے کہ وہ اس کے حقوق کی پروا ہی نہیں کرتی تھی۔ اس کا اظہار بھی اس نے اب آہستہ آہستہ اسٹوڈیو میں کرنا شروع کر دیا تھا جس کا نتیجہ یہ ہوا کہ اچانک پرفلا رائے نے اپنے آئندہ فلم میں اس کو شامل نہ کیا۔ اس پر چھوٹا سا ہنگامہ بر پا ہوا لیکن فوراً ہی دب گیا۔ نئے ہیرو کی آمد سے تھوڑی دیر اسٹوڈیو میں چہ میگوئیاں ہوتی رہیں۔ لیکن یہ بھی آہستہ آہستہ غائب ہو گئیں۔ لتیکا اپنے شوہر کے اس فیصلے سے متفق نہیں تھی۔ لیکن اس نے اسے تبدیل کرانے کی کوشش نہ کی، جو حساب اس نے لگایا تھا اس کے مطابق تازہ فلم ناکام ثابت ہوا۔ اس کے بعد دوسرا بھی اور جیسا کہ لتیکا کو معلوم تھا، اس کی شہرت دبنے لگی اور ایک دن یہ سننے میں آیا کہ وہ نئے ہیرو کے ساتھ بھاگ گئی ہے۔ اخباروں میں ایک تہلکہ مچ گیا۔ لتیکا کا دامن حیرت ناک طور پر رومانس وغیرہ سے پاک رہا تھا۔ لوگوں نے جب سنا کہ وہ نئے ہیرو کے ساتھ بھاگ گئی ہے تو اس کے عشق کی کہانیاں گھڑنی شروع کر دیں۔ پرفلا رائے کو بہت صدمہ ہوا۔ جو اس کے قریب تھے، ان کا بیان ہے کہ وہ کئی بار بے ہوش ہوا۔ لتیکا کا بھاگ جانا اس کی زندگی کا بہت بڑا صدمہ تھا۔ اس کا وجود اس کے لیے کینوس کا ایک ٹکڑا تھا جس پر وہ اپنے خوابوں کی تصویر کشی کرتا تھا۔ اب ایسا ٹکڑا اسے اور کہیں سے دستیاب نہ ہو سکتا تھا۔ غم کے مارے وہ نڈھال ہو گیا۔ اس نے کئی بار چاہا کہ اسٹوڈیو کو آگ لگا دے اور اس میں خود کو جھونک دے۔ مگر اس کے لیے بڑی ہمت کی ضرورت تھی جو اس میں نہیں تھی۔

آخر پرانا ہیرو آگے بڑھا اور اس نے معاملہ سلجھانے کے لیے اپنی خدمات پیش کیں۔ اس نے لتیکا کے

بارے میں ایسے ایسے انکشافات کیے کہ پرفلا بھونچکے رہ گیا۔ اس نے بتایا، ''لتیکا ایسی عورت ہے جو محبت کے لطیف جذبے سے قطعاً محروم ہے۔ نئے ہیرو کے ساتھ وہ اس لیے نہیں بھاگی کہ اس کو اس سے عشق ہے۔ یہ محض اسٹنٹ ہے۔ ایک ایسی چال ہے جس سے وہ اپنی متزلزل پذیر شہرت کو تھوڑے عرصے کے لیے سنبھالا دینا چاہتی ہے اور اس میں اس نے اپنا شریک کار نئے ہیرو کو اس لیے بنایا ہے کہ وہ میری طرح خود سر نہیں۔ وہ اس کو اس طرح اپنے ساتھ لے گئی ہے جس طرح کسی نو کر کو لے جاتے ہیں۔ اگر اس نے مجھے منتخب کیا ہوتا تو اس کی اسکیم کبھی کام یاب نہ ہوتی۔ میں کبھی اس کے احکام پر نہ چلتا۔ وہ اس وقت واپس آنے کے لیے تیار ہے، کیونکہ اس کے حساب کے مطابق اس کی واپسی میں بہت دن اوپر ہو گئے ہیں۔۔۔ اور میں تو یہ سمجھتا ہوں کہ شاید میں یہ باتیں بھی اسی کے کہنے کے مطابق آپ کو بتا رہا ہوں۔''

دوسرے تخلیقی فن کاروں کی طرح پرفلا رائے بھی پرلے درجے کا شکی تھا، پرانے ہیرو کی یہ باتیں فوراً ذہن میں بیٹھ گئیں، لیکن جب لتیکا واپس آئی تو اس نے عاشق صادق کے سے گلے شکوے شروع کر دیئے اور اس کو بے وفائی کا مجرم قرار دیا۔ لتیکا خاموش رہی۔ اس نے اپنی بے گناہی کے جواز میں کچھ نہ کہا۔ پرانے ہیرو نے اس کے متعلق جو باتیں اس کے شوہر سے کی تھیں، اس نے ان پر بھی کوئی تبصرہ نہ کیا۔ اس کے کہنے کے مطابق پرانے ہیرو کی تنخواہ دُگنی ہو گئی۔ اب وہ اس سے باتیں بھی کرتی تھی، لیکن ان کے درمیان وہ فاصلہ بدستور قائم رہا۔ جس کی حدود شروع ہی سے مقرر کر چکی تھی۔

فلم پھر کام یاب ہوا۔ جو اس کے بعد پیش ہوا اسے بھی کامیابی نصیب ہوئی لیکن اس دوران انڈیا ٹاکیز لمیٹڈ کے خطوط پر چل کر اور کئی ادارے فلم سازی کی نئی راہیں کھول چکے تھے۔ متعدد نئے چہرے جو لتیکا کے مقابلے میں کئی گنا پُر کشش تھے، اسکرین پر پیش ہو چکے تھے۔ پرانے ہیرو کا خیال تھا کہ لتیکا ضرور اپنے خاوند کو چھوڑ کر کسی اور فلم ساز کی آغوش میں چلی جائے گی جو اس کے وجود میں نئے جزیرے دریافت کر سکے۔ لیکن بہت دیر تک کوئی قابل ذکر بات وقوع پذیر نہ ہوئی۔

اسٹوڈیو میں لتیکا کے متعلق ہر روز مختلف باتیں ہوتی تھیں۔ سب یہ جاننے کی کوشش کرتے تھے کہ خاوند کے ساتھ اس کے تعلقات کس قسم کے ہیں۔ ان کے بارے میں کئی روایتیں مشہور تھیں۔ جن میں سے ایک یہ بھی تھی کہ وہ اپنے سائیس کے ساتھ خراب ہے۔ یہ روایت پرانے ہیرو سے تھی۔ اس کو یقین تھا کہ لتیکا اپنے سائیس رام بھرو سے کے ذریعے سے اپنی جسمانی خواہشات پوری کرتی ہے اور اپنے خاوند پرفلا رائے سے اس کے تعلقات صرف نمائشی بستر تک محدود ہیں۔۔۔ !

   7/9   لتیکا رانی

پرانا ہیرو اپنے اس مفروضے کے جواز میں یہ کہتا تھا، ''لتیکا جیسی عورت اس قسم کے تعلقات صرف
ادنیٰ قسم کے نو کر ہی دسے پیدا کرسکتی ہے جو اس کے اشارے پر آئے اور اشارے ہی پر چلا جائے جس کی
گردن اس کے احسان تلے دبی رہے۔۔۔اگر وہ عشق و محبت کرنے کی اہلیت رکھتی تو نئے ہیرو کے ساتھ
بھاگ کر پھر واپس نہ آتی۔۔۔یہ اس کا اسٹنٹ تھا اور اس کا پول کھل چکا ہے۔۔۔تم یقین مانو کہ اس کے
دن لد چکے ہیں اور سب جانتی ہے اور اچھی طرح سمجھتی ہے۔اس کو یہ بھی معلوم ہے کہ مسٹر رائے کی تمام
طاقتیں اسے بنانے اور سنوارنے میں ختم ہو چکی ہیں، اب وہ آم کی چسی ہوئی گٹھلی کے مانند ہے۔اس میں
وہ رس نہیں رہا جس سے وہ اتنی دیر امرت حاصل کرتی رہی تھی۔۔۔تم دیکھ لینا، تھوڑے ہی عرصے کے
بعد اپنی کایا کلپ کرانے کی خاطر وہ کسی اور فلم ساز کی آغوش میں چلی جائے گی۔''

لتیکا کسی اور فلم ساز کی آغوش میں نہ گئی۔ ایسا معلوم ہوتا کہ یہ موڑ اس کے بنائے ہوئے نقشے میں نہیں
تھا۔ نئے ہیرو کے ساتھ بھاگ جانے کے بعد اس میں بظاہر کوئی فرق نہیں آیا تھا۔سر ہارڈ پیسکل کے
ساتھ صبح سویرے باغبانی میں مصروف وہ ابھی اسی طرح نظر آتی تھی۔ اسٹوڈیو میں اس کے بارے میں
جو باتیں ہوتی تھیں، اس کے علم میں تھیں، مگر وہ خاموش رہتی تھی، اسی طرح پر تمکنت طور پر خاموش!
دو فلم اور بنے جو بہت بری طرح نا کام ہوئے۔ انڈیا ٹاکیز لمیٹڈ کا روشن نام مدھم پڑنے لگا۔ لتیکا کا اس پر اس کا
کوئی رد عمل ظاہر نہ ہوا۔اسٹوڈیو کا ہر آدمی جانتا تھا کہ مسٹر رائے سخت پریشان ہیں۔ پرانے ہیرو جو اپنے آقا
کی قدر کرتا تھا اور اس کا ہم درد بھی تھا، کئی بار اسے رائے دی کہ وہ کمپنی کے بکھیڑوں سے الگ ہو جائے۔
فلم سازی کا کام اپنے شاگردوں کو سونپ دے اور خود آرام و سکون کی زندگی بسر کرنا شروع کر دے۔
مگر اس کا کچھ اثر نہ ہوا۔ ایسا معلوم ہوتا کہ پر فلا رائے ایک بار پھر اپنے خواب ساز دماغ کی منتشر اور مضمحل
قوتیں مجتمع کرنا چاہتا ہے اور لتیکا کے وجود کے ڈھیلے تانے بانے میں ایک نئے اور دیر پا خواب کے نقش
ابھارنے کی کوشش میں مصروف ہے۔

گھر کے نو کروں سے جو خبریں باہر آتی تھیں، ان سے پتہ چلتا تھا کہ مسٹر رائے کا مزاج بہت چڑچڑا ہو گیا
ہے۔ ہر وقت جھنجھلایا رہتا ہے کبھی کبھی غصے میں آ کر لتیکا کو گندی گندی گالیاں بھی دیتا ہے، مگر وہ
خاموش رہتی ہے۔ رات کو جب مسٹر رائے کو شب بیداری کی شکایت ہوتی ہے تو وہ اس کا سر سہلاتی ہے،
پاؤں دباتی ہے اور سلا دیتی ہے۔

پہلے مسٹر رائے کبھی اصرار نہیں کرتے تھے کہ لتیکا ان کے پاس سوئے، پر اب وہ کئی بار راتوں کو اٹھ اٹھ

                                                                     کھول دو

کر اسے ڈھونڈتے تھے اور اس کو مجبور کرتے تھے کہ وہ ان کے ساتھ سوئے۔ پرانے ہیرو کو جب ایسی باتیں معلوم ہوتی تھیں تو اسے بہت دکھ ہوتا تھا۔ ''مسٹر رائے بہت بڑا آدمی ہے۔...لیکن افسوس کہ اس نے اپنا دماغ ایک ایسی عورت کے قدموں میں ڈال دیا جو کسی طرح اس اعزاز کے قابل نہیں تھی۔... وہ عورت نہیں چڑیل تھی۔...میرے اختیار میں ہو تو میں اسے گولی سے اڑا دوں۔...! سب سے بڑی ٹریجڈی تو یہ ہے کہ مسٹر رائے کو اب اس سے بہت زیادہ محبت ہو گئی ہے۔''

جو زیادہ گہرائیوں میں اترنے والے تھے، ان کا یہ خیال تھا کہ پر فلا رائے میں چونکہ لتیکا اب کوئی اور رنگ روپ دینے کی قوت باقی نہیں رہی، اس لیے وہ جھنجھلا کر اس کو خراب کر دینا چاہتا ہے۔ اب تک وہ اسے ایک مقدس چیز سمجھتا رہا تھا جس پر اس نے گندگی اور نجاست کا ایک ذرہ تک بھی گرنے نہیں دیا تھا۔ مگر اب وہ اسے ناپاک کر دینا چاہتا ہے، غلاظت میں لتھیڑ دینا چاہتا ہے، تا کہ جب وہ کسی کے منہ سے یہ سنے کہ تمہاری لتیکا کو ہم نے فلاں فلاں نجاست سے ملوث کیا ہے تو اسے زیادہ روحانی کوفت نہ ہو۔ وہ پہلے خوابوں کی نرم و نازک دنیا میں بستا تھا، اب حقیقت کے پتھروں کے ساتھ اپنا اور لتیکا کا سر پھوڑنا چاہتا ہے۔

وقت گزرتا گیا، انڈیا ٹاکیز لمیٹڈ کے بائیسویں فلم کی شوٹنگ جاری تھی، پر فلا رائے ایک بالکل نیا تجربہ کر رہا تھا۔ لیکن اسٹوڈیو کے آدمیوں کو معلوم نہ تھا کہ وہ کس قسم کا ہے۔ رائے کے دفتر کی بتی رات کو دیر تک جلتی رہتی تھی۔ گھر جانے کے بجائے اب وہ اکثر وہیں سوتا تھا۔ کاغذوں کے انبار اس کی میز پر لگے رہتے تھے۔ جب اس کی ایش ٹرے صاف کی جاتی تو جلے ہوئے سگرٹوں کا ایک ڈھیر نکلتا۔ کہانی لکھی ہی جا رہی تھی، مگر کس نوعیت کی۔ اسی کے سینریو ڈیپارٹمنٹ کو بھی کچھ معلوم نہیں تھا۔

درزی خانے کے لوگ قریب قریب بے کار تھے۔ ایک دن لتیکا وہاں نمودار ہوئی اور اس نے اپنے لیے لمبی آستینوں والا سیاہ بلاؤز بنانے کا حکم دیا۔ کپڑا اس کی پسند کے مطابق آیا، ڈیزائن بھی اس نے خود منتخب کیا، اس کے ساتھ ہی اس نے سیاہ جارجٹ کی ساڑی منگوائی، پھر ہیئر ڈریسر مس ڈی میلو سے اپنے نئے ہیئر اسٹائل کے متعلق مفصل بات چیت کی۔ یہ باتیں جب اسٹوڈیو میں عام ہوئیں تو لوگوں نے نئے فلم کے متعلق اپنی اپنی فکر کے مطابق اندازے لگائے۔ پرانے ہیرو کا یہ خیال تھا کہ مسٹر رائے شاید اپنی زندگی کی ٹریجڈی پیش کریں گے لیکن جب پہلی شوٹنگ کی اطلاع بورڈ پر لگی اور سیٹ پر کام شروع ہوا تو لوگوں کو بڑی ناامیدی ہوئی۔ وہی پرانا ماحول تھا اور وہی پرانے ملبوسات۔

شوٹنگ حسبِ معمول بڑے ہموار طریقے پر جاری رہی، لیکن اچانک ایک دن اسٹوڈیو میں ہنگامہ برپا ہو گیا۔ پرفلا رائے حسبِ معمول سیٹ پر نمودار ہوا۔ چند لمحات اس نے شوٹنگ دیکھی اور ایک دم کیمرامین پر برس پڑا۔ آؤ دیکھا نہ تاؤ، زور کا تھپڑ اس کے کان پر جڑ دیا جس کے باعث وہ بے ہوش ہو گیا۔ پہلے تو اسٹوڈیو کے آدمی خاموش رہے لیکن جب انہوں نے دیکھا کہ مسٹر رائے پر دیوانگی طاری ہے تو انہوں نے مل کر اسے پکڑ لیا اور گھر لے گئے۔

اچھے سے اچھے ڈاکٹر بلائے گئے مگر پرفلا رائے کی دیوانگی بڑھتی گئی۔ وہ بار بار لتیکا کو اپنے پاس بلاتا تھا مگر جب وہ اس کی نظروں کے سامنے آتی تھی تو اس کا جوش بڑھ جاتا تھا اور وہ چاہتا تھا کہ اسے نوچ ڈالے، اتنی گالیاں دیتا تھا، ایسے ایسے برے ناموں سے اسے یاد کرتا تھا کہ سننے والے حیرت زدہ ایک دوسرے کا منہ تکتے لگنے تھے۔

پورے چار دن تک پرفلا رائے پر دیوانگی طاری رہی۔ بہت خطرناک قسم کی دیوانگی۔ پانچویں روز صبح سویرے جب کہ لتیکا سر ہاورڈ پیسکل کے ساتھ باغبانی میں مصروف تھی اور دبی دبی زبان میں اپنے خاوند کی افسوسناک بیماری کا ذکر کر رہی تھی، یہ اطلاع پہنچی کہ مسٹر رائے آخری سانس لے رہے ہیں۔ یہ سن کر لتیکا کو غش آ گیا۔ سر ہاورڈ اور اسٹوڈیو کے دوسرے آدمی ان کو ہوش میں لانے کی کوشش میں مصروف تھے کہ دوسری اطلاع پہنچی کہ مسٹر رائے سورگباش ہو گئے۔

دس بجے کے قریب جب لوگ ارتھی اٹھانے کے لیے کوٹھی پہنچے تو لتیکا نمودار ہوئی۔ اس کی آنکھیں سوجی ہوئی تھیں۔ بال پریشان تھے۔ سیاہ ساڑی اور سیاہ بلاؤز پہنے ہوئے تھی۔ پرانے ہیرو نے اس کو دیکھا اور بڑی نفرت سے کہا:

''کمبخت کو معلوم تھا کہ یہ سین کب شوٹ کیا جانے والا ہے۔۔۔''

ماتمی جلسہ

رات رات میں یہ خبر شہر کے اس کونے سے اُس کونے تک پھیل گئی کہ اتاترک کمال مرگیا ہے۔ ریڈیو کی تھرتھراتی ہوئی زبان سے یہ سنسنی پھیلانے والی خبر ایرانی ہوٹلوں میں سٹے بازوں نے سنی جو چائے کی پیالیاں سامنے رکھے اپنے والے نمبر کے بارے میں قیاس دوڑا رہے تھے اور وہ سب کچھ بھول کر کمال اتاترک کی بڑائی میں گم ہو گئے۔

ہوٹل میں سفید پتھر والے میز کے پاس بیٹھے ہوئے ایک اسٹوری نے اپنے ساتھی سے یہ خبر سن کر لرزاں آواز میں کہا، ''مصطفیٰ کمال مرگیا!'' اس کے ساتھی کے ہاتھ سے چائے کی پیالی گرتے گرتے بچی، ''کیا کہا، مصطفیٰ کمال مرگیا؟''

اس کے بعد دونوں میں اتاترک کمال کے متعلق بات چیت شروع ہوگئی۔ ایک نے دوسرے سے کہا، ''بڑے افسوس کی بات ہے، اب ہندوستان کا کیا ہو گا؟ میں نے سنا تھا یہ مصطفیٰ کمال یہاں پر حملہ کرنے والا ہے۔۔۔ ہم آزاد ہو جاتے، مسلمان قوم آگے بڑھ جاتی۔۔۔ افسوس تقدیر کے ساتھ کسی کی پیش نہیں چلتی،''! دوسرے نے جب یہ بات سنی تو اس کے رُوئیں بدن پر چیونٹیوں کے مانند سرکنے لگے۔ اس پر ایک عجیب و غریب کیفیت طاری ہوگئی۔ اس کے دل میں جو پہلا خیال آیا، یہ تھا، ''مجھے کل جمعہ سے نماز شروع کر دینی چاہیے۔۔۔'' اس خیال کو بعد میں اُس نے مصطفیٰ کمال پاشا کی شان دار مسلمانی اور اُس کی بڑائی میں تحلیل کر دیا۔

بازار کی ایک تنگ گلی میں دو تین کوکین فروش کھاٹ پر بیٹھے باتیں کر رہے تھے۔ ایک نے پان کی پیک بڑی صفائی سے بجلی کے کھمبے پر پھینکی اور کہا، ''میں مانتا ہوں، مصطفیٰ کمال بہت بڑا آدمی تھا۔ لیکن محمد علی بھی

کسی سے کم نہیں تھا۔ یہاں بمبئی میں تین چار ہوٹلوں کا نام اُسی پر رکھا گیا ہے۔ ''

دوسرے نے جو اپنی ننگی پنڈلیوں پر سے ایک گھِسے درے چاقو سے مَیل اتارنے کی کوشش کر رہا تھا، اپنے دونوں ساتھیوں سے کہا، '' محمد علی کی موت پر تو بڑی شان دار ہڑتال ہوئی تھی۔۔۔ ''

'' ہاں بھئی تو کل ہڑتال ہو رہی ہے کیا؟ '' تیسرے نے ایک کی پسلیوں میں کہنی سے ٹھوکا دیا۔ اس نے جواب دیا، '' کیوں نہ ہو گی۔۔۔ ارے اتنا بڑا مسلمان مر جائے اور ہڑتال نہ ہو۔ ''

یہ بات ایک راہ گزر نے سن لی، اُس نے دوسرے چوک میں اپنے دوستوں سے کہی اور ایک گھنٹے میں اُن سب لوگوں کو جو دن کو سونے اور رات کو بازاروں میں جاگتے رہنے کے عادی ہیں، معلوم ہو گیا کہ صبح ہڑتال ہو رہی ہے۔

ابو قصائی رات کو دو بجے اپنی کھولی میں آیا۔ اس نے آتے ہی طاق میں سے بہت سی چیزوں کو اِدھر اُدھر اُلٹ پلٹ کرنے کے بعد ایک پُڑیا نکالی اور ایک دیگچی میں پانی بھر کر اس کو اُس میں ڈال کر گھولنا شروع کر دیا۔ اس کی بیوی جو دن بھر کی تھکی ماندی ایک کونے میں ٹاٹ پر سو رہی تھی، برتن کی رگڑ سن کر جاگ پڑی۔ اس نے لیٹے لیٹے کہا، '' آ گئے ہو؟ ''

'' ہاں آ گیا ہوں۔ '' یہ کہہ کر ابو نے اپنی قمیض اتار کر دیگچی میں ڈال دی اور اسے پانی کے اندر مسلنا شروع کر دیا۔ اس کی بیوی نے پوچھا، '' پریتم کر کیا رہے ہو؟ ''

'' مصطفیٰ کمال مر گیا ہے، کل ہڑتال ہو رہی ہے! '' اس کی بیوی یہ سن کر گھبراہٹ کے مارے اٹھ کھڑی ہوئی، '' کیا مارا ماری ہو گی؟ میں تو ان ہر روز کے فسادوں سے بڑی تنگ آ گئی ہوں۔ '' وہ سر پکڑ کر بیٹھ گئی، '' میں نے تجھ سے ہزار مرتبہ کہا ہے کہ تو ہندوؤں کے اِس محلے سے اپنا مکان بدل ڈال، پر نہ جانے تو کب سنے گا! ''

ابو جواب میں ہنسنے لگا، '' اری پگلی۔۔۔ یہ ہندو مسلمانوں کا فساد نہیں مصطفیٰ کمال مر گیا ہے۔۔۔ وہی جو بہت بڑا آدمی تھا۔۔۔ کل اُس کے سوگ میں ہڑتال ہو گی۔ ''

'' جانے میری بلا، یہ بڑا آدمی کون ہے۔۔۔ پر یہ تو کیا کر رہا ہے؟ '' بیوی نے پوچھا، '' سو تکیوں نہیں ہے! '' قمیض کو کالا رنگ دے رہا ہوں۔۔۔ صبح ہمیں ہڑتال کرانے جانا ہے۔ '' یہ کہہ کر اس نے قمیض نچوڑ کر دو کیلوں کے ساتھ لٹکا دی جو دیوار میں گڑی ہوئی تھیں۔

دوسرے روز صبح کو سیاہ پوش مسلمانوں کی ٹولیاں کالے جھنڈے لیے بازاروں میں چکر لگا رہی تھیں۔ یہ

سیاہ پوش مسلمان دکانداروں کی دکانیں بند کرا رہے تھے اور یہ نعرے لگا رہے تھے، ''انقلاب زندہ باد۔ انقلاب زندہ باد!''

ایک ہندو نے جو اپنی دکان کھولنے کے لیے جا رہا تھا یہ نعرے سنے اور نعرے لگانے والوں کو دیکھا تو چپ چاپ ٹرام میں بیٹھ کر وہاں سے کھسک گیا۔ دوسرے ہندو اور پارسی دکانداروں نے جب مسلمانوں کے ایک گروہ کو چیختے چلّاتے اور نعرے مارتے دیکھا تو انہوں نے جھٹ پٹ اپنی دکانیں بند کر لیں۔

دس پندرہ سیاہ پوش گپیں ہانکتے ایک بازار سے گزر رہے تھے۔ ایک نے اپنے ساتھی سے کہا، ''دوست ہڑتال ہوئی تو خوب ہے، پر ویسی نہیں ہوئی جیسی محمد علی کے ٹیم پر ہوئی تھی۔۔۔ ٹرام میں تو اسی طرح چل رہی ہیں۔'' اُس ٹولی میں جو سب سے زیادہ جوشیلا تھا اور جس کے ہاتھ میں سیاہ جھنڈا تھا، ٹنک کر بولا، ''آج بھی نہیں چلیں گی!'' یہ کہہ کر وہ اِس ٹرام کی طرف بڑھا جو لکڑی کے ایک شیڈ کے نیچے مسافروں کو اتار رہی تھی۔ ٹولی کے باقی آدمیوں نے اُس کا ساتھ دیا اور ایک لمحہ کے اندر سب یہ ٹرام کی سرخ گاڑی کے ارد گرد تھے۔ سب مسافر زبردستی اتار دیے گئے۔

شام کو ایک وسیع میدان میں ماتمی جلسہ ہوا۔ شہر کے سب ہنگامہ پسند جمع تھے۔ خوانچہ فروش اور پان بیڑی والے چل پھر کر اپنا سودا بیچ رہے تھے۔ جلسہ گاہ کے باہر عارضی دکانوں کے پاس ایک میلہ لگا ہوا تھا، چاٹ کے چنوں اور ابلے ہوئے آلوؤں کی خوب بکری ہو رہی تھی۔

جلسہ گاہ کے اندر اور باہر بہت بھیڑ تھی۔ کھوے سے کھوا چھلتا تھا۔ اس ہجوم میں کئی آدمی ایسے بھی چل پھر رہے تھے جو یہ معلوم کرنے کی کوشش میں مصروف تھے کہ اتنے آدمی کیوں جمع ہو رہے ہیں۔ ایک صاحب گلے میں دُوربین لٹکائے اِدھر اُدھر چکر کاٹ رہے تھے۔ دُور سے اتنی بھیڑ دیکھ کر اور یہ سمجھ کر کہ پہلوانوں کا دنگل ہو رہا ہے وہ ابھی اپنے گھر سے نئی دوربین لے کر دوڑے دوڑے آ رہے تھے اور اُس کا امتحان لینے کے لیے بے تاب ہو رہے تھے، میدان کے آہنی جنگلے کے پاس دو آدمی کھڑے آپس میں بات چیت کر رہے تھے۔ ایک نے اپنے ساتھی سے کہا، ''بھئی یہ مصطفیٰ کمال تو واقعی کوئی بہت بڑا آدمی معلوم ہوتا ہے۔۔۔ میں جو صابن بنانے والا ہوں اُس کا نام 'کمال سوپ' رکھوں گا۔۔۔ کیوں کیسا رہے گا؟''

دوسرے نے جواب دیا، ''وہ بھی بُرا نہیں تھا جو تم نے پہلے سوچا تھا۔۔۔ 'جناح سوپ' یہ جناح مسلم لیگ کا بہت بڑا لیڈر ہے۔''

''نہیں، نہیں۔ کمال سوپ اچھا رہے گا۔۔۔ بھائی مصطفیٰ کمال اس سے بڑا آدمی ہے۔'' یہ کہہ کر اُس نے اپنے ساتھی کے کاندھے پر ہاتھ رکھا، ''آؤ چلیں جلسہ شروع ہونے والا ہے۔'' وہ دونوں جلسہ گاہ کی طرف چل دیے۔

جلسہ شروع ہوا۔

آغاز میں نظمیں گائی گئیں جن میں مصطفیٰ کمال کی بڑائی کا ذکر تھا پھر ایک صاحب تقریر کرنے کے لیے اُٹھے۔ آپ نے کمال اتاترک کی عظمت بڑے بلند بانگ لفظوں میں بیان کرنا شروع کی۔ حاضرینِ جلسہ اُس تقریر کو خاموشی سے سنتے رہے۔ جب کبھی مقرّر کے یہ الفاظ گونجتے، ''مصطفیٰ کمال نے دَرّۂ دانیال سے انگریزوں کو لات مار کے باہر نکال دیا۔'' یا ''کمال نے یونانی بھیڑوں کو اسلامی خنجر سے ذبح کر ڈالا۔'' تو ''اسلام زندہ باد'' کے نعروں سے میدان کانپ اٹھتا۔ یہ نعرے مقرّر کی قوتِ گویائی کو اور تیز کر دیتے اور وہ زیادہ جوش سے اتاترک کمال کی عظیم الشان شخصیت پر روشنی ڈالنا شروع کر دیتا۔ مقرّر کا ایک ایک لفظ حاضرینِ جلسہ کے دلوں میں ایک جوش و خروش پیدا کر رہا تھا۔

''جب تک تاریخ میں گیلی پولی کا واقعہ موجود ہے، برطانیہ کی گردن ٹُر کی کے سامنے خم رہے گی۔ صرف ٹُر کی ہی ایک ایسا ملک ہے جس نے برطانوی حکومت کا کامیاب مقابلہ کیا، اور صرف مصطفیٰ کمال ہی ایسا مسلمان ہے جس نے غازی صلاح الدین ایوبی کی سپاہیانہ عظمت کی یاد تازہ کی۔ اُس نے یہ نوکِ شمشیر یورپی ممالک سے اپنی طاقت کا لوہا منوایا۔ ٹُر کی کو یورپ کا مردِ بیمار کہا جاتا تھا مگر کمال نے اسے صحت اور قوت بخش کر مردِ آہن بنا دیا۔''

جب یہ الفاظ جلسہ گاہ میں بلند ہوئے تو ''انقلاب زندہ باد، انقلاب زندہ باد'' کے نعرے پانچ منٹ تک متواتر بلند ہوتے رہے۔ اِس سے مقرّر کا جوش بہت بڑھ گیا۔ اس نے اپنی آواز کو اور بلند کر کے کہنا شروع کیا، ''کمال کی عظمت مختصر الفاظ میں بیان نہیں ہو سکتی۔ اُس نے اپنے ملک کے لیے وہ خدمات سرانجام دی ہیں جس کو بیان کرنے کے لیے کافی وقت چاہیے۔ اُس نے ٹُر کی میں جہالت کا دیوالیہ نکال دیا۔ تعلیم عام کر دی۔ نئی روشنی کی شعاعوں کو پھیلایا۔ یہ سب کچھ اُس نے تلوار کے زور سے کیا۔ اُس نے دین کو جب علم سے علیحدہ کیا تو بہت سے قدامت پسندوں نے اُس کی مخالفت کی مگر وہ سر بازار پھانسی پر لٹکا دیے گئے۔ اُس نے جب یہ فرمان جاری کیا کہ کوئی ٹُر کی رومی ٹوپی نہ پہنے تو بہت سے جاہل لوگوں نے اُس کے خلاف آواز اٹھانا چاہی مگر یہ آواز اُن کے گلے ہی میں دبا دی گئی۔ اُس نے جب

یہ حکم دیا کہ اذان ترکی زبان میں ہو تو بہت سے ملّاؤں نے عدولِ حکمی کی مگر وہ قتل کر دیے گئے۔۔''

''یہ کفر بکتا ہے۔'' جلسہ گاہ میں ایک شخص کی آواز بلند ہوئی اور فوراً ہی سب لوگ مُضطرب ہو گئے۔

''یہ کافر ہے جھوٹ بولتا ہے۔'' کے نعروں میں مُقرَّر کی آواز گم ہو گئی۔ پیشتر اِس کے کہ وہ اپنا مافی الضَّمیر بیان کرتا اس کے ماتھے پر ایک پتھر لگا اور وہ چکرا کر اسٹیج پر گر پڑا۔ جلسے میں ایک بھگدڑ مچ گئی۔ اسٹیج پر مُقرَّر کا ایک دوست اس کے ماتھے پر سے خون پونچھ رہا تھا اور جلسہ گاہ اِن نعروں سے گونج رہی تھی، ''مصطفیٰ کمال زندہ باد، مصطفیٰ کمال زندہ باد۔''

ماہی گیر

فرانسیسی شاعر وِکٹر ہیوگو کی ایک نظم کے تاثرات

سمندر رو رہا تھا۔

مقید لہریں پتھریلے ساحل کے ساتھ ٹکڑا ٹکڑا کر آہ و زاری کر رہی تھیں۔

دور پانی کی رقصاں سطح پر چند کشتیاں اپنے دھندلے اور کمزور بادبانوں کے سہارے بے پناہ سردی میں ٹھٹھری ہوئی کانپ رہی تھیں۔

آسمان کی نیلی قبا میں چاند کھل کھلا کر ہنس رہا تھا۔

ستاروں کا کھیت اپنے پورے جوبن میں لہلہا رہا تھا۔

فضا سمندر کے نمکین پانی کی تیز بو میں بسی ہوئی تھی۔

ساحل سے کچھ فاصلے پر چند شکستہ جھونپڑیاں خاموش زبان میں ایک دوسرے سے اپنی خستہ حالی کا تذکرہ کر رہی تھیں۔۔۔

یہ ماہی گیروں کے سر چھپانے کی جگہیں تھیں۔

ایک جھونپڑی کا دروازہ کھلا تھا جس میں سے چاند کی آوارہ شعاعیں زمین پر رینگ رینگ کر اس کی کاجل ایسی فضا کو نیم روشن کر رہی تھیں۔ اس اندھی روشنی میں دیوار پر ماہی گیر کا جال نظر آ رہا تھا اور ایک چوبی تختے پر چند تھالیاں جھلملا رہی تھیں۔

جھونپڑی کے کونے میں ایک ٹوٹی چارپائی، تاریک چادروں میں ملبوس اندھیرے میں سر نکالے ہوئے تھی۔ اس کے پہلو میں پھٹے ہوئے ٹاٹ پر پانچ بچے محوِ خواب تھے۔۔۔ ننھی روحوں کا ایک گھونسلا جو خوابوں

سے تھرتھرا رہا تھا۔ پاس ہی ان کی ماں نامعلوم کن خیالات میں مستغرق گھٹنوں کے بل بیٹھی گنگنا رہی تھی۔ یکایک وہ لہروں کا شور سن کر چونکی۔۔۔ بوڑھا سمندر، کسی آنے والے خطرے سے آگاہ، سیاہ چٹانوں، تند ہواؤں اور نصف شب کی تاریکی کو مخاطب کر کے گلا پھاڑ پھاڑ کر چلّا رہا تھا۔ وہ اٹھی اور بچوں کے پاس جا کر ہر ایک کی پیشانی پر اپنے سرد لبوں سے بوسہ دیا۔ اور وہیں ٹاٹ کے ایک کونے پر بیٹھ کر دعا مانگنے میں مصروف ہو گئی۔ لہروں کے شور میں یہ الفاظ بخوبی سنائی دے رہے تھے۔

''اے خدا! اے بے کسوں اور غریبوں کے خدا، ان بچوں کا واحد سہارا، رات کا تاریک کفن اوڑھے سمندر کی لہروں کے ساتھ کھیل رہا ہے۔۔۔ موت کے عمیق گڑھے میں پاؤں لٹکائے ہے۔ صرف ان کی خاطر وہ ہر روز اس دیو کے ساتھ کشتی لڑتا ہے۔۔۔ اے خدا تو اس کی جان حفاظت میں رکھیو۔۔۔ آہ! اگر یہ صرف نوجوان ہوتے۔۔۔ اگر یہ صرف اپنے والد کی مدد کر سکتے۔۔۔!''

یہ کہہ کر خدا معلوم اسے کیا خیال آیا کہ وہ سر سے پیر تک کانپ گئی اور ٹھنڈی آہ بھرتے ہوئے تھرتھراتی ہوئی آواز میں کہنے لگی، ''بڑے ہو کر ان کا بھی یہی شغل ہو گا۔ پھر مجھے چھ جانوں کا خدشہ لاحق رہے گا۔''

آہ۔۔۔! کچھ سمجھ نہیں آتا۔ غربت! غربت!!''

یہ کہتے ہوئے وہ اپنی غربت اور تنگ دامانی کے خیالات میں غرق ہو گئی۔ دفعتاً وہ اس اندھیرے خواب سے بیدار ہوئی۔ اس کے دماغ میں ہوٹلوں کی دیو قامت عمارتیں اور امرا کے راحت کدوں کی تصویریں کھنچ گئیں۔ ان عمارتوں کی دل فریب راحتوں اور امرا کی تعیش پرستیوں کا خیال آتے ہی اس کے دل پر ایک دھند سی چھائی۔ کلیجے پر کسی غیر مرئی ہاتھ کی گرفت محسوس کر کے وہ جلدی سے اٹھی اور دروازے سے تاریکی میں آوارہ نظروں سے دیکھنا شروع کر دیا۔

اس کی یہ حرکت خیالات کی آمد کو نہ روک سکی۔ وہ سخت حیران تھی کہ لوگ امیر اور غریب کیوں ہوتے ہیں جب کہ ہر انسان ایک ہی طرح ماں کے پیٹ سے پیدا ہوتا ہے۔ اس سوال کے حل کے لیے اس نے اپنے دماغ پر بہت زور دیا مگر کوئی خاطر خواہ جواب نہ مل سکا۔ ایک اور چیز جو اسے پریشان کر رہی تھی، وہ یہ تھی کہ جب اس کا خاوند اپنی جان پر کھیل کر سمندر کی گود سے مچھلیاں چھین کر لاتا ہے تو کیا وجہ ہے کہ مارکیٹ کا مالک بغیر محنت کیے ہر روز سینکڑوں روپے پیدا کر لیتا ہے۔ اسے یہ بات کچھ عجیب سی معلوم ہوئی کہ محنت تو کریں ماہی گیر اور نفع ہو مارکیٹ کے مالک کو۔ رات بھر اس کا خاوند اپنا خون پسینہ ایک کر دے اور صبح کے وقت آدھی کمائی اس کی بڑی توند میں چلی جائے۔۔۔ ان تمام سوالوں کا جواب نہ پا کر وہ ہنس پڑی اور

بلند آواز میں کہنے لگی، ''مجھ بے عقل کو بھلا کیا معلوم ہو۔ یہ سب خدا جانتا ہے مگر۔ ۔ ۔ ''
اس کے بعد وہ کچھ کہنے والی تھی کہ کانپ اٹھی، ''اے خدا میں گناہگار ہوں۔ تو جو کرتا ہے، بہتر کرتا ہے ۔ ۔ ایسا خیال کرنا کفر ہے۔ '' یہ کہتی ہوئی وہ خاموشی سے اپنے بچوں کے پاس آ کر بیٹھ گئی اور ان کے معصوم چہروں کی طرف دیکھ کر بے اختیار رونا شروع کر دیا۔

باہر آسمان پر کالے بادل مہیب ڈائنوں کی صورت میں اپنے سیاہ بال پریشان کیے چکر کاٹ رہے تھے ۔ کبھی کبھی اگر کوئی بادل کا ٹکڑا چاند کے درخشاں رخسار پر اپنی سیاہی مل دیتا تو فضا پر قبر کی تاریکی چھا جاتی ۔ سمندر کی سیمیں لہریں گہرے رنگ کی چادر اوڑھ لیتیں اور کشتیوں کے مستولوں پر ٹمٹماتی ہوئی روشنیاں اچانک تبدیلی کو دیکھ کر آنکھیں جھپکنا شروع کر دیتیں۔

ماہی گیر کی بیوی نے اپنے میلے آنچل سے آنسو خشک کیے اور دروازے کے پاس کھڑی ہو کر دیکھنے لگی کہ آیا دن طلوع ہوا ہے یا نہیں۔ کیونکہ اس کا خاوند طلوع کی پہلی کرن کے ساتھ ہی گھر واپس آ جایا کرتا ہے ۔ مگر صبح کا ایک سانس بھی بیدار نہ ہوا تھا۔ سمندر کی تاریک سطح پر روشنی کی ایک دھاری بھی نظر نہ آ رہی تھی۔ بارش کا جل کی طرح تمام فضا پر برس رہی تھی۔ ۔ ۔ بوڑھا سمندر کھانس رہا تھا۔ وہ بہت دیر تک دروازے کے پاس کھڑی اپنے خاوند کے خیال میں مستغرق رہی۔ جو اس بارش میں اور سمندر کی تند موجوں کے مقابلے میں لکڑی کے ایک معمولی تختے اور کمزور بادبان سے مسلح تھا۔ وہ ابھی اس کی عافیت کے لیے دعا مانگ رہی تھی کہ یکایک اس کی نگاہیں اندھیرے میں ایک شکستہ جھونپڑی کے سائے کی طرف اٹھیں جو تاروں سے محروم آسمان کی طرف ہاتھ پھیلائے لرز رہا تھا۔

اس جھونپڑی میں روشنی کا نام نہ تھا۔ کمزور دروازہ کسی نامعلوم خوف کی وجہ سے تھر تھر کانپ رہا تھا۔ تنکوں کی چھت ہوا کے دباؤ تلے دوہری ہو رہی تھی۔

''آہ! خدا معلوم بیچاری بیوہ کا کیا حال ہے ۔ ۔ ۔ اسے کئی روز سے بخار آ رہا ہے۔ '' ماہی گیر کی بیوی زیرِ لب گنگنائی اور یہ خیال کرتے ہوئے کہ شاید کسی روز وہ بھی اپنے خاوند سے محروم ہو جائے۔ ۔ ۔ کانپ اٹھی۔ وہ شکستہ جھونپڑی ایک بیوہ کی تھی جو اپنے دو کم سن بچوں سمیت روٹی کے قحط میں اپنی موت کی گھڑیاں کاٹ رہی تھی۔ مصیبت کی بچلتی ہوئی دھوپ میں اس پر کوئی سایہ کرنے والا نہ تھا۔ رہا سہا سہارا دو ننھے بچے تھے جو ابھی مشکل سے چل پھر سکتے تھے۔

ماہی گیر کی بیوی کے دل میں ہمدردی کا جذبہ امڈا۔ ۔ ۔ بارش سے بچاؤ کے لیے سر پر ٹاٹ کا ایک ٹکڑا رکھ کر

ایک اندھی لالٹین روشن کرنے کے بعد وہ جھونپڑی کے پاس پہنچی اور دھڑکتے ہوئے دل سے دروازے پر
دستک دی۔۔۔لہروں کا شور اور تیز ہواؤں کی چیخ و پکار اس کا جواب تھی۔ وہ کانپی اور خیال کیا کہ شاید اس
کی اچھی ہمسایہ گہری نیند سو رہی ہے۔ اس نے ایک بار پھر آواز دی۔ دروازہ کھٹکھٹایا۔ مگر جواب پھر خاموشی
تھا۔۔۔ کوئی صدا، کوئی جواب، اس جھونپڑی کے بوسیدہ لبوں پر نمودار نہ ہوا۔ یکایک دروازہ، جیسے اس بے
جان چیز نے رحم کی لہر محسوس کی ہو۔ متحرک ہوا اور کھل گیا۔ ماہی گیر کی بیوی جھونپڑی کے اندر داخل ہوئی
اور اس خاموش قبر کو اندھی لالٹین سے روشن کر دیا۔ جس میں لہروں کے شور کے سوا مکمل سکوت طاری تھا۔
تپتی چھت سے بارش کے قطرے بڑے بڑے آنسوؤں کی صورت میں سیاہ زمین کو تر کر رہے تھے۔۔
۔فضا میں ایک مہیب خوف سانس لے رہا تھا۔

ماہی گیر کی بیوی اس خوف ناک سماں کو دیکھ کر جو جھونپڑی کی چار دیواری میں سمٹا ہوا تھا۔ سرتا پا ارتعاش بن
کر رہ گئی۔ آنکھوں میں گرم گرم آنسو چھلکے اور بے اختیار اچھل کر بارش کے ٹپکے ہوئے قطروں کے ساتھ
ہم آغوش ہو گئے۔ اس نے ایک سرد آہ بھری اور دردناک آواز میں کہنے لگی، ‘‘آہ۔۔۔! ان بوسوں کا
جو جسم کو راحت بخشتے ہیں۔ ماں کی محبت، گیت، تبسم، ہنسی اور ناچ کا ایک ہی انجام ہے۔۔۔یعنی قبر۔۔
۔!! آہ، میرے خدا۔’’

اس کے سامنے پھوس کے بستر پر بیوہ کی سرد لاش اکڑی ہوئی تھی اور اس کے پہلو میں دو بچے محو خواب
تھے۔ لاش کے سینے میں ایک آہ کچھ کہنے کو رکی ہوئی تھی۔ اس کی پتھرائی آنکھیں جھونپڑی کی خستہ چھت
کو چیر کر تاروں سے محروم آسمان کی طرف ٹکٹکی باندھے دیکھ رہی تھیں جیسے انہیں کچھ پیغام دینا ہو۔ ماہی
گیر کی بیوی اس وحشت خیز منظر کو دیکھ کر چلا اٹھی۔ تھوڑی دیر دیوانہ وار اِدھر اُدھر گھومی۔ یکایک اس کی
نمناک آنکھوں میں ایک چمک پیدا ہوئی اور اس نے لپک کر لاش کے پہلو سے کچھ چیز اٹھا کر اپنی چادر
میں لپیٹ لی اور اس ڈار لخطر سے لڑکھڑاتی ہوئی اپنی جھونپڑی میں چلی آئی۔

چہرے کے بدلے ہوئے رنگ اور لرزاں ہاتھوں سے اس نے اپنی جھولی کو میلے بستر پر خالی کر دیا اور اس
پر پھٹی ہوئی چادر ڈال دی۔ تھوڑی دیر بیوہ سے چھینی ہوئی چیز کی طرف دیکھ کر وہ اپنے بچوں کے پاس زمین
پر بیٹھ گئی۔ مطلع سمندر کے افق پر سپید ہو رہا تھا۔ سورج کی دھندلی کرنیں تار یکی کا تعاقب کر رہی تھیں۔ ماہی
گیر کی بیوی بیٹھی اپنے احساسِ جرم کے شکستہ تار چھیڑ رہی تھی۔ ان غیر مربوط الفاظ کے ساتھ سنہری لہریں
اپنی مغموم تانیں چھیڑ رہی تھیں۔

''آہ! میں نے بہت برا کیا ہے! اب اگر وہ مجھے مارے تو مجھے کوئی شکایت نہ ہوگی۔۔۔ یہ بھی عجیب ہے کہ میں اس سے خائف ہوں جس سے محبت کرتی ہوں۔۔۔ کیا واپس چھوڑ آؤں۔۔۔؟ نہیں۔۔۔ شاید وہ معاف کردے۔'' وہ اسی قسم کے خیالات میں غلطاں و پیچاں بیٹھی ہوئی تھی کہ ہوا کے زور سے دروازہ ہلا۔ یہ دیکھ کر اس کا کلیجہ دھک سے رہ گیا۔ اٹھی اور کسی کو نہ پا کر پھر وہیں متفکر بیٹھ گئی۔

''ابھی نہیں۔۔۔ بیچارہ۔۔۔ اسے ان بچوں کے لیے کتنی تکلیف اٹھانا پڑتی ہے۔۔۔ اکیلے آدمی کو سات پیٹ پالنے پڑتے ہیں اور۔۔۔ مگر یہ شور کیا ہے؟''

یہ آواز چیختی ہوئی ہوا کی تھی۔ جو جھونپڑی کے ساتھ رگڑ کر گزر رہی تھی۔

''اس کے قدموں کی چاپ۔۔۔! آہ! نہیں، ہوا ہے۔'' یہ کہ کر وہ پھر اپنے اندرونی غم میں ڈوب گئی۔ اب اس کے کانوں میں ہواؤں اور لہروں کا شور مفقود ہوگیا۔۔۔ سینے میں مختلف خیالات کا تصادم کیا کم شور تھا۔ آبی جانور ساحل کے آس پاس چلا رہے تھے۔ پانی میں گھسے ہوئے سنگ ریزے ایک دوسرے سے ٹکرا کر کھنکھنار ہے تھے۔ کشتی کے چپوؤں کی آواز صبح کی خاموش فضا کو مرتعش کر رہی تھی۔۔۔ ماہی گیر کی بیوی کشتی کی آمد سے بے خبر اپنے خیالات میں کھوئی ہوئی تھی۔

دفعتاً دروازہ ایک شور کے ساتھ کھلا۔۔۔ صبح کی دھندلی شعاعیں جھونپڑی میں تیرتی ہوئی داخل ہوگئیں۔ ساتھ ہی ماہی گیر کاندھوں پر ایک بڑا جال ڈالے دہلیز پر نمودار ہوا۔ اس کے کپڑے رات کی بارش اور سمندر کے نمکین پانی سے شرابور ہو رہے تھے۔ آنکھیں کم خوابی کی وجہ سے اندر کو دھنسی ہوئی تھیں۔ جسم سردی اور غیر معمولی مشقت سے اکڑا ہوا تھا۔

''نسیم کے ابا، تم ہو!'' ماہی گیر کی بیوی چونک اٹھی۔ اور عاشقانہ بیتابی سے اپنے خاوند کو چھاتی سے لگالیا۔

''ہاں میں ہوں پیاری۔''

یہ کہتے ہوئے ماہی گیر کے کشادہ مگر مغموم چہرے پر مسرت کی ایک دھندلی سی روشنی چھا گئی۔ وہ مسکرایا۔۔۔ بیوی کی محبت نے اس کے دل سے رات کی کلفت کا خیال محو کر دیا تھا۔

''موسم کیسا تھا؟'' بیوی نے محبت بھرے لہجے میں دریافت کیا۔

''تند!''

''مچھلیاں ہاتھ آئیں؟''

''بہت کم۔۔۔! آج رات تو سمندر رقزاقوں کے گروہ کے مانند تھا۔''

یہ سن کر اس کی بیوی کے چہرے پر مردنی چھا گئی۔ ماہی گیر نے اسے مغموم دیکھا اور مسکرا کر بولا، ''تو میرے پہلو میں ہے۔۔۔میرا دل خوش ہے۔''

''ہوا تو بہت تیز ہوگی؟''

''بہت تیز، معلوم ہو رہا تھا کہ دنیا کے تمام شیطان مل کر اپنے منحوس پر پھر پھر رار ہے ہیں۔۔۔جال ٹوٹ گیا۔ رسیاں کٹ گئیں اور کشتی کا منہ بھی ٹوٹتے ٹوٹتے بچا۔'' پھر اس گفتگو کا رخ بدلتے ہوئے بولا، ''مگر تم شب بھر کیا کرتی رہی ہو پیاری؟''

بیوی کسی چیز کا خیال کر کے کانپی اور لرزاں آواز میں جواب دیا، ''میں۔۔۔! آہ، کچھ بھی نہیں۔۔۔سیٹی پروتی رہی، تمہاری راہ تکتی رہی۔۔۔لہریں بجلی کی طرح کڑک رہی تھیں۔۔۔مجھے ڈر لگ رہا تھا۔''

''ڈر۔۔۔! ہم لوگوں کو ڈر کس بات کا۔۔۔''

''اور ہاں، ہماری ہمسایہ بیوہ مر گئی ہے۔'' بیوی نے اپنے خاوند کی بات کاٹتے ہوئے کہا۔

''ماہی گیر نے یہ دردناک خبر سنی۔ مگر اسے کچھ تعجب نہ ہوا۔ شاید اس لیے کہ وہ ہر گھڑی اس عورت کی موت کی خبر سننے کا متوقع تھا۔ اس نے آہ بھری اور صرف اتنا کہا، ''بیچاری سدھار گئی!''

''ہاں دو بچے چھوڑ گئی ہے۔ جو لاش کے پاس لیٹے ہوئے ہیں۔''

یہ سن کر ماہی گیر کا جسم زور سے کانپا اور اس کی صورت سنجیدہ و متفکر ہو گئی۔ ایک کونے میں اپنی اونی ٹوپی، جو پانی سے بھیگ رہی تھی پھینک کر سر کھجلانا شروع کر دیا۔ اور کچھ دیر خاموش رہنے کے بعد اپنے آپ سے بولا، ''پانچ بچے تھے۔۔۔اب سات ہو گئے۔۔۔اس سے پیشتر ہی اس تندموسم میں ہمیں دو وقت کا کھانا نصیب نہیں ہوتا تھا۔۔۔اب، مگر خیر۔۔۔یہ میرا قصور نہیں، اس قسم کے حوادث بہت گہرے معانی رکھتے ہیں۔''

وہ کچھ عرصے تک اسی طرح اپنا سر گھٹنوں میں دبائے سوچتا رہا۔ اسے یہ سمجھ نہ آتا تھا کہ خدا نے ان بچوں سے جو اس کی مٹی کے برابر بھی نہیں، ماں کیوں چھین لی ہے۔۔۔؟ ان بچوں سے جو نہ کام کر سکتے ہیں اور نہ ہی کسی چیز کی خواہش کر سکتے ہیں۔ اس کا دماغ ان سوالوں کا کوئی حل نہ پیش کر سکا۔ وہ بڑ بڑاتا ہوا اٹھا۔

''شاید ایسی چیزوں کو ایک پڑھا لکھا ہی سمجھ سکتا ہے۔'' اور پھر اپنی بیوی سے مخاطب ہو کر بولا، ''پیاری جاؤ انہیں یہاں لے آؤ۔ وہ کس قدر وحشت زدہ ہوں گے اگر صبح اپنی ماں کی لاش کے پاس بیدار ہوئے۔ ان کی ماں کی روح سخت بے قرار ہوگی۔۔۔جاؤ انہیں ابھی لے کر آؤ۔''

یہ کہہ کر وہ دل میں سوچنے لگا کہ وہ ان بچوں کو اپنی اولاد کی طرح پالے گا۔ وہ بڑے ہو کر اس کے گھٹنوں

پر چڑھنا سیکھ جائیں گے خدا ان اجنبیوں کو جھونپڑی میں دیکھ کر بہت خوش ہو گا اور انہیں زیادہ کھانے کو عطا کرے گا۔

’’ تمہیں فکر نہیں کرنی چاہیے پیاری۔ ۔ ۔ ! میں زیادہ محنت سے کام کروں گا۔ ‘‘ اور پھر اپنی بیوی کو چارپائی کی طرف روانہ ہوتے ہوئے دیکھ کر بلند آواز میں کہنے لگا، ’’ مگر تم سوچ کیا رہی ہو ۔ ۔ ۔اس دھیمی چال سے نہیں چلنا چاہیے تمھیں۔ ‘‘

ماہی گیر کی بیوی نے چارپائی کے پاس پہنچ کر چادر کو الٹ دیا۔

’’ وہ تو یہ ہیں۔ ‘‘

دو بچے صبح کی طرح مسکرا رہے تھے۔

مائی جنتے

مائی جنتے سلیپر پٹپٹاتی، گھسٹتی کچھ اس انداز میں اپنے میلے چکٹ لباس میں داخل ہوئی ہی تھی کہ سب گھر والوں کو معلوم ہو گیا کہ وہ آ پہنچی ہے۔ وہ رہتی اسی گھر میں تھی جو خواجہ کریم بخش مرحوم کا تھا، اپنے پیچھے کافی جائیداد، ایک بیوہ اور دو جوان بچیاں چھوڑ گیا تھا، آدمی پرانی وضع کا تھا۔ جونہی یہ لڑکیاں نو دس برس کی ہوئیں، ان کو گھر کی چار دیواری میں بٹھا دیا اور پہرہ بھی ایسا کہ وہ کھڑکی تک کے پاس کھڑی نہیں ہو سکتیں مگر جب وہ اللہ کو پیارا ہوا تو ان کو آہستہ آہستہ تھوڑی سی آزادی ہو گئی۔

اب وہ لک چھپ کے ناول بھی پڑھتی تھیں، اپنے کمرے کے دروازے بند کر کے پوڈر اور لپ اسٹک بھی لگاتی تھیں، ان کے پاس ولایت کی سی ہوئی انگیا بھی تھیں۔ معلوم نہیں یہ سب چیزیں کہاں سے مل گئی تھیں۔ بہرحال اتنا ضرور ہے کہ ان کی ماں کو جو ابھی تک اپنے خاوند کے صدمے کو بھول نہ سکی تھی، ان باتوں کا کوئی علم نہیں تھا۔ وہ زیادہ تر قرآن مجید کی تلاوت اور پانچ وقت کی نمازوں کی ادائیگی میں مصروف رہتی اور اپنے مرحوم شوہر کی روح کو ثواب پہنچاتی رہتی۔

گھر میں کوئی مرد نو کر نہیں تھا۔ مرحوم کے باپ کی زندگی میں، نہ مرحوم کے زمانے میں، یہ ان کی پرانی وضع داری کا ثبوت ہے۔ عام طور پر ایک یا دو ملازمائیں ہوتی تھیں جو باہر سے سودا سلف بھی لاتیں اور گھر کا کام بھی کرتیں۔ دسویں جماعت خود مرحوم نے اپنی بچیوں کو پڑھا کر پاس کرائی تھی۔ کالج کی تعلیم کے وہ یکسر خلاف تھے، وہ ان کی فوراً شادی کر دینا چاہتے تھے مگر یہ تمنا ان کے دل ہی میں رہی، ایک دن اچانک فالج گرا، اس موذی مرض نے ان کے دل پر اثر کیا اور وہ ایک گھنٹے کے اندر اندر راہئ ملکِ عدم ہوئے۔

باپ کی وفات سے لڑکیاں بہت اداس رہنے لگیں۔ انہوں نے ایک دن ماں سے التجا کی کہ وہ ان کو کسی کالج

میں داخل کرادیں، پر جب زیادہ اصرار ہوا اور انہوں نے کئی دن کھانا نہ کھایا تو اس نے مجبوراً اُن کو ایک زنانہ کالج میں داخل کرادیا۔ مائی جنتے نے وعدہ کیا کہ ہر روز ان کو صبح کالج چھوڑ آئے گی۔ سارا وقت وہیں رہے گی اور جب کالج بند ہو گا تو انہیں اپنے ساتھ لے آیا کرے گی۔ اس نے اپنی مالکن سے یہ وعدہ کچھ ایسے پرخلوص انداز میں کیا کہ وحیدہ بانو مرحوم خواجہ کریم بخش کی بیوہ کی یہ بیٹیاں نہیں خود اس کی جنی ہیں۔ اس نے بہو بیٹیوں کو پردے میں رکھنے کی حمایت میں اپنے انداز میں مولویوں کی طرح ایک لمبی چوڑی تقریر بھی کی لیکن پھر یہ کہا، ‘‘تعلیم بھی ضروری ہے کہ اسلام اس سے منع نہیں کرتا، پر دیکھ بھال بہت ضروری ہے، جوان جہان ہیں، ان پر بڑی کڑی نگرانی ہونی چاہیے۔ میں تو ان کے پاس کوئی مکّھی بھی نہ بھٹکنے دوں، کوئی ایسی ویسی شرارت کریں گی تو وہ کان اینٹھوں کہ بلبلا اٹھیں گی اور یاد کریں گی کس بڑھیا سے پالا پڑا ہے۔ لیکن یہ کیوں کرنے لگیں شریف خاندان کی ہیں۔ روزے نماز کی پابند ہیں۔ اور بے سمجھ بھی نہیں، نیک و بد اچھی طرح سمجھتی ہیں۔’’

دونوں لڑکیوں میں کوئی زیادہ فرق نہیں تھا، ایک برس کے فرق کے بعد ہی چھوٹی، جس کا نام نسرین تھا، پیدا ہوئی تھی، بڑی کا نام پروین تھا، دونوں خوبصورت تھیں، چہرے مہرے سے خاصی اچھی، قدموزوں، شکل آپس میں کافی ملتی تھی، دونوں ہر وقت اکٹھی کھیلتیں مگر گڑیوں کا زمانہ عرصہ ہوا لد چکا تھا، اب جوانی کی شرارتوں کے دن تھے۔ کالج میں جاتے ہی انہوں نے پر پرزے نکالے اور اِدھر اُدھر ان تتلیوں کی طرح جن کو کسی پھول کی تلاش ہو، اِدھر اُدھر پھر پھر انا شروع کر دیا۔

مائی جنتے ساتھ ہوتی تھی۔ وہ کالج کی بوڑھی چپراسن کے ساتھ اس وقت حقہ پیتی رہتی جو پاس ہی کوارٹر میں رہتی تھی، دونوں ہم عمری کے باعث بہت جلد گہری سہیلیاں بن گئی تھیں۔ جب دونوں ایک ساتھ بیٹھتیں تو اس زمانے کی باتیں چھڑ جاتیں جب کہ وہ بھی جوان تھیں، چپراسن کو کسی لڑکی سے رغبت یا محبت نہیں تھی۔ وہ مائی جنتے کو بڑی پرانی کہانیاں سناتی، فلاں سن میں ایک بیرسٹر کی لڑکی کو حمل ہو گیا تھا جو بڑی مشکل سے گرایا گیا۔ پرنسپل صاحب کو دس ہزار روپے رشوت کے ملے کہ اس کا منہ بند رہے۔ پارسال ایک لڑکی جو بڑے اونچے گھرانے کی تھی، اس سے دینیات کے مولوی صاحب کو عشق ہو گیا، چنانچہ موقع پا کر اس لونڈیا کو دبوچ لیا، پکڑے گئے اور کالج سے داڑھی اور برقعہ دونوں پولیس کے ہاتھوں میں۔ داڑھی تو پانچ سال کی قید بھگت رہی ہے، معلوم نہیں اس ریشمی برقعہ کا کیا ہوا۔۔ بوا، میں تو ایسی باتوں میں دھیان ہی نہیں دیتی۔۔۔ مجھے کیا غرض پڑی ہے کہ ان کتّیوں کے کارناموں پر اپنا وقت ضائع کروں۔’’

مائی جنتے نے حقے کی نَے منہ سے الگ کر دی، ''نہ بوا، ایسی باتیں نہیں کیا کرتے ۔ ۔ ۔ وہ کیا کہاوت ہے کہ کون سا شہسوار ہے جو نہیں گرا ۔ ۔ ۔ اور وہ کون سا پتّا ہے جو نہیں ہلا ۔ ۔ ۔ خدا تمہارا بھلا کرے ۔ ۔ ۔ ہم لوگوں کو خاموش ہی رہنا چاہیے اور اللہ میاں سے دعا کرنی چاہیے کہ وہ کسی کی بہو بیٹی کو برے کاموں کی طرف نہ لے جائے، ان کی عزت آبرو اپنے کرم سے سنبھالے رکھے۔''

چپراسن اس کی باتوں سے بہت متاثر ہوئی کہ کتنی نیک عورت ہے ۔ ۔ ۔ اس کو دل ہی دل میں بڑی ندامت ہوئی کہ اس نے اتنی لڑکیوں میں کیڑے ڈالے اور ان کے راز افشا کیے۔ اس نے چنانچہ فوراً مائی جنتے سے معافی مانگی اور کانوں کو ہاتھ لگایا کہ آئندہ وہ ایسی باتوں سے دور ہی رہے گی۔ کسی لڑکی کے بارے میں اسے کچھ پتہ بھی چل گیا تو وہ اپنی زبان بند رکھے گی۔

مائی جنتے نے اسے بڑی بڑی شاباشیاں دیں۔ اتنے میں کالج چھوٹ گیا، اس نے پروین اور نسرین کو ساتھ لیا اور گیٹ سے باہر جا کر اس نے ان سے کہا، ''آج تمہیں شام کو یہاں نہیں آنا پڑے گا۔''

پروین نے جواب دیا، ''ہمیں تو کسی نے نہیں کہا۔''

''اصل میں تم دونوں بہت بے وقوف ہو ۔ ۔ ۔ دھیان سے ہر بات سنا کرو ۔ ۔ ۔ میں تمہیں کسی سے پوچھ کر بتا دوں گی۔ گھر پہنچ کر مائی جنتے نے ان کے لیے چائے تیار کی اور بڑی پھرتی سے میز پر لگا دی۔ پھر وہ ان کی ماں کے پاس اپنی پیالی لے کر بیٹھ گئی اور چپراسن سے جو باتیں اس کی ہوئی تھیں، من و عن سنا دیں۔ اس نے آخر میں اس کو مشورہ دیا کہ پیدل آنا جانا ٹھیک نہیں ۔ ۔ ۔ میرا خیال ہے آپ کسی ٹانگے کا بندوبست کر دیں تو ٹھیک رہے ۔ ۔ ۔ پیدل چلو تو کوئی غنڈہ کندھا ہی رگڑ دے بیٹیوں کے ساتھ۔ مائی جنتے کا یہ مشورہ بڑا معقول تھا چنانچہ ٹانگے کا بندوبست دوسرے ہی روز ہو گیا۔ مائی جنتے نے ایک ٹانگے والے سے مہینے بھر کا کرایہ طے کر لیا۔ دوسرے تیسرے روز اپنی مالکن وحیدہ بانو کو یہ خبر سنائی کہ، ''پڑوس میں دیوار کے ساتھ جو جگہ خالی ہوئی تھی، اس میں نئے کرایہ دار آن بسے ہیں۔''

وحیدہ بانو نے پوچھا، ''کون لوگ ہیں؟''

''جانے ہماری ۔ ۔ ۔ ہوں گے کوئی ایرے غیرے، نتھو خیرے ۔ ۔ ۔ میں نے تو کسی سے پوچھا نہیں۔''

ایک دن دوسری طرف سے کوٹھے پر سے کسی شخص نے ایسے ہی جھانک کر ان کے صحن میں دیکھا ۔ ۔ ۔ ایک ہنگامہ ہوتے ہوتے رہ گیا۔ مائی جنتے کہیں باہر گئی تھی۔ وحیدہ بیگم نے فوراً کوارٹی اوٹ میں کھڑے ہو کر

محلے کے ایک چھوٹے سے لڑکے کو بلایا اور کہا، ''اگر پڑوس والے مکان میں جو نئے کرائے دار ہیں ان میں کوئی عورت ہو تو ان سے کہو آپ کی ہمسائی بیگم صاحبہ آپ سے درخواست کرتی ہیں کہ دو گھڑی کے لیے تشریف لے آئیے۔۔۔ بڑی مہربانی ہوگی۔''

لڑکا پیغام لے کر چلا گیا۔ کوئی آدھے گھنٹے کے بعد دروازے پر دستک ہوئی، پروین اور نسرین اپنے کمرے میں پڑھ رہی تھیں، اس لیے اس نے خود دروازہ کھولا۔ دہلیز پر ایک سفید برقع پوش خاتون کھڑی تھی، اس نے بڑے ملائم لہجے میں وحیدہ بیگم سے پوچھا، ''کیا آپ ہی نے مجھے یاد فرمایا ہے؟''

وحیدہ بیگم نے جواب دیا، ''جی ہاں، تشریف لے آئیے۔''

وہ اندر چلی آئی، دونوں باہر بچھے ہوئے تخت پر بیٹھ گئیں۔ وحیدہ بیگم کی سمجھ نہیں آتا تھا کہ وہ گفتگو کا آغاز کیسے کرے۔ دونوں چند لمحات ایک دوسرے کی شکل صورت اور کپڑے لتّوں کا جائزہ لیتی رہیں، آخر ہمسائی ہی نے مہر خاموشی توڑی اور پوچھا، ''فرمائیے، آپ نے مجھے دولت خانے میں کیسے بلایا۔''

اس پر وحیدہ بیگم کو اپنی شکایت کے اظہار کا موقع مل گیا اور اس نے بڑی بردباری اور تحمل سے صبح کا حادثہ بیان کر دیا اور پوچھا، ''وہ کون صاحب زادے ہیں جو اس طرح پرائے گھر میں تاک جھانک کرتے ہیں؟''

میرا لڑکا ہے بہن۔۔۔ وہ تو ایسا نہیں۔۔۔ بڑا شرمیلا ہے۔۔۔ چونکہ ہم نئے نئے اٹھ کر یہاں آئے ہیں، اسی لیے اس نے اس کوٹھے پر چڑھ کے دیکھا ہو گا کہ آس پاس کیا ہو گا۔۔۔ ویسے میں اس کو منع کر دوں گی کہ خبردار تم نے اِدھر کیا کسی بھی طرف نظر اٹھا کر دیکھا۔۔۔ بڑا برخوردار لڑکا ہے۔۔۔ ضرور میرے حکم کی تعمیل کرے گا، میں نے اگر اس کے باپ سے آپ کی شکایت کی تو وہ تو اس کو مار کے کھال ادھیڑ دیں گے۔۔۔ بڑے سخت گیر ہیں وہ اس معاملے میں۔۔۔ ویسے مجھے افسوس ہے۔''

''نہیں، میں نے صرف آپ کے کانوں تک یہ بات پہنچائی تھی کہ بدمزگی نہ ہو۔۔۔ یہ کہہ کر وحیدہ بیگم اٹھی اور پکاری، ''پروین، نسرین ادھر آؤ ذرا۔'' دونوں لپک کر باہر نکلیں لیکن ایک نادیدہ عورت کو دیکھ کر ٹھٹک گئیں۔ دوپٹے کے بغیر فوراً اندر بھاگیں اور دوپٹے اوڑھ کر باہر آئیں، نو وارد عورت کو جھک کر سلام کیا اور اپنی ماں سے پوچھا، ''کیوں امی جان؟'' وحیدہ بیگم نے اپنی ہمسائی سے اپنی بیٹیوں کو متعارف کرایا۔۔۔ اس نے ان کو لاکھ لاکھ دعائیں دیں اور ان کی خوبصورتی کی بڑی تعریف کی کہ ماشاء اللہ چندے آفتاب چندے ماہ تاب، پھر اس نے کہا، ''میرا سلیم بالکل انہی کی طرح شریف اور شرمیلا ہے۔''

چند دنوں ہی میں وحیدہ اور ہمسائی جس کا نام نازلی بیگم تھا، بڑے گہرے گہرے مراسم ہو گئے، وحیدہ بیگم ان کے

یہاں نہیں جاتی تھی۔اس نے نازلی بیگم سے کہا، ''میں سر آنکھوں پر آتی۔۔سو سو دفعہ آتی، پر جب سے خواجہ صاحب کا انتقال ہوا ہے کہ میں نے دل میں قسم کھائی تھی اس گھر سے باہر ایک قدم نہ رکھوں گی۔۔بہن دیکھو خدا کے لیے مجبور نہ کرنا۔''

اس اثناء میں کالج میں کئی فنکشن ہوئے۔کبھی کوئی مباحثہ ہے، کبھی لینڈن شو ہے، کبھی مشاعرہ، کبھی کچھ کبھی کچھ۔پروین اور نسرین دونوں ان پروگراموں میں شامل ہوتی تھیں، مگر مائی جنتے ساتھ ہوتی اور ان کو لے کر باحفاظت واپس گھر آتی، خواہ جلدی خواہ دیر سے۔

عید سے چار روز پہلے سلیم واپس آیا، ساتھ اس کے اس کا بغلی دوست قادر تھا۔ نازلی بیگم نے اس کو مندرجہ بالا واقعہ کے بعد جب اس نے اتفاقاً وحیدہ بیگم کے صحن کو ایک نظر دیکھ لیا، گوجرانوالہ بھیج دیا تھا جہاں اس کے والد کی آبائی املاک تھیں۔۔۔اس نے اب اسے خط لکھ کر بلایا تھا کہ عید سے پہلے پہلے یہاں لاہور چلے آؤ۔وہ آ گیا اور ساتھ اپنے جگری دوست کو بھی لے آیا۔گھر میں اسے سب جانتے تھے۔اس لیے کہ وہ اکٹھے اسکول اور کالج میں پڑھے، یہاں لاہور میں اٹھ آنے کی صرف ایک وجہ تھی کہ سلیم کے والد اس کے لیے اپنے اثر و رسوخ سے کوئی اچھی ملازمت تلاش کرنا چاہتے تھے۔

دوسرے روز شام کو قادر نے سلیم سے کہا، ''چلو یار، آج عیاشی کریں۔۔۔گوجرانوالہ میں کیا پڑا ہے۔'' سلیم نے پوچھا، ''عیاشی کیسی؟'' قادر مسکرایا، ''تم تو نرے کھرے چغد۔۔۔چلو آؤ باہر، تمہیں بتاتا ہوں۔۔۔دیکھیں گے، قسمت میں کیا لکھا ہے۔۔۔''

دونوں دوست چلے گئے۔اتنے میں وحیدہ بیگم کے پاس اس کی ہمسائی آئی۔۔۔اس نے ادھر ادھر کی باتوں کے بعد اپنا مدعا بیان کر دیا کہ وہ اپنے سلیم کے لیے نسرین کا رشتہ مانگنے آئی ہے۔زیادہ حیل وجحت کوئی بھی نہ ہوئی، وحیدہ ان لوگوں کے اخلاق سے بہت متاثر ہوئی، چند رسمی باتیں ہوئیں اس کے بعد دونوں رضامند ہو گئیں کہ ان کا نکاح عید کی تقریبِ سعید پر ہو جائے اور رخصتی ایک ماہ کے بعد۔

رات کو سلیم دیر سے آیا مگر اس کی ماں نے اس کی کوئی باز پرس نہ کی کیونکہ وہ خوش تھی کہ اتنی جلدی اس کے بیٹے کی شادی کا معاملہ نسرین ایسی حسین و جمیل اور باحیا لڑکی سے طے پا گیا۔اس نے چنانچہ سلیم کو یہ خوش خبری سنادی، وہ بھی بہت خوش ہوا۔۔۔تجرّد کی زندگی اور بیکاری سے وہ تنگ آ گیا تھا۔اس نے سوچا، روپیہ پیسہ باپ کے پاس کافی ہے۔کیا پرواہ ہے، ملازمت کی فکر ہوتی رہے گی۔

اس کا دوست واپس گوجرانوالہ چلا آیا اس لیے کہ اس کو عید منانا تھی۔سلیم نے اپنی ماں سے کہا،

’’دیکھیے امی جان! میں نے آپ کی بات کتنی جلدی مان لی۔ ۔ ۔ اب آپ میری مانیے۔ ‘‘ اس کی ماں نے پوچھا، ’’کیا بیٹا!‘‘

’’مجھے نسرین کی ایک جھلک دکھا دیجیے۔ ۔ ۔ خواہ وہ دور ہی سے کیوں نہ ہو۔ ۔ ۔ ‘‘ اس کے لہجے میں التجا تھی، میرا خیال ہے کہ وہ انکار کریں تو اس کا کوئی فوٹو ہی دکھا دیجیے۔ ۔ ۔ آخر وہ کل یا پرسوں میری ہونے والی ہے۔ ‘‘ اس کی ماں کو سلیم کی یہ درخواست ناپسند نہ ہوئی، ’’میں پوری کوشش کروں گی بیٹا۔ ‘‘

عید آ گئی مگر تصویر نہ آئی۔ ۔ ۔ لیکن سلیم نے کسی خفگی کا اظہار نہ کیا۔ نکاح کی رسم بخیر و خوبی ختم ہو گئی، جب وہ باہر نکلا تو اس کی ماں نے کواڑ ذرا سا کھولا اور اس کو آواز دی۔ وہ ٹھہر گیا، ہاتھ باہر نکال کر اس نے سلیم سے کہا، ’’یہ لفافہ لے لو۔ ۔ ۔ دیکھو میں نے اپنا وعدہ پورا کر دیا ہے۔ ‘‘

سلیم سمجھ گیا۔ ۔ ۔ اس پاس کوئی بھی نہیں تھا، اس میں تاب انتظار کیسے ہوتی۔ اس نے لفافہ وہیں کھڑے کھڑے کھولا۔ دھڑ کتے ہوئے دل سے تصویر باہر نکالی۔ اِدھر اُدھر دیکھا اور تصویر پر پہلی نظر ڈالی۔ اس کا رنگ ہلدی کی طرح زرد ہو گیا۔ تصویر اس کے کانپتے ہاتھوں سے گر پڑی۔ اتنے میں سامنے والا دروازہ جس میں سے اس کی ماں نے ہاتھ نکالا تھا، کھلا اور بڑھیا نکلی۔ سلیم نے اس کو حیرت زدہ آنکھوں سے دیکھا، ’’مائی! تم یہاں کیسے پہنچ گئیں۔ ۔ ۔ ؟ تو اس رات تم ہی۔ ۔ ۔ ‘‘

اس نے اس سے اور زیادہ کچھ نہ کہا اور تصویر زمین ہی پر چھوڑ کر تیز قدموں سے اپنے ایک دوست ڈاکٹر جمیل کے پاس گیا اور ساری بات بتا دی۔ جمیل نے اس کو ہسپتال میں داخل کرا دیا جہاں اس کے جھوٹ موٹ کے مرض کا علاج ہوتا رہا۔ ۔ ۔ آخر ڈاکٹر جمیل نے سلیم کے والد کو بلا کر تخلیے میں کہا کہ یہ شادی نہ ہو، آپ کا لڑکا عورت کے قابل نہیں ہے۔

مائی نانکی

اس دفعہ میں ایک عجیب سی چیز کے متعلق لکھ رہا ہوں۔ ایسی چیز جو ایک ہی وقت میں عجیب و غریب اور زبردست بھی ہے۔ میں اصل چیز لکھنے سے پہلے ہی آپ کو پڑھنے کی ترغیب دے رہا ہوں۔ اس کی وجہ یہ ہے کہ آپ کل کل کہیں یہ نہ کہہ دیں کہ ہم نے چند پہلی سطور ہی پڑھ کر چھوڑ دیا تھا۔ کیونکہ وہ خشک سی تھیں۔ آج اس بات کو قریب قریب تین ماہ گزر گئے ہیں کہ میں مائی نانکی کے متعلق کچھ لکھنے کی کوشش کر رہا تھا۔ میں چاہتا تھا کہ کسی طرح جلدی سے اسے لکھ دوں تا کہ آپ بھی مائی نانکی کی عجیب و غریب اور پر اسرار شخصیت سے واقف ہو جائیں۔ ہو سکتا ہے آپ اس سے پہلے بھی مائی نانکی کو جانتے ہوں کیونکہ اسے کشمیر اور جموں کشمیر کے علاقے کے سبھی لوگ جانتے ہیں اور لاہور میں سیّد مِٹھّا اور ہیرا منڈی کے گرد و نواح میں رہنے والے لوگ بھی۔ کیونکہ اصل میں وہ رہنے والی جموں کی ہے اور آج کل راجہ دھیان سنگھ کی حویلی کے ایک اندھیرے کونے میں رہتی ہے۔ لہذا بہت ممکن ہے کہ آپ بھی جموں یا ہیرا منڈی کے گرد و نواح میں رہتے ہوں اور مائی نانکی سے واقف ہوں۔ لیکن میں نے اسے بہت قریب سے دیکھا ہے۔ میں نے اپنی زندگی میں بہت سی عورتیں دیکھی ہیں اور بڑی بڑی زہریلی قسم کی عورتیں لیکن آج تک میں کسی سے اتنا متاثر نہیں ہوا جتنا اس عورت سے۔ جیسا کہ میں اوپر لکھ چکا ہوں وہ جموں کی رہنے والی ہے۔ وہاں وہ ایک دایہ کا کام کرتی تھی اور اس کے کہنے کے مطابق وہ جموں اور کشمیر کی سب سے بڑی دایہ تھی۔ وہاں کے سب سے بڑے ہسپتالوں اور ڈاکٹروں کے ہاں اس کا ہی چرچا رہتا تھا۔ اور جہاں کہیں کسی عورت کے ہاں بچہ پیدا نہ ہوتا تو فوراً اسے بلایا جاتا۔

اس کے علاوہ وہاں کے بڑے بڑے راجے، مہاراجے، نواب، جج، وکیل اور ملٹری کے بڑے بڑے افسر

سب اس کے مداح اور مرید تھے۔انہوں نے آج تک نہ کبھی اس کی بات ٹالی اور نہ اسے ناراض کیا۔بلکہ جب بھی اس کا جی چاہا اس نے اُن سے ہزار ہا قسم کے کام نکالے۔اس کے علاوہ وہ غالباً روزانہ اپنے کام سے تین چار سو روپے کے قریب کما لیتی تھی۔روزانہ ان گنت بچے جناتی۔ان میں سے کئی ایک مردہ، کئی ست ماہے اور باقی ٹھیک ٹھاک ہوتے۔اس کے علاوہ وہاں اس کا عالی شان مکان اور دو دکانیں تھیں۔ایک طویلہ جس میں بارہ مہینے پانچ سات گائیں بھینسیں بندھی رہتیں۔۔۔اس کا کنبہ جو ۲۵ افراد پر مشتمل تھا، سب دودھ مکھن کھاتے اور موج میں رہتے۔

کنبے کے لفظ پر ایک لطیفہ سنتے چلیے۔اس کے کنبے کے سبھی آدمی اس کے گھر کے نہیں تھے۔ان پچیس افراد میں سے اس کا نہ کوئی لڑکا تھا نہ لڑکی، ماں نہ بہن وہ صرف ایک خود تھی یا اس کا شوہر اور باقی سب لڑکے لڑکیاں اس نے دوسروں سے لے کر پالے ہوئے تھے۔

میں نے ایک روز اس سے پوچھا کہ ''تم دوسروں کے بچے جناتی رہیں لیکن خود کیوں نہ جنا؟''، کہنے لگی، ''ایک ہوا تھا میں نے اسے مار دیا۔''، میں نے پوچھا، ''کیوں؟''، کہنے لگی، ''میری طبیعت کو اس کا رونا ناگوار گزرا تھا۔بڑا خوبصورت تھا لیکن میں نے اسے زمین پر رکھا اور اوپر سے لحاف اور رضائیوں کا ایک انبار گرا دیا اور وہ نیچے ہی دم گھٹ کے مر گیا۔''

میں اس کی زبانی اس کے حالات آپ کو بتا رہا تھا۔اس کے علاوہ وہ کہتی کہ میرے پاس کم از کم پچیس تیس ہزار کی مالیت کا زیور بھی تھا۔بقول اُس کے وہ بڑی موج میں رہ رہی تھی کہ اچانک ہندوستان تقسیم ہو گیا اور کشمیر میں قتل و غارت شروع ہوئی۔ڈوگرے مسلمانوں کو چن چن کے قتل کرنے لگے۔چنانچہ اسی افراتفری میں اس نے اپنا گھر چھوڑا کیونکہ اس کے محلے میں بھی قتل و خون اور عصمت دری شروع ہو گئی تھی۔لیکن اس بھاگ دوڑ میں اس کے گھر کے سبھی آدمی اسے چھوڑ گئے اور وہ اکیلی جان بچانے کو عیسائیوں کے محلے میں جا گھسی۔

آپ حیران ہوں گے وہ اس قیامت کے سے میں بھی اپنا زیور اور گائے بھینس اور ضروری کپڑے اور سامان وغیرہ بھی اپنے ساتھ لے گئی اور وہاں سکونت پذیر ہوئی۔لیکن جس واقف کار کے ہاں وہ ٹھہری تھی اسے دوسرے روز اس نے کہا کہ مائی ہم کو بھی قتل کروانے کی ٹھانی ہے تم اپنا زیور سامان اور گائے بھینس یہیں چھوڑ کر پاکستان چلی جاؤ۔کیونکہ اگر یہ چیزیں کسی ڈوگرے نے دیکھ لیں تو تم کو ختم کر دے گا۔ چنانچہ وہ وہاں سے صرف اپنا دن رات کا رفیق حقہ اُٹھا کر باہر نکلی تھی کہ ساتھ والی عیسائن نے کہا، ''مائی تم

میرے گھر میں آرہو۔ اگر کوئی تمھیں مارنے آیا تو پہلے ہم کو مارے گا۔''

وہ رضامند ہوگئی لیکن اسی شام کے جموں کے مہاراجہ کا بھیجا ہوا ایک سپاہی آیا اور اس نے اس عیسائن سے سوال کیا، '' کیا دائی نانکی یہیں ہے؟'' عیسائن نے جواب دیا کہ نہیں وہ یہاں کہاں۔ سپاہی اور عیسائن کے سوال و جواب وہ خود اندر سن رہی تھی اور وہ کہتی ہے کہ میں خود باہر آئی اور سپاہی سے کہا، '' میں ہوں مہاراج، مائی نانکی میرا ہی نام ہے۔ '' سپاہی کہنے لگا، '' مہاراج کہتے ہیں نانکی یہیں ہمارے پاس رہے گی۔ پاکستان نہیں جائے گی۔ اس نے بتایا کہ سپاہی کا یہ فقرہ سن کر مجھے جلال آ گیا اور میں نے آنکھیں لال کر کے کہا، '' مہاراج سے کہو ہم نے آپ سے اور آپ کی رعایا سے بہت کچھ انعام لے لیا ہے۔ اب ہمیں اور سکھ نہیں چاہیے اور دیکھو مہاراج سے جاکر کہہ دو کہ مائی نانکی پاکستان ضرور جائے گی کیونکہ اگر پاکستان نہیں جائے تو کیا جہنم میں جائے گی۔ ''

سپاہی یہ سن کر واپس مہاراج کے پاس چلا گیا اور دوسرے ہی روز ملٹری کے ایک کرنل کی حفاظت میں مائی نانکی سرحد عبور کر کے پاکستان میں داخل ہو رہی تھی۔ سرحد پر اسے پتہ چلا کہ اس کے کنبے کے پچیس افراد میں سے اٹھارہ جن میں لڑکے اور لڑکیاں تھیں شہید ہو چکے ہیں اور باقی کے تین لڑکے اور ایک بہو اور دو بچے پاکستان صحیح و سلامت جا چکے ہیں۔ وہ کہتی تھی میرے آنسو نہیں نکلے۔ میں نے اپنا بھرا بھرایا گھر دیا، سات گائیں بھینسیں اور تیس ہزار کا زیور کشمیر کے ہندوؤں اور عیسائیوں نے چھین لیا۔

میرے اٹھارہ لاڈلے جن میں بڑے بڑے سور ماتھے ان کافروں کے ہاتھوں شہید ہوئے۔ میں خود اجڑی لیکن میرے آنسو نہیں نکلے۔ ہاں زندگی میں پہلی بار روئی، وہ اس وقت جب میں نے مہاجرین کے کیمپ میں پاکستانیوں کو جوان لڑکیوں سے بدفعلی کرتے دیکھا۔ اپنی بہو اور لڑکوں سمیت شہر بہ شہر پیٹ پالنے کی خاطر پھرتی رہی۔ آخر اپنے ایک عزیز کے ہاں جو کہ خوش قسمتی سے حویلی دھیان سنگھ میں رہتا تھا آ گئی اور اس کے لڑکے موچی گری کرنے لگے اس کے متعلق وہ کچھ پہلے بھی جانتے تھے۔

جموں کی ٹھاٹ دار زندگی اور اس کے تمام حالات وہیں رہ گئے۔ لیکن جہاں تک میں نے اسے یہاں جس غربت کی حالت میں دیکھا ہے میں تو یہی سمجھتا ہوں کہ وہ ایک بہت ہی اونچے درجے کی عورت ہے۔ ایسی عورتیں بہت کم دنیا میں پیدا ہوتی ہیں۔ اس کی ذات بہت ہی بلند اور بے مثال ہے۔ 85 ـ سال کی عمر ہونے کو آئی لیکن گھر کا سب کام کاج خود کرتی ہے۔ بیماری اور پریشانی میں بھی اس کا چہرہ پروقار اور پھول کی طرح کھلا رہتا ہے۔ چاہے کچھ بھی ہو جائے غمگین نہیں ہوتی اور نہ کسی گہری سوچ میں غرق رہتی ہے

۔ چوبیس گھنٹے ہنستی اور مسکراتی رہتی ہے ۔

اس بڑھاپے میں بھی بڑی بڑی بوجھل چیزیں خود اٹھاتی ہے ۔ بڑی اچھی باتیں سناتی ہے ۔ کسی بھی فقیر کو خالی ہاتھ نہیں لوٹاتی ۔ اور سب سے بڑی بات جو میں اب اس کے متعلق بتانے لگا ہوں وہ یہ کہ وہ انتہا درجے کی غریب عورت ہوتے ہوئے بھی بڑے بڑے شہنشاہوں سے زیادہ امیر ہے ۔ اس لیے کہ اس کا دل بادشاہ کا ہے ۔ اگر محلے کی کسی عورت نے اس سے کچھ مانگ لیا تو بس جھر بھر کے دیتی جاتی ہے اور ساتھ ساتھ خوش ہوتی جاتی ہے اور مجھے تو بالکل ایسا ہی معلوم ہوتا ہے جیسے کوئی بہت بڑا شہنشاہ اپنی رعیت کو کائنات کی نعمتیں تقسیم کر رہا ہو ۔ کھانے کے معاملے میں وہ بہت تیز ہے اور اس عمر میں بھی دن میں وہ چار وقت پیٹ بھر کر کھانا کھاتی ہے اور شاید یہی وجہ ہے کہ سارا سر سفید ہو گیا ہے لیکن اس کے گالوں پر سرخیاں ہنوز باقی ہیں ۔

اس کا اپنا بیان ہے کہ وہ ایک دفعہ کسی زچہ کو دیکھنے گئی تو اتفاق سے وہاں گھر والوں نے گھی، سوجی پستے بادام اور دوسرے میوے ملا کر ایک قسم کی چوری تیار کی تھی جو کہ تین چار سیر کے قریب ہو گی ۔ شامت اعمال لڑکی کی ماں نانکی کو ذرا چکھ کے دیکھنے کو کہہ بیٹھی ۔ بس اس کا کہنا تھا کہ نانکی نے برتن تھام لیا اور ساری چوری چٹ کر گئی ۔

اتنا کچھ کھا چکنے کے بعد وہ کہتی تھی مجھے کچھ خبر بھی نہ ہوئی اور وہ وہاں سے اٹھ کر دوسری زچہ کے ہاں گئی جہاں سے اس نے ایک سیر کے قریب حلوہ پوری کھایا ۔ اسی طرح کے کئی اور واقعات وہ ہنس ہنس کے سناتی ہے ۔ جہاں تک لباس کا تعلق ہے وہ عام پنجابی لباس یعنی قمیض اور شلوار پہنتی ہے لیکن اس عام میں ایک خاص بات یہ ہے کہ وہ اپنی قمیض کو ہمیشہ شلوار کے اندر کر کے ازار بند باندھتی ہے ۔ میں نے اس سے استفسار کیا تو وہ کہنے لگی، ''تم ابھی بچے ہو، تمھیں کیا معلوم ہو۔'' اور میں خاموش ہو گیا ۔ پاؤں میں وہ مردانہ جوتا پہنتی ہے اور جب آدھی رات کو سب سوئے ہوئے ہوتے ہیں اور وہ غسل خانے میں جاتی ہے تو اس کے پاؤں کی آواز بہت ہی مہیب معلوم ہوتی ہے ۔

اب ذرا اس اس کے لڑکوں کے متعلق سن لیجیے ۔ اس کے سب سے بڑے لڑکے کا نام حبیب اللہ ہے جس کی ایک دکان جوتیوں کی ہے اور نانکی کا کہنا ہے کہ اس لڑکے کو اس نے بڑے ناز و نعم سے پالا پوسا ہے اور وہی سب میں زیادہ خدمت گزار اور وفا شعار ہے، وہ اس کی خوب خدمت کرتا ہے اور نانکی اس پر بہت خوش ہے ۔ حبیب اللہ اپنی سسرال کے مکان کی سب سے اوپر والی منزل سے دو کمروں میں ایک بیوی اور تین بچوں سمیت رہتا ہے ۔ گرمیوں میں اس کے بچوں کے پاؤں دھوپ میں جل جل جاتے ہیں اور

سردیوں میں اور پر سکڑتے رہتے ہیں لیکن آج تک کبھی اس نے ماتھے پر بل نہیں ڈالا اور نہ اس کے ہونٹ مسکراہٹ سے بے خبر ہوئے ہیں بلکہ وہ اپنے دستور کے مطابق ہر اتوار کو نانکی کے لیے پانچ سات روپے کا پھل وغیرہ لے کر مسکراتا ہوا آتا ہے اور نانکی کی دعائیں لے کر چلا جاتا ہے ۔

اس سے چھوٹے لڑکے کا نام محمد حسین ہے جو بجلی اور ریڈیو کا کام اچھی طرح جانتا ہے اور اسے دفتر روز گار سے کم از کم پانچ دفعہ کارڈ بنوانے کے باوجود آج سات سال سے کوئی نوکری نہیں ملی۔ مائی نانکی نے بڑی کوشش کی کہ جیتے جی اپنے ان پالے ہوئے لڑکوں کی شادیاں کر کے جائے تا کہ بعد میں وہ در بدر نہ ہوں اور اسے بھی قبر میں آرام نصیب ہو۔ لیکن بقول اسی کے، غریب کو مرکے بھی آرام نہیں ملتا۔ شاید اسی لیے ابھی تک اس کی شادی کا کوئی بندوبست نہیں ہوا۔

ایک دو جگہ دریافت کرنے پر لڑکی والوں نے کہا کہ کم از کم دو تین زیور لڑکی کو ڈالو تب لڑکی ملے گی ورنہ نہیں لیکن دوسری طرف یعنی نانکی کے پاس تو صرف اللہ کا نام اور اپنا بیٹا ہی ہے ۔ نانکی کا کہنا ہے کہ اس کا لڑکا محمد حسین عقل کے لحاظ سے تو کسی بڑے لیڈر کے برابر ہے لیکن اس کی اکڑ ٹنڈے لاٹ کی طرح ہے ۔ محمد حسین سے چھوٹے لڑکے کا نام محمد یونس ہے جو خوبصورت اور دبلا پتلا ہے اور اس کی تعلیم سات جماعت تک ہے ۔ سینکڑوں کام کرنے کی تجویزیں کر رہا ہے اور جن میں سب سے بڑی خواہش اس کی یہ ہے کہ اسے کوئی معمولی سی ملازمت مل جائے جہاں اسے صبح سے دو پہر تک کام کرنا پڑے اور شام کے وقت وہ کچھ پڑھ لے اور اس طرح اپنی تعلیم کو بڑھا سکے۔ لیکن آج تک اس کی یہ خواہش پوری نہیں ہوئی۔ نانکی کا یہ خیال ہے کہ وہ جنات کی قوم سے ہے کیونکہ اس میں غصے کا مادہ زیادہ ہے ۔

مائی نانکی آج کل کچھ اداس اور غمگین سی رہنے لگی ہے ۔ ایک روز میں نے اس کی وجہ پوچھی تو کہنے لگی، ''بچے مجھے پاکستان نے بہت سی بیماریاں لگا دی ہیں ۔ مجھے جموں میں کوئی بیماری نہیں تھی اور نہ کبھی میں نے کسی بات کے متعلق آج تک سوچا ہے ۔ ہاں اپنی ساری زندگی میں ایک دفعہ میں نے ایک بات پر غور کیا تھا اور وہ بھی تھوڑی دیر کے لیے۔ اصل میں قصہ یہ ہوا کہ جموں کی ایک باہمنی کے ہاں بچہ پیدا نہیں ہوتا تھا، بڑی بڑی کار یگر نرسوں اور ڈاکٹروں نے جواب دے دیا اور مصیبت یہ تھی کہ بچہ پیٹ میں اِدھر سے اُدھر چکر لگاتا تھا اور ہمکتا بھی تھا۔ اس مشکل میں سبھی نے گھر والوں کو مشورہ دیا کہ نانکی کو بلاؤ۔ چنانچہ میں گئی اور دو ہاتھ لگانے سے ہی بچہ پیدا ہو گیا لیکن میرا رنگ اڑ گیا اور اپنی جوانی میں مَیں پہلی بار سر سے پاؤں تک پسینے میں شرابور ہو گئی۔ '' یہاں تک کہہ کر وہ ذرا رکی۔

میں نے پوچھا، ''کیوں؟''، کہنے لگی، ''کیونکہ بچے کے دوسرے چار آنکھیں اور دونوں سروں میں دو دو سینگ تھے۔ میں نے آنکھیں لال کرتے ہوئے برہمن سے کہا، ''کیوں لالہ یہ کیا ظلم کیا تم نے تم نے مجھے بتایا تک نہیں کہ یہ قصہ ہے۔ اگر میرے دل کی حرکت بند ہو جاتی تو؟''

اس پر لالہ جی نے میرے سامنے ہاتھ جوڑے کہ کسی سے اس بات کا ذکر نہ کرنا۔ جو جی چاہے لے لو۔ سو میں نے اس سے سو روپے لیے۔ لیکن اب تو کئی اندیشے جان کو کھائے جا رہے ہیں بچہ۔ سب سے زیادہ اس بات کو سوچتی ہوں کہ میں پاکستان کی خاطر اپنا بھرا بھرایا گھر لٹا کر آئی۔ اٹھارہ آدمی شہید ہوئے اور تیس ہزار کی مالیت کا زیور بھی وہیں رہ گیا۔ اس بے بسی اور غربت کی حالت میں ہم یہاں آئے۔ لیکن پاکستان والوں نے میرے نام کوئی مکان الاٹ کیا اور نہ کوئی دکان۔ آج تک نہ کہیں سے راشن ملا اور نہ ہی کچھ مالی امداد۔ باغ کا مالی جس نے پاکستان کو بڑی مشکلوں سے بنایا تھا اللہ کو پیارا ہو گیا۔ اب اس کے بعد جتنے بھی ہیں آنکھیں بند کیے مست پڑے ہیں۔ ان کو کیا خبر کہ ہم غریب کس حالت میں رہ رہے ہیں اس کی خبر یا ہمارے اللہ کو ہے یا ہمیں۔ اس لیے اب ہر دم اپنے اللہ سے یہی دعا کرتی ہوں کہ ایک دفعہ پھر سے سب کو مہاجر کر تا کہ غیر مہاجر لوگوں کو پتہ چلے کہ مہاجر کس طرح ہوتے ہیں اتنا کہہ کہ کر اس نے حقے کی نے منہ میں دبا لی۔

میں نے اس سے کہا، ''مائی پہلے تو لوگ ہندوستان سے مہاجر ہوئے تو پاکستان آ گئے۔ اب اگر یہاں سے مہاجر ہو گئے تو کہاں جائیں گے؟'' وہ حقے کی نے کو غصے سے جھٹک کر بولی، ''جہنم میں جائیں گے۔ کوئی پروا نہیں۔ لیکن ان کو معلوم تو ہو جائے گا کہ مہاجر کس کو کہتے ہیں۔''

محمودہ

مستقیم نے محمودہ کو پہلی مرتبہ اپنی شادی پر دیکھا۔ آرسی مُصحَف کی رسم ادا ہو رہی تھی کہ اچانک اس کو دو بڑی بڑی ۔۔۔ غیر معمولی طور پر بڑی آنکھیں دکھائی دیں۔۔۔ یہ محمودہ کی آنکھیں تھیں جو ابھی تک کنواری تھیں۔

مستقیم، عورتوں اور لڑکیوں کے جھرمٹ میں گھرا تھا۔۔۔ محمودہ کی آنکھیں دیکھنے کے بعد اسے قطعاً محسوس نہ ہوا کہ آرسی مُصحَف کی رسم کب شروع ہوئی اور کب ختم ہوئی۔ اس کی دلہن کیسی تھی، یہ بتانے کے لیے اس کو موقع دیا گیا تھا مگر محمودہ کی آنکھیں اس کی دلہن اور اس کے درمیان ایک سیاہ مخملیں پردے کے ماند حائل ہو گئیں۔

اس نے چوری چوری کئی مرتبہ محمودہ کی طرف دیکھا۔ اس کی ہم عمر لڑکیاں سب چھیڑ رہی تھی۔ مستقیم سے بڑے زوروں پر چھیڑ خانی ہو رہی تھی مگر وہ الگ تھلگ، کھڑکی کے پاس گھٹنوں پر ٹھوڑی جمائے، خاموش بیٹھی تھی۔

اس کا رنگ گورا تھا۔ بال تختیوں پر لکھنے والی سیاہی کے ماند کالے اور چمکیلے تھے۔ اس نے سیدھی مانگ نکال رکھی تھی جو اس کے بیضوی چہرے پر بہت سجتی تھی۔ مستقیم کا اندازہ تھا کہ اس کا قد چھوٹا ہے چنانچہ جب وہ اٹھی تو اس کی تصدیق ہو گئی۔ لباس بہت معمولی قسم کا تھا۔ دوپٹہ جب اس کے سر سے ڈھلکا اور فرش تک جا پہنچا تو مستقیم نے دیکھا کہ اس کا سینہ بہت ٹھوس اور مضبوط تھا۔ بھرا بھرا جسم، تیکھی ناک، چوڑی پیشانی، چھوٹا سا لب دہان ۔۔۔ اور آنکھیں ۔۔۔ جو دیکھنے والے کو سب سے پہلے دکھائی دیتی تھی۔

مستقیم اپنی دلہن گھر لے آیا۔ دو تین مہینے گزر گئے۔ وہ خوش تھا، اس لیے کہ اس کی بیوی خوبصورت اور با

سلیقہ تھی۔۔۔لیکن وہ محمودہ کی آنکھیں ابھی نہیں بھول سکا تھا۔اس کو ایسا محسوس ہوتا تھا کہ وہ اس کی دل و دماغ پر مُرتسم ہوگئی ہیں۔ مستقیم کو محمودہ کا نام معلوم نہیں تھا۔۔۔ایک دن اس نے اپنی بیوی، کلثوم سے برسبیل تذکرہ پوچھا۔

''وہ۔۔۔وہ لڑکی کون تھی ہماری شادی پر۔۔۔جب آرسی مصحف کی رسم ادا ہو رہی تھی، وہ ایک کونے میں کھڑکی کے پاس بیٹھی ہوئی تھی۔''

کلثوم نے جواب دیا، ''میں کیا کہہ سکتی ہوں۔۔۔اس وقت کئی لڑکیاں تھیں۔معلوم نہیں آپ کس کے متعلق پوچھ رہے ہیں۔''

مستقیم نے کہا، ''وہ۔۔۔وہ جس کی یہ بڑی بڑی آنکھیں تھیں۔'' کلثوم سمجھ گئی، ''اوہ۔۔۔وہ۔۔۔آپ کا مطلب محمودہ سے ہے۔۔۔ہاں، واقعی اس کی آنکھیں بہت بڑی ہیں، لیکن بری نہیں لگتیں۔۔۔غریب گھرانے کی لڑکی ہے۔بہت کم گو اور شریف۔۔۔کل ہی اس کی شادی ہوئی ہے۔''

مستقیم کو غیر ارادی طور پر ایک دھچکا سا لگا، ''اس کی شادی ہوگئی کل؟''

''ہاں۔۔۔میں کل وہیں تو گئی تھی۔۔۔میں نے آپ سے کہا نہیں تھا کہ میں نے اس کو ایک انگوٹھی دی ہے؟''

''ہاں ہاں۔۔۔مجھے یاد آ گیا۔۔۔لیکن مجھے یہ معلوم نہیں تھا کہ تم جس سہیلی کی شادی پر جا رہی ہو، وہی لڑکی ہے، بڑی بڑی آنکھوں والی۔۔۔کہاں شادی ہوئی ہے اس کی؟''

کلثوم نے گلوری بنا کر اپنے خاوند کو دیتے ہوئے کہا، ''اپنے عزیزوں میں۔۔۔خاوند اس کا ریلوے ورکشاپ میں کام کرتا ہے، ڈیڑھ سو روپیہ ماہوار تنخواہ ہے۔۔۔سنا ہے بے حد شریف آدمی ہے۔'' مستقیم نے گلوری کلّے کے نیچے دبائی، ''چلو، اچھا ہو گیا۔۔۔لڑکی بھی، جیسا کہ تم کہتی ہو شریف ہے۔'' کلثوم سے نہ رہا گیا، اسے تعجب تھا کہ اس کا خاوند محمودہ میں اتنی دلچسپی کیوں لے رہا ہے، ''حیرت ہے کہ آپ نے اس کو محض ایک نظر دیکھنے پر بھی یاد رکھا۔''

مستقیم نے کہا، ''اس کی آنکھیں کچھ ایسی ہیں کہ آدمی انہیں بھول نہیں سکتا۔۔۔کیا میں جھوٹ کہتا ہوں؟''

کلثوم دوسرا پان بنا رہی تھی۔تھوڑے سے وقفے کے بعد وہ اپنے خاوند سے مخاطب ہوئی، ''میں اس کے متعلق کچھ کہہ نہیں سکتی۔مجھے تو اس کی آنکھوں میں کوئی کشش نظر نہیں آتی۔۔۔مرد جانے کن نگاہوں سے دیکھتے ہیں۔''

مستقیم نے مناسب خیال کیا کہ اس موضوع پر اب مزید گفتگو نہیں ہونی چاہیے۔ چنانچہ جواب میں مسکرا کر وہ اٹھا اور اپنے کمرے میں چلا گیا۔۔۔ اتوار کی چھٹی تھی۔ حسبِ معمول اسے اپنی بیوی کے ساتھ میٹنی شو دیکھنے جانا چاہیے تھا، مگر محمودہ کا ذکر چھیڑ کر اس نے اپنی طبیعت مکدر کر لی تھی۔

اس نے آرام کرسی پر لیٹ کر تپائی پر سے ایک کتاب اٹھائی جسے وہ دو مرتبہ پڑھ چکا تھا۔ پہلا ورق نکالا اور پڑھنے لگا، مگر حرف گڈ مڈ ہو کر محمودہ کی آنکھیں بن جاتے۔ مستقیم نے سوچا،

''شاید کلثوم ٹھیک کہتی تھی کہ اسے محمودہ کی آنکھوں میں کوئی کشش نظر نہیں آتی۔۔۔ ہو سکتا ہے کسی اور مرد کو بھی نظر نہ آئے۔ ایک صرف میں ہوں جسے دکھائی دی ہے۔۔۔ پر کیوں۔۔۔ میں نے ایسا کوئی ارادہ نہیں کیا تھا۔۔۔ میری ایسی کوئی خواہش نہیں تھی کہ وہ میرے لیے پرکشش بن جائیں۔۔۔ ایک لحظے کی تو بات تھی۔ بس میں نے ایک نظر دیکھا اور وہ میرے دل و دماغ پر چھا گئیں۔ اس میں نہ ان آنکھوں کا قصور ہے، نہ میری آنکھوں کا جن سے میں نے انہیں دیکھا تھا۔''

اس کے بعد مستقیم نے محمودہ کی شادی کے متعلق سوچنا شروع کیا،

''تو ہو گئی اس کی شادی۔۔۔ چلو اچھا ہوا۔۔۔ لیکن دوست یہ کیا بات ہے کہ تمہارے دل میں ہلکی سی ٹیس اٹھتی ہے۔۔۔ کیا تم چاہتے تھے کہ اس کی شادی نہ ہو۔۔۔ سدا کنواری رہے، کیونکہ تمہارے دل میں اس سے شادی کرنے کی خواہش تو کبھی پیدا نہیں ہوئی، تم نے اس کے متعلق کبھی ایک لحظے کے لیے بھی نہیں سوچا، پھر جلن کیسی۔۔۔ اتنی دیر تمہیں اسے دیکھنے کا کبھی خیال نہ آیا، پر اب تم کیوں اسے دیکھنا چاہتے ہو۔۔۔ بفرضِ محال دیکھ بھی لو تو کیا کر لو گے۔ اسے اٹھا کر اپنی جیب میں رکھ لو گے ۔۔۔ اس کی بڑی بڑی آنکھیں نوچ کر اپنے بٹوے میں ڈال لو گے ۔۔۔ بولو نا، کیا کرو گے؟'' مستقیم کے پاس اس کا کوئی جواب نہیں تھا۔ اصل میں اسے معلوم ہی نہیں تھا کہ وہ کیا چاہتا ہے۔ اگر کچھ چاہتا بھی ہے تو کیوں چاہتا ہے۔

محمودہ کی شادی ہو چکی تھی، اور وہ بھی صرف ایک روز پہلے یعنی اس وقت جب کہ مستقیم کتاب کی ورق گردانی کر رہا تھا، محمودہ یقیناً دلہنوں کے لباس میں یا تو اپنے میکے یا اپنی سسرال میں شرمائی لجائی بیٹھی تھی۔۔۔ وہ خود شریف تھی، اس کا شوہر بھی شریف تھا، ریلوے ورکشاپ میں ملازم تھا اور ڈیڑھ سو روپے ماہوار تنخواہ پاتا تھا۔۔۔ بڑی خوشی کی بات تھی۔ مستقیم کی دلی خواہش تھی کہ وہ خوش رہے۔۔۔ ساری عمر خوش رہے۔۔۔ لیکن اس کے دل میں نہ جانے کیوں ایک ٹیس سی اٹھتی تھی اور اسے بے قرار بنا جاتی تھی۔

مستقیم آخر اس نتیجے پر پہنچا کہ یہ سب بکواس ہے۔ اسے محمودہ کے متعلق قطعاً سوچنا نہیں چاہیے ۔۔۔ دو برس گزر گئے۔ اس دوران میں اسے محمودہ کے متعلق کچھ معلوم نہ ہوا اور نہ اس نے معلوم کرنے کی کوشش کی۔ حالانکہ وہ اور اس کا خاوند بمبئی میں ڈونگری کی ایک گلی میں رہتے تھے۔۔۔ مستقیم گو ڈونگری سے بہت دور ماہم میں رہتا تھا، لیکن اگر وہ چاہتا تو بڑی آسانی سے محمودہ کو دیکھ سکتا تھا۔

ایک دن کلثوم ہی نے اس سے کہا، '' آپ کی اس بڑی بڑی آنکھوں والی محمودہ کے نصیب بہت برے نکلے ل!'' چونک کر مستقیم نے تشویش بھرے لہجے میں پوچھا، '' کیوں کیا ہوا؟''

کلثوم نے گلوری بناتے ہوئے کہا، '' اس کا خاوند ایک دم مولوی ہو گیا ہے۔''

'' تو اس سے کیا ہوا؟''

'' آپ سن تو لیجیے ۔۔۔ ہر وقت مذہب کی باتیں کرتا رہتا ہے ۔۔۔ لیکن بڑی اوٹ پٹانگ قسم کی۔ وظیفے کرتا ہے، چلے کاٹتا ہے اور محمودہ کو مجبور کرتا ہے کہ وہ بھی ایسا کرے۔ فقیروں کے پاس گھنٹوں بیٹھا رہتا ہے۔ گھر بار سے بالکل غافل ہو گیا ہے۔ داڑھی بڑھا لی ہے۔ ہاتھ میں ہر وقت تسبیح ہوتی ہے۔ کام پر کبھی جاتا ہے، کبھی نہیں جاتا ۔۔۔ کئی کئی دن غائب رہتا ہے ۔۔۔ وہ بے چاری کڑھتی رہتی ہے۔ گھر میں کھانے کو کچھ ہوتا نہیں، اس لیے فاقے کرتی ہے۔ جب اس سے شکایت کرتی ہے تو آگے سے یہ جواب یہ ہوتا ہے ۔۔۔ فاقہ کشی اللہ تبارک و تعالیٰ کو بہت پیاری ہے۔'' کلثوم نے یہ سب ایک کچھ ایک سانس میں کہا۔ مستقیم نے پاندان میں سے تھوڑی سی چھالیا اٹھا کر منہ میں ڈالی، '' کہیں دماغ تو نہیں چل گیا اس کا؟''

کلثوم نے کہا، '' محمودہ کا تو یہی خیال ہے ۔۔۔ خیال کیا، اس کو یقین ہے۔ گلے میں بڑے بڑے منکوں والی مالا ڈالے پھرتا ہے۔ کبھی کبھی سفید رنگ کا چولا بھی پہنتا ہے۔'' مستقیم گلوری لے کر اپنے کمرے میں چلا گیا اور آرام کرسی میں لیٹ کر سوچنے لگا

'' یہ کیا ہوا ۔۔۔ ایسا شوہر تو وبالِ جان ہوتا ہے ۔۔۔ غریب کس مصیبت میں پھنس گئی ہے۔

میرا خیال ہے کہ پاگل پن کے جراثیم اس کے شوہر میں شروع ہی سے موجود ہوں گے جو ایک دم ظاہر ہوئے ہیں ۔۔۔ لیکن سوال یہ ہے کہ اب محمودہ کیا کرے گی۔ اس کا یہاں کوئی رشتہ دار بھی نہیں۔ کچھ شادی کرنے لاہور سے آئے تھے اور واپس چلے گئے تھے ۔۔۔ کیا محمودہ نے اپنے والدین کو لکھا ہو گا ۔۔۔ نہیں، اس کے ماں باپ تو جیسا کہ کلثوم نے ایک مرتبہ کہا تھا اس کے بچپن ہی میں مر گئے تھے۔ شادی اس کے چچا نے کی تھی۔ ڈونگری ۔۔۔ ڈونگری میں شاید اس کی جان پہچان کا کوئی ہو ۔۔۔ نہیں، جان

پہچان کا کوئی ہوتا تو وہ فاقے کیوں کرتی۔ـ کلثوم کیوں نہ اسے اپنے یہاں لے آئے۔ـ پاگل ہوئے ہو مستقیم۔ـ ہوش کے ناخن لو۔ ''

مستقیم نے ایک بار پھر ارادہ کر لیا کہ وہ محمودہ کے متعلق نہیں سوچے گا، اس لیے کہ اس کا کوئی فائدہ نہیں تھا، بے کار کی مغز پاشی تھی۔ بہت دنوں کے بعد کلثوم نے ایک روز اسے بتایا کہ محمودہ کا شوہر جس کا نام جمیل تھا، قریب قریب پاگل ہو گیا ہے۔

مستقیم نے پوچھا، '' کیا مطلب؟ ''

کلثوم نے جواب دیا، '' مطلب یہ کہ اب وہ رات کو ایک سیکنڈ کے لیے نہیں سوتا۔ جہاں کھڑا ہے، بس وہیں گھنٹوں خاموش کھڑا رہتا ہے۔ـ محمودہ غریب روتی رہتی ہے۔ـ میں کل اس کے پاس گئی تھی۔ بے چاری کو کئی دن کا فاقہ تھا۔ میں بیس روپے دے آئی کیونکہ میرے پاس اتنے ہی تھے۔ ''

مستقیم نے کہا، '' بہت اچھا کیا تم نے۔ـ جب تک اس کا خاوند ٹھیک نہیں ہوتا، کچھ نہ کچھ دے آیا کرو تا کہ غریب کو فاقوں کی نوبت نہ آئے۔ '' کلثوم نے تھوڑے توقف کے بعد عجیب و غریب لہجے میں کہا، '' اصل میں بات کچھ اور ہے۔ ''

'' کیا مطلب؟ ''

'' محمودہ کا خیال ہے کہ جمیل نے محض ایک ڈھونگ رچا رکھا ہے۔ وہ پاگل واگل ہرگز نہیں۔ـ بات یہ ہے کہ وہ۔ـ ''

'' وہ کیا؟ ''

'' وہ۔ـ عورت کے قابل نہیں۔ـ نقص دور کرنے کے لیے وہ فقیروں اور سنیاسیوں سے ٹونے ٹوٹکے لیتا رہتا ہے۔ ''

مستقیم نے کہا، '' یہ بات تو پاگل ہونے سے زیادہ افسوس ناک ہے۔ـ محمودہ کے لیے تو یہ سمجھو کہ ازدواجی زندگی ایک خلا بن کر رہ گئی ہے۔ ''

مستقیم اپنے کمرے میں چلا گیا۔ وہ بیٹھ کر محمودہ کی حالتِ زار کے متعلق سوچنے لگا۔ ایسی عورت کی زندگی کیا ہو گی جس کا شوہر بالکل صفر ہو۔ کتنے ارمان ہوں گے اس کے سینے میں۔ اس کی جوانی نے کتنے کپکپا دینے والے خواب دیکھے ہوں گے۔ اس نے اپنی سہیلیوں سے کیا کچھ نہیں سنا ہو گا۔ـ کتنی ناامیدی ہوئی ہو گی غریب کو، جب اسے چاروں طرف خلا ہی خلا نظر آیا ہو گا۔ـ اس نے اپنی گود ہری ہونے کے متعلق بھی

کئی بار سوچا ہوگا۔۔۔جب ڈونگری میں کسی کے ہاں بچہ پیدا ہونے کی اطلاع اسے ملتی ہوگی تو بے چاری کے دل پر ایک گھونسا سا لگتا ہوگا۔۔۔اب کیا کرے گی۔۔۔ایسا نہ ہو خودکشی کر لے۔۔۔دو برس تک اس نے کسی کو یہ راز نہ بتایا مگر اس کا سینہ پھٹ پڑا۔ خدا اس کے حال پر رحم کرے!''

بہت دن گزر گئے۔ مستقیم اور کلثوم چھٹیوں میں پنج گنی چلے گئے۔ وہاں ڈھائی مہینے رہے۔ واپس آئے تو ایک مہینے کے بعد کلثوم کے ہاں لڑکا پیدا ہوا۔۔۔وہ محمودہ کے ہاں نہ جا سکی۔ لیکن ایک دن اس کی ایک سہیلی جو محمودہ کو جانتی تھی، اس کو مبارک باد دینے کے لیے آئی۔ اس نے باتوں باتوں میں کلثوم سے کہا،

''کچھ سنا تم نے۔۔۔وہ محمودہ ہے نا، بڑی بڑی آنکھوں والی!''

کلثوم نے کہا، ''ہاں ہاں۔۔۔ڈونگری میں رہتی ہے۔''

''خاوند کی بے پروائی نے غریب کو بری باتوں پر مجبور کر دیا۔'' کلثوم کی سہیلی کی آواز میں درد تھا۔ کلثوم نے بڑے دکھ سے پوچھا، ''کیسی بری باتوں پر؟''

''اب اس کے یہاں غیر مردوں کا آنا جانا ہو گیا ہے۔''

''جھوٹ!'' کلثوم کا دل دھک دھک کرنے لگا۔ کلثوم کی سہیلی نے کہا، ''نہیں کلثوم، میں جھوٹ نہیں کہتی۔۔۔میں پرسوں اس سے ملنے گئی تھی۔ دروازے پر دستک دینے ہی والی تھی کہ اندر سے ایک نوجوان مرد جو میمن معلوم ہوتا تھا، باہر نکلا اور تیزی سے نیچے اتر گیا۔ میں نے اب اس سے ملنا مناسب نہ سمجھا اور واپس چلی آئی۔''

''یہ تم نے بہت بری خبر سنائی۔۔۔خدا اس کو گناہ کے راستے سے بچائے رکھے۔۔۔ہو سکتا ہے وہ میمن اس کے خاوند کا کوئی دوست ہو۔'' کلثوم نے خود کو فریب دیتے ہوئے کہا۔

اس کی سہیلی مسکرائی، ''دوست، چوروں کی طرح دروازہ کھول کر بھاگا نہیں کرتے۔''

کلثوم نے اپنے خاوند سے بات کی تو اسے بہت دکھ ہوا۔ وہ کبھی رویا نہیں تھا پر جب کلثوم نے اسے یہ اندوہ ناک بات بتائی کہ محمودہ نے گناہ کا راستہ اختیار کر لیا ہے تو اس کی آنکھوں میں آنسو آ گئے۔ اس نے اسی وقت تہیہ کر لیا کہ محمودہ ان کے یہاں رہے گی، چنانچہ اس نے اپنی بیوی سے کہا،

''یہ بڑی خوف ناک بات ہے۔۔۔تم ایسا کرو، ابھی جاؤ اور محمودہ کو یہاں لے آؤ!''

کلثوم نے بڑے روکھے پن سے کہا، ''میں اسے اپنے گھر میں نہیں رکھ سکتی۔''

''کیوں؟'' مستقیم کے لہجے میں حیرت تھی۔

’’بس، میری مرضی۔۔۔وہ میرے گھر میں کیوں رہے۔۔۔اس لیے کہ آپ کو اس کی آنکھیں پسند ہیں؟‘‘

کلثوم کے بولنے کا انداز بہت زہریلا اور طنزیہ تھا۔مستقیم کو بہت غصہ آیا، مگر پی گیا۔کلثوم سے بحث کرنا بالکل فضول تھا۔ایک صرف یہی ہوسکتا تھا کہ وہ کلثوم کو نکال کر محمودہ کو لے آئے۔۔۔مگر وہ ایسے اقدام کے متعلق سوچ ہی نہیں سکتا تھا۔مستقیم کی نیت قطعاً نیک تھی۔اس کو خود اس کا احساس تھا۔دراصل اس نے کسی گندے زاویہ نگاہ سے محمودہ کو دیکھا ہی نہیں تھا۔۔۔البتہ اس کی آنکھیں اس کو واقعی پسند تھیں۔اتنی کہ وہ بیان نہیں کر سکتا تھا۔

وہ گناہ کا راستہ اختیار کر چکی تھی۔ابھی اس نے صرف چند قدم ہی اٹھائے تھے۔اس کو تباہی کے غار سے بچایا جاسکتا تھا۔۔۔مستقیم نے کبھی نماز نہیں پڑھی تھی، کبھی روزہ نہیں رکھا تھا، کبھی خیرات نہیں دی تھی۔۔۔خدا نے اس کو کتنا اچھا موقع دیا تھا کہ وہ محمودہ کو گناہ کے رستے پر سے گھسیٹ کر لے آئے اور طلاق وغیرہ دلوا کر اس کی کسی اور سے شادی کرا دے۔۔۔مگر وہ یہ ثواب کا کام نہیں کر سکتا تھا۔اس لیے کہ وہ بیوی کا بیل تھا۔

بہت دیر تک مستقیم کا ضمیر اس کو سرزنش کرتا رہا۔ایک دو مرتبہ اس نے کوشش کہ اس کی بیوی رضامند ہو جائے۔مگر جیسا کہ مستقیم کو معلوم تھا، ایسی کوششیں لاحاصل تھیں۔مستقیم کا خیال تھا کہ اور کچھ نہیں تو کلثوم، محمودہ سے ملنے ضرور جائے گی۔مگر اس کو ناامیدی ہوئی۔کلثوم نے اس روز کے بعد محمودہ کا نام تک نہ لیا۔اب کیا ہو سکتا تھا۔۔۔مستقیم خاموش رہا۔

قریب قریب دو برس گزر گئے۔ایک دن گھر سے نکل کر مستقیم ایسے ہی تفریحاً فٹ پاتھ پر چہل قدمی کر رہا تھا کہ اس نے قصائیوں کی بلڈنگ کی گراؤنڈ فلور کی کھولی کے باہر، تھڑے پر محمودہ کی آنکھوں کی جھلک دیکھی۔مستقیم دو قدم آگے نکل گیا تھا۔فوراً مڑ کر اس نے غور سے دیکھا۔۔۔محمودہ ہی تھی۔وہی بڑی بڑی آنکھیں۔۔۔وہ ایک یہودن کے ساتھ جو اس کھولی میں رہتی تھی، باتیں کرنے میں مصروف تھی۔اس یہودن کو سارا ماحول جانتا تھا۔ادھیڑ عمر کی عورت تھی۔اس کا کام عیاش مردوں کے لیے جوان لڑکیاں مہیا کرنا تھا۔اس کی اپنی دو جوان لڑکیاں تھیں جن سے وہ پیشہ کرواتی تھی۔۔۔مستقیم نے جب محمودہ کا چہرہ نہایت ہی بے ہودہ طور پر میک اپ کیا ہوا دیکھا تو وہ لرز اٹھا۔زیادہ دیر تک یہ اندوہ ناک منظر دیکھنے کی تاب اس میں نہیں تھی۔۔۔وہاں سے فوراً چل دیا۔

گھر پہنچ کر اس نے کلثوم سے اس واقعے کا ذکر نہ کیا۔۔۔کیونکہ اس کی اب ضرورت ہی نہیں رہی تھی۔

محمودہ اب مکمل عصمت فروش عورت بن چکی تھی۔۔۔ مستقیم کے سامنے جب بھی اس کا بے ہودہ اور فحش طور پر میک اپ کیا ہوا چہرہ آتا تو اس کی آنکھوں میں آنسو آ جاتے۔ اس کا ضمیر اس سے کہتا،

'' مستقیم! جو کچھ تم نے دیکھا ہے، اس کا باعث تم ہو۔۔۔ کیا ہوا تھا اگر تم اپنی بیوی کی چند روزہ ناراضی اور خفگی برداشت کر لیتے۔ زیادہ سے زیادہ وہ آ کر اپنے میکے میں غصے میں چلی جاتی۔۔۔ مگر محمودہ کی زندگی اس گندگی سے تو بچ جاتی جس میں وہ اس وقت دھنسی ہوئی ہے۔۔۔ کیا تمہاری نیت نیک نہیں تھی۔۔۔۔ اگر تم سچائی پر تھے اور سچائی پر رہتے تو کلثوم ایک نہ ایک دن اپنے آپ ٹھیک ہو جاتی۔۔۔ تم نے بڑا ظلم کیا۔۔۔ بہت بڑا گناہ کیا۔''

مستقیم اب کیا کر سکتا تھا۔۔۔ کچھ بھی نہیں۔ پانی سر سے گزر چکا تھا۔ چڑیاں سارا کھیت چگ گئی تھیں۔ اب کچھ نہیں ہو سکتا تھا۔ مرتے ہوئے مریض کو دم آخر آکسیجن سنگھانے والی بات تھی۔ تھوڑے دنوں کے بعد بمبئی کی فضا فرقہ وارانہ فسادات کے باعث بڑی خطرناک ہو گئی۔ بٹوارے کے باعث ملک کے طول و عرض میں تباہی اور رغارت گری کا بازار گرم تھا۔ لوگ دھڑا دھڑ ہندوستان چھوڑ کر پاکستان جا رہے تھے۔ کلثوم نے مستقیم کو مجبور کیا کہ وہ بھی بمبئی چھوڑ دے۔۔۔ چنانچہ جو پہلا جہاز ملا، اس کی سیٹیں بک کرا کے میاں بیوی کراچی پہنچ گئے اور چھوٹا موٹا کاروبار شروع کر دیا۔

ڈھائی برس کے بعد یہ کاروبار ترقی کر گیا، اس لیے مستقیم نے ملازمت کا خیال ترک کر دیا۔۔۔ ایک روز شام کو دکان سے اٹھ کر وہ ٹہلتا ٹہلتا صدر جا نکلا۔۔۔ جی چاہا کہ ایک پان کھائے۔ بیس تیس قدم کے فاصلے پر اسے ایک دکان نظر آئی جس پر کافی بھیڑ تھی۔ آگے بڑھ کر وہ دکان کے پاس پہنچا۔۔۔ کیا دیکھتا ہے کہ محمودہ پان لگا رہی ہے۔ جھلسے ہوئے چہرے پر اسی قسم کا فحش میک اپ تھا۔ لوگ اسے گندے گندے مذاق کر رہے ہیں اور وہ ہنس رہی ہے۔۔۔ مستقیم کے ہوش و حواس غائب ہو گئے۔ قریب تھا کہ وہاں سے بھاگ جائے کہ محمودہ نے اسے پکارا، '' ادھر آؤ دلہا میاں۔۔۔ تمہیں ایک فرسٹ کلاس پان کھلائیں۔۔۔ ہم تمہاری شادی میں شریک تھے۔ مستقیم بالکل پتھرا گیا۔

More by Ghazal Sara Dot Org

Title	Description
Aankh Bhar Asman – (Hardcover , Paperback, eBook)	Adult poetry of Yawar Maajed
Aafat Ki Ziyafat – Hindi – (Hardcover, Paperback, eBook)	Children's bedtime poetry book by Yawar Maajed in Hindi
Aafat Ki Ziyafat – Urdu – (Hardcover, Paperback, eBook)	Children's bedtime poetry book by Yawar Maajed in Urdu
Kulliyat e Allama Iqbal – (Hardcover, Paperback)	Classical poetry by Sir Allama Iqbal, one of the greatest Urdu poets of the 20th century
Taar o Paud – (Paperback, eBook)	Short stories by Balwant Singh, a legendary fiction Urdu writer
Pehla Patthar – (Paperback, eBook)	Short stories by Balwant Singh, a legendary fiction Urdu writer
Manto Ke Hashiye – (Hardcover , Paperback, eBook)	Most controversial short stories by Saadat Hasan Manto, for which he was dragged in the court of law
Kulliyat e Manto – (Hardcover , Paperback, eBook)	This series comprises nine books that feature all of the short stories written by Saadat Hasan Manto throughout his career.
Kulliyat e Ghazal - Mirza Ghalib – (eBook)	Complete collection of all Ghazals of Mirza Ghalib
Kulliyat e Mir Taqi Mir – (eBook)	Complete collection of all Ghazals of Mir Taqi Mir

Purchase our books at

https://ghazalsara.org/shop

Scan the QR code below to visit the site. Our paperback and hardcover books are available on Amazon in every country that Amazon sells in. Additionally, all eBooks are available on Amazon Kindle, Apple Books for iPhone/iPad and Google Playbooks for Android platforms.